語り明かすアメリカ古典文学 12

アメリカ文学の古典を読む会 編

坂本季詩雄・武田貴子・辻本庸子・徳永由紀子・中川優子・長畑明利・本合陽・三杉圭子 編集

語り明かすアメリカ古典文学　12

目次

語り明かすアメリカ古典文学　12

序

鑑賞力を育てる場として

武田　貴子

ここ三十年ほどの間に、日本における英米文学批評という知の風景は大きく変貌したと言われる。一九七〇年代の初め、学部生の私はT・S・エリオットの新批評理論やサルトルの実存主義批評を学び、『シンデレラ』の構造分析のレポートを書いていた。そのころ西欧の知の中心をなしたフランスでは、構造主義からポスト構造主義への変容が起こっていた。ロラン・バルト、ジャック・デリダ、ミッシェル・フーコーらの名だたる思想家たちが輩出し、その思想の変革を担った。アメリカのアカデミズムもまたフランス哲学の影響を受けて脱構築批評が始まりつつあった。ディコンストラクション以前と以後では確かに、文学批評はその様相をがらりと変えた。実存主義や構造主義というフランス思想を学んでいても、当時の私にはその大きな知の体系がよく見えてはいなかったが、今振り返ると、構造主義からポスト構造主義へという変容の道を私もたどり、その後の知の風景は、あたかもトンネルを抜けて、広く地平を見渡す大地に出たかのようであった。この時代以降の文学研究の領域では、さらに専門化傾向が進み、アカデミックな権威も多様化した。また、これまで文学と見なされてこなかったものも「文学」の領域に加えられ、批評の対象と見なされるようになった。同時に、フェミニズム批評や新歴史主義批評など、新たな批評理論が次々と台頭したが、これらはいずれも基本的にポスト構造主義という大きな枠組みから外れるものではない。逆にポスト構造主義がそのような多様性を生みだす活力の源となっていたといえよう。

現在では批評理論は百花撩乱の様を呈している。あたかもファッションのように変わる批評理論。批評理論が変われば、そのジャーゴンもあらたまり、今どき「先鋭的な」批評家ならシニフィアンやシニフィエという言葉は使わないかもしれない。文学研究も一つのアカデミック産業であるからには、知のモードとして変貌し続けるだろう。確かに、誠実な研究者なら、近年主要な文学理論家たちが提起している種々の問題を無視するわけにはいかない。しかし、文学研究の本質的な部分が大きく変わったようには思われない。どのような批評理論であろうと、テクストを鑑賞し、批評するということは文学研究の基本的な姿勢である。

今や日本を代表する作家の一人である村上春樹は、二〇〇五年秋、朝日新聞の文芸インタビューにこう答えている。「誤読というものはないと思う。私はこう読んだといえば、それが正しい読み方です」。今では作品の解釈は私たち読者にすべて委ねられるようになった。作者が文学批評の「王座」からすがたを消し去ってから久しい。今日では読むという行為が大きな意味を持つようになって、そこで問われているのは、「私」がどう読むのか、である。確かに、その通りである。しかし、読み進むうちに私たちはやはり作品の中で作者に出会うのではないか。あるいは、作品そのものが、ムラカミ・ワールドのように、どこにもない作者の世界そのものだったりするのではないだろうか。

村上春樹は次のようにも言っている。「小説は人間が生きていないとダメだと思う。本一冊の中で、一人でもいいから、生き生きと動いてくれれば、それでいい。難しい感想を言われるよりも、例えば『カフカ』のナカタさんが好きだとか、あの猿は好きだったとか言ってもらえるとうれしい」。作者からすれば、文学批評は「難しい感想」かも知れないが、明らかに鑑賞と批評は別物である。いうまでもなく、鑑賞が初めにあって、次に批評である。しかし、鑑賞と批評は、複雑に絡み合っていて分かちがたい。鑑賞は、作品を読んで何かを感じること、例えば、ナカタさんが好きだとか、から始まるかもしれないが、問われるのは鑑賞する力だと思う。鑑賞力というのは、鋭敏な感受性と豊かな想像力に支えられて、作品を複合的により深く味わう力のことを言う。それは料理の世界で言えば、本物の舌、味わう力を持った美食批評家に匹敵するのかもしれない。ただ味わうだけで、どのような素材がどのように調理されているのかだけでなく、まがい物の化学調味料の有無もたちまち見抜くような批評家である。文学を鑑賞する力も好き嫌いから始まって、このようなより豊かな鑑賞へと発展し、それが批評へとつながっていく。この鑑賞力なしにいかなる批評行為も生まれないだろう。そして、文学研究が学問として成立するためには、どのような方法論によろうとも、また、「私」というきわめて私的な主体が関わる「読み」であろうとも、論理的な批評行為が必然である。ひるがえって、妥当な批評行為は、鑑賞を深化させると同時に、鑑賞力を養い育てるだろう。

では、どうすれば鑑賞力は養えるのだろうか。すでに述べたように、文学研究という知の領域の拡大と多様性を考えると、一人書斎にこもってテクストの精読で充分であると言い切ることは難しくなっている。哲学、社会学、歴史と言った諸処の学問領域が集まったフォーラム、異なる批評理論による異なった「読み」の飛び交うセッションといったものの重要性はますます高くなっていくだろう。美食批評家にとって多様化する素材や調理方法の知識が必要なように、文学批評にとっても、隣接学問分野の進展に学ぶべきところは大きく、作品に関するインターテクスチュアルな見識は求められるだろう。もちろん批評理論の知識も同じである。しかし、ひとつの批評理論をとってもその知見を得るために相当の読書量が要求される時代である。その点においても知の交差を可能にする場の持つ意味は計り知れない。このようなフォーラムやセッションの持つ意義は今後ますます高くなるに違いない。

しかしながら、たとえて言えば、批評理論はケーキを切るナイフに似ている。ケーキの種類によっては、きれいな断面を見せてくれて、今まで、作者にも読者にも見えなかった盲点を見せてくれる。だからといって、それでケーキを味わったことにはならない。私たちの読書会では何よりも作品を味わってみることが大前提であった。たとえ、味わってみることが作家や作中人物の好き嫌いから始まったとしても、どのような私の読みがそういう自分の感性を成立させているかを、吟味し、分析してみることは意味のないことではないだろう。この第一期、第二期の、十二年間におよぶ私たちの合宿読書会で、常に私はどう読むのかと問われてきて、その結果どれほど、私の読みと異なる読み方があるのかということに私たちは驚嘆させられてきたことか。時に、それはテクストの盲点をあばきだし、テクストの理解を確実に深めてくれた。この読書会が、まさしく鑑賞力を養い、育てる場であったことを実感する。

文学作品、とりわけ、小説には様々な矛盾が表現されていることが多い。その矛盾も、多くの場合、様相が変わることはあっても、解決にはいたらない。こういう矛盾に対する人の読みが大きく異なることがある。例えば、今回選んだ作品の中では、異なった読みが続出したのは、イーディス・ウォートンの『夏』であった。詳しくは第九章のディスカッションを読んでいただきたいが、肉体を伴う愛と社会制度としての結婚との結びつきがはらむ矛盾に対して、様々な読みが引き出された。それは、人の感受性がいかに異なるか、ということを示したが、それゆえ議論は沸騰し、それは読書会後の酒宴の席に持ち越され、夜を徹して語り明かされた。この一連のディスカッションはそのような生の矛盾に対する個々の想像力をひろげ、『夏』の理解を深めてくれたと思う。

この読書会の有様をこのようなテクストとして出版するということは、鑑賞から批評へと移行する過程を開示することである。この読書会の成果を教育現場へ還元することにもなるだろう。私たちは鑑賞力が批評と切り離せないという原点に常に立ち戻ってディスカッションに参加し、作品にあらわれてくる作者、アメリカ、そして自分自身を感じ取りつつ、論理的な分析へと移行するスタンスを読書会で学んできたように思える。この会のセッションのあり方は、一つの批評理論でテクストの総体をとらえることは不可能だということを知らせてくれるだろう。一つの理論で絡め取れるほど、テクストの「生」は単純ではないからである。

本書は、二〇〇一年に出版された『亀井俊介と読む古典アメリカ小説12』の続編である。この会の趣旨やいきさつは、前書ならびに本書の「あとがき」に詳しく述べられているので、あわせて読んでいただけたら幸いである。良く知られてはいるが、読まれることの少ないアメリカの古典を選んで、共に読み、語り明かそうとする姿勢も基本的には変わっていない。アメリカの古典文学とは何かと問いつつ、今日の文学の多様性を反映させて、ジャンル的にも作家の背景においても、バランスの取れた作品の選択をめざすことを心がけた。第二期目の読書会において取り上げた作品群の全体像が見えるように、それぞれの作品について少し触れておきたい。

最初に取り上げたのは、ヒュー・ヘンリー・ブラッケンリッジの『当世風騎士道』で、建国期の作品である。とはいっても、アメリカの古典文学が建国期から始まるということでは決してない。植民地時代には、主に説教のような宗教文学があり、このピューリタニズムの精神はアメリカ精神の底流となって脈々と流れており、そのレトリックは未だに大統領就任演説などにひょいと顔を出したりするので、決してないがしろにできるものではない。が、正直面白みに欠けるのも事実である。その点、『当世風騎士道』は、アメリカのスラップスティックの始まりといってもいいほど、笑いと風刺に満ちた作品である。しかも、アメリカ建国期の混乱をつぶさに伝えてくれる。作品中の「当世のバビロン」とは、独立宣言発布の地フィラデルフィアである。独立戦争中、九ヶ月もの間イギリス軍の占領下にあったフィラデルフィアは、王党派、愛国派に分かれて、時には一つの家庭内でも世代間で分かれて、お互いを牽制し合う不穏な空気を生み出した。戦争につきものの物価の高騰、不法な買い占め、いわば無法状態である。建国後も新しい政府はほとんど機能しなかった。建国後の混乱は一植民地だけの話ではなく、十三の植民地に共通することだったろう。建国期アメリカのカオス状態をカオス的な語りによって、当時のアメリカの行きつく先はどこかと考えさせてくれる。それは今のアメリカの衆愚的な政治のあり方を予見してはいないだろうか。

次に取り上げたのは、一八五〇年代の奴隷制廃止運動の強力な指導者フレデリック・ダグラスのスレイヴ・ナラティヴである。他の多くのスレイヴ・ナラティヴが白人編集者によって補筆されたりする中で、自らが書いたとされている。当時の南部では、黒人奴隷に字を教えることは違法であったが、ダグラスは運良く識字能力を得た。それによって北部の奴隷制廃止運動などを知り、自由を渇望して北部への逃亡を果たした。文学にヒエラルキーがあるとする従来の考えでは、スレイヴ・ナラティヴは下位区分に属する作品であるが、ダグラスは奴隷を人間として扱わない奴隷所有者の冷酷さとそれを支えた教会の偽善性を、明快で率直な文体で描き出し、黒人のアイデンティティを創りだした。それは、人は生まれながらにして平等であると言明した独立宣言文が抱え込んだ矛盾の表出でもあった。

十九世紀前半のアメリカ文学キャノンの中でひときわ光るのはナサニエル・ホーソーンとハーマン・メルヴィルであろう。メルヴィルはすでに第一期で取り上げたので、今回私たちが取り上げたのは、ホーソーンの『ブライズデイル・ロマンス』である。当時若きアメリカのロマン主義を土壌として、ユートピア社会共同体が、雨後のタケノコのように各地に生まれるが、その一つであったブルック・ファームを下敷きにした作品である。文筆業で生計を立てるのが難しかったホーソーンは、結婚を契機に経済的基盤を得るために参加したが、すぐに失望してブルック・ファームを去った。ホーソーンにとって「世界はいつまでも曖昧で矛盾した意味をいくつも持っているもの」であった。私たちもまた、固定化された視点の語り手が織りなすホーソーンの曖昧性に翻弄された。

十九世紀半ばまでにアメリカの出版界も大きな変貌を遂げた。世紀初頭に安価な紙が出回り、また印刷技術の発達と公立初等教育の普及から世紀半ばまでには広い範囲の読者層を得て、出版界は未曾有の活況を呈するようになった。その中でも、次々とベストセラー作品を世に出した女性作家たちの一群がいた。ホーソーン曰く、「忌々しい物書き女ども」のことである。多くの女性作家たちは経済的自立を求めて執筆していた。『アンクル・トムの小屋』を書いたハリエット・ビーチャー・ストウや『若草物語』を書いたルイザ・メイ・オルコットもその中の一人である。そのような作家たちの中で私たちが取り上げたのは、ストウやオルコットほどには名を残さなかったけれど、当時の家庭小説あるいは感傷小説と呼ばれる作品と一線を画したと思われるファニー・ファーンの『ルース・ホール』である。女性作家嫌いのホーソーンでさえ、ファーンには敬服していると伝えてほしいという手紙を残している。『ルース・ホール』は、出版界の裏事情を暴露するかのようなセンセーショナルな宣伝方法で売れた。「『ルース・ホール』は自伝か？」というキャンペーンコピーがつけられたが、実際、内容的にも一人の女性作家の誕生を扱った自伝的な要素を含んだ作品である。十九世紀半ばに華々しく活躍した女性作家によるビジネスウーマン誕生の物語は、今、私たちに何を物語るのだろうか。

また、十九世紀中葉は、アメリカ独自の風景を求めて、旅行ガイドブックを手に各地を巡る旅が流行した時代でもあった。例えば、ナイアガラの滝は、当時の上流階級の新婚旅行先として人気があった。この背景には、植民地時代と全く異なる自然観がある。植民地時代、自然は神の摂理の発露であったが、超絶主義の時代の自然は、神よりももっと人間に近いものとなった。この時代から、私たちはヘンリー・デイヴィッド・ソローの『メインの森』を取り上げ、ソローの描く風景は、当時の時代精神とどのような関係を切り結んでいったかを話し合った。ソローは、ウォールデン湖畔に居を構える日にアメリカの独立記念日七月四日を選び、二年二ヶ月二日の年月を過ごして、後世に残る書『ウオールデン』を書いた人である。「野生の中にこそ、世界は保たれる」と、言明したソロー。野生とは、ある意味で、アメリカと同義語ではなかったか。『メインの森』も単なる旅行記ではない。ソローによって書き表されたメインの風景に見えてくるのは頑固なまでに真実にこだわるソローの魂である。

十九世紀後半の大作家といえば、マーク・トウェインとヘンリー・ジェイムズがあがるだろうが、今回はヘンリー・ジェイムズを取り上げた。ジェイムズには、アメリカとヨーロッパの異なる価値基準の中で揺れ動くアメリカ人をテーマにした作品が多いが、私たちが取り上げた作品は『ボストンの人々』である。ジェイムズは、時間と場所は人間の認識力やその結果としての行動に大きな影響を与えると考えていた。そのため、人はある意味で偏った見方に限定されることがある。これもジェイムズの一つのテーマである。

この作品では、随所にボストン的な考え方やこだわり方が表され、南部のものの考え方との対比が示される。また、見方を変えれば、一人の女性を巡るボストンの女性と南部の男性が織りなす三角関係の愛の駆け引きの物語とも読める。この三角関係には、ボストン・マリッジといわれた女性同士の友情を超えた愛情関係が含まれている。このような愛情関係はもちろんボストンだけに限ったことではないが、ボストンというトポスの何かが、その名前の由来と成っていることは否めない。アメリカの精神はボストンにありとよくいわれるが、『ボストンの人々』のテーマもまた、ジェイムズが追い求めた「アメリカ人とは何か」の一つの答えだったのだろう。

次に取り上げたのは、自然主義文学のかげに見落とされがちであった、二十世紀初頭のW・E・B・デュボイスの『黒人の魂』である。今日でも日本におけるアメリカ文学史の本に大きく載ることは少ないが、間違いなく黒人文学の古典の書である。ダグラスに始まった、人間としての権利の主張とそれを認めぬアメリカ文化への抵抗の姿勢を継承し、その差別の構造と歴史を社会学的にまとめて、黒人としての誇りを創出した。デュボイスは、「二十世紀の夜明けに、ここアメリカの地で黒人であることの奇妙な意味」を問い、「二十世紀の問題はカラーライン（皮膚の色による差別）の問題である」と予言した。私たちは、『黒人の魂』の出版からほぼ百年後、つまり今世紀初頭に、ダグラスのスレイヴ・ナラティヴと対にして読んだ。二つの作品に共通して感じたのは教育の重みだった。また、ダグラスの苦悩とは異なるが、超エリートと言っても過言ではないデュボイスの、黒人として呻吟する苦悩が作品中いたるところに響いていて、私たちの魂もゆさぶられた。彼の没した翌年の一九六四年、公民権法は、皮膚の色による差別を禁止した。しかしながら、人種偏見は未だに過去の問題とはなり得ていない。はたして二十一世紀にカラーラインの問題は消えるのだろうか。私たちのディスカッションでも、彼の黒人性とは何かということが論点となったが、いつまで私たちは黒人文学に黒人性を求めるのだろうか。

十九世紀から二十世紀初頭にかけて価値観が劇的に変化し、古い秩序が崩壊したように見えたが、その中で新しい芸術運動としてモダニズムが生まれてきた。モダニズム前夜のパリで、新しい芸術のあり方についての談義の中心的存在であったガートルード・スタインは「すべての前衛芸術家の母」と呼ばれ、談義に加わったピカソをはじめとする多くの前衛芸術家たちとともに、モダニズムを担ったといわれている。アメリカにおいても多くの作家が彼女の影響を受けたが、その影響が語られることに比して、彼女の作品そのものが語られることは少なかったように思われる。もちろん、常識はずれな文法や、固定概念を外すような実験的な書き方のせいでもあるだろう。今回取り上げた作品は、『Q・E・D』と『三人の女』である。当時新しい文学の幕開けと評価されながらも、その新しさ故に十分評価されたとはいいがたい。今回読んでみて、ようやく時代が彼女に追いついたと感じるのは私だけだろうか。

同じ世紀転換期に、アメリカでは東欧系ユダヤ人の移民が急速に進んだ。一八八一年のロシアの反ユダヤ人政策のため流入し、一九一四年までにその移民数は二百万人以上に達した。東欧系ユダヤ人は、宗教的に正統派で、貧しいうえに、言語面でも不自由だったので、アメリカへの同化に苦しんだ。エイブラハム・カハーンは、リトアニア生まれ、一八八二年二十二歳でニューヨークに移住した、典型的な東欧系ユダヤ移民の一人である。四十年以上に渡って、イディッシュ語新聞の編集長を務め、ロウアー・イーストサイドのユダヤ人ゲットーをつぶさに観察した彼の『デイヴィッド・レヴィンスキーの向上』は東欧系ユダヤ移民のアメリカ社会への同化の物語である。そこには、ニューヨークの底辺で急増するユダヤ人の生活が、時代が、切り取られている。

一方、同時期にニューヨークの上流社会を描き出す作家がいた。イーディス・ウォートンである。二十世紀の初頭、アメリカは金持ちと貧乏人の二極化現象を呈していた。ウォートンがおもに描いたのは金銭のために働かなくてもいい人々、社交生活に明け暮れる人々である。しかし、私たちが選んだ作品はニューイングランドの片田舎が舞台の若い娘の物語、『夏』である。若い都会の男との一夏の恋と、その結果の妊娠、そして望まぬ結婚。そこには明らかにヴィクトリア時代と決別した性モラルが見えてくる。しかし、物語はそれほど単純ではなく、私たちのディスカッションが多様だったことはすでに述べたとおりである。ウォートンの代表作には見えなかったアメリカを読み取り、読み込む「私」も見えてくるような作品だった。

確かにトポスが異なれば、異なる顔のアメリカが見えてくる。中西部のスモールタウンを題材にしたシャーウッド・アンダーソンは、後のウィリアム・フォークナーが、継承すべき「アメリカ文学の伝統の父」と呼んだ作家である。三十歳代半ばに、成功していたビジネスと家庭をすて、中西部のスモールタウンからシカゴに出奔した。当時のシカゴは、シカゴ・ルネッサンスと呼ばれるほどの新文学運動の中心地であった。『貧乏白人』は産業化、機械化の波に洗われるスモールタウンの白人の生活を描き出した。それはあたかもディテールの細かい大壁画を見ているようだった。自然主義リアリズムを下敷きに、スタインの影響を受けた印象主義的手法でしあげられた絵画であった。

そして最後に、再びニューヨーク。ジョン・ドス・パソスの『マンハッタン乗換駅』である。主役はニューヨーク。まばゆい電気の街灯に照らし出される街では、欲望はつきることなく生み出される。デパートのショーウィンドウに、カラフルなシャツに、欲望は常に刺激され、人を消費へと駆り立てる。消費資本主義と拝金主義の文化、言い換えれば欲望の文化に身をおく複数の人々によって語られるニューヨーク、多重人格的なニューヨーク。二十世紀初頭にニューヨークにおこった欲望の文化現象は、二十世紀半ばまでには合衆国全土に広がったといえるのではないだろうか。ニューヨークは良くも悪くもアメリカ文化の源のひとつである。

本書で取り上げた十二人の作家、十三の作品は、作者の死後出版されたものもあるので、出版年まで多少のタイムラグはあったとしても、すべて作者の生きた時代を切り取ったものばかりである。切りとられたそれぞれの時代は、私たちに何を語り、その中に私たちは何を読みとるのだろうか。各章は、作者紹介、あらすじ、発表、ディスカッションで構成されている。前書より発表は短くし、ディスカッションのための問題提起と成っている。夜を徹して語り明かした、その議論をそのまま伝えたい思いがあって、今回はディスカッション部分をより長くした。前書と同じく読書会の録音テープを文字に起こし、話し言葉のまま収録している。不適切な発言や表現と見えるものもあるかもしれないが、それも批判的に読んでいただいて、ディスカッションの輪の中に入っていただきたいという姿勢は、今回も同じである。欄外に念入りな事項注を加えたが、これは、アメリカ文学を学ぶ学部学生・大学院生の読者の便宜を図るためである。原則として、発表に付された注は発表者が、議論に付された注は発言者、あるいは各章の担当編集委員が執筆している。

本書も、前書同様、亀井俊介先生とともにアメリカの古典を読む読書会から生まれたものである。亀井さんは、お互い「先生」と呼ばず、「さん」付けで呼びましょうと初回のときに提案された。私たちと同じ目線にたって、私たちの未熟な議論に、ホイットマン風の民主主義的な態度で接してくださった。おかげで、自由に、歯に衣を着せずに議論できる場が生まれた。それは確実に私たちの鑑賞力を育てる場になったと思う。言葉に言い尽くせない数々のものを、この十二年間の長きに渡って与えていただいたことに、深謝の意を表したい。また、南雲堂の原信雄氏は初回の読書会から最終の読書会まで一度も欠かすことなく、私たちにおつきあいくださった。その熱意には頭が下がる思いである。また、本書の出版に際しては前回同様、多大なご尽力をしてくださった。心よりの謝意を申し上げる次第である。

1 ヒュー・ヘンリー・ブラッケンリッジ『当世風騎士道』

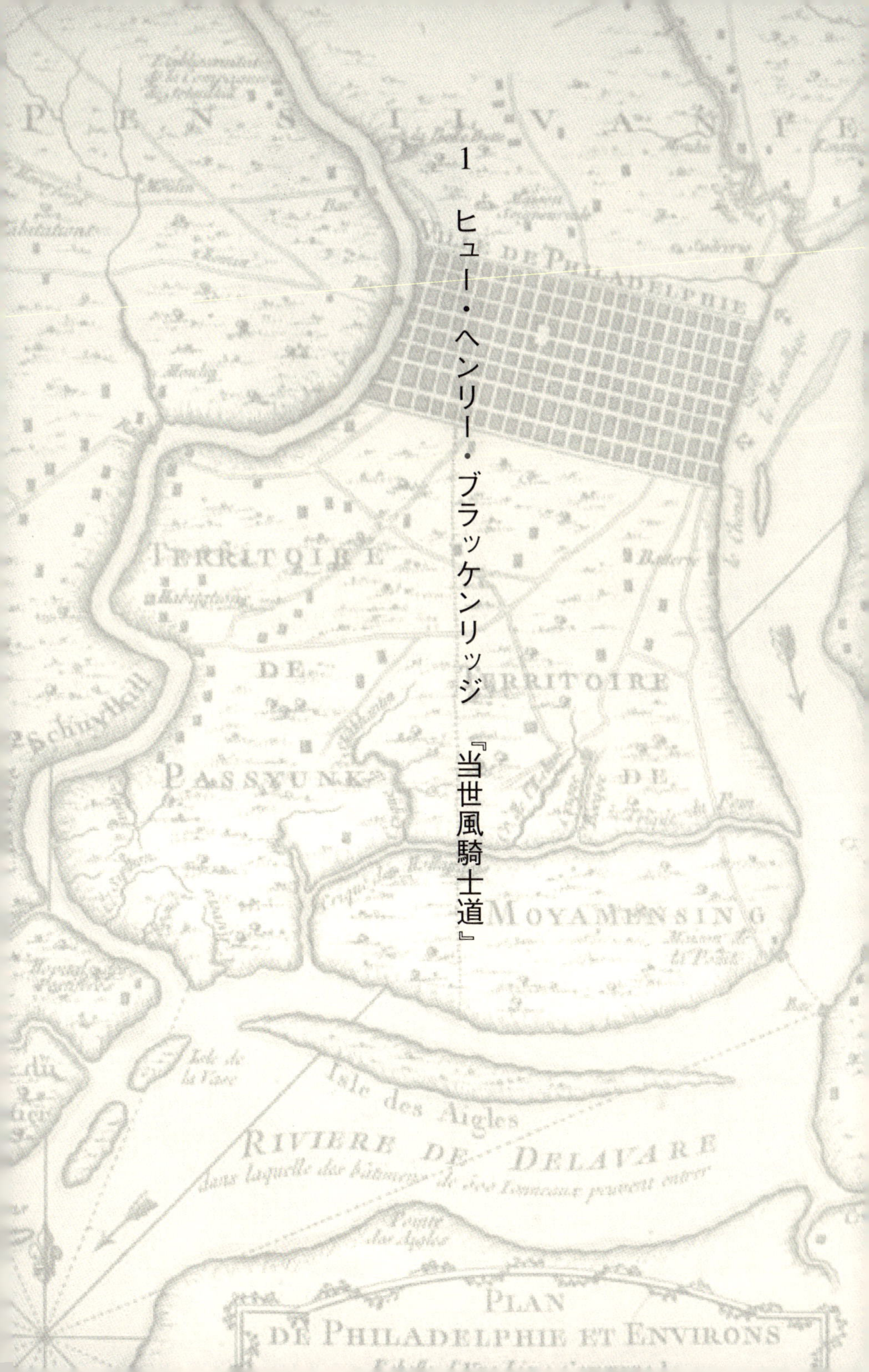

ヒュー・ヘンリー・ブラッケンリッジ（**Hugh Henry Brackenridge, 1748-1816**）

アメリカ合衆国建国期に活躍した風刺作家。

スコットランドの貧しい農家に生まれ、五歳のときに、両親とともにペンシルヴェニアに移住、辺境の地に育った。地元の学校で古典語などを学んだ後、十五歳のときにメリーランドの学校に教師として雇われた。その後、一七六八年にニュージャージー大学（後のプリンストン大学）に入学。在学中に、フレノー（Philip Freneau）らと「ホイッグ文学同好会」を結成して、王党派グループに対抗した。卒業後、独立革命が勃発すると、『バンカーヒルの戦い』（*The Battle of Bunkers-Hill*, 1776）などの愛国劇を執筆し、またワシントン（George Washington）率いる軍の従軍牧師となった。軍を離れると、一七七九年にフィラデルフィアで『ユナイテッド・ステイツ・マガジン』（*United States Magazine*）を興し、自作やフレノーらの作品を掲載した。

その後、弁護士資格を取得し、当時は辺境の寒村であったピッツバーグに移住。ペンシルヴェニア州議会議員や州最高裁判所判事となるなど、州の政治や司法に深く関わった。一七九四年に、自家製ウィスキーへの課税を嫌った州西部の住民たちが、新税法に反対して「ウィスキー反乱」を起こすと、財務長官ハミルトン（Alexander Hamilton）率いる政府側と住民側の板挟みとなり苦悩した。

代表作『当世風騎士道』（*Modern Chivalry*, 1792-1815）は、独立戦争後の政治状況や社会的混乱を風刺的に描くものだが、時々の政治・社会問題をめぐるブラッケンリッジの政治的弁明または政敵攻撃のための書でもあった。ほかに法律文書を集めた『法律雑録』（*Law Miscellanies*, 1814）などがある。

あらすじ

　ジョン・ファラーゴ大尉は、独立後まもないアメリカで、小さい農場を所有する五十三歳の独身男性である。大学も出ていて、知識は豊富だが、すべて書物から得たものである。その彼が馬に乗り、農場の働き手でアイルランド出身のティーグ・オリーガンを従えて旅にでる。共和政下のアメリカ社会を見聞し、人間の性質を探求するためである。

　旅先でファラーゴたちは様々な騒動に巻き込まれる。その多くで渦中にいるのは、読み書きはできないが、野心満々のティーグである。国会議員に始まり、学術協会会員、聖職者、偽インディアンの酋長、そして金持ちの老女との結婚などと出世の機会を得るが、その度にファラーゴが無知なティーグを脅して、辞退させる。

　「当世のバビロン」といわれる街に到着すると、ティーグは姿を消してしまう。ファラーゴは心配し、街中、彼を探し始める。やがて劇団の主人の妻と騒動をおこしたティーグはファラーゴのもとにもどってくる。そこで同宿の紳士の助言で、ファラーゴは彼が官僚に任ぜられるよう画策する。洗練されたマナーを身につけさせ、その推薦を得るための準備をするが、その間、ティーグは町の上流社会の女性たちに色目をつかい、「ティーゴメニア」なる現象をひき起こす。ファラーゴの介入で騒動はおさまり、ティーグは見事に大統領から収税吏に任じられる。

　ティーグに代わってスコットランド出身のダンカンが従者となり、ファラーゴは旅を続ける。やがてティーグの赴任地に到着するが、共和国政府の課税に反対する暴徒によって、ティーグはタールと羽根のリンチにあう。羽根をつけたまま、森に逃げ込んでいると、珍しい生き物として捕獲され、フランスへ送り込まれる。一方、ファラーゴは、革命期のフランスから避難してきた貴族のもとに難を逃れてしばらく滞在。その後ダンカンの機転で何とか自宅の農場に帰還する。

独立革命期の共和主義者育成物語

中川 優子

ヒュー・ヘンリー・ブラッケンリッジの『当世風騎士道』は、セルバンテスの『ドン・キホーテ』[1]よろしく、ジョン・ファラーゴ大尉が彼の使用人であるティーグ[2]・オリーガンをともなって、独立後まもないアメリカを旅し、人間の性質を観察するという物語です。主人公と彼をとりまく周囲の両方が滑稽に描かれ、風刺の対象となっています。とくに語り手がやたらと登場して、ときにはギリシャやローマの古典を引き合いに出して意見を述べ、バーレスク[3]に仕立て、作者の真意を撹乱しています。しかし共和制社会のあり方が主要テーマの一つであることは間違いありません。それを念頭において、主人公ファラーゴがその見聞を通してどう変化したのかに注目しました。

1 『ドン・キホーテ』(1605, 1615) スペインの作家、ミゲル・セルバンテスの風刺小説。ドン・キホーテは、ラ・マンチャの五十歳近くの郷士。騎士道文学の読みすぎから正気を失い、自らを中世の騎士にみたて、悪しきを懲らしめるため、従者サンチョ・パンザを従えて旅に出る。数々の冒険に出会い、奇行に走る。

2 ティーグ Teague 本来はアイルランド人に対するあだ名。

共和制における階級意識

この頃のアメリカはイギリスから独立後まもなく、合衆国憲法[4]も発効したばかりでした。共和制はまだ目新しく、植民地時代以来の富裕な土地所有者や商人などのエリート層を中心とする特権階級が残っており、コモン・ピープル（庶民）の台頭をおそれていたといえるでしょう。階級が固定されているイギリスやヨーロッパと異なり、アメリカでは世襲の貴族は存在しませんし、機会均等といわれていたように、階級間の移動が可能でした。そこでファラーゴはいち早く新参者との地位の逆転を警戒します。彼は農場を所有し、大学で教育を受けていて、特権階級に属します。そんな彼の階級意識は、自分が馬に乗りながら、ティーグにその横を走らせ、「ボグトラッター」[5]と呼ぶ姿に象徴されます。

ところが早くも第二章で、その関係がこわれそうになります。ティーグが国会議員に選出されそうになるのです。ファラーゴは、議員が何であるかを彼が知らないことを利用して脅し、辞退させますが、これは自分の馬の面倒をみる使用人を失いたくないという自己本位の動機によります。しかし共和制の花形であった議員になれば、ティーグの地位が自分より上になり、社会的地位が逆転するので妨害したと解釈することもできるのではないでしょうか。またティーグ本人に対しては、危うく失敗を犯すところから「救い出してやる」という態度をとります。つまりティーグのような無知な大衆の一人にはファラーゴのような特権階級の庇護が必要だという姿勢です。

この一件について、占い師が解説しています。コモン・ピープルは自分と同じ階級

3　**バーレスク** burlesque　文体と主題の不釣り合いからユーモアを引き出す模倣文学の総称。『当世風騎士道』では、全編にわたってバーレスク風の記述が見られる。

4　**合衆国憲法** Constitution of the United States　強力な中央政府樹立のため、一七八七年に憲法制定会議がフィラデルフィアで開催され、連邦政府の権限を制限する条項を盛り込むことを条件に、アメリカ合衆国憲法は承認された。各邦の承認をえて、一七八八年六月に発効。

5　**ボグトラッター** bogtrotter　沼を渡ったり、逃げ込んだりする人のことをいうが、十七世紀に文明化されていないアイルランド人のことを呼ぶようになり、それ以来、アイルランド人を蔑視する言い方となった。

を信頼し、下にいる者を引きあげ、上の階層にいる者を引きずりおろそうとし、特権階級の者は上ってきたコモン・ピープルを押しのけようとし、この闘いが永遠に続き、それが民主主義精神を活性化するのだと。階級間の不信感、警戒心といった緊張感が民主主義を顕在化させるというわけです。

ただしファラーゴは世襲による絶対的な階級制度を肯定しているわけではありません。シンシナティ騎士団[6]の一員と同宿したときは、過去の名声による集団の形成、これは当時、新貴族の形成とみなされたそうですが、それには反対を示しています。また作品の冒頭で、ファラーゴは競馬を引きあいに出して、歴史上、有能な人物の子が有能とは限らなかったと、血統重視には否定的な見解を示します。

アイリッシュ・ボグトラッター

ティーグ変身プロジェクトの失敗

従者より上の身分に出世したいというティーグの野心は、アメリカではむしろ自然なものとみなされます。確かに彼は自分の名前も綴れず、読み書きもできない、話してもひどいブローグ[7]で、作品のはじめでは、彼の言葉は直接に引用されることさえありません。ところが一つの機会をつぶされても懲りずにすぐに次の機会をねらう図太さや、罪を人にかぶせる図々しさ、女性への執着、そして自ら災いを招いてしまう間抜けぶりは滑稽で、彼の存在感はどんどん大きくなっていきます。

ティーグは、ある意味で新しいアメリカ人を代表しているといえます。実際に「当

6　シンシナティ騎士団 the Order of Cincinnati　独立戦争で活躍したにも関わらず、経済的に困窮したアメリカ大陸軍の退役軍人たちが、友情を深め、困窮者や遺族を救済するために一七八三年に設立。名は、紀元前五世紀のローマで、戦争時には独裁官として活躍、平和時には農園生活にもどったというキンキナトゥス（Cincinnatus）に由来。

世のバビロン」[8]と評される街に到着すると、この街は「ティーグ」やら、「オリーガン」やら、つまりアイルランド系移民でいっぱいだという証言をファラーゴは耳にします。ティーグはもう珍しい存在ではないのです。しかし彼のような無知な輩をあえて議員に選出しようとする共和国については、その行く末がファラーゴでなくても心配されます。選挙での買収や、いいかげんな入会資格の学術協会[9]の話も、アメリカ先住民の偽酋長の話も、この新共和国での何でもありの様相を提示します。

　ところが、はじめは懐疑的であったファラーゴも、この何でもありの状況を容認し、それに取り込まれていきます。この「当世のバビロン」で失踪したティーグを探し求めていろんな場所に出没し、共和国を観察するうちに、それに感化され、ティーグの野心を認めるようになったとはいえないでしょうか。ファラーゴは、学術協会における人種に関する議論や議会を傍聴して、満足の様子を示します。とてももともとは思えない内容ですが、彼は書物の世界しか知らないため、実際に議論し、啓蒙しようとする活動に魅了されたのではないでしょうか。そのうえティーグそっくりの本物の大学教授すら登場し、アイルランド人でも学者になることができると印象づけられます。ファラーゴがもっていた強い階級意識はここでは影を潜めます。

　ですからティーグを、議員はだめだとしても、共和国政府のなにがしかの職にということで、官僚にすることについては、ファラーゴは賛成します。そして官僚にふさわしい人間であるようにみせるため、抱腹絶倒もののダンスの稽古などを盛り込んだ、ティーグ変身プロジェクトとも呼べる訓練教育を彼に授けます。その結果、見事にテ

7　**ブローグ brogue**　強い訛り。現在ではとくにアイルランド英語特有の訛りをさす。

8　**「当世のバビロン」"modern Babylon"**　ペンシルヴェニア州の州都、フィラデルフィアのこと。一六八一年にクエーカー教徒らが建設。独立宣言が署名され、大陸会議が開かれた街。一七九〇年から一八〇〇年まで合衆国の首都。この作品では、聖書の黙示録にある神秘的な都市のように魅力的であると同時に危険をはらむ、つまり堕落した都市として表されている。

9　**学術協会 American Philosophical Society**　一七四三年にベンジャミン・フランクリン（Benjamin Franklin）の呼びかけで、「有益な」科学の研究を目的として創設された。

ィーグは収税吏[10]に任官します。奉公人からの大出世、アメリカの夢[11]の実現です。ところが赴任先で、収税吏の着任、即ち政府に統治されることに反対する人民が暴徒化して、ティーグはタールと羽根のリンチ[12]に遭わされます。このとき、彼は自分の後任の従者ダンカンを見代りにして難を逃れようとしたり、こんなことなら任官したくなかったと、共和主義への熱意のなさをさらけ出してしまいます。彼の変身は外観だけだったので、当然の結果でしょう。対照的にファラーゴは暴徒に向かって、共和国政府は人民の絶対多数により樹立され、その意思を反映する。そして税金は絶対多数により法制化されたのではないかと反論します。ティーグにかわって、ファラーゴが共和国政府を代弁しているのです。

　共和国政府の代表として共和主義を説くべきティーグがそうはせず、ファラーゴがそうしたのです。彼こそ物語の前半と後半で変わったのではないでしょうか。スコットランドの強い階級意識をもったダンカンの登場により、それは明確になります。ダンカンと旅を始めたとき、ファラーゴは彼に馬を与えられないことをティーグのときとは違いわざわざ告げます。またダンカンがティーグを、スコットランドでは絞首刑執行人と同格の「査定員」だとばかにすると、共和国で税金を集める人は「収税吏」と呼ばれ、「神聖な任務」なのだと説明します。

10　**収税吏** excise officer　共和政府の財源確保のために、大統領によって任命され、税の徴収の権限を与えられた役人。

11　**アメリカの夢** American dream　機会の平等、民主主義、資本主義経済に基づく独立独歩の成功のことをいう。

12　**タールと羽根のリンチ** tar and feather　溶かしたタールを身体にたらし、その上から鶏などの羽根をまぶすことによって、その人間を傷つけ、侮辱する私刑（リンチ）の一種。被害者がその地へ二度と戻れないように行われた。

タールと羽根のリンチ

アメリカの野獣

この後、ティーグは林に避難しているところを、得体の知れない動物として捕獲され、学術協会に人間と獣の中間に位置する生き物だと分析されます。これは共和制で野心をもった輩がまさに中身は野獣とかわらないということを物語っているのではないでしょうか。これが共和国政府官僚養成のための一大プロジェクトの顛末です。

この野獣性はティーグを襲った暴徒も同じです。ちょうどこの頃、共和国政府のなかでは、ハミルトン[13]のように特権階級の少数派による統治を考えていた勢力と、ジェファソン[14]のように絶対多数の人民に選ばれた者による統治を考えていた勢力が対立していました。ティーグの収税吏着任を阻止する暴動は、ハミルトン派の懸念が現実のものになったことを示します。これはまたいつか占い師が言っていた、階級間の闘争の一つでもあります。今や名前では特権階級に属するティーグと、共和国政府による統治自体を拒絶する群衆との闘争なのです。このような小競り合いのなかで、民主主義が何であるのか、その本質が問われ、共和制社会もだんだんと成熟していくのでしょうが、この時点では政情不安であり、共和国にとっては大きな危機です。この頃、ジョージ・ワシントンが告別演説[15]のなかで、アメリカが脅威にさらされている、国内で争っているどころではないと説いていますが、ブラッケンリッジはそれと同じ警告を発しているといえます。

ではこの先、共和国はこの獣の状態からどうすれば抜けられるのでしょうか。それは教育による文明化でしょう。これは作品の終わり近くで、語り手が選挙に選ばれる

13　ハミルトン　Alexander Hamilton（1755?-1804）　アメリカ初代財務長官。合衆国憲法推進者、連邦主義者。中央政府強化の財源確保のためウィスキーに課税しようとし、暴動をまねいた。本章注35を参照。

14　ジェファソン　Thomas Jefferson（1743-1826）　アメリカ第三代大統領。独立宣言の起草者。ヴァージニア州出身。ハミルトンと対立し、民主主義支持のために連邦政府の権限強化に反対した。

15　**告別演説**　**Farewell Address**　初代大統領ジョージ・ワシントンが二期目の任期終了を控え、一七九六年九月十九日、アメリカ国民に向けてフィラデルフィアの新聞に発表したもの。ワシントンは三期目を務めるつもりがないこと、アメリカの国民が団結する必要があること、アメ

人の資質についての「考察」に書いていることですが、うぬぼれないこと、早い時期に読書によって知識をつけることを挙げています。言い換えるなら学問、教育が民主主義を適切に機能させるのに必要であるということです。コモン・ピープルを啓蒙しないといけないのです。これはモノンガヘラにある、原住民による石の彫刻を見た時の語り手の感想に通じるものです。そこで語り手は芸術創作により彼らは獣の状態、つまり欲望、本能のまま動く状態より初めて抜け出すことができたのだと述べています。つまり、この直後にファラーゴたちが出くわす暴徒は、その次元にまで文明化されていない、あるいは、個人の利益追求が顕著な時代になって、むしろ退化してしまい、芸術活動を評価できなくなったといえるのではないでしょうか。いずれにせよ、共和国の将来についての懸念の表明です。

この先の共和国の歴史的展開は私たちの知るとおりですが、この作品の私たちの使用した版では、共和制が頓挫したという印象を与えます。確かに暴徒の問題にせよ、その他に描かれている様々な問題にせよ、共和国の将来は楽観できるものではないでしょう。しかしそれでもファラーゴは共和主義に傾倒するようになりました。それは彼が一時避難した、革命の起こったフランスから逃れてきた侯爵のもとでも変わることはありませんでした。それが共和制の今後の展望へとつながるのではないでしょうか。

リカがいかなる外国とも同盟を結ばないことなどを訴えた。

発表 Ⅱ

靴屋は靴に専念すべきか

長畑　明利

抱腹絶倒の風刺物語ですが、その中心には「自己を変えること」あるいは「別の人間になること」というシリアスなテーマが隠されています。この問題に対する著者の態度を探ってみたいと思います。

パッシング

まず、興味深い二つの場面を見てみましょう。一つは、主人公のジョン・ファラーゴ大尉が、旅の途中で、ある男から従者ティーグ・オリーガンを貸してくれと言われる場面です。男は合衆国政府とインディアン（先住民）の間の協定を取り持つ役目にあるのですが、本物のインディアンの酋長を見つけてくるのが大変なので、アイルランド人など訛りの強い白人をインディアンにでっち上げるのだというのです。たまたまそれまでキカプー族[16]の酋長にでっち上げて使っていた男が死んでしまったので、代わりとしてティーグを貸してくれというわけです。「なにティーグだって、腰巻きをつけ、脚絆を巻き、羽根飾りをつけ、片言のインディアンの言葉を教え、ウォー・ソングとウォー・ダンスをちょっとばかり覚えさせれば、九日程度でキカプー族にすることができますぜ」と男は言います。

もう一つは教会会議の場面です。二人の男がいます。一人は、アイルランドから船に乗ってアメリカにやってくる間に、もう一方の男に聖職者であることを証明する書類を盗まれたと主張し、もう一方の男は、本当の聖職者は自分で、最初の男が聖職者のガウンを盗んだのだと主張します。教会会議でどちらが本物かを決めようというわけですが、聖職者たちには判断がつきません。そこで、二人に説教をさせて判断することになりますが、ガウンを着た男が聖書の一節についての立派な説教をするのに対し、書類を持つ男はいいかげんな話しかできません。書類を持つ男が偽物であることは明々白々なのですが、驚くべきことに、聞き手の意見は二つに割れ、結局、二人とも聖職者として認められます。

この二つのエピソードは、本来の自己を偽って別の人間になりすます「パッシング[17]」の例にほかなりません。最初の例では、白人がインディアンになりすまし、二つ目の例では、聖職者の資格を持たぬ者が本物の聖職者になりすまし、しかも、その行為が承認されてしまいます。二つの「パッシング」の例は、この小説に見られる「別の人間になること」というテーマを極端な形で示すものと言えるでしょう。実際、この小

キカプー族酋長

16 キカプー族 The Kickapoo アルゴンキアン族に属する北米先住民（インディアン）の一部族。かつてはミシガン湖周辺に居住したが、後に近隣諸部族とともにイリノイ族を虐殺して、現在のイリノイ州を含む北方準州に移り住んだ。アメリカ独立戦争後、イリノイ州の土地を合衆国に割譲。その後、白人の侵攻に圧され、アメリカ南西部やカンザスなどに分散した。現在はカンザス、オクラホマ、北部メキシコなどに住む。

17 パッシング passing 本来のアイデンティティを偽って、別の人間として振舞うこと。しばしば人種民族的アイ

説には、人が本来の自己とは異なる別の存在に成り代わる例、あるいは、資格がないにもかかわらずその資格を持つ者として振舞う例が頻出します。教養と経験を欠く織工トラッドルが議員に選出され、学識を欠く黒人奴隷カフが学術協会の会員にされるのはその一例です。無学なアイルランド移民のティーグも同様に議員に選出されかけ、学術協会の会員に推され、長老派[18]の聖職者になってはどうかと言われます。彼はさらに、役者の経験もないのに舞台に立ち、最後には、収税吏に任命されることになるのです。

「本分を守ること」と「自己を形成すること」

この小説に見られるこうした肩書きと実態のずれは、独立後のアメリカ社会を批判するために描かれていると解釈することができるでしょう。そこでは、ある肩書きを与えられる人間にはそれに相応しい資格がいるという前提が失われ、あらゆる者がそれらの肩書きを持つ者として自己を偽ることができるかのように見えるのです。そして、このことを批判する役目を担うのが、小説の主人公ファラーゴ大尉と語り手です。ファラーゴはことあるごとに、何らかの役職や地位を得るためにはそれにふさわしい素質と経験が必要だと言い、資格がないのにそれらの役職や地位を持つ者に成り代わろうとするティーグや、資格のない者に無責任に肩書きを与えようとする市民たちを諫めます。語り手もこうした彼の姿勢にお墨付きを与えます。「いかなるものも、そ

デンティティの虚偽をさす言葉として用いられ、とりわけ、肌の色の薄いアフリカ系アメリカ人（黒人）が白人として振舞うことを意味した。十九世紀末から二十世紀初めには、チャールズ・チェスナット（Charles W. Chesnutt）の『ヒマラヤ杉に隠れた家』（*The House Behind the Cedars*, 1900）やネラ・ラーセン（Nella Larsen）の『パッシング』（*Passing*, 1929）をはじめ、数多くのパッシング小説が書かれた。

18　**長老派** Presbyterian Church　カルヴァン主義に基づくキリスト教プロテスタントの一派。牧師のほかに教会員から選出された「長老」（presbyters）が教会運営に参加することからこのように呼ばれる。ブラッケンリッジが学んだニュージャージー大学は長老派によって設立された。

の本分を守る限り良い」と言う語り手は、「靴屋には靴に専念させよ[19]」という格言を引用して、パッシングを、そして、自己を偽ることを戒めるのです。

しかし「本分を守れ」と言って、自己を偽ることを戒める一方で、ファラーゴは、自己を変えることに対して寛容な態度をも見せています。第三巻において彼は、ある紳士の助言を受け入れて、ティーグの立身出世の希望を叶えてやろうと宣言するのです。その紳士は、歴史上、低い教育しか受けていない人がきわめて高い地位に就いたという話があるではないかと言います。「肉屋の倅、豚の飼い主、羊の餌係、取るに足らぬ品物を扱う商人が、枢機卿や教皇や大臣になった例があるではないか。何者かになりたいという衝動があるということは、そのものになる能力があるということを示すのだ」と紳士は言います。

紳士の言葉は、あらゆる人に成功の可能性があるとするアメリカ的理想を如実に表すものと言えましょう。「君はアダムが持っていたものをすべて持っているし、シーザーにできたことすべてができるのだ[20]」という後のエマソンの言葉を思い浮かべてもいいでしょう。「本分を守れ」という戒めの対極にある考え方です。この助言に従い、ファラーゴはティーグを大統領の接見会へ連れて行き、それにより彼は収税吏の仕事を手に入れることに成功するのです。

興味深いのは、ティーグに収税吏の仕事が舞い込んでくるまでにファラーゴが彼に対して行う準備です。ファラーゴはまず彼の体を洗って垢を落とすことからはじめます。それから清潔なシャツと服を用意します。次に、フランス人のダンス教師を雇っ

19 **靴屋には靴に専念させよ** ne sutor ultra crepidam 「本分を守れ」という意味の格言。「ある靴屋が画家の描いた絵を見て、靴紐を正確に描いていないと批判した。画家が靴紐の箇所を直すと、靴屋は今度は脚の描き方がおかしいと批判した。すると画家は、靴屋は靴については専門家かもしれないが、脚のことは知らないはずだと反論した」という逸話（プリニウス『博物誌』三十五巻）に基づく。

20 **君はアダムが** エマソン（Ralph Waldo Emerson）の哲学的エッセイ『自然』（*Nature*, 1836）にある言葉。エマソンについては、本書第三章の注26を参照。

て、歩き方などを矯正します。それから政治に携わる者として恥ずかしくない礼儀作法を教えます。さらにティーグをビア・ハウス[21]に連れて行き、そこで交わされている議論に加わることによって、彼に議論の力を養わせようとします。また字の書けない彼に自分の名前を書くことを教えようとします。

これらはいずれも滑稽なエピソードとして描かれていますが、実は重要な意味を担っています。なぜならこれらは、ファラーゴの目から見て公の政治に参与する者の資格を有していない存在であったティーグという人間の本性を、その職にふさわしいものに変えようとする試みだからです。つまり、それまでティーグに対して、ことあるごとに、「本分を守る」ことを説いてきた彼が、ここではこれまでの方針をがらりと変えて、資格や能力がないのなら、それらを身につければよいというアメリカ的な考えを実践しているのです。ファラーゴは、ティーグが別の人間に生まれ変わることの、あるいは、彼が新しい自己を形成することの手助けをしているのです。

奇妙なねじれ

それではこの小説は、ファラーゴが古い旧世界的な価値観――「資格がないにもかかわらずある肩書きを持つものとして振舞ってはならない」――から、新しいアメリカ的な理想主義的価値観――「資格がないのなら、その資格を身につけて自己を変えればよい」――に移行する小説なのでしょうか。確かに物語の後半では、ファラーゴ

21 **ビア・ハウス**　beer-house　ドイツ系移民の多かったフィラデルフィアはかなり早い時期からビール製造が盛んで、一七九三年にはアメリカの他のいかなる港町よりも多くのビールを産出していたという。

フィラデルフィアの古いビア・ハウス

がアメリカ的価値観を擁護する場面も多く見られるようになってきます。ティーグの後任として彼の従者となったスコットランド出身の若者ダンカンが、アメリカの選挙制度や民主主義を批判するのに対し、ファラーゴが、この国は共和国なのであり、人間の様々な権利が「国民」（people）によって理解され、また行使されるのだと答えて、アメリカの制度を擁護するのはその典型です。

　しかし物語の後半においても、ファラーゴの言動は一貫したものではありません。例えば彼は、任官の噂が広まって女性たちの人気者になったティーグが、次から次へと女性問題を引き起こすと、彼の実態を暴いて、いかに彼の評判が実体を伴わないものかを明らかにします。語り手もまた、ティーグのような者は、「本当の自分を偽って自分とは異なる存在として振舞うことを思いとどまることがないのだ」と批判します。また、選挙で選ばれる権利について語りながら、語り手は、自分を自分の本当の力以上の存在に見せようとしないことが大切だ、つまり、「自分の肩に何が担えるか、何が担えないか[22]」を見極めることが大切だと主張します。これは語り手のお気に入りの格言――「靴屋には靴に専念させよ」――と見事に共鳴する表現に他なりません。

　つまり、この小説には「本分を守ること」と「新しい自己を形成すること」という二つの相反する精神が共存するのです。立身出世の試みを、自己を偽って分不相応の役職に就こうとする「パッシング」と見なし、これを戒める態度と、古い自己から新しい自己へ生まれ変わろうとする「自己形成」の試みと見なし、これを肯定する態度とが、未解決のまま共存しているのです。この二つの矛盾する精神のせめぎ合いは、

22　**自分の肩に何が担えるか**　Quid valeant humeri, quid ferre recusant　ホラティウスの『詩論』からの引用。「詩を書くなら、自分の力に合った題材を選ぶこと。そして自分の肩に何が担えるか、何が担えないか、時間をかけてよく考えること」（岡道男訳）。語り手は詩作についていわれたこの言葉を、人間の一般的力量をいうのに応用している。

作者ブラッケンリッジ自身が、新しい時代の混乱に直面して抱いたかもしれない違和感の現れかもしれません。共和主義と民主主義を賞賛しつつも、彼の心の奥には、「本分を守れ」という古典主義的な理念が消し去られることがなかったのかもしれません。自己を変えて別の人間に成るというアメリカ的な楽観主義に対するブラッケンリッジの抑圧的な態度はそのことを物語っているように思えます。

フランクリンの「十三の徳目[23]」やギャツビーの自己改善のための日課[24]などに見られるように、アメリカの文学には「自己を形成すること」あるいは「新たな自己を作り上げること」というテーマが顕著であると言われます。ブラッケンリッジの『当世風騎士道』にもその一端が窺えるのですが、この小説には、奇妙にも、こうしたアメリカ的自己形成の願望を抑圧する精神も窺えます。アメリカの独立期に書かれたこの小説は、アメリカ的精神のいまだ不安定な萌芽的状態を記録するテクストでもあるように思われます。

アメリカ文学の源流

平野（司会）　ありがとうございました。ともかく長い、一風変わった小説でした。一七九二年に第一巻と第二巻、一七九三年に第三巻、九七年に第四巻、さらに第二部が一八〇四年、一八〇五年に出されてます。ホイットマンの『草の葉[25]』を思わせるような、長い時間をかけて書きあげられた作品ということになりますが、私たちのテク

23　**フランクリンの「十三の徳目」**　本書の注30、ならびに第四章の注11を参照。

24　**ギャツビーの自己改善のための日課**　F・スコット・フィッツジェラルド（F. Scott Fitzgerald）の代表作『偉大なるギャツビー』（*The Great Gatsby*, 1925）の主人公ギャツビーは、少年時代、立身出世を目指して、本の見返しに一日の日課と決意を書き込んでいたことが彼の死後明らかにされる。『偉大なるギャツビー』については本書第十二章の注8を参照。

25　**『草の葉』**　ウォルト・ホイットマンの代表作。本書第四章の注17を参照。

ストに収められていたのは、そのうちの最初の第四巻まででした。

亀井　私が読んだのは六巻そろった完全版で皆さんのテクストの倍くらいありました。最初のうちはそれぞれの章が短いですね。一つ一つの情景が出てきて、それについての作者のアイロニカル・コメントみたいなものが加えられて進んでいくのですけれども、少し小説風に盛り上がってきたなあと思うと駄目になってしまう。アメリカでも他に例を見ないような膨大な作品を書くうちに、ブラッケンリッジは少しずつ小説的表現を修得していったと思います。新しいアメリカの文学を創ろうという姿勢が芽生えてきた。しかし結局最後は、小説として完成はしなかった。じゃあ詰まらないかというと、そうではない。結構面白かった。ああ、詰まらない、詰まらない、と何日間も思いながら、最終的には面白かったなあと思いました。

辻本　失踪したティーグを探しに売春宿にやってきたファラーゴが、そこで新入りの娘の身の上話を聞くことになって、でもその翌日に娘が自殺するという箇所がありましたね。バーレスクとか風刺の調子がほとんどなくて、雰囲気が他の部分と違うと思ったのですが、これはもうセンチメンタル・ノヴェル[26]の世界ではないでしょうか。

堀田　本物の聖職者と偽物が説教較べをして、結局は引き分けになるという場面なども、小説風ではありませんか。あれは面白かった。印象に残りました。

森岡　筋があるようでないようで、場所を移動しながら、政治談議や風刺、社会批判が綴られていって、メルヴィルの『マーディ』[27]のようだなあと思いました。

武田　次第にトール・テイル[28]のようになっていくところなどは、マーク・トウェイン[29]

26　センチメンタル・ノヴェル　本書第四章の注14を参照。

27　『マーディ』*Mardi*（1849）ハーマン・メルヴィル（Herman Melville）の第三作。『亀井俊介と読む古典アメリカ小説12』第三章参照。

28　トール・テイル tall tale　アメリカ西南部に伝わる民間伝承のほら話。辺境地に住む開拓者（木こり、牛飼い、農夫）の間でおもしろおかしく語られたが、現実離れした話をいかに信憑性を持たせて語るかという語りの巧みさが評価された。一八二〇年頃から盛んになり二十世紀頃まで続いた。実在の人物デイヴィ・クロケットが主人公のクロケット暦やアーカンソーの大熊の話が有名。

29　マーク・トウェイン Mark Twain（1835-1910）『亀井俊介と読む古典アメリ

を読んでいるようでした。トウェインに負けないような上手い表現もありました。

亀井　時にはトウェインをも凌ぐほどです。相当な合理主義者であるという点では、同じペンシルヴェニアのベンジャミン・フランクリン[30]に近いと思うところも多くありました。クーパーの先駆者という面も、ブラッケンリッジにはあると思います。

平野（司会）　アメリカ文学の源流といえる要素がいろいろ見出せるようですが、饒舌な語り手の存在もその一つではないでしょうか。「見解」とか「考察」と称して、ともかく語り手がよく首を突っ込みます。この作品では、語り手が作者ブラッケンリッジを代弁していると考えていいと思うんですけれども。

三石　亀井さんもいわれたように、語り手がアイロニカルなコメントを挟むので、どこまで文字通りに読んでいいのか、迷いました。一般的によく言われるような見方が出てくると、それに対して必ず、アイロニーをこめて、そうでない別の見方が提示される。一面的ではないんですね。だから作者はいつも物事を二面的、あるいは多面的に見ることができる人だと思ったんです。

武田　何かにつけ対照的なファラーゴとティーグの二人がいて、さらに「見解」という形で、もう一つの語り手の視点が用意されているという、入れ子構造になっているところがおもしろかったですね。たとえば、ティーグの代わりに黒人奴隷でも使おうかと考えたファラーゴが、クエーカー教徒[31]に諭されて思いとどまるという場面がありましたが、そのあとで語り手が、合衆国憲法では人は皆平等だといいながら、奴隷はその原則から外されているではないかと、延々と述べるんですね。従者も黒人奴隷も

カ小説12』第六章参照。

30　ベンジャミン・フランクリン Benjamin Franklin (1706–90)　独立宣言書にも署名した建国期の立役者的政治家であり、アメリカのことわざの多くを創った文筆家、また稲妻が電気であることを実験で確認したことで有名な科学者でもあった。勤勉、自由、独立、成功というアメリカ的徳目の体現者で、代表的アメリカ人と見なされる。アメリカ最初の巡回図書館、奴隷制反対協会をはじめとして、現ペンシルヴェニア大学の前身であるフィラデルフィア・アカデミーなどを創設し、建国期のみならず、後世まで大きな影響を及ぼした。

31　**クエーカー教徒** Quaker　十七世紀なかばにジョージ・フォックス（George Fox）によりイギリスで創設され、正式にはキリスト友会（Society

同じように考えているファラーゴが、語り手に揶揄されているわけです。

平野（司会）　文体や言葉のことがずいぶん出てきました。語り手は序文で、この作品を文体のために書いたのであって内容のために書いたのではないと言っています。

金澤　第三巻までは、語り手が顔を出すと、必ずといっていいくらい文体のことを話題にして、シンプルでナチュラルな文体が理想だと執拗なくらい繰り返します。ティーグやダンカンには、それぞれの出身地が分かる、訛りの強い英語を使わせています。イギリスの文壇を意識して、これがアメリカだぞ、と見せようとしたのではないかと思いました。

亀井　そう思いますね。ブラッケンリッジは、十八世紀英文学のきっちりした表現を身につけた人ですが、彼が明快なシンプル・スタイルと言うときは、イギリスの古典主義的な文体とは違うアメリカ的な文体を作ろう、という意気込みがあったんじゃないかしら。しかしシンプル・スタイルを実現しようとしながら、やっぱりアイロニーに走って、大変まわりくどい表現をしてしまったりとか、色々あっちへ行ったりこっちへ行ったりはしてますね。

アメリカ民主主義の現実

長畑　違う見方もできるんじゃないかと思うんです。ブラッケンリッジは古典主義的な考えとアメリカの民主主義との間で揺れていたと思うのですが、文体についての発

of Friends）と呼ばれる宗教団体。信者たちが祈りの際、感極まって体が震えることに名の由来がある。ペンシルヴェニア植民地はクエーカー教徒のウィリアム・ペン（William Penn）によって開かれた。

32　**スウィフトの古典主義**
ジョナサン・スウィフト（Jonathan Swift）は、『書物戦争』（*The Battle of the Books*, 1704）の中で、「甘美と明るさ」を与える古典古代の方が、独創性を旨とする近代より優れていると論じ、古典主義の立場をとった。ただし、彼の真骨頂は、『ガリヴァー旅行記』（*Gulliver's Travels*, 1726）に見られる辛らつな独創性にある。“Proper words in proper places, make the true definition of a style” は、*Letter to a Young Clergyman* (9 Jan. 1720) の中にある言葉である。

言に注目してみると、インスピレーションのおもむくままに自由に言葉を連ねていくのがよいわけではなくて、「選ばれるべき適切な言葉を、配置すべきところに配置するのがよい」と言っています。スウィフトの古典主義的[32]な考えです。こういう言葉についての考え方が、案外、ブラッケンリッジの民主主義に対する否定的な考え方を表しているように思えるのです。

ずいぶん時代は下るんですが、二十世紀のアメリカ詩人エズラ・パウンド[33]が、やはり「靴屋には靴に専念させよ」という格言を引用しています。『詩篇[34]』で儒教の処世訓の話が綴られる箇所です。その処世訓にも「本文を守ること」が大事だと書いてあるんです。国がしっかりしないのは、人間関係がしっかりしないからである。それは個人に問題があるからだ。個人の問題というのは、自分の守るべき領域からズレるから起こる。ズレの起こる根源は言語のズレにある。さらに、それを踏まえて中庸という考えが出てくる。中庸というのは、宇宙にも人間にも共通するズレない筋があり、そこからズレるのはよくないという考えです。ズレない一本の根本領域を守ることが、個人をも国をも安定させるというわけです。

三杉 民主主義に否定的といえば、私は選ばれる側というよりもむしろ、選ぶ側のことが気になりました。収税吏になったティーグは暴徒に襲われるわけですが、暴徒（モブ）こそが民主主義の担い手なのですよね。選ばれる人の資格がどうこうというのではなくて、政治家に選ばれるべきではない人物を選んでしまう大衆がいるわけです。聖職者にしても見る目がない。本物の聖職者と偽物の区別がつかなくて、それな

33 **エズラ・パウンド** Ezra Pound（1885-1972） 詩人。モダニズム文学の発展を推進した中心人物の一人。アイダホ州生まれ。イギリスで「イマジズム」「ヴォーティシズム」の運動を推進。フェノロサ（Ernest Fenollosa）の遺稿をもとに能と漢詩の英訳を完成し、またエリオット（T. S. Eliot）、ジョイス（James Joyce）ら数多くの革新的詩人・小説家を支援した。

34 **『詩篇』** *The Cantos*（1925-69） パウンドの代表作。コラージュ風のスタイルで、古今東西の夥しい人物の声を共鳴させる壮大な実験的作品。「靴屋には靴を」の格言が引用されるのは、清の雍正帝に仕えた王又撲がまとめた儒教の処世訓『聖諭廣訓』を題材にする「第九十八番」。パウンドはこの格言を「自身の本務」を意味する「本業」という言葉と並べている。

ら偽物も本物もどっちも説教師にしてしまえばいいじゃないかということになる。それは独立直後の揺籃期の民主主義が孕んでいた危うさというより、アメリカの民主主義の根幹にある危うさじゃないかと思うんです。

徳永　民主主義にはつきものの問題といえますが、ブラッケンリッジはいち早くそれを取り上げたということですね。民衆がいとも簡単に風説に惑わされていくところなど、怖いくらいでした。

中川　ティーグが暴徒に襲われる場面は、実はウィスキー反乱[35]というペンシルヴェニア州西部で実際に起こった事件がモデルになっているのです。しかもブラッケンリッジ自身、弁護士としてそのときピッツバーグにいて、事件に巻き込まれてひどい目にあってます。中央政府と暴徒との仲介役をしようと思ったのに、暴徒側から裏切者と罵倒されてるのですが、この暴徒とは、当時はフロンティア地方だったそのあたりの開拓民のことなんです。語り手は、ティーグのことも暴徒のことも「野獣」と呼びますね。暴徒になりうる大衆というものを信じられないのです。教育や芸術がないと健全な民主主義は機能しないという考え方です。このような一種のエリート主義は、このあとの時代も連綿と続いていって、ヘンリー・ジェイムズ[36]の作品にも感じられます。

武田　内容のために書いたのではないと言いつつ、教育の重要性を説いて、特権階級、といっても世襲ではなくて教育を受けた知識階級のことですが、そういう人材を建国期の混乱の時代に作り出そうとしているところが確かにありますね。

堀田　私はむしろ、野心も猥雑さや滑稽さも含めて、民主主義を良しとしているので

35　ウィスキー反乱 Whiskey Rebellion　一七九四年、平等主義気風の強いペンシルヴェニア州西部の開拓民が中心となって、連邦政府への不満を募らせ、ウィスキー課税に反対しておこした反乱。着任予定の収税吏にタールと羽根のリンチを加えたり、税監督官の家を焼いたりした。ピッツバーグをも襲うことが計画されたため、一七九四年八月に政府が召集した一万三千人の民兵がピッツバーグに入った。連邦政府の軍事力が初めて試された。

36　ヘンリー・ジェイムズ Henry James（1843-1916）ジェイムズ自身は知識階級に属していたため、大衆には懐疑的であったといわれる。例えば晩年、アメリカを二十年ぶりに訪れた際の観察を表した『アメリカン・シーン』（*The American Scene*, 1907）ではアメリカ人のマナーの欠

はないかと思いました。めちゃくちゃだけれども、ティーグの涙ぐましい努力だとか、暴徒の場面の迫力とか、批判的というより肯定的に描かれているように思えます。

亀井　確かにこの小説で一番見事に表現されているのはティーグです。秩序を破ってしまう無知な群衆も生き生きと面白く描かれています。しかし、作者はそういう秩序破壊者がおってはいかん、と思って書いている。ティーグ的な人間がファラーゴのような合理的な人間を支配してしまう、これが今の現実の民主主義なのだ、と言っているような気がします。

ブラッケンリッジは弁護士ですから、基本的には秩序尊重派です。自分の苦い経験からも、フロンティアにおける秩序をどのように確立していったらよいかということに関心があったんじゃないかしらんと思います。先ほどクーパー[37]の先駆と言ったのも、こういう点からです。第二部の一番最後の章には、法秩序、裁判官、憲法を尊重すべきだと述べられています。ついでに言っときますと、彼は自分の読者であるペンシルヴェニア州の人たちのことが心配でこの本を書いたことを、強調していますね。

徳永　奴隷制度の問題も大きいですね。先ほども指摘された箇所ですが、黒人奴隷を買おうと思いついて、クエーカー教徒に反対されたファラーゴは、アブラハム[38]の昔から奴隷は存在するとか、主人と奴隷の関係が生まれるのは人間の本質に基づいたことだとか、黒人は人間ではない、とまで言います。ファラーゴには奴隷制度への問題意識がないことが明らかなんです。でも語り手の方は、当時の奴隷売買による罪の伝受という考え方を出したり、ペンシルヴェニア州が奴隷制度の即時廃止ではなくて漸次

如、商業主義、俗っぽさを嘆いている。また、『ハーパーズ・バザー』（*Harper's Bazar*）のエッセイにアメリカ女性の話し方やマナーについて否定的な見解を表した。本書第六章を参照。

37　クーパー James Fenimore Cooper（1789-1851）『亀井俊介と読む古典アメリカ小説12』第二章参照。

38　アブラハム Abraham 紀元前二千年頃の人。旧約聖書においてはイスラエルの民の祖、コーランでは六人の大預言者のうちの一人。その名は「多くの国民の父」を意味する。きわめて信仰心が篤く、ユダヤ教、キリスト教、イスラム教のいずれにおいても尊敬されている人物。

廃止を選択したことの是非を論じたりして、合衆国憲法との矛盾をどう考えるんだと、読者に問題を投げかけています。

坂本 ただ登場人物としては、黒人の影は薄かったように思えます。新大陸の労働力として、初めは白人の年季奉公人と黒人がいたはずだと思うのです。年季奉公人の方はティーグやダンカンの造形に生かされていますが、黒人の方はあまり描かれていませんでした。ペンシルヴェニアに黒人が少なかったのか、それとも作者が取り上げなかったのでしょうか。

武田 確かにペンシルヴェニアのある中部植民地はもとから白人年季奉公の多いところで、南部植民地に比べると黒人奴隷の占める割合はずっと低くなります。なにしろフィラデルフィアは、奴隷制廃止運動の起こったところですから。独立宣言の前年にはベンジャミン・フランクリンが奴隷制反対協会を設立しています。

騎士とフロンティア

平野（司会） セルバンテスが『ドン・キホーテ』を書いたのは一六〇五年で、今から四百年前です。その序文ですでに、基盤の怪しい騎士道物語を打ち倒すために最後の騎士道物語を書くのだ、と言っています。それから百九十年近くもたってから、なぜブラッケンリッジは騎士道物語の枠組みを使ったのでしょうか。騎士道物語には不可欠な、愛する姫も見当たりませんし。

武田　『ドン・キホーテ』と同じく、まずはそのアナクロニズムが笑いを誘っているんですよね。あたらしい民主国家と封建的な主従関係というギャップは、ある意味で民主主義批判でもあるけど、そのときのファラーゴの、どたばた漫才のような過剰な言説が批判そのものを潰しているというか、解体しているようにも思えました。だから、ティーグにだんだん感化されていくんだという風に。でも、そういう笑いがアメリカの笑いの基礎に成っていくのかなぁとも思いました。

本合　「本分を守れ」という立場に立つとされるファラーゴが、五十三歳で独身という設定は、どういう意味があるのでしょう。

森　まずは『ドン・キホーテ』を下敷きにしていたから、ということが考えられます。

中川　ファラーゴは、いかにも田舎の頑固爺という感じですね。独身という設定は、身軽だということでしょう。行先もはっきりしない長期間の旅に出るわけですから。五十三歳という年齢は、ティーグのような野心家を抑えるには、これくらいの年齢が適しているということでしょうか。独立宣言が出された一七七六年に、ファラーゴは四十歳少し前ですから、植民地時代から独立革命の時代を経験し、土地を持っている特権階級の一人として、民主主義、共和主義という新しい価値観の普及を実際に目の当たりにした生き証人であるという点も見逃せません。

本合　ファラーゴは封建的な頑固爺とばかりはいえないところもあります。お二人とも発表で指摘されましたが、特に第四巻になるとファラーゴが共和制を擁護する面が強くなります。それが微妙に表れてくるんですね。ファラーゴとティーグ、ダンカンがフィラデルフィアから西に向う途中、とある小さい旅籠に泊まるのですが、そこには粗末なベッドが二つしかなくて、ファラーゴは二人に大きめのベッドに一緒に寝るように言うと、例によって二人は言い争いを始める。ファラーゴが、では自分とティーグが大きめのベッドに一緒に寝る、と言い出す。結局ファラーゴは大きめのベッド、ティーグはもう一つのベッド、ダンカンはブランケットを借りて床に寝る、と相応のところに落ち着くわけですが、それまで自分だけ馬に乗り、二人を歩かせていたファラーゴのこの変貌ぶりには驚かされます。中川さんが指摘されたように、フィラデルフィアで何がしかの影響を受けたということも考えられますが、フロンティアという場所が階級意識をなし崩しにした、という点もあるのではないでしょうか。

長畑　トマス・ピンチョン[39]の『メイソン&ディクスン[40]』という小説にも、十八世紀アメリカが描かれています。その中で、メイソンとディクスンが測量をするためにメリーランド州から西へ西へと進んで行くわけですが、フィラデルフィアの西の方に来ると、すごく恐ろしい所に来たということがまざまざと感じられるように書かれています。そういう開拓最前線を、騎士と従者が行くわけですね。

平野（司会）　そろそろ時間です。ブラッケンリッジの先駆的役割や鋭い時代認識、そして幅広い包容力がよくわかりました。愛する姫は、新しい国アメリカだったように思えてきました。

39　トマス・ピンチョン　本書第十二章の注21を参照。

40『メイソン&ディクスン』*Mason & Dixon*（1997）トマス・ピンチョンの長編小説。メリーランドとペンシルヴェニアの境界線を測量した十八世紀の二人のイギリス人チャールズ・メイソンとジェレマイア・ディクスンの冒険を描くポストモダン風歴史小説。

2　フレデリック・ダグラス『フレデリック・ダグラスの生涯の手記』

フレデリック・ダグラス　(Frederick Douglass, 1817?–1895)

十九世紀における最も重要なアフリカ系アメリカ人指導者の一人。奴隷制廃止および黒人や女性の諸権利獲得のために尽力し、自伝をはじめ、数多くの著作を残した。

奴隷としてメリーランド州に生まれた。六歳まで祖母に育てられ、その後兄姉のいた大プランテーションに連れて行かれ、鞭打ちなど奴隷の過酷な状況を体験。一八二六年ボルティモアへ送られ、そこで読み書きを習得し、奴隷解放運動の存在を知った。自由への思いを強めつつ、ひそかに仲間の黒人たちに読み書きを教え、一八三八年に単独逃亡に成功した。ニューヨークで彼の逃亡を支援した自由黒人と結婚し、ダグラスという姓を名乗り、ニューベッドフォードに落ち着いた。

ウィリアム・ロイド・ギャリスン（William Lloyd Garrison）らの奴隷解放協会の集会で体験を語るが、あまりに雄弁な演説のために奴隷の出自を疑われたことから、最初の自伝『フレデリック・ダグラスの生涯の手記』（*Narrative of the Life of Frederick Douglass*, 1845）を出版。逃亡奴隷の身の危険を逃れ、イギリス、アイルランドを周るが、友人たちの支援によって法的な自由を獲得した。帰国後ロチェスターで週刊新聞『北極星』（*The North Star*）を創刊。やがて憲法の解釈をめぐってギャリスンらと対立し、自由黒人たちとの繋がりを深めていった。その経緯を二作目の自伝『我が束縛と我が自由』（*My Bondage and My Freedom*, 1855）に描く。その間、北部黒人指導者たちによる黒人代表者会議運動や奴隷制廃止運動の主要な担い手として活躍。一八四八年セネカ・フォールズで開かれた最初の女性権利大会では、男性としてはただ一人、スタントン（Elizabeth Stanton）らの宣言を支持。再建期には、サント・ドミンゴ理事会事務官助手をはじめ、ハイチ公使・総領事などの公職につき活躍。一八八一年には三作目の自伝『フレデリック・ダグラスの人生と時代』（*Life and Times of Frederick Douglass*, 1881）を出版した。

あらすじ

冒頭でフレデリック・ダグラスは、「私の知る限り、多くの主人たちは奴隷を無知にしておくことを切に望んでいた」と書いているが、この無知の強制に対する抵抗こそ、奴隷としての過酷な状況下にあってダグラスの強い精神力と人間としての自意識を育むことになる。

ダグラスの人生における最初のターニング・ポイントは二番目の主人ヒュー・オールドに仕えるためボルティモアにやってきた時のことだ。彼はそこでオールド家の女主人ソフィアから読み書きを習いはじめる。やがて「知識は彼を扱いにくくするだけだ」と言うオールドの介入によって、ソフィアから教育を受けることができなくなってしまうが、これによりダグラスは白人が黒人奴隷に対してふるう権力に抵抗する手段を知る。すなわち、知識と教養を獲得することである。ダグラスはこれ以降独学で読み書きを修得し、仲間の奴隷たちにも自らの知識を分け与えて行く。

不断の努力によってかなりの教養を身につけたダグラスだったが、残忍非道な奴隷監督コーヴィの下で働くようになり、一度は彼も奴隷としての運命に絶望する。しかしある朝、彼はコーヴィの鞭打ちに抵抗し反撃に出た。このコーヴィとの対決は彼の人生にとって二度目のターニング・ポイントとなった。対決の末、彼は勝利を収め、これにより再び自らの人間性と自由を勝ち取る意志を新たにする。

コーヴィのもとを去り、フリーランドの農場に移されたダグラスは仲間とともに逃亡を企てるが、決行直前に計画が主人たちに露見してしまい逃亡は失敗。その後再びボルティモアのオールド家に送られるが、ダグラスの自由を求める決意は固く、やがて二度目の逃亡を図り、今度は成功。無事ニューヨークに辿り着く。そして黒人活動家デイヴィッド・ラグルズとの出会いや反奴隷制運動機関紙『解放者』を知ることによって、ダグラスもまた奴隷制廃止活動家となる決意を固める。

発表Ⅰ

既成価値観を逆転させる黒人の視点

三石　庸子

テクストから窺われるのは、奴隷という境遇に生まれながら、その辛さ、苦しさに打ち負かされることなく、信念をもって生きたダグラスの、たくましい人物像です。「逆らわない者が、一番鞭で打たれやすい」という言葉をダグラスは使っていますが、コーヴィとの二時間にも及ぶ十六歳の頃の闘いを含め、ダグラスは常に積極的に自己の権利を主張し、行動することによって、未来を切り開いてきた人であったようにみえます。

黒人白人双方から非難された白人女性との再婚なども含め、ダグラスは白人寄りと批判されることもあります。こうした批判については、当時黒人は白人に劣らない資質をもつということが疑問視された時代であったことを、考慮する必要があると思います。黒人は主流アメリカ社会で白人的価値観に同化することによって白人と対等であることを、まず主張しなければならなかったのです。

批判する奴隷としてのダグラス

『フレデリック・ダグラスの生涯の手記』では、奴隷主をはじめ奴隷制下の南部社会に向けられた、奴隷の視点からの痛烈な批判が、目を引きます。最大の特徴は、キリスト教徒の偽善性[1]への批判です。「南部の宗教は、もっとも恐るべき犯罪の覆いにすぎない」、「私が出会ったすべての奴隷所有者の中で、信心深い者ほど最悪だった」とダグラスは告発します。社会の道徳的支柱であるキリスト教への批判となるので多少配慮し、最初の自伝に「付録」を付け、自分が批判しているのは本来のキリスト教それ自体ではなく、「この地の奴隷所有者が信心するキリスト教」に限ると弁明しますが、その批判は強烈です。

ダグラスは、主人たちも厳しく批判しています。たとえば、二度目の主人であるトマス・オールドに対しては、「彼の性格のおもな特徴は、底意地の悪さであり、もしそれ以外の要素があるとしても、この特徴に隠れてしまった」と解説しています。あらたに信心に目覚めた熱心なキリスト教徒で、社会的に地位のある人物に対して、南部社会の白人からはこのような批判は生まれ得ないのではないでしょうか。このような容赦ない批判は、奴隷という被抑圧者の身分にありながらも、ダグラスが育んできた、たくましい批判精神を印象づけます。奴隷制度下に出版されたこのテクスト内において、批判する奴隷と批判される主人の社会的な力関係は逆転しているようにさえ思われます。

ダグラスの批判は、表面的な個々の現象に留まらず、それらの背後にある奴隷制と

1 **キリスト教徒の偽善性**
二作目の自伝で、自分や奴隷すべての意見では、「真の回心」の証拠とは「自分の奴隷を解放すること」であるとダグラスは述べている。だが、解放するどころか、神の道に従う自分の道義的正しさを確信しているので、牧師や熱心なキリスト教徒の方がかえって奴隷に対して残酷であったと、ダグラスは体験を述べる。ダグラスにとって、そうしたキリスト教徒の信仰は、忌むべき偽善として際立って見えたのである。

いう矛盾の告発へと収斂していくことが特徴です。そうした傾向は、一作目よりも二作目の自伝で顕著になります。ダグラスは、奴隷を直接虐待する奴隷主さえ、「奴隷制度の被害者」にすぎないと捉えます。北部出身で、奴隷制のことを知らず、ダグラスに文字の読み方を教えようとした優しい女主人が、夫に非難されて以来、奴隷である自分への態度を変容させていくエピソードで、ダグラスは「奴隷制が私に対すると同様、彼女に有害な作用を及ぼした」と述べています。叔母ミリーの娘に対する非人道的な仕打ちを語るところでも、主人の人間性というより奴隷制という「システム」が問題であること、つまり個人の資質以上に、社会制度が人間におよぼす力の大きさを指摘しています。

奴隷が与えられる一年に一度のクリスマスから正月にかけての休暇についても、ダグラスは「奴隷制という詐欺的非人間的システムの一部」と呼び、適当に気晴らしをさせて蜂起の精神を鎮めるためのものであり、「奴隷所有者が持つもっとも効果的な手段のひとつ」[2]であると糾弾しています。現象の背後に原理や構造を捉えようとする、分析的、理論的なダグラスの認識傾向が窺えます。奴隷時代に、貸し出されて造船場で仕事をした時に、白人労働者たちに打ちのめされたダグラスは、こうした自分の体験をも客観的に位置づけ、「南部の白人機械工や労働者の利益と奴隷制との衝突」であると捉えます。奴隷制下では白人労働者は奴隷労働者との不当な競争を強いられ、「自己の労働の正当な成果を奪われる」という、搾取の構造を見出しているのです。ですから、奴隷所有者たちは狡猾にも、「貧しい白人労働者たちの黒人への敵意を助

2　奴隷所有者が持つもっとも効果的な手段のひとつ　奴隷たちはクリスマス休暇を楽しみに働くので、奴隷所有者はそれを有効に利用した。彼らは、奴隷たちに「酒を過剰に飲ませる」ようにあらゆる工夫をする。その結果、奴隷たちは、与えられた「不道徳な気晴らし」を「自由」と思いこみ、休日の終わりには「快楽にふけった汚辱の中からよろよろ立ち上がり」、自由はたいしてよいものではないと感じてしまう。ダグラスは酒に溺れる奴隷を責めるのではなく、奴隷制を強化する巧妙な策略をクリスマス休暇に見出している。

長することによって、そのような白人をも、黒人奴隷とほとんど変わらないような奴隷にすることに成功するのだ」と、ダグラスは自分への集団的暴力事件の経済的背景を解説しています。

ダグラスは、ウィリアム・ギャリスン[3]らの反対を押し切って自分の新聞『北極星』の発刊に踏み切りました。また、その運営のために責任をもって「読書と思考」を積み重ねていくうちに、合衆国憲法を奴隷制容認文書と考えて連邦脱退を説く、ギャリスンらの路線から離れていきました。主流の奴隷制廃止運動の中から、独自の道へと踏み出し、奴隷制廃止を勝ちとっていくダグラスの独立不羈《き》の歩みは、思想家ダグラスの信念を窺わせます。

文学者としてのダグラス

反奴隷制に向けた、ダグラスの強い意志が育まれたのは、奴隷としての彼の実体験からです。自伝では、理論的であるだけでなく、繊細で感情豊かなダグラスが、どれほど奴隷として、心身ともに深い傷を負い、奴隷制の不当さを噛みしめてきたかを、その豊かな文学的表現から窺うことができます。最初の自伝につけられた序文の中で、ギャリスンは、この体験記には多くの感動的なできごとや、雄弁で力強い一節があるが、それらのうちでもっとも魅力的なものは、チェサピーク湾の岸辺に一人佇むダグラスが遠ざかる船を眺め自由のみを思う一節であると述べています。自己の身の上に

3　ウィリアム・ギャリスン　William Lloyd Garrison（1805-79）　マサチューセッツ州生まれ。一八〇八年に父親に去られ、生活のためのさまざまな見習いを経て、一八年から新聞社で働く。二十五歳の頃から奴隷制廃止運動にかかわり、自分の週刊新聞『解放者』（*the Liberator*）などで即時解放を求め、もっとも急進的な廃止論者として有名になる。投票や暴力によらず、道徳に基づいた解放を目ざし、また合衆国憲法を奴隷制容認の文書と捉え、北部の分離を主張した。

対する悲しみに暮れながら、いつか自由の身になる可能性に思いを馳せた若者の心が、読者としてのギャリスンに伝わったのでしょう。

個人的な思いだけでなく、黒人奴隷たちの悲しみをダグラスが記した一節があります。後にデュボイスが[4]「哀しみの歌」として取りあげることになる黒人霊歌など、黒人特有の歌への言及です。それらは、最高の喜びと深い悲しみとを同時にあらわにするような歌で、「どの歌も奴隷制への告発であり、鎖からの解放を求める神への祈り」であったと述べられています。これらの歌によって、奴隷制の「魂を切り刻むような」非人間性が、幼かった自分に初めて伝わったのであり、また今も、これらの歌に触れるだけで、書きながら涙が頬を伝わると、ダグラスは述べています。

ダグラスは自分を七歳まで育ててくれた祖母のことを、自分の感情描写に酔ったように、長々と綴っています。一生農園と主人のために尽くしたあげく、年老いて役にたたないと判断された祖母は、新しい主人によって森の中に小さな小屋を与えられ、そこで一人きりで自活するようにと放りだされたのです。今生きているとしたら、どのような思いで暮らしていることだろうかと、その悲しみに満ちた孤独な生活の様子を想像し、ダグラスはまずホイッティアの[5]詩を引用し、さらに延々と現在形を使って、祖母の姿を描き出しています。臨場感あふれる想像上の情景に、唯一の肉親の現在を思いやり、感情的に筆を走らせた、書き手としてのダグラスの力量が窺われる箇所であると思います。

ダグラスの表現の工夫としては、詩の引用、諺など慣用語の使用、イタリック体や

4　デュボイス　本書第七章を参照。

5　ホイッティア John Greenleaf Whittier（1807-92）詩人。最初の詩をギャリスンに採用されて以来、彼の生涯の友人となり、奴隷制廃止運動にも加わった。"The Farewell: Of a Virginia Slave Mother to Her Daughters, Sold into Southern Bondage"（1852）の第一連（一―十二行）が引用されている。

大文字を使っての強調、比喩や言い換え、洒落などがみられます。「だが、この頃までに私は、フリーランド氏と一緒に暮らすだけではなく、自由の地、フリーランドに住みたいと思いはじめたのである」といった言葉遊びは、余裕とユーモアをテクストに漂わせています。加えて、奴隷の視点から見た自由の価値が、効果的に表現されていることも特徴です。文字を教えた妻を非難して、「黒ん坊に一インチやると、一エル[6]とられる」という諺を、その夫であるダグラスの二度目の主人がもち出したのですが、自分は逆に文字を学ぶことの大切さを悟ったとダグラスは述べ、その後の状況を次のように表現しています。「女主人は私にアルファベットを教えたことで、私に一インチくれた。もうどのように警戒しても、私が一エルとることは妨げられない」。このように白人の差別的な諺によって貶められることなく、逆に、アイロニーとして用いることによって、既成の価値体系を転覆する効果が生まれています。

また、いよいよ逃亡を実行する直前の心境を語る際に、ダグラスは「読者は、好待遇が奴隷に与える悪影響についてはすでによくご存知なので、私の待遇改善がどのような結果をもたらしたか、予想されよう。私はじきに、奴隷制に対して不満の兆候を示しはじめ、そこから逃亡する最短の手段を探しはじめたのである」と述べています。船大工の技術を生かして賃金をもらい、それを主人に渡すという境遇なのですが、自由黒人たちの間に混じって賃労働をするという、奴隷としては恵まれた境遇の中で、なぜ自分は自由ではないのか、当然のことながら疑問が沸き、一層不満が強くなるわけです。「悪い」影響を受けたダグラスは、この後逃亡を果たし、奴隷制廃止運動に

6　エル ell　ヤードが使われるまで、古来イギリスで布を測るために用いられた長さを表す単位。およそ二十二〜四インチをさしたが、中世以降、四十五インチと定められた。

身を捧げます。こうして奴隷制社会の、「良い」と「悪い」という価値観を逆転させるのです。このように奴隷のダグラスが潜在的に所有していた力は、痛烈な批判やアイロニーによって被抑圧者の強さを印象づけるこのテクスト自体からも、窺うことができるように思います。

発表 II

ダグラスの「根っこ」

山口　善成

フレデリック・ダグラスの自伝『フレデリック・ダグラスの生涯の手記』はスレイヴ・ナラティヴ[7]と呼ばれる一つの証言文書です。アメリカ南部奴隷制の実状を著者自身の奴隷としての体験から証言し、告発するのがその目的となります。ただしその主張を効果的に訴えるためには、単に奴隷制の凄惨な体験を語るだけでは不充分です。黒人奴隷は自らの話が「本当に起こったこと」であることを証明し、さらに自分自身が信頼に足る証言者であることを証明しなければならないのです。実際ダグラスはその自伝の中で、自らを信頼に足る証言者として自己表象しようとしています。しかし、黒人奴隷の証言に関するダグラスの自意識はやがて特異な展開を見せ、おそらく彼も予期していなかったであろう問題を露見させてしまいます。それはいかなる問題なのか、以下、主に使用するテクストは『フレデリック・ダグラスの生涯の手記』ですが、彼の二冊目の自伝『我が束縛と我が自由』も適宜参照しながら、考えてゆきたいと思

7　スレイヴ・ナラティヴ Slave Narrative　アメリカ南部奴隷制から北部へと逃亡してきた黒人奴隷による体験記。反奴隷制運動の中核を担い、残酷で非人道的な奴隷制の実情を世の人々（多くは白人）に訴えかけた。奴隷所有主の非人間性と伝統的なキリスト教価値観とを対比させ、白人社会の矛盾を暴くものが多い。奴隷制廃止論の高まりやセンセーショナルなものを好む読者の志向と相まって、当時かなりの人気を博した。

います。

信頼できる黒人奴隷証言とは

黒人奴隷の証言の信憑性を高めるためには、通常、白人奴隷制廃止論者による「序文」という装置が用いられ、ダグラスの場合、ウィリアム・ロイド・ギャリスンとウェンデル・フィリップス[8]の序文がそれにあたります。この二人はダグラスが自伝の中で実在する固有名を明かしていることを強調し、その理由から彼の証言そのものが本物であるとします。誇張や空想の入り込む余地のない客観的データこそが、彼ら白人奴隷制廃止論者が最も求めていたものでした。簡単に立証できるうえ、一度事実と認定されれば反証されにくいからです。黒人奴隷は客観的データのみを提供し、そのデータは白人奴隷制廃止論者によって裏付けられるという役割分担がなされていたと言えます。

この図式は黒人奴隷の証言に規制を加えることになります。ダグラスは『我が束縛と我が自由』において、一冊目の自伝を執筆した当時のことを思い出し、ギャリスンらから絶えず客観的事実だけを話すよう求められ、自分の「思想」ないし「意見」が抑圧されていたと不満を吐露しています。黒人奴隷たちが獣同然と見なされていたことを考慮すれば、自分の考えを述べる知的な黒人奴隷よりも、客観的データだけを求められるままに提供する無知で従順な黒人奴隷のほうが本物らしく見えたのでしょう。

8　ウェンデル・フィリップス Wendell Phillips（1811-84）ボストン生まれの社会改革家および演説家。彼が奴隷制廃止運動と関わるようになったのは、一八三五年十月二十一日、ボストン女性反奴隷制協会の年次大会で起こった奴隷制擁護派の暴徒による反奴隷制運動のリーダー、ギャリスン襲撃事件がきっかけである。当時二十四歳だったフィリップスはこの事件を目の当たりにし、反奴隷制活動家の勇敢さに感銘を受け、自らも活動家として立ち上がることを決意したという。そしてイリノイ州で起こった反奴隷制編集者イライジャ・P・ラヴジョイの暗殺事件を糾弾する演説（一八三七）から彼の活動家としてのキャリアは始まった。その後は反奴隷制運動だけでなく、女性権拡張運動、メキシコ戦争とテキサス併合に対する反対運動など多くの社会改革運動に参加する。

しかしダグラスはこのような制約に我慢できず白人奴隷制廃止論者たちの方針に抵抗し、自分の力で証言者としての信頼性を証明しようとするのです。では、実際に自伝の内容に踏み込んでこの点を考察することにしましょう。

奴隷制への抵抗／迷信への抵抗

奴隷時代のダグラスはさまざまな経験を経て、次第に自らの人間としての尊厳を認識するようになりますが、やがてその認識を確固としたものにする事件が起こります。「ニグロ・ブレイカー」[9]、コーヴィとの対決です。その対決シーンを描く際、彼は読者にこう言います。「あなた方はこれまで人間がいかに奴隷にさせられるかを見てきた。だが今度は奴隷がいかに人間になるかをあなた方は見ることになるだろう」。

この対決シーンが興味深いのは、その直前にサンディー・ジェンキンズという人物が登場し、ダグラスとコーヴィとの闘いに彼の存在が絡んでくる点にあります。コーヴィによる虐待に耐えかねたダグラスはある日農場から逃げ出し森に身を潜めます。ジェンキンズが現れるのはこの場面です。

ジェンキンズは同じ黒人奴隷仲間としてダグラスを支持する助言者でした。ただし彼の助言は一風変わっています。何とかダグラスをコーヴィの鞭から守ろうと対策を練るのですが、ここで彼が持ち出すのは「魔法の根っこ」なのです。これさえ携帯していれば、白人に手を上げられることは決してない、彼はそう断言します。しかし当

9　ニグロ・ブレイカー　negro breaker　ダグラスのように反抗的な黒人奴隷を厳しくしつけ直し、扱いやすい奴隷に矯正する人のこと。動詞“break”には「家畜をならす」という意味がある。なお、コーヴィは「ニグロ・ブレイカー」以外に「スレイヴ・ドライヴァー」（slave driver）とも呼ばれ、やはり家畜を追いたてるように奴隷を酷使する人物と言及されている。

逃亡奴隷の図

然ダグラスはこれを拒みます。機会を見つけては勉強し、すでにかなりの教養を積んでいる彼にとって、それは全く非合理な迷信にすぎないからです。言い換えれば、ダグラスの「教養」とジェンキンズの「迷信」は、ここではっきりとした対立概念として提示されています。結局はあまりにも熱心に勧められてダグラスの方が折れることになりますが、それも「魔法の根っこ」を少しでも信じてみようと思ったからではなく、ジェンキンズの面目を保つためでした。

　ここでダグラスとコーヴィとの対決に別の意味が見えてきます。つまりダグラスはこの闘いにおいて、コーヴィの体現する奴隷制に抵抗しているだけでなく、ジェンキンズの迷信に対しても頑なに抵抗しているのです。殴り合いの最中ずっと彼は「根」を持っていたにもかかわらず、その勝利は「根」の威力が発揮されたためだとは決して言いません。闘いの後で彼が言うのは、自らの「人間性」や「自信」や「自由への意志」についてだけです。そして、その彼の「人間性」は以上のことから判断する限り、教養や知性に裏打ちされた合理的精神から成っていることは明らかです。ダグラスの勝利は奴隷制の克服とともに、非合理な迷信に対する勝利でもあったのです。

　ジェンキンズはその後の物語においても引き続き登場しますが、彼に対するダグラスの態度は全く変わりません。農場にいる頃のダグラスは仲間たちと厚い友情を結び、その中には当のジェンキンズも含まれているのですが、ただしその他の奴隷たちと比べてジェンキンズは明らかに異質な存在です。そもそもこの奴隷仲間たちの友情は学ぶ意志と自由への志向を共有することで培われました。ところが同じ仲間の一人であ

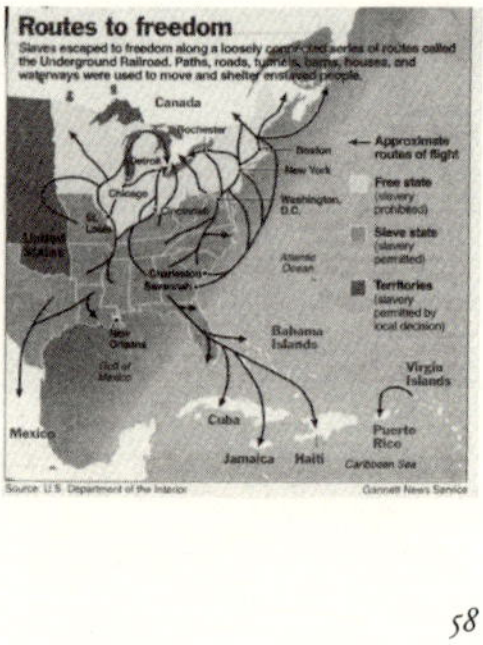

奴隷の逃亡先は、奴隷制度を持たない自由州やカナダ、メキシコや西インド諸島だった。

るはずのジェンキンズだけは相変わらず無知で迷信深いままに描かれ、しかも彼に関する説明はページ下の脚注という欄外に追いやられているのです。次の一節はその脚注からの引用です。「我々はしばしばコーヴィとの闘いについて話し合ったものだが、そうするといつも、ジェンキンズは私の勝利を彼が渡してくれた根の効力のおかげだと言うのだ。この種の迷信は無知な奴隷たちの間ではよくあることである」。ジェンキンズは完全にダグラスのグループから排除されてしまうわけではありませんが、ちょうどこの一節が本文に対する脚注として周辺化されているように、巧みに隅に追いやられているのです。

奴隷仲間内におけるジェンキンズの周辺化が持つ意味は、彼が証言者としての役割を担う時、一層はっきりしてきます。無知で迷信深く従順な証言者像――それは白人たちが黒人奴隷の証言に密かに要請していた規範に他なりません。ジェンキンズが体現するのは、まさにそのような証言者モデルです。ダグラスとその仲間たちが一緒に北部へと逃亡する計画を立てた時のことです。当初ジェンキンズもそのグループの一味だったのですが、彼は途中で計画から抜け、それればかりか彼はこの逃亡計画を白人農園主たちに密告し、ダグラスらの逃亡を失敗に終わらせてしまいます。白人奴隷所有者に都合のいい証言をしてしまうジェンキンズには、同じように白人奴隷制廃止論者たちの規範に従順に従ってしまう黒人奴隷証言者の姿が重ね合わされています。そんな彼がダグラスにとって対立項であり隅に追いやられるべき存在だったのは当然です。逆に言えば、無知で迷信深いジェンキンズと対立し彼を周辺化することで、ダグラスは白人の提示する規範によらず、高い知性と強い精神力を備えた黒人証言者として自己を定義しているということになるでしょう。

合理的精神と同胞意識の葛藤

ただし、このような形で果そうとするダグラスの主体の確立には、まだ幾分かのわだかまりが残ります。コーヴィとの対決前夜、疲労と空腹に苦しむダグラスを救ったのはジェンキンズでした。果たしてダグラスはそんな恩人に対して徹底的に抗することができたでしょうか。答えは否です。ジェンキンズとダグラスの間には単なる対立関係としては解消できない要素が存在しています。一方でダグラスは無知で迷信深いジェンキンズを巧みに隅に追いやり、もう一方では彼に強い執着を見せているのです。

ダグラスが見せるジェンキンズへの執着は、簡単に言ってしまえば同胞意識です。ただし、これは他の奴隷仲間たちと結んだような学問や自由への志向を基盤とした友情関係とはちがいます。言ってみれば、アフリカという共通の原点に根ざした同胞意識です。ジェンキンズはこれまで述べてきた性格づけ以外にもう一つ、ダグラスをアフリカン・ルーツ[10]につなぐ接点という描き方がされているのです。ジェンキンズが「魔法の根っこ」の話をした時、ダグラスは彼を「古臭い助言者」(an old adviser)と定義しています。この場合、"old"という形容詞は「古くからの、旧来の」、すなわち

10 アフリカン・ルーツ African roots 新大陸に連れてこられた黒人奴隷共通の起源としてのアフリカ。十六世

アフリカから続く黒人の伝統に則っている、という意味であるように思われます。実際、『我が束縛と我が自由』では、ジェンキンズは「生粋のアフリカ人」とされています。またさらに深読みすれば、ジェンキンズの「魔法の根っこ」すなわち"magic roots"に関する迷信は、実は黒人の「アフリカン・ルーツ」に関連したものであったと言うこともできるのではないでしょうか。そうだとすれば、ダグラスがジェンキンズの存在を完全に否定できないのは当然です。

こうしてジェンキンズとの対立関係によって明確になるはずだったダグラスの主体形成には、曖昧な部分が残ってしまいます。ダグラスの自伝は奴隷制についての告発文書であるとともに、黒人奴隷の証言に課せられた規制に対する抵抗のメッセージを含んでいました。実際、彼の物語はこの闘争における彼の合理的精神の勝利の歴史として読むこともできます。しかし、その成功がもたらす効果は彼にとって肯定的なものばかりではありませんでした。彼がジェンキンズについて今ひとつ煮え切らない描き方をしていることから分かるように、合理的精神の達成は自分をアフリカンとしてのアイデンティティから切り離してしまうように彼には感じられたに違いないからです。

紀から十九世紀半ばまで続いた奴隷貿易は主としてヨーロッパ、アフリカ西海岸、新大陸の三つの地点を経由する三角貿易によって行われた。黒人奴隷はこの三角貿易において、アフリカから新大陸に輸送される「商品」であった。その後アメリカに住む黒人たちにとって、アフリカは共通の起源として重要な意味を持ち続けるが、やがて黒人たちは自らの起源と完全には同一化できなくなる。新大陸で生まれ育った彼らはすでに「アフリカン」ではないからだ。「アメリカン」としても不充分な立場にあり、「アフリカン」としてのルーツも断ち切られ、こうしてダグラスのようなジレンマやデュボイスの「二重の意識」がアメリカの黒人たちの間に生まれる。

スレイヴ・ナラティヴとして読む

森（司会）　では、お二人の発表に続いて討論に移りたいと思います。

鈴木　はじめにお話ししたいのは一八四五年の『手記』出版の際の状況です。この作品に対し、周囲の人々は非常な懸念を抱き、ダグラスに原稿を火にくべるよう忠告したのですが、ダグラスは自分の書いた本が世間に理解してもらえるという強い確信を抱いていたそうです。果たして『手記』は五千部売れ、当時としてはベストセラーになったということです。典型的なスレイヴ・ナラティヴということですね。

中川　発表者のお二人にお聞きしたいのですが、お二人ともダグラスの『手記』をいわゆるスレイヴ・ナラティヴの類型的物語に抵抗しようとする話として読んでおられたように私は思いました。ところが、一方では『アンクル・トムの小屋』[11]のストウ[12]にも似た説教調の口調が感じられる部分もあります。こうした調子は、トムキンズ[13]の言うセンチメンタル・パワーに訴えることで奴隷制を廃止しようとしていた当時の風潮を思い起こさせます。この辺はデュボイスと対照的ですが、こうした戦略はスレイヴ・ナラティヴとしては正統なのでしょうか、異例なのでしょうか。

三石　どちらかは分からないですが、スレイヴ・ナラティヴ自体がそういった物語としての類型的な限界を持っているのでしょう。むしろ事実を描く際にも読者の感傷力に訴えていると見るならば、それはダグラスの新しい側面の発見ではないでしょうか。

山口　私もそう思います。特に演説の際には、聴衆はむしろダグラスの話のセンチメンタルな部分に耳を傾けているのだと思います。ただ、この本の目的はそれだけではなく、奴隷制についての事実を立証するために書いてもいるのだと思います。

森（司会）山口さんが二つの自伝についてお話しされましたが、この点について何か

11　『アンクル・トムの小屋』*Uncle Tom's Cabin or Life among the Lowly*（1852）　ハリエット・ビーチャー・ストウの作品で十九世紀の間、「聖書に次ぐ世界で二番目に人気のある本」とされ、奴隷解放運動に大きな影響を与えたと言われる。当時の大統領エイブラハム・リンカン（Abraham Lincoln）は、この作品をもって、「大きな戦い（南北戦争）を引き起こした本を書いた小さな婦人」とストウを評した。

12　**ストウ** Harriet Beecher Stowe（1811-96）　アメリカ十九世紀のベストセラー作家。『アンクル・トムの小屋』で知られるが、『オールドタウンの人々』（*Oldtown Folks.*本書第四章の注23を参照）など、ローカルカラーの作家としても有名。

ご意見がありましたらお願いします。

辻本　私がダグラスの伝記を読み比べて面白いと思ったのは「イコール」（equal）という語の使われ方です。例えば最初に出版された『手記』では、第七章の「私の女主人が私を野獣であるかのように扱うことができるほどになる（equal）まで」という用い方にうかがえるように、「ある事を充分にできる能力が身につく、あるいはそうした状況に匹敵する」という意味で使われているのです。黒人が自分たちの権利を主張する際に用いる「イコール」の用法とはかなり違った意味合いで、白人の態度について言及する際に用いられています。一方、一八五五年に出た『我が束縛と我が自由』では、「我々は法の下に平等（equal）でなくてはならない」という風に、白人と黒人が同等の権利を持つことを表していて、これは『手記』での使われ方とはかなり違っていて、言わば定石通りの「平等」を意味する用いられ方をしています。

同様に奴隷監督コーヴィとの闘いの描き方も違っていて、一冊目では割と淡々と語っていたのに対し、二冊目では「武力（force）、尊厳（dignity）、力（power）」という言葉が用いられ、「私はかつて何者でもなかったが、今や人間だ」、「力を持たない者は人間の基本的尊厳を持たないのだ」と強く主張するようになります。つまり『手記』以降改訂につれて、ダグラスの物語は、次第に奴隷制やキリスト教の偽善性に対抗する奴隷の側の力を表現するものへと、また抵抗する英雄的個人の物語から、奴隷という被抑圧者側の声を代弁するものへと変遷を遂げる訳ですが、それはある意味自然なことではなかったかと思います。

ハリエット・ビーチャー・ストウ

13　トムキンズ Jane Tompkins　フェミニズム批評、読者反応批評（reader-response criticism）を行なう文学批評家。一九八五年に出版した *Sensational Design: The Cultural Work of American Fiction, 1790-1860* で、それまでの男性偏重のキャノンについて問題提起をした。十九世紀における読者とストウ夫人などの女性作家による作品がどのように感情、感性の面で結びついていたのかを考察している。

亀井　僕は『人生と時代』も読んだのですが、そこには、奴隷制時代の只中で出された最初の版では、奴隷所有者に脱走の方法を教えぬため、また自分の援助者に害が及ばぬよう、逃亡の詳細については述べなかったけれど、今ではもう全部話せるようになった、なんて書いてあります。彼の伝記が出版されたその時々の出版状況が版ごとに反映されている訳で、こういう点は踏まえておかねばならないと思います。また、版を改めるたびに文章力がどんどん上達してるんだなあ。ダグラスの作家としての成長も辿れますね。

人種／ジェンダー／セクシュアリティ

本合　中川さんの発言を聞いていて思ったのですが、奴隷体験記には事実を強調する面と、作者が自分自身の物語を作り上げていく面とがあって、発表者の方々は後者に焦点を当てたのだと思いますが、例えば『シャーロット・テンプル』[14]のように物語が真実であることを強調することによってよりセンチメンタルな部分に訴えかける側面もあるんじゃないですか。読者の大部分が白人であることも考えると、どんな人がその話を読むのかといった点や作者がどのような影響を受けたのかという点に興味があります。『手記』の「付録」では、奴隷制の残虐さの一例に「女を鞭打つこと」（women-whipping）が挙げられていますが、『手記』では鞭打たれるのは基本的に女性で、しかもその際上半身を裸にすることが強調されているんですね。そこには妙に

14　『シャーロット・テンプル』*Charlotte Temple*（1794）スザンナ・ローソン（Susanna Rowson）によるセンチメンタル小説。アメリカ最初のベストセラー小説と呼ばれた。ローソンはイギリス生まれ。父に伴ってアメリカに移住し、役者ウィリアム・ローソンと結婚、執筆活動をはじめる。女優、教育者としても有名。小説は若い未婚のシャーロットが、社会通念に逆らって、自由恋愛に身を投じ、悲劇的な死を迎えるあらすじで、道徳的教訓が込められていた。

エロティックなものがあるのですが、それは読者がそう感じているだけなのか、ダグラスが読者にそう思わせたいのか、あるいは彼自身が鞭打ちをエロティックに感じざるを得なかったのか。これが男性性（manhood）の問題と絡んでくるのか、それとも読者の側の問題と関連するのか、このあたりはどうでしょうね。

武田　私たちが使ったテクストの序に、女性が裸で鞭打たれることにはエロティシズムが感じられるとありましたが、私はそのように読んでいなかったので非常に驚きました。一方で、この指摘に従えば、本合さんが言われたように、鞭打たれることが奴隷制の被害者としての立場を象徴していると言えますし、更に『手記』十章でダグラスがコーヴィと戦った後は鞭で打たれなくなり、その時初めて男性性を獲得した、というのも納得がいきます。また、鞭打たれる半裸の女性の姿がエロティックというのは道徳的コードから外れているので、奴隷制の悲惨さを訴えてもいると捉えることもできますよね。

進藤　黒人は人間の男性としての権利をずっと否定されてきました。彼らは動物的な労働力であり、また黒人女性との間に新たな労働力を生産するためのものとしか見做されず、人間として黒人女性を愛する権利もなかった訳です。まして白人女性を愛するというのは獣姦か何かのように思われていて、性器を切り取られるリンチを受けたりしました。ですがそれは白人男性の黒人男性の性的能力に対する恐怖感や、そうした能力を否定することで白人男性社会を優位に保とうとする根強い態度によるものでしょう。また、黒人女性が半裸で鞭打たれていながら、被害女性を助ける能力を奪わ

鞭打ちの図

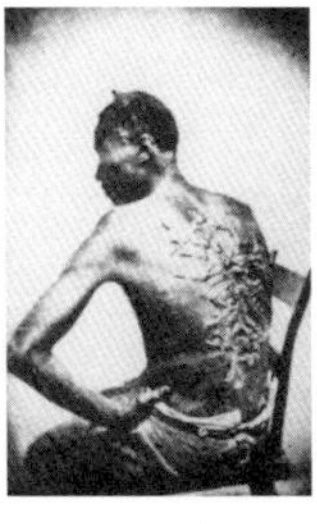
鞭打たれた奴隷の背中

れている黒人男性というのは、白人による黒人の人権蹂躙であるということが、ダグラスは分かっていたのです。ですから黒人が人間の男性としての認知を求める際の最初の拠り所は、自分の男性としての力が、まず性的な点において認められるという点にあったのではないでしょうか。当然認められるべき男性としての性的能力を否定されていることが黒人問題の基本にあると思います。

武田　進藤さんの言われた「性的なもの」について語る際には、やはりセクシュアリティとジェンダーを分ける必要があるのではないでしょうか。性的に強いと思われていた黒人のセクシュアリティは白人男性にとって恐怖である一方で、黒人男性奴隷は白人社会によって男性としてのジェンダー的役割を奪われたと思っています。例えば、「女を守るべき者」だとか、「一家の主人としての立場」といった男性が担うべき役割を、奴隷であるために奪われたと考えている訳です。

森（司会）黒人奴隷の女性についてのご意見はありませんでしょうか。

小池　女性の奴隷というと、ひとつ気になったのは、第一章の中で「母親を昼間見たことがない」というフレーズが繰り返し出ている点です。奴隷であるダグラスの母親が、仕事のためにそばにいないということですが、それを繰り返すことでダグラスはいったい何を言いたかったのか、気になりました。それは単に母親が昼間働いているから自分の傍にいない、という以上のことを意味しているようにも思えますが、どなたかコメントしていただけませんか。

武田　『アンクル・トムの小屋』などでもそうですが、母親から子供が引き離されたり、家族が離散した状況にあるというのは、奴隷制の悪を示す好例となっていました。特に十九世紀半ば以降の白人社会において、家庭の存在とその中での母親の役割が尊重されるようになる時に、母親がいない、あるいは家庭というものが最初から壊されているのが奴隷制なのだと強調することで、奴隷制の悪を象徴させていると思います。

平野　奴隷制の悪を追求するいろいろな表現が面白いと僕は思いました。奴隷主のトマス・オールドを辛辣なユーモアを交えて、卑しく甲斐性のない人間として描いたり、畑の中に隠れて奴隷を監視するコーヴィを滑稽に茶化していますが、このようにダグラスが筆の力で白人の支配階級を馬鹿にしている点が面白く読めました。

アイデンティティの形成／抵抗の姿勢

林　第十一章でダグラスが奴隷の身分を脱して新しい苗字とアイデンティティを得る場面について質問したいのですが。ダグラスという苗字は、その名を提案したネイサン・ジョンソンが当時ウォルター・スコット[15]の『湖上の婦人』を読んでいたことと関係があるように書かれていますが、どうなんでしょうか。

鈴木　今の林さんの質問ですが、テクスト付録の「年譜」によれば、ダグラスが自由黒人ジョンソンの下に滞在していた時に、彼が母から受け継いだベイリーという苗字が強く奴隷の身分を連想させるため、元の身分を気取られないようジョンソンが改姓を勧めたそうです。その際、彼が読んでいた『湖上の婦人』から苗字が選ばれたそう

ウォルター・スコット

15　ウォルター・スコット　Sir Walter Scott（1771-1832）　イギリスの詩人、小説家。スコットランドのエディンバラの名家に生まれ、スコットランドの歴史を題材とした叙事的な物語詩を発表して名声を得た。『湖上の婦人』（*The Lady of the Lake*, 1810）が代表作。小説の第一作『ウェイヴァリー』（*Waverley*, 1814）は匿名で出版され、それ以後『ウェイヴァリー』の作者という名の下に出版されたため、今日ではその小説全体を総称してウェイヴァリー小説と呼ぶ。彼の名声はイギリスにとどまらず、バルザック、トル

です。

三石　改名は自分の正体を隠すためもありますが、ウィリアム・ブラウン[16]のように、逃亡中の自分を助けてくれたクエーカー教徒の名を採ってつけたような場合もあります。

進藤　ダグラスは白人の姓を持つことで、自己を白人的なものと同化させようとした。ここにダグラスの自分観が反映されているように思えます。それはマルカム・リトルが後にマルカム・エックス[17]と名乗らねばならなくなった心情とはかけ離れたものがあるという点で意味があると思います。

　三石さんの発表の中で、ダグラスが白人的な価値観に捕われていたという指摘がありましたが、例えばデュボイスにとって、ギリシャ・ラテン的な教養が彼自身の近代的なセルフメイドマン[18]としての人間性の糧となっていたのに対して、ダグラスは近代市民社会の中で一級の市民となるためには白人的な価値に自己を同一化しなければならないし、さまざまな出来事は彼にとってはそのための修行と見ている部分があります。「マンフッド」という言葉は男であってかつ人間であるという二重性を持ちますが、近代市民社会においては、人は男性であって白人であるという重層性を持たねば一人前の人間にはなり得ない。ダグラスは動物のように扱われてきた奴隷という身分から人間になるために、一人前の市民として認められるようなルートを辿った訳ですが、その先にまだ黒人としての、自分自身の黒人としてのアイデンティティを獲得するというステップが必要だなと思わせます。

ストイなど大陸の小説家にまで影響を与えた。

16 ウィリアム・ブラウン William Wells Brown（1814-1884）ケンタッキー生れの黒人奴隷解放演説家。自伝 *Narrative of William W. Brown, a Fugitive Slave*（1847）も執筆した。反奴隷制協会では、ギャリスンやダグラスと共闘した。

17 マルカム・エックス Malcolm X（1925-1965）本名マルカム・リトル（Malcolm Little）。ネブラスカ生まれ。過激な黒人運動家として知られる。やくざな青年時代を過ごすが、一九四六年からの服役中、教育に目覚め、エライジャ・モハメッドの宗教思想に帰依し、説教師となるが、説教中に暗殺された。

18 セルフメイドマン self-made man　貧困から、自分

一方で、トゥルース[19]のように、近代市民社会から除外されていた女性という立場から、全く別の過程をとってアイデンティティを獲得する人物の強さというのも感じさせますが、こうした回り道を経ることなしにはダグラス自身の自分の発見というのはありえなかっただろうとも思います。その意味ではこうした経緯を経てダグラスという名を採ることは彼にとって必要なステップでしたし、重い意味があったと感じます。

長畑　『手記』を読んで気がついたのは、ダグラスが抵抗や闘いを賛美していることですね。例えば、第十章でダグラスが奴隷主に対する不服従と闘いを決意する場面はとても強く書かれていますが、こういう心情はアメリカ人の深層心理に合うんじゃないかと思います。現在の日本のように、抵抗や闘いが美化され難い国の視点から見た場合と、独立戦争によってイギリスから独立した伝統を持っていて、圧制に対しては武力を以て抵抗すべきだと教えているアメリカの視点から見た場合とでは、奴隷状態から力ずくで自由を獲得することの印象はかなり違っているのではないでしょうか。

森（司会）　奴隷制に対抗する重要な武器として、ダグラスの受けた識字教育がありましたが、この点についてコメントしていただけませんか。

長畑　私はこの本を読んで、唐突なようですが、『フランケンシュタイン[20]』のモンスターを思い出しました。モンスターが創造主から逃げ出して隠れている家の隣に、貧しい一家が住んでいるんですが、目の見えない父親と娘と息子のその家族愛に感動して、彼らのようになりたいと読み書きを学び、本を読んで教養を身につけるというエピソードです。奴隷状態から脱するための闘いの手段として教育があるという『手記』

自身の努力により身を起こし、成功を収めた人。ヨーロッパ的な貴族の家柄などによらない成功をめざす、アメリカの理想的な立身出世を果たした人物をいう。

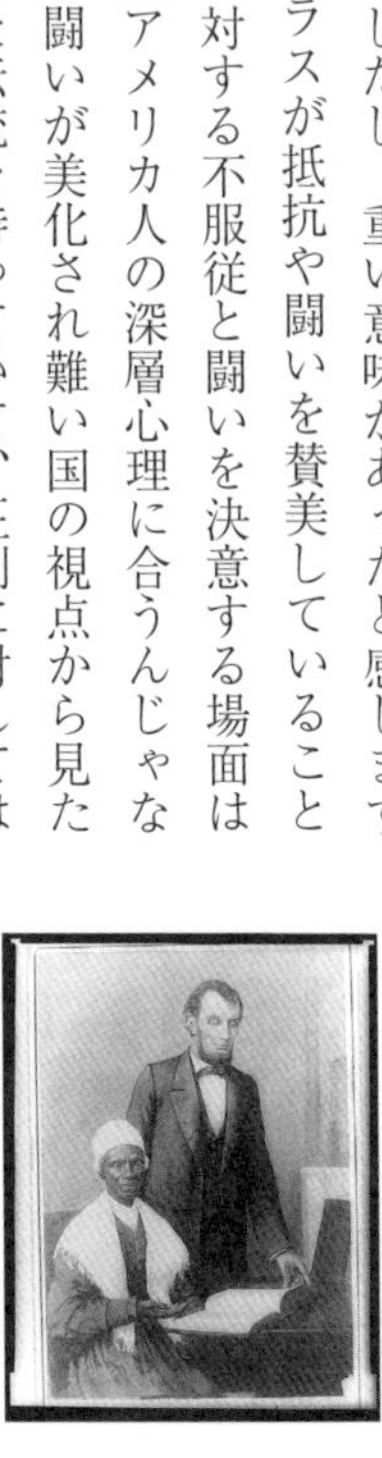
リンカンとトゥルース

19　**トゥルース** Sojourner Truth（1797?-1883）　ニューヨーク州生まれの元奴隷の黒人奴隷解放演説家。奴隷名をイザベラという。無学であったが、黒人女性の立場から、女性権運動や奴隷解放運動に関わり、リンカン大統領にホワイトハウスで謁見するまでの社会的評価を得た。

の考えは、モンスターが人間になるための教育というのとダブるんですね。

金澤　今回デュボイスとダグラスを続けて読んで、興味深かったのは両者の教育に対する考え方の差です。ダグラスにとって、女主人から文字を習う、教育を受けるということは、彼の精神が奴隷根性から人間性（manhood）へと移行する契機となった訳です。一方六十年後のデュボイスは自意識とか自己信頼とかといった、「セルフ」（self-）という語を伴った言葉をよく用いていて、教育が自己意識の確立を促すように書いてあるように思いました。この違いは時代の違いでしょうか。ヘンリー・アダムズ[21]は教育の意義を、自己が社会に対して適切に反応できる程度によって判断していたそうですが、こうした社会と対立する自己という白人のエリート主義的な考え方に対し、ダグラスとデュボイスは自分をいかに人間化すべきか、またいかに自分を新たに再確認し、獲得すべきかを模索する手段として、教育を捉えていたように思います。

小池　私もデュボイスとの違いを感じました。ダグラスの問題意識は奴隷制自体にあって、デュボイスが述べている人種差別の問題とは違うと感じました。ダグラスは、白人に好意的なところもあって、人種差別的とは言っていない。ダグラスは白人種自体を標的としたというよりは、奴隷制とそれを擁する社会に対する反対論としてこの手記を書いたのではないかと思いました。

森（司会）　そろそろ時間となりました。多彩なご意見をありがとうございました。

20　『フランケンシュタイン』*Frankenstein, or the Modern Prometheus*（1818）メアリー・シェリー（Mary Shelley）による、ゴシック小説のジャンルに属する作品。メアリー・シェリーは社会思想家の父と女性権運動家の母の間に生まれ、妻のある詩人シェリーと駆け落ちし、妻の自殺後結婚した。『フランケンシュタイン』は死体から新しい命を吹き込まれた怪物の物語。

21　ヘンリー・アダムズ Henry Adams（1838-1918）ボストンの名家出身の歴史学者、小説家。『デモクラシー』*Democracy*（1880）や『ヘンリー・アダムズの教育』*The Education of Henry Adams*（1907）が代表作。『亀井俊介と読む古典アメリカ小説12』第七章参照。

3 ナサニエル・ホーソーン『ブライズデイル・ロマンス』

ナサニエル・ホーソーン　(**Nathaniel Hawthorne, 1804–1864**)

ピューリタンの伝統を強く意識し、人間の罪の問題を追究した、十九世紀の代表的作家。シンボルや寓話、ロマンスの手法を使用しながら、細かい心理描写をおこなった。

マサチューセッツ州セイラムで生まれ、クエーカー教徒を弾圧した治安判事ウィリアム・ホーソーン（William Hathorne）や魔女裁判で裁判官をつとめたジョン・ホーソーン（John Hathorne）を先祖にもつ。四歳のとき父が亡くなって以来、母と二人だけの孤独な生活を送る。

大学卒業後、セイラムに戻り、自宅の一室で創作に打ち込んだ。やがて短編が雑誌に掲載され、それらを収録した『トワイス・トールド・テールズ』（*Twice-Told Tales*, 1837）で世間に認められるようになる。一八四一年に、後のブライズデイルのモデルといわれる実験農場ブルック・ファームに参加している。一八四二年にソフィア・ピーボディ（Sophia Peabody）と結婚し、コンコードの旧牧師館に居を構え、超絶主義者たちと親交を結ぶ。「ヤング・グッドマン・ブラウン」（"Young Goodman Brown"）などを収録した短編集『旧牧師館の苔』（*Mosses from an Old Manse*, 1846）が出版され評価されるが、文筆業のみでは経済的に苦しいため、一八四五年にセイラムに戻り税関に勤務した。そして代表作『緋文字』（*The Scarlet Letter*, 1850）を出版し、不動の名声を確立する。続いて『七破風の屋敷』（*The House of the Seven Gables*, 1851）、『ブライズデイル・ロマンス』（*The Blithedale Romance*, 1852）を出版する。

一八五三年、大学時代の友人フランクリン・ピアス（Franklin Pierce）が大統領に就任すると、リヴァプール領事に任命され、一八五七年まで務める。イタリアで『大理石の牧神』（*The Marble Faun*, 1860）を執筆した。

あらすじ

物語の舞台であるブライズデイルは、自然の中で暮らしながら精神性を高め、社会改革をめざす実験農場である。若き詩人であったカヴァデイルはこの共同体に参加し、ホリングズワース、ゼノビアと出会う。ホリングズワースは、犯罪者を更正する施設を作ることによって世界を変えようとする博愛主義的夢想家であり、ゼノビアは若く美しい女性権論者で、ここでは圧倒的な存在感を持っていた。二人は恋愛関係にあったが、ホリングズワースがプリシラという若い娘を農場へ連れてきたため、彼らの愛情関係が崩れ始める。

カヴァデイルはホリングズワースから、彼の計画への協力を要請されるが、それを拒否。この共同体の理念そのものに疑問を抱きはじめたこともあり、しばらく休暇を取って町へ移る。そこでゼノビアとウェスタヴェルト、プリシラが一緒にいるのを目撃する。またオールド・ムーディに会って、ゼノビアとプリシラが異母姉妹で、彼が二人の父であることを聞き出す。その後、カヴァデイルは評判になっていた霊媒の見せ物「ヴェールの貴婦人」を見物にいく。同じく見に来ていたホリングズワースは、そこで霊媒をしていたプリシラを催眠術師のウェスタヴェルトから奪い、連れ去ってしまう。

カヴァデイルがブライズデイルに戻ってみると、ホリングズワースはゼノビアと別れ、かわりにプリシラへの愛を誓っていた。それを悲観したためか、ゼノビアは入水自殺を遂げる。カヴァデイルは、その事件の一週間後、失意のうちにブライズデイルを立ち去る。

物語の最終章で晩年のカヴァデイルが、実は自分もプリシラを愛していたと読者に告白する。しかしすべては昔がたりとなって、カヴァデイルには不毛な想い出以外の何も残らない。

発表 I

「隠す」語り手カヴァデイル

大森 夕夏

ホーソーンは一八四一年四月半ばからその年の十一月初め頃までブルック・ファーム[1]に参加し、その時の経験をもとに『ブライズデイル・ロマンス』を書き上げました。当時は、一八三七年の経済恐慌の影響で、都市部を中心に貧民層が現れ、犯罪も増加していました。そこで、犯罪人の社会復帰、売春婦の保護、孤児や貧困者の世話が社会問題として取り上げられ、多くの慈善団体がこれらの問題に取り組んでいました。そして一八四八年の女性の権利大会[2]での男女平等宣言をきっかけに女性権運動が盛んになり、また物質主義的な時代ゆえに、神秘的なメスメリズム[3]が大衆に広まりました。実はこれらの諸問題が登場人物と絡められて扱われています。ホリングズワースは、犯罪人の更生施設を設立することに使命感を感じていますし、ゼノビアはマーガレット・フラー[4]をモデルにしたといわれる女性権運動家です。プリシラは、お針子として働く一方、霊感が強かったので、メスメリストのウェスタヴェルトに利用され、「ヴ

1　ブルック・ファーム　Brook Farm　一八四一年にジョージ・リプリー（George Ripley）ら超絶主義者たちがボストン近郊のウェスト・ロクスベリーに設立した社会主義的実験農場。近代的な産業化の波に逆らって、自然の中で肉体労働に従事し、人間性

ブルック・ファーム

エールの貴婦人」として見せ物にされました。

カヴァデイルという語り手と最終章

ただしこれらの社会問題そのものは作中では追究されず、ホリングズワース、ゼノビア、プリシラの三角関係に焦点が当てられています。なぜならこれが語り手カヴァデイルの最大の関心事だからです。そもそもカヴァデイルがブライズデイルに来たのは、フーリエ主義[5]を取り入れた共同体の理念に賛同したからではありません。彼はそれまで無為の日々を過ごしていましたが、人生に積極的に関わろうとブライズデイルに参加することにしたのです。ですからブライズデイルは普通の人間関係に身を投じるための舞台に過ぎず、彼はその社会的意義を重要視していません。

ホーソーンはそんなカヴァデイルを一人称の語り手としてこの作品で用いています。そもそも一人称の語りはホーソーンの作品では非常に珍しく、長編小説ではこの作品だけです。カヴァデイルという名前は「カヴァー」(cover)と「デイル」(dale)を合成したもので、これを解釈すると、「谷」(ブライズデイル「幸福の谷」)を「覆う」、「扱う」、あるいは「報道する」という意味になります。彼の名前が彼の語るという役割を表しますが、私はここでとくに「覆う」つまり「隠す」点に注目したいと思います。

実はこの「隠す」という行為はカヴァデイルに限られていません。他の登場人物た

の回復、社会の改善を目指した。一八四三年に、超絶主義者の手を離れて、フーリエ主義の影響下に置かれるが、一八四七年に解散した。

2　女性の権利大会　一八四八年にニューヨーク州セネカ・フォールズにあるウェズリアン・メソジスト教会で、エリザベス・ケイディ・スタントン(Elizabeth Cady Stanton)、ルクレシア・モット(Lucretia Mott)を中心に開催された第

セネカ・フォールズのウェズリアン・メソジスト教会

ちも、「マスク」によって自らのアイデンティティを隠そうとしています。ゼノビアという名前はペンネームで、カヴァデイルはそれを世間の前に現れるときのマスクみたいなものだと言っていますし、ゼノビアたちの父ムーディも偽名と眼帯で自分のアイデンティティを隠そうとしています。ウェスタヴェルトにしても、その美貌はいわば取り外しのきくマスクではないかと言及されています。ホリングズワースにいたっては、博愛主義者の仮面で利己心を隠していたとゼノビアに糾弾されます。またプリシラは「ヴェールの貴婦人」として、自由もアイデンティティもありませんでした。しかし、カヴァデイルの場合、「隠す」ことは、語り手であるが故に作品の核心に大きくかかわってくるのです。

『ブライズデイル・ロマンス』の最終章の第二十九章は、ホーソーンが尊敬していた批評家E・P・ホイップル[6]の進言に従って、一度完成した作品に新たに付け加えたものです。最初の原稿では作品のタイトルは『ホリングズワース』で、第二十八章が最終章でした。ゼノビアの自殺によって、利己心を罰せられたホリングズワースが、余生を生ける屍のように送ることで報いを受けるさまがつづられて小説は幕を閉じます。つまり社会運動のために周囲の人間を犠牲にすることを批判的に描いた作品で終わっていました。しかし第二十九章「マイルズ・カヴァデイルの告白」が付け加えられて、ホリングズワースとは対照的に、プリシラに想いを告げることもなく独身の観察者として老年期を迎えるカヴァデイルの孤独のさまが突如クローズアップされるのです。つまりここで彼はそれまで一人称の語りを用いて隠してきた自分の心について

一回女性の権利大会。アメリカの独立宣言にならって男女の平等を唱えた。女性の不平等な状況を十五項目にわたって列挙し、改善をもとめたが、女性参政権の要求はとりわけ物議をかもした。

3　**メスメリズム** mesmerism　フランツ・アントン・メスマーが自らの動物磁気説（animal magnetism）に基づいて行った動物磁気催眠療法。メスメリズムは一八三六年にニューイングランドに伝わり反響を呼び、各地で治療や興行が行われた。ホーソーンはメスメリズムに懐疑的であり、妻ソフィアがメスメリズムに

メスメリズム

語り、そこでそれまでの彼の語った内容の真意を知らせる手がかりを与えるのです。

「行動する者」と「観察する者」

ホリングズワースとカヴァデイルの生き方は対照的です。ホリングズワースは信念に基づいて行動する人です。カヴァデイルが意地悪く言うように、確かに鍛冶屋あがりの彼は、充分な教育を受けていないが故に偏った目的に取り付かれ、愚かな過ちを犯してしまったといえるかもしれません。

一方、カヴァデイルはその懐疑主義ゆえに、行動できない人です。そんな彼がブライズデイルに来たのは、先ほど言いましたように、ブライズデイルでの生活には疑念があったものの、その疑念を打ち払って積極的に人生に参加しようとしたからでした。しかし結局知性ばかりが勝ってしまい、信じるという飛躍をすることはなく、行動を起こすこともありませんでした。

こうしてみると、行動する者としない者、信じる力を持つ者と持たない者という図式が浮かび上がります。第二十九章がなければ、間違った信念に取り付かれ、他人を巻き込んで行動したホリングズワースが惨めな余生を送り、その様子を語るカヴァデイルがホリングズワースに対して優位に立っているように読めます。しかし第二十九章で、実はプリシラを愛していたのだというカヴァデイルの秘密が明らかにされたことにより、プリシラを巡る二人の男性の運命が逆転します。プリシラと結ばれたホリ

よる治療を受けようとしたとき強く反対した。

4　マーガレット・フラー　Margaret Fuller（1810-1850）　アメリカにおける女性解放運動の先駆者。マサチューセッツ州ケンブリッジ出身。一八四五年に『十九世紀の女性』（*Woman in the Nineteenth Century*）を出版し、男女の平等を訴えた。著述家、編集者、教師、演説家として才能をふるい、当時の文学および女性権運動に大きな影響を与えた。ブルック・ファームの主旨に賛同はしたが、参加はしていない。

5　フーリエ主義　シャルル・フーリエは、宇宙を、ニュートンの万有引力の法則が支配する物質界と、「情念引力の法則」が支配する人間社会の精神界からなるものととらえ、これらの情念が満たされた調和的共同社会こそ人類

ングズワースに対し、人生を無為に過ごしてしまったカヴァデイルのむなしさが浮かび上がるからです。

カヴァデイルの葛藤と策略

カヴァデイルは語らないことで、自分の真意を明らかにしているといえます。プリシラへの恋心もその一例ですが、ホリングズワースの言動についても、その一部を隠すことで彼に対する複雑な感情を表しているのです。そもそもカヴァデイルの語る内容は不確かです。彼はあらゆる場面に居合わせていたわけではありませんでした。だから様々な質問を当事者に不意に投げかけ、その本心を漏らすような反応を引き出し、想像力を働かせ、それを解釈しました。人の心を探って操ろうとしていたともいえるこの行為は、ホーソーンがよく取り上げた「許されざる罪[7]」といえるかもしれません。

例えば、なぜホリングズワースがプリシラを助けることになったのかという経緯についてカヴァデイルは全く触れていません。ホリングズワースによるプリシラの救済が、ホリングズワースとゼノビアの破局につながるわけですが、カヴァデイルはホリングズワースがゼノビアを断罪する場面は見逃してしまい、ゼノビアがホリングズワースを糾弾している場面のみを読者に伝えます。

結果として、ホリングズワースが財産を失ったゼノビアに見切りをつけ、財産目当てでプリシラに乗り換えたのだという印象を受けます。しかし実際には、ゼノビアが

の到達点だと考えた。そしてファランステールと呼ばれる農業を中心とした生活共同体を理想社会として提示しようとした。十九世紀アメリカでは、このフーリエ主義に基づいた共同体が多数建設された。

6 **E・P・ホイップル** Edwin Percy Whipple（1819-1886） 当時の高名な文芸評論家、作家。『ブライズデイル・ロマンス』出版の約二ヶ月前、ホーソーンは彼に宛てた手紙の中でタイトルに関して助言を求めた。その後、原稿完成から初校が出るまでの二週間ほどの間にタイトルが変更され、新たに最後の一章が付け加えられた。

7 **許されざる罪** the Unpardonable Sin 「聖霊」に対する冒涜は許されないという聖書にあることばに由来し、一般的には、神に取って代わろうとする人間の傲慢さをあ

プリシラをウェスタヴェルトに売ったという事実が発覚したため、ホリングズワースはそのように非情なゼノビアに嫌悪に近い反感を抱いたと考えることもできます。もちろん、このあたりは詳しく語られていませんので、読者が推量するしかないのですが、語られない故に、ホリングズワースが冷酷な人間として強く印象づけられます。これを自分とは正反対の、エゴをむき出しにした生き方をしつつも人を惹きつけてやまないホリングズワースに嫉妬したカヴァデイルが、巧妙に情報操作をしたとは考えられないでしょうか。

しかしながらこのようなカヴァデイルの心の葛藤や策略は、この作品が一人称で語られているために、あくまで可能性の域を超えることはありません。目標が形骸化した社会運動のために周囲の人間を犠牲にするというホリングズワースが象徴する問題も、普通の人間関係への参加を成しえず、他人の心を執拗に探ることしかできないカヴァデイルの心の問題も、やはり「隠す」語り故に、ともに中途半端な形でしか提示されずに終わってしまったといえるでしょう。

らわす、近代西欧の精神を象徴する罪として解釈される。ホーソーンの場合は、他人の神聖な心の奥底まで立ち入り、観察することをさし、『緋文字』、短編「イーサン・ブランド」など、いくつもの作品で取り上げられている。

発表 Ⅱ

窃視者カヴァデイルをめぐる『ブライズデイル・ロマンス』の限界

三杉　圭子

この物語はカヴァデイルの一人称によって語られています。そこで、私はこの信頼できない語り手にさらに制約を加えているのは、ゼノビア、プリシラ、ホリングズワースの三角関係をみつめるカヴァデイル自身の、伝統的なジェンダー・パターン[8]を容認する姿勢と、窃視[9]というセクシュアリティへの固執であると考え、その観点からこの物語を読んでみたいと思います。

ブライズデイルにおける誇り高き「女王」ゼノビア[10]と、因習的なジェンダー・ロールをになう、ありきたりなお針子プリシラは、明確な対照をなしています。ホリングズワースは二人の女性の間に男性性を具現した頑迷な「男らしい」人物として配されています。そしてカヴァデイル自身は、基本的には異性愛者であり、ゼノビアの女性性に惹かれはするものの、彼女のジェンダー・フリーともいえる在り方を受け入れることはなく、プリシラの控えめな「女性らしさ」に心を寄せます。しかし、彼自身は

8　伝統的なジェンダー・パターン　ジェンダーは、社会的制度上の性別を意味し、生物学上の性別を表すセックスとは区別されている。なおセクシュアリティは、個人の性的指向をさす。近代社会において、家庭内分業がおこり、男性は外で働き、女性は家庭を守るのがそれぞれの性別役割であるとされ、「伝統的なジェンダー・パターン」が生み出された。プリシラはお針子という当時の伝統的な「女性らしい」仕事に従事し、そ

「男らしい」ジェンダー・ロールを演じることはなく、同時にそれから自由になることもなく敗北感だけが残ります。

カヴァデイルは、ブライズデイルに滞在したときには二十代後半の、詩人を自称するいわゆる青二才で「目的を欠いた」人物であり、叶わぬ恋に身をやつしたうえ、晩年には詩の創作もやめて、「不毛な人生」という評価を自らに下しています。人間としての限界、とりわけジェンダーとセクシュアリティの呪縛が彼の語り手としての限界に通じていると思われます。

カヴァデイルの告白

カヴァデイルが、フラーのような力強いフェミニズム[11]の先駆者ゼノビアよりも、ひ弱なプリシラにひかれたのは、彼が当時のジェンダーをめぐる制度から踏み出すことがなかったことを示しています。自分よりか弱げな女性を求める男性という図式は、それが所有、支配、あるいは庇護のいずれの形をとるにせよ、当時の世の常です。このジェンダー・パターンは、夢潰えた誇大妄想家ホリングズワースが、ゼノビアではなくプリシラを選んだことにも明らかです。革新的な思想を持った人々が集まっていたはずのブライズデイルにおいて、ゼノビアの敗北は、カヴァデイルをふくめ彼らが実質的には伝統的な価値観を否定することができなかったという限界を意味しているのではないでしょうか。

の従順な性格も、型通りといえる。

9　窃視 voyeurism　フランス語の "voyeure"（のぞき魔）から転じて、のぞき見する、盗み見ることを意味する。広義には傍観者、受け身の見物人をさす。狭義には、セクシュアリティのひとつの形態として、他人の性行為を盗み見し、それによって性的満足を覚えることをいう。

10　「女王」ゼノビア Zenobia　作中のゼノビアは、三世紀にシリア中部の古代都市パルミラに実在した女王ゼノビアを喚起させる。夫である国王の死後、事実上国を統治し、闘う女王として、隣国に攻め入り領土を拡大したが、ローマ軍に破れ、捕虜となった。クレオパトラの末裔であると自称し、その美貌と知性をもって多くの支持を得たが、その名は冷酷な尊大さの象徴とし人生における臆病な失敗者カヴァデイルは、語り手としても自己憐憫に陥ることで、読者の期待を裏切ります。彼自身は、最終章で「この秘密を告白すれば、これまでの私の物語のなりゆきを完全に理解することができるはずだ」と述べています。しかし実際には、彼は真相に近づく何ら新しい鍵を与えることはなく、むしろ読者を失望させるばかりです。

アメリカ文学史上、一人称の語り手で、物語の周辺に位置しながらその存在と語りを読者に深く刻みこんだ例としては、『偉大なるギャツビー』のニックがあげられます。彼はその深い洞察力をもって、ギャツビーとデイジーらの関係を時には冷静に、時にはギャツビーへの愛惜をこめて、何よりもアメリカの夢[12]という大きな歴史的視野に立って語り得ました。ところがカヴァデイルがブライズデイルの人々を語る力量はニックのそれには比べようもありません。

窃視者としてのカヴァデイル

晩年に至っても独身のカヴァデイルの人生は、セクシュアリティの点からみても、決して満たされたものではなかったといえます。それはプリシラへの思いを隠蔽したまま、常に一歩引き下がってブライズデイルでの恋愛模様をうかがっていたことから推察できます。

カヴァデイルのセクシュアリティは、窃視という性的指向に限定されています。つ

て知られている。

11　フェミニズム feminism　男女同権を基本理念に、女性の権利の拡張を訴える運動。男性中心の社会で女性の自己決定権を得るため、女性解放運動とも呼ばれる。十九世紀後半、女性の参政権を求めた第一期フェミニズムが起こった。一九六〇年代には第二期を迎え、大きな躍進を果した。一九八〇年代以降は、既得権のうえに運動が細分化し、第三期と呼ばれている。

12　アメリカの夢 American dream　本書第一章の注11を参照。

まり、のぞき見、あるいはのぞくことによって性的満足を得るという指向が彼の秘めたる性的悦楽となっており、この制約が語り手としての彼の限界にも通底しているといえます。

ゼノビア、ホリングズワース、プリシラの三角関係、さらには、ゼノビアの背後に見え隠れするウェスタヴェルトらを周辺から観察するカヴァデイルは、彼らに大いに興味を持ちます。彼はゼノビアの豊満な女性性と、プリシラのこの世のものとは思えない、謎めいたはかなさから生じる魅力に、繰り返し言及しています。しかし、彼は自らが彼らに巻き込まれる危険を冒すことはありません。

カヴァデイルが主要人物の一人に性的に最も接近するのは、第十五章「危機」においてです。ホリングズワースにその壮大かつ奇妙な計画に誘われる場面ですが、カヴァデイルはこの誘惑を拒絶します。当時のアメリカで「危機」[13]という言葉は「性的興奮」を暗示していたのだということを考えますと、これはカヴァデイルがこのホリングズワースによる誘いをホモセクシュアル[14]なアプローチとしてとらえていたと考えられます。実際にこれより以前に看病中にホリングズワースは、「この世で私のように君を愛せる男（man）は他にいない」と言って彼にアプローチしています。そしてこのようなアプローチに対してカヴァデイルのホモフォビア[15]が照射され、自らが女性化される去勢の恐怖[16]をもったと読みとることができます。そしてカヴァデイルの拒絶は彼を性的な充足から遠ざけるのみならず、主要人物たちの複雑なセクシュアリティの交錯から遠ざけることで、窃視者としての彼の位置を決定づけます。

13 **「危機」crisis**　アネット・コロドニー（Anette Kolodny）は、「危機」が「十九世紀によく使われた性的興奮の婉曲表現である」と述べている。

14 **ホモセクシュアル homosexual**　男女の異性愛者はヘテロセクシュアル、男が男を、女が女を愛する同性愛者はホモセクシュアル、前者をゲイ、後者をレズビアンと呼ぶ。

15 **ホモフォビア homophobia**　同性愛に対する嫌悪。

16 **去勢の恐怖**　フロイト心理学で、男児が性的発達のエディプス期に性の違いを認識したときにもつ不安。この時期の男児は、母親に対して性的関心をもち、それゆえに父親を憎み、その罰として去勢されるという恐怖を喚起されると考えられた。ただしここでの去勢不安とは、ホリングズワースとホモセクシャルな窃視者としてのカヴァデイルを最も端的に表しているのは第十七章「ホテル」の場面です。ブライズデイルを離れ、精神の平穏を求めてひとり、街のホテルに滞在するカヴァデイルは、いみじくも部屋から向かいの宿の窓をのぞき見し、ゼノビア、謎の男ウェスタヴェルト、プリシラの三人を目撃します。しかし、ちょうど劇場の幕が閉められるがごとくに、彼ののぞき見に気づいたゼノビアによってカーテンがおろされます。カヴァデイルは拒絶され、自らが部外者であることを再確認するのです。

関係におちいることによって、自らの男性性が脅かされるのではないかというカヴァデイルが持つ潜在的な恐怖をさす。

ブライズデイルにおける性的権力闘争

カヴァデイルがブライズデイルで目撃するのは、性的な権力闘争に他なりません。ゼノビアはその美貌と財力をもってその名のとおり女王として君臨しています。彼女の髪を飾るエキゾティックな花は、女性性を誇示する象徴といえます。しかし、そんな彼女も夢想家ホリングズワースへの愛においては献身的ともいえます。それゆえ、ゼノビアに対しては、ホリングズワースが常に優位に立っているといえます。
一方、女性の権利について雄弁をふるうゼノビアに対して、何も語らないプリシラこそが、実はこの闘争の渦中の人です。彼女の受動的な立ち居振舞いは、伝統的な女性のジェンダー・ロールを見事に体現しています。彼女は「木の葉のように」揺れ動き、「自由な意志」を発動させることはなく、ウェスタヴェルトの奸計にも従順です。また、自らの夢想の実現にゼノビアが経済的に寄与しえないことを知ったホリングズワースの、手の平を返したような求愛にも健気に応えます。

　プリシラは、ゼノビアが指摘するとおり、「男が何世紀にもわたって作ってきた女性の典型」なのです。そして、カヴァデイルのいうその「好ましい弱々しさ」ゆえに、彼女は周囲の男たちの欲望の的となり、究極的な求心力を備えた存在となります。その意味では、ブライズデイルに君臨しているのは、彼女が意識しようがしまいが、隠微な伝統的女性性の具現であるプリシラであるともいえます。

　このようにして、性的権力争いがブライズデイルの水面下で人々を突き動かしており、カヴァデイルはプリシラへの思いを胸に抱きつつ、窃視者として事の次第をのぞき見するばかりです。

　ホリングズワースに裏切られたゼノビアの入水自殺によって、この闘争は終焉を迎えます。しかし、自律したフェミニストであるはずのゼノビアが自死を選ぶのは、失恋の傷みだけが原因だとは思えません。伝統的なジェンダー・ロールを演じるプリシラに敗北を喫するという形で、自らの信念を否定された憤激が、彼女を極限にまで追いつめたのではないでしょうか。

　カヴァデイルは、ゼノビアの無惨な死に様の中にも、彼女が最後までなんらかの抵抗を示していたことを書き記しています。それは死に対する抵抗であったかもしれませんが、彼女の生き方を許さなかった当時の社会に対するあらがいであったかもしれません。

　しかし、カヴァデイルにはゼノビアへの格別な同情は見られず、むしろ淡々と事実

ゼノビアのモデルといわれる
マーガレット・フラー

のみを語ります。その視点は彼自身のフェミニズムに対する無関心に由来しているのではないでしょうか。また、残されたプリシラについては、年老いたホリングズワースを世話する孝行娘のように描くことで、性的な要素を希薄にしています。これは、カヴァデイルが自分の限界から生じた性的敗北を軽減する試みのように思われます。

晩年のカヴァデイルがこのブライズデイルの物語を語った動機として、ひと夏の理想郷への郷愁があげられるでしょう。けれども、実際に彼が目にしたものは、進歩的な理想を求める高邁な人々の姿ではなく、彼らの間の性的な権力闘争とその不幸な顚《てん》末《まつ》です。

いかなるコミットメントも持たず、限られた視野と、伝統的なジェンダー観、そして性的限界に縛られた人物によるこの語りが、読者にある種の欲求不満を残すことは否めません。しかし、そこには、作者ホーソーンの、ブルック・ファームにおける実験そのものへの幻滅が、暗に反映されているのかもしれません。

ゼノビアの自殺

武田（司会） 大森さんも三杉さんもカヴァデイルという語り手に注目してのご発表でした。確かに彼はのぞき屋のような語り手、しかも冷やかな観察者だとはじめから設定されています。節穴みたいな語り手を通して、読者はイライラしたり、じらされたりしますが、そこからそれまで見えなかったものが見えたり、語られているのに見えないままだったりする展開のようです。ではディスカッションを始めます。

中川　ゼノビアの自殺についてですが、三杉さんはゼノビアが社会に対してあらがって死んでいったと解釈されました。確かに発見されたときは、腕を曲げて手を握りしめて（clench）いました。また膝を曲げた様子からして「祈りのようだった。それがせめてもの救いだった」と書かれています。これはカヴァデイルが都合よく考えているといえませんか。しかも死体発見の描写が妙に詳しくて細かい。これらは語りの問題とどう関係があるのでしょうか。

大森　私は遺体の様子をもがき苦しんでいるとしかとらえませんでした。それをカヴァデイルは皮肉な調子で描写しています。ゼノビアはもっと水死をロマンティックにとらえていたかもしれないけど、あんな醜い姿になることを知っていたら、身投げはしなかっただろうにと言いたかったのでしょう。死んだ人にそんなコメントをする方に私の関心は行って、どうしてそこまで冷たい冷静な分析ができるのかと思いました。

三杉　手の描写で、あらがい（defiance）と書いてあったので、私は何かにあらがっていたのだろうと解釈しました。「祈り」というのは中川さんがおっしゃったように、せめてもの慰めだったということなのだけれども、現代の読み手としては、彼女の「祈り」は救いにも何にもなっていない。あらがっている方が、読み手としてはなぐさめになるという気がしますが。

武田（司会）　中川さんは、求めている、あらがっていることをどのように解釈されるのでしょうか。

コンコードの牧師館

中川　昔読んだときは何かを求めているようで、孤独な死と思いました。確かに握りしめるというと苦悩のようですが、実際は怒りを表していたのかもしれないですね。問題はカヴァデイルの語りがお二人の主題なので、その描写がカヴァデイルの混乱ぶりあるいは彼の語りのいい加減さを表しているのか、あるいは大森さんの発表された何かを「隠す」ことなのか疑問に思ったのです。

三杉　カヴァデイルはゼノビアが生きているときは全然太刀打ちできなかったのに、死んでからはやたら詳しい描写で、ほとんどリベンジみたいですね。死体がどういう状態だったかとか、ホリングズワースがオールで死体を傷つけたとか、それを書きたかったんじゃないかと思ったりしました。

長畑　ただ、この箇所についてはコロドニーが序文でふれています。実際にホーソーンは近くで水死した女性の遺体を川から引き上げたことを日記[17]に書いていて、その場面をリアリスティックに描いたということでしょう。

中川　でもそれをわざわざここで書くということに何か意図があるように思います。三杉さんのおっしゃるように、ほとんどリベンジだという印象を持たせるともいえますよね。ここにホーソーンのフェミニスト嫌い[18]が出ているんじゃないでしょうか。ヘスター・プリン[19]もそうですが、あらがった女はこういう運命になるのだという女嫌いの系譜が出ているのでは。そうすると話はカヴァデイルを通り越してホーソーンにいってしまうんですよね。

本合　中川さんが指摘されたホーソーンのフェミニスト嫌いについてですが、僕もそ

17　**日記**　ホーソーンは一八四五年七月に、入水自殺した十九歳の女性の溺死体を川から引き上げるのを手伝った。日記には、その硬直の様子に衝撃を受けたこと、こんな姿になるとわかっていたら、この女性も自殺を思いとどまっただろうにと書いている。作中で描かれたゼノビアの遺体の腕を曲げた姿勢は、その女性の様子に酷似している。

18　**フェミニスト嫌い**　よく指摘されるのは、ホーソーンのマーガレット・フラーについてのやや批判的な記述である。彼は女性の自立を認めても、あくまで伝統的な「女性らしさ」つまり妻としての資質を重要視していた。また彼が『点灯夫』（*The Lamplighter*, 1854）を槍玉にあげて同時期の女性流行作家たちのことを「あの忌々しい物書き女ども」と手紙で批判したことは有名である。

ういうふうに思っていて、三杉さんの発表でもあったように、例えば、ゼノビアは自律した女性のはずなのにどうして自殺するのかと考えると、自律している女性のはずだと読み手に思わせて、そういうふうにホーソーンはわざわざ描きながら、結果的には悲惨な最期をとげるのだという、そういうつくりかたをしていると思うのです。ヘスターが強い女だというのもそう強調されるだけです。よく引用される箇所ですが、女が変わっていかなくてはいけないと述べながらも、女が強くなると「天上の」(ethereal)資質がなくなるとヘスター自身に言わせるのです。そんなこと言うわけがないじゃない、そういう人が、と思うのだけど、それをわざわざ言わせる語り手。これはもう語り手の域を超えてホーソーンが出ていると考える方が正しいと思ってしまう。その意味で、ゼノビアが性的分業を受け入れているのは、ホーソーンの限界と取るよりは、それをホーソーンはやりたかった、女の限界だと思わせたかった、という解釈の方が僕には納得がいきます。

三石　同じように感じました。はじめは年上のゼノビアにプリシラがあこがれると書いてあって、女性独特の愛を描くのかなと思ったりもしました。しかし結局、ゼノビアはフェミニストというのに、男性への愛のために死ぬ、しかもたいした男でもないのに、という書き方で、ヘンリー・ジェイムズの『ボストンの人々』[20]のヴェリーナと同じですね。

森　最後、カヴァデイルはプリシラを好きだったと告白しますが、こういう書き方をしてまで、ホーソーンはこういう女性を認めたかったのだろうなということですよね。

19　ヘスター・プリン Hester Prynne　ホーソーンの一八五〇年の代表作『緋文字』(*The Scarlet Letter*)の主人公。ピューリタン統治のボストンで姦通罪を犯した彼女は、罪人として孤立しつつも、献身的に町の人々につくした。ヘスターの自立精神は魅力的に描かれるが、彼女の愛が成就することはなく、自分のような罪深い女性は世の中を変えるのにはふさわしくないと述べる。

20　『ボストンの人々』　本書第六章を参照。

ただホーソーンとしてカヴァデイルとホリングズワース、両者の選ぶ対象がプリシラでよかったのかという疑問が浮かびます。この作品での三角関係といえばホリングズワースをめぐるゼノビアとプリシラを思い浮かべますが、それだけではありません。プリシラとのつながりで別のものが見えてきます。ここで三杉さんがおっしゃっていたホモエロティックな[21]話とつながってくるのではないでしょうか。つまりホリングズワースのプリシラ獲得は、カヴァデイルへの更正施設設立の協力要請を断られたことに対する、彼の単なる友情以上の反応といえませんか。確かにプリシラは男の欲望にきっちりと反応してくれる人ですが、この反応があまりにも忠実で、これほどまでに男の欲望がわかっているのには、ジェンダー的に女である必要がない。しかも生身の女であるような描写はなく、象徴的な存在です。そうすると、プリシラ、カヴァデイルとホリングズワースとの三角関係で、カヴァデイルにふられたホリングズワースがリベンジのため、プリシラを獲得したのだと読めます。ここにホーソーンのホモエロティシズムがみられます。

武田（司会）　ホーソーンにとって、プリシラでよかったのかという点では、奥さんのソフィアがどちらかといえば、プリシラに近かったことがあげられます。ゼノビアはよくフラーをモデルにしたといわれるのですが、むしろブルック・ファームで君臨していたソフィアの姉のエリザベス・ピーボディ[22]だったように思います。一方、ソフィアは、ホーソーンが「か弱い天上の鳩」と呼びかけたり、病気がちで子供は生めないだろうと思われていたりして、肉体感のないプリシラを思わせるような気がします。

21　ホモエロティック homo-erotic　同性に対して性衝動をもつこと。ホモセクシャルと同義。

22　エリザベス・ピーボディ Elizabeth Peabody（1804-94）ボストンの著名な教育家、社会改革者。一八六〇年にアメリカで最初の幼稚園を開園。また自宅にはマーガレット・フラーなどが集まり、彼女の書店は超絶主義クラブのサロンにもなった。ホーソーンの妻ソフィアの姉にあたる。

その上、ソフィアは女性権運動より、夫の支援に一生懸命なので、姉たちとは疎遠になるんです。だから、ホーソーンはプリシラみたいな女が好きだった。ただし、女性権論者の家庭に育ったか弱い女だったので、どこにでもいるか弱い女ではないし、ホーソーンが女性権論を受け入れる素地はあったので、それを理解するような描写も出てくるのだと思います。

坂本　なるほど、それで男性社会と女性権運動のどちらに軸足を置いているのかが曖昧な描写なのですか。奥さんの親戚や家庭内の関係からすると、ホーソーンは女性権論反対とははっきり言えなかったのですね。

中村　武田さんの、妻とプリシラが重なるという指摘についてですが、ホーソーンがフェア・レディ[23]を書くときはいつも妻をモデルにしていたようです。この作品では、ゼノビアが典型的なダーク・レディ[23]、プリシラがフェア・レディですが、ゼノビアは情熱的で高慢で、しかしとても魅力的に書かれています。一方、プリシラはフェア・レディなのに、現実感がなくて、魅力的でない。人間的な面があまりにも描かれていないので抽象的な存在になってしまっています。ですから最後にプリシラがホリングズワースと結ばれても、フェア・レディの勝利に見えないのは、そのような描き方だからではないでしょうか。

ソフィア・ホーソーン

23　**フェア・レディ／ダーク・レディ fair lady/dark lady**　フェア・レディとは、金髪、色白、善良で清楚な女性をさす。本編のプリシラだけでなく、『大理石の牧神』（*The Marble Faun*, 1860）のヒルダもこのタイプに入る。対してダーク・レディとは、黒髪で、官能的で、パッションの強い女性。男性を惑わす宿命の女として描かれることが多い。もともとはシェイクスピアの『ソネット』（*Sonnets*）に由来し、『大理石の牧神』のミリアム、本編のゼノビアなどがこのタイプに類別される。

カヴァデイルと作家

武田（司会）　ここで議論の焦点を発表同様にカヴァデイルの語り口に絞ってみましょう。私はいびつだけど、真実を伝えていたり、伝えていなかったり、人生や社会そのものを解釈する曖昧さを語る語り手だと思いますが。

山口　僕はその陰のある語り手がおもしろくて、秘密を暴いてやろうと楽しみながら読んだのですが、結局わからずじまいでした。例えば裁判の場面でゼノビアがプリシラに何を企んでいたのかが明かされていただろうに、カヴァデイルはいなかったのでわからない。ウェスタヴェルトが言うようになぜゼノビアが自殺したかもわかりませんでした。

中垣　感情移入しがたいプリシラで終わってしまう点は、先ほど話にでたジェイムズを思い起こさせます。語り手の視点には限界があるのでミステリーとかサスペンスの効果があります。また語り手は過去を回想して書いていて、記憶の曖昧さや妄想が入ったりして、整合性はないけど、一人称の語り手を使った実験的作品だといえるでしょう。

辻本　確かにカヴァデイルはあてにならない語り手でしょうが、この作品をメタフィクション[24]として、ホーソーンが書くことへのジレンマを描いた作品だとみれば、それを必ずしも否定的にとらなくてもいいのではないでしょうか。ホーソーンは『緋文字』の序文「税関」の章で自分の書くものをロマンス[25]と呼び、ありふれた現実に月光が当たってできる、現実と幻想の中間領域をその世界と想定していますよね。『ブライズ

24　メタフィクション metafiction　作者の書き方や役割、物語の虚構性など、伝統的な小説の手法・枠組みが意識的に強調され、主題となっているフィクション。主にポストモダン文学にみられる。

デイル・ロマンス』は、当時存在した現実的なコミューンというよりは、それを中間領域化したものであり、そのためにいくつかの手続きがとられているように思います。ファームへの旅も、中間領域の移動と考えられるし、またカヴァデイルがファームに着いてから病気になって意識を失い、生まれ変わったような状態になるのもその一つでしょう。このように現実から離れてまた離れてという手続きを踏んだのちに、周りで起こっていくどろどろしたものを、自分の想像と混ぜ合わせて作り上げていく。言葉によって創作という虚構性を紡ぎ上げていくわけです。だけれど最後にこれまで秘密にしていた心の真実を明かしたとき、それまでの作り上げた虚構の方が現実を帯び、反対に真実の方、つまり彼のプリシラへの想いが嘘っぽく、何ともしらじらしく見えてしまう。その空虚な響きをホーソーンも分かっていて、でもそういう作家のジレンマをみせたかったと考えられないでしょうか。

平野　デーモンの踊りのあたりから、次々と事実が、例えば、ゼノビアとプリシラの姉妹関係とか、ホリングズワースの偽善とかが明かされます。それまでホーソーンはカヴァデイルのふりをしていたけれど、このあたりから怖がる生身のホーソーンが悪魔の世界に引き込まれる可能性もある「私」を描き始めたと僕は感じました。それでプリシラが好きだったと。何じゃそれと思わせるところもありますが、ここでホーソーンは本当の裸になったのではないですか。

高梨　そうするとカヴァデイルが入水自殺をつくり出したともいえるし、登場人物も彼の内面の延長だと考えられますね。

25　**ロマンス romance**　元来、ロマンス語で書かれた物語、騎士の冒険や恋愛の物語、そして日常では起こりえないできごとなどを描いた物語を意味した。ホーソーンは自作品をロマンスと呼び、『緋文字』の序文などで解説している。月光に照らされると、見慣れたものが日常とはまったく違って見えてくるもので、そのような世界を、現実と想像の中間領域、すなわちロマンスの世界だとする。

長畑　私も中垣さんと同じくこの作品にヘンリー・ジェイムズとの関連を感じました。『ボストンの人々』のなかでは、女性権拡張論を広めるときに、声という身体的魅力で人を引き込んでいるのですが、この作品にもそれがあるように思います。ホリングズワースが主張を通すとき、パーソナルな魅力で引き込むというのは、ホリングズワースのホモエロティックな要素だろうし、ゼノビアも女性権拡張論を主張しますが、とても女性的な魅力に富んでいる。それ故にひきこまれるというところが面白いですね。一方、このレトリックとか、パーソナルな魅力で引きつけるというのは、本来詩人が持っている資質だと思います。語り手カヴァデイルは詩人です。ところが、彼はその資質に欠けています。行動することとものを書くことがまるで別世界で、彼は情熱の外側にしかいないのです。詩人としての資質に欠けているので、最後に詩を書くことをやめるというのは全く正しいことであると思いました。

堀田　作家とカヴァデイルとの関係で考えると、頼りない語り手というマスクを通してファームの超絶主義を批判していると思いました。ホリングズワースとエマソン[26]が重なります。また、「邪悪な時代」(an evil age) に陥ったと嘆く描写があったりして、ホーソーンは何か不安な時代と捉えていたように思いました。

高梨　エマソン自身はブルック・ファームに参加していないし、批判的だったので、ホーソーンがエマソンを批判したというのはあたらない気がします。二人は対比されがちですが、共通点もあるんですよ。エマソン自身が超絶主義者でありながら、超絶主義を批判しているところもあります。十九世紀前半は、まだ人々にとって悪魔のよ

26　エマソン Ralph Waldo Emerson (1803-1882)　アメリカの超絶主義者のリーダー。ハーヴァード大学で学び、ユニテリアン派の牧師となるが、形骸化した形式に縛られる聖職者の仕事をやめ、ヨーロッパにわたる。ワーズワース、コールリッジといったロマン主義詩人とも会見し、帰国後、講演活動を始める。一八三六年の『自然』(*Nature*) が、その理念の中核を表わすとされる。伝統や因習を嫌い、自己信頼 (Self-Reliance) や個人主義の考えを展開した。超絶主義については本書第五章の注15を参照。

うなものが存在していた時代なので現在とはまた違うし、実際、時代が動いていて、確かに不安な時代と感じられたときだと思います。この作品はブルック・ファームの体験をもとにして書かれていますが、ユートピア共同体は単に話のネタにすぎず、書かれているのは人間の内面で、ユートピア共同体を批判している訳ではないと思います。

亀井　ホーソーンはあんまり好きじゃないけど、ちょっと擁護論を。ホーソーンはこの作品を大きな気負いを持って書いたのではないかしらん。『緋文字』では植民地時代を舞台にし、『七破風の家敷』[27]は過去から現在を眺めている。この作品では、現代の社会を取り上げている。そのモデルがブルック・ファームだったのでしょう。だがホーソーンは早くにファームを脱退していますし、妄想的な超絶主義では現実社会は成立しない。ですから、語り手は傍観者にならざるをえなかった。カヴァデイルは誠実な観察者だが、ブルック・ファームの人々を見ながら、テーマはブラザーフッド、シスターフッド、フレンドシップがいかに成り立つか、成り立たないかということになっていった。また、構成上は推理小説で、同時に家庭小説、すなわち、財産争いの問題をめぐる内容になってしまった。ゼノビアの自殺は失恋もあるでしょうが、財産を失った方が大きいのではないかしらん。ホーソーンは現代社会を取り上げて成功しなかった。語り手はみみっちい語り手になってしまった。問題はブルック・ファームに背を向けて作家自身が何を求めているのかわからなかったからでしょう。結局、これは失敗作ですが、その失敗に時代の困難さが反映しているように思いますね。見事

27　『七破風の家敷』*The House of the Seven Gables* (1851)　十九世紀半ばのセイラムに建つ七破風の家を舞台にした小説。ピンチョン家とモール家の土地をめぐる確執が、新しい世代の後継者、フィービとホルグレーヴの結婚によって解かれる様が描かれる。今日、七破風の家は、ホーソーンの働いていた税関と並んで、セイラムの観光スポットとなっている。

な失敗作だと僕は思いたいですね。

武田（司会）　結末は果して、プリシラの勝利なのでしょうか。私たちは、信頼できない、曖昧なホーソーンに最後まで翻弄された気がします。まだまだ話したいことはたくさんありますが時間になりました。

THE NEW YORK LEDGER

VOL. XII. NEW YORK, JULY 19, 1856. NO. 19.

THE STORM SECRET.

4 ファニー・ファーン『ルース・ホール』

ファニー・ファーン　(**Fanny Fern, 1811-1872**)

本名はセアラ・ペイソン・ウィリス・パートン（Sara Payson Willis Parton）。女性ジャーナリスト、コラムニストの先駆者として名を残す。

合衆国初の宗教雑誌『レコーダー』（*The Recorder*）や『若者の友』（*The Youth's Companion*）を創刊したナサニエル・ウィリス（Nathaniel Willis）を父に、九人兄弟の五番目の子として生まれた。夫との死別や再婚の失敗を経験した後、二人の幼子を一人で養うため作家になる。コラムニストとして名を挙げ、『ルース・ホール』（*Ruth Hall*, 1855）で作家としての地位を確立した。

『ルース・ホール』は物議をかもした自伝的小説で、ファーンの苦難の人生が、ほぼそのままルースの物語に投影されている。ファーンの文章は低俗で品がないと酷評した、高名な詩人であり、雑誌編集者の兄ナサニエル・パーカー・ウィリス（Nathaniel Parker Willis）、実父など多くの男性たちをモデルに、敵愾《てきがい》心を込めて描いている。そのような暴露小説的展開は女性らしくないと非難も浴びたが、白人男性の支配する社会の抑圧をはねのけて、一介の女性が作家として成功する姿を描くこの物語は、当時としては画期的なものであった。

ファーンはコラムニストとして多くの読者に愛され、『ニューヨーク・レッジャー』（*The New York Ledger*）の編集者ロバート・ボナー（Robert Bonner）から一コラム百ドルという破格の扱いを受けて、専属契約を結ぶ。一八五六年、兄の助手をしていたジェイムズ・パートン（James Parton）と三度目の結婚をし、以後は安定した生活を送った。

ファーンには他に再婚時の苦悩を織り込んだ小説『ローズ・クラーク』（*Rose Clark*, 1856）もあるが、本質的にはコラムニストで、『ファニーの羊歯《しだ》の葉』（*Fern Leaves from Fanny's Portfolio*, 1853）などコラム集はすべてベストセラーとなる。一八七二年に死亡する直前まで現役として活躍し続けた。

あらすじ

早くに母親を亡くし、寄宿学校で育ったルースは、裕福な医者の息子で銀行員のハリー・ホールと幸せな結婚をする。偽善者ぶる義父母の干渉に悩まされながらも、ルースは夫の愛に包まれ、平凡だが何不自由ない結婚生活を送るはずだった。ところが、長女を病で亡くし、続いて夫をチフスで失った時、ルースの運命は狂い始める。義父母には体よく追い出され、資産家の実父にも見放されたルースは、残された幼い娘二人を抱え、たった一人で生計を立てることを余儀なくされる。時は十九世紀半ば、中流階級以上の女性にとって経済的自立は極めて困難な時代である。良妻賢母となる以外に何の取り柄もない若い未亡人に世間の風当たりは強く、ルースは安アパートでの極貧生活を強いられる。女工や教師の口を探すがうまくいかず、万策尽きたルースは、物を書いて糊口をしのぐことを思いつく。さっそく編集者として鳴らす兄ハイアシンスに援助を求めるが、「才能がないから諦めろ」というにべもない返事が返ってくる。

事ここに至って、ルースの怒りが爆発する。ルースはいくつもの出版社を尋ね歩き、やっとのことで小さな文芸誌に原稿を受け取ってもらう。原稿料を値切られながらも、ルースは「フロイ」というペンネームで生活のために書き続ける。「フロイ」の大胆な語り口は読者の評判を呼び、瞬く間に彼女は人気コラムニストにのし上がる。自ら切り開いた運が運を呼び、大手の雑誌編集長ジョン・ウォルターから専属契約の申し出が舞い込む。ルースはウォルターの誠実な人柄に触れ、契約を結ぶと同時に、彼と堅い友情を育んでいく。自らの才能を確信したルースは、原稿の版権を売らずに自ら本を出版。その印税で銀行の株主となるほどの財産を手にする。かくして、ほんの一年前、一文無しで路頭をさ迷っていた無力な未亡人は、ビジネスウーマンへと華麗なる変貌を遂げたのである。

発表 I

愛とコモンセンスの物語

犬飼　誠

ファニー・ファーンの『ルース・ホール』の魅力はどこにあるでしょうか。小説の勃興期における女性を扱った物語においては、ジェイン・オースティンの作品[1]等に見られるように、色々なゴタゴタの末にやっと結婚に辿りつき、めでたし、めでたしで幕を閉じるものが多かったようです。『ルース・ホール』は女性の社会的自立を中心とする作品です。このような作品が十九世紀中葉に書かれていたのがまずは驚きです。

一読して、新聞のコラムを積み重ねたような形式がまず目につきます。内容的に言えば、基本的にはエンターテインメントの作品でありながら、単なるモラルを越えて、アメリカ人の原型的精神が描かれているとも読めます。こうした観点から「愛」、「コモンセンス（常識）」、「ビジネスウーマン」をキーワードに読み解いていきたいと思います。

1　**ジェイン・オースティンの作品**　オースティン（Jane Austen）は英国を代表する女性作家で、代表作に『分別と多感』（*Sense and Sensibility*, 1811）、『高慢と偏見』（*Pride and Prejudice*, 1813）、『エマ』（*Emma*, 1815）等がある。オースティンは田舎の中流社会

ジェイン・オースティン

「コラム」小説

まずは形式について言及したいと思います。芸術作品という観点からみると、構成の緊密度を欠いているし、主要人物の描写も散発的で性格付けなども明瞭でなく、優れたものという評価は与えにくいものです。一例を挙げますと、作品も四分の三を過ぎた第七十六章に至って初めてヒロインのルースのことがまとまった形で紹介されます。これは、人物造形がうまくなされていなかったことを顕著に語る作品構成上の瑕《きず》です。しかし、一人の女性の山あり谷ありの苦難の半生を辿る作品の主筋からすると、その雑然としたところがより現実的です。『ルース・ホール』は短いもので一頁、最長のものでも九頁の九十の章で構成されています。ファーンはお得意のコラムを重ね、読者に語りかけるようにして書いたのでしょう。後半には読者の手紙が再三利用されています。コラムニスト・ファーンの腕の見せ所でしょう。読者はファーンのコラムを読むように『ルース・ホール』を読み進めます。

ファーンは章ごとの脈絡を必ずしも明らかにせず、読者に想像させます。不安がらせる言葉を挟んで辛い展開への準備をさせるかと思えば、鋭い皮肉をちりばめて読者の心をくすぐり、失笑を引き出したりします。また、いきなり顔を出して道徳的意見を述べます。読者はかわいい女性の健気な生き様に一喜一憂しながら、ファーンの巧みな語りを愉しんだことでしょう。生の声を巧みに利用して現実感を喚起しながら、作家が読者を意識して一緒に作っていく小説の世界です。これを小説の勃興期の書簡体小説[2]にならって「コラム」小説と呼ぶのはどうでしょうか。一般大衆に向けて語り

の日常的現実を細やかに観察し、誤解や思い込みからミスを重ねながらもハッピーエンド（結婚）に達する人々の姿を風刺とユーモアを交えて描いた。

2　**書簡体小説 epistolary novel**　登場人物の書簡を連ねて、ストーリーを展開する小説の形式。作中人物の心情を現在進行形や現在完了形で描くことにより、読者との緊密な交感の場を作り出す。また、作者が自らの思いや教訓話を直接語りかけるのに適している。近代英国小説はこの形式になるサミュエル・リチャードソン（Samuel Richardson）の『パメラ』（*Pamela, or Virtue Rewarded*, 1740）で始まったとされている。

かける形式に意義があります。

強いられたビジネスウーマンの誕生

ストーリーの中心は、夫に先立たれ、二人の子供を抱えたルースが苦労を乗り越え、コラムニストとして自立するところにあります。精神面での強い目的意識、忍耐力ある行動、正義感、宗教的性向など様々な美徳が並べ立てられる人間に成長し、「本物のビジネス感覚を備えた女性」として成功する話です。

十九世紀の中葉はまだ女性の社会的地位が低く、女性が自ら進んで職業を選択し、自活することなど考えられない時代でした。しかし、経済的にも「自立する女」というのはルースが最初から担う運命だったかも知れません。

ルースは威圧的な父親が支配する、家族の温かみが感じられない環境で育ちました。母の死後寄宿学校に送られて三年間過ごしますが、折りにつけ送られてきた父の手紙に書かれていたのは、結婚するか、先生になれ、というアドバイスでした。

結婚後、夫の愛を頼りに義父母のいびりに耐え、一時は「エデンの園」とも言うべき新居を得ますが、そんな生活も長続きせず、最初の子デイジーを亡くし、また夫に先立たれ、二子を抱える未亡人となります。当時はこういう場合、実家と嫁ぎ先の家が援助するのは当然のことで、ルース自身にも自立してすべてを賄っていくという気持ちはありませんでした。子供が学校に通うべき時期がきたとき、初めて先生になることを考えますが、こともあろうに知人の反対で反古になってしまいます。しかしある朝、新聞が配達されるのを見て、新聞にコラムを書き、ペンで生きることを思いつきます。いささか唐突な感がしますが、切羽詰ったところでようやくルースの中で眠っていた文才が呼び起こされ、こうして自分の持てるすべてを傾注して書くことにより生計をたてる彼女の真の戦いが始まります。

平凡な一女性の必死な思いの結晶が読者の心を打ち、理解ある雑誌編集者のお陰で、コラムニストとしての成功を勝ち得ます。しかし、ルースに奢るところは無く、ひたすら亡き夫に代わって愛する子供のためパンとミルクを得るのだという姿勢を貫きます。

「本物のビジネス感覚を備えた女性」という表現は、コラムニストとしてジャーナリズム社会の搾取を乗り越えて、夫に代わり経済的自立をも確立した成功者としてのルースを讃える言葉でしょうが、それはあくまでも結果の一面であり、私はキーワードである「ビジネス」の一番基本的な、あるいは広義の意味によってルースを捉えたいと思います。すなわち、「どうしてもやらなければならない務め、任務、役目、役割」ということです。

ルースは試行錯誤しながら、やれることをやったに過ぎないのです。夫に先立たれるという運命、援助の手を差しのべない親類縁者という環境の圧迫により、自立は余儀なくされたことに過ぎないのです。彼女が最後まで「パンとミルクのため」に書くのだ、と自分の名声に溺れることなく謙虚に語り、この気持ちを失っていないということが最大の美徳です。ルースが個人を越えた存在として読む人の心を打つ源だと思います。

ルースのアメリカン・スピリット

ビジネスウーマンとしての成功の基にあるものは何かを考えることにより、作品のテーマは明らかになります。愛を与えぬ家族への恨み、自分の才能を認めぬ者への敵《てき》愾《がい》心などを中心にみると、ルースの成功も人間性も矮小化されてしまいます。本人も言うように、全ては家族を支える「パンとミルク」を得るため、家族を守ろうとする愛の心がなせる業と素直に受け止めましょう。そしてそれが、ルースをアメリカ人の原型的精神の継承者として認知させ、読者の共感を呼ぶのです。

ここで原型的精神と言うのは、アメリカ人の根底にあり、ピルグリム・ファーザーズ[3]や後の移民にもみられるサバイバルの精神です。過酷な現実に立ち向かい、生き延びて勝利を得る姿勢です。それは荒野の新世界に新しい理想のエデンの園を建設する意思に基づきますが、その根底にあったのは常に素朴な生の戦いでした。後にアメリカ人は人類史上初めて国民主権[4]を宣言し、民主共和制の国を確立します。その立役者の一人、トマス・ペイン[5]は英国王政支配を厳しく糾弾し、独立革命への精神を鼓舞するために『コモンセンス』を書きました。サバイバルの精神を支えるものは高邁な思想ではなく、神の王国の自然の法則であり、人々の良識であると彼は説いたのです。

チャールズ・ルーシー、「ピルグリム・ファーザーズの上陸」

3　**ピルグリム・ファーザーズ Pilgrim Fathers**　一六二〇年にメイフラワー号で北米に渡ったピューリタンをさす。総勢百二名。約三分の一が英国での宗教的迫害を逃れてきた人々であった。半数以上の人が冬を越せずに亡くなるという苛酷な植民の歴史のスタートであったが、彼らが上陸前の船上で結んだ社会契約説に基づくメイフラワー誓約ルースに与えられた美徳のひとつの「コモンセンス」はこの流れを汲むものです。彼女のコラムが人の心を打つのは、誰しも持つ思い、誰もが感じることを代弁したからです。

ルースはごく普通の人間として描かれています。最初の子を身ごもった時、母になるという実感が無く、またその子を亡くした時はいつまでも悲しみに浸りきっていました。そのため子供から、「私も死にたい」と言われるような始末。また、夫の死後、悲しみをいつまでも引きずり、「笑ってよ、ママ」と言われます。ルースはこのように妻として、母として未熟な姿のまま描かれており、常に夫の、そして子供の愛によって支えられて、やっと頑張って生きているという感じです。未熟な人間が愛によって救われ、愛を与えることにより成長していく自然な姿です。

愛のテーマは作品を通して徹底的に偽善者として戯画化される実父、義父、義母、実兄の生き様とコントラストを成しています。雑誌の世界で成功し、常に寵児であった兄のハイアシンスは、ペンで立つ決意をしたルースに対し、助力を引き受けるどころか、才能がないと酷評し、その芽を摘み取ろうとします。そればかりか、同業者に手を回して足を引っ張ろうとさえします。ハイアシンスにはルースの才能に対する妬みがあるという人もいます。実父エレットは「一山のパンと六ペンス」を手に、町へ出て財をなした実業家として、義父ドクター・ホールは農家の出でありながら医師として成功したにもかかわらず、共に路頭に迷う未亡人母子の経済的援助に一文惜しみの態度を取ります。彼らは成功のための努力の過程で大切なものを無くしてしまった

（Mayflower Compact）はその後のアメリカ精神の支柱となり、独立や憲法制度に大きな影響を与えた。

4　**国民主権**　代表者を通して間接に、あるいは国民投票などの直接的手段によって、国民が国家の最終的な意思決定に参画できる権利を有することを表わす。主権在民とも言う。生命・自由・財産に対する権利は国王の権力によっても奪うことはできない、と説いた英国の思想家ジョン・ロック（John Lock）の社会契約説が近代民主主義思想の源流となり、アメリカ独立宣言の理論的支柱ともなった。

5　**トマス・ペイン Thomas Paine**（1737-1809）　英国生まれの文筆家・革命思想家。収税吏時代、賃上げ運動を指導し失職。七四年渡米後『コモンセンス』（*Common Sense*, 1776）を著し、英国の植民地

ようです。この半面教師たちがルースを立派なコラムニストにした、というのが本作の底流にある風刺の雰囲気を一番よく表わしています。

ピューリタニズムを原点にしてスタートしたアメリカの原型的精神を、成功者ゆえに忘れてしまった父や兄は、まさにルースを切り捨てた人間、愛を忘れて自己保身に走る偽善者と堕してしまっています。それに対し、当たり前の努力をする愛の殿堂としてのルース・ホールのコントラストが、本作の一番の教訓と言うべきでしょう。人のあるべき姿の原点を、コモンセンスに基づいて愛に生きるルースに見るよう、作者は問いかけています。

支配を批判し、社会契約説の立場から共和制が理想であると説き、独立革命に大きな影響を与えた。当時の人口は約二百五十万人だが、三ヶ月で十二万部売れた。その後『人間の権利』(*The Rights of Man*, 1791-92)でフランス革命を支持し、市民権を与えられ議員にも選出された。その後フランスで投獄、英国で弾圧され、不遇の中、ニューヨークで死去。

トマス・ペイン

発表 Ⅱ

ビルドゥングスロマンか、風刺喜劇か、フランクリン的出世物語か

深谷　素子

『ルース・ホール』は異色の家庭小説[6]です。家庭小説の体裁を装いながらも、この作品が反家庭小説的であることは、主人公ルースの幸福が家庭小説お決まりの結婚という結末によらず、経済的自立の達成によってもたらされる点に端的に表れています。では、典型的家庭小説の枠組みを越えたこの作品をどう読めるか。幾つかの可能性を探ってみたいと思います。

ビルドゥングスロマンとしての『ルース・ホール』

まず一読すると、『ルース・ホール』は、夫を亡くした中流階級の女性が経済的自立を達成するまでの成長過程を描いたビルドゥングスロマン[7]だという印象を受けます。しかし、もう少し注意深く読むなら、ビルドゥングスロマンとしてはかなりお粗末な

6　**家庭小説**　十九世紀に流行した感傷的な小説群。主人公も読者も作者も主に女性で、家庭生活を背景とし、少女が大人の女性へ成長する過程を、キリスト教道徳を織り交ぜながらお涙頂戴調で描く。女性の従順、貞節が謳われ、多くは主人公の幸福な結婚を結末とする。スーザン・B・ウォーナー（Susan B. Warner）の『広い、広い世界』（*The Wide, Wide World*, 1850）など。本章の注14「センチメンタル・ノヴェル」を参照。

出来であることに気づかされます。肝心のルースの内面描写が不十分なため、彼女の成長、変化が唐突で説得力に欠けるからです。最大の問題点は、無力な未亡人から自立した女性作家へという、作品の核となるべきルースの変化が、作品中盤の第五十六章で何の前触れもなく突然起こる点です。食べるものにも事欠く生活の中、ルースは藁にもすがる思いで雑誌の編集長である兄に原稿を送ります。やがて、彼女の元に、物にはなるまいという冷たい返事が返ってくる。と突如、ルースは、「私にはできる、感じるもの、やってみせるわ」と声高に自立宣言を行うのです。ところが、ここに至る彼女の内面の動きが描かれていないため、「やってみせる」と言われても、その自信が一体どこから来るのかという疑問を禁じ得ません。確かに、寄宿学校時代に作文や詩が好きだったという記述は散見されるものの、彼女が作家として立つことを読者に納得させ得るルースの成長過程が、この場面以前に全く描かれていないのです。

そもそも、作品の前半、結婚してから夫に先立たれるまでのルースに関して内面描写や内的独白が一切見られず、彼女の人物像は、薄いフィルムの向こうにぼんやり影が見える程度にしか伝わってきません。作家として成功した後のルースは、前半に比べれば生き生き描かれているものの、今度は前半の良妻賢母のルースと別人に見える結果となっています。前半の従順なルースを後半の攻撃的ルースに変貌させるには、相当の化学変化が彼女の内面に必要だと思います。でも、その化学変化を起こすに十分なルサンチマン、つまり極貧生活の中で募っていく感情が見えてこないのです。

7 ビルドゥングスロマン Bildungsroman 主人公の人間的な成長、人格形成の過程を描く小説のこと。ゲーテの『ウィルヘルム・マイスターの徒弟時代』(1795-96)や、ジェイムズ・ジョイス(James Joyce)の『若き日の芸術家の肖像』(*A Portrait of the Artist as a Young Man*, 1916)が有名。

風刺喜劇として読む『ルース・ホール』

ルースの成長物語として読むと欠点が目立つのに対して、ルースを取り巻く人々に目を向けた途端、『ルース・ホール』は俄然生き生きした人間群像へと姿を変えます。中でも、ルースの敵役である父親のエレット氏、兄のハイアシンス、義父母のホール夫妻の強欲な偽善者ぶりを描く筆致の勢いに接するとき、読者は、『ルース・ホール』が上質な風刺喜劇であることに気づかされます。夫に先立たれた後、裕福な家族に経済的援助も精神的支援も拒絶されたファーン自身の屈辱、怒りが、彼らをモデルとした作中人物への痛烈な風刺を生んでいます。瀕死の息子を見舞う際、持ち物や服装を気にするほど見栄っ張りなホール夫妻が、ルースの暮らしぶりを派手だ、軽薄だと批判する滑稽さ。実の娘や孫には慈悲心のかけらも示さないエレット氏が、牧師を相手に模範的教会員を気取ってはばからない滑稽さ。ルースの窮境には目もくれなかったハイアシンスが、若い女優の経済的自立を誌上で支援する滑稽さ。作者の怒りからほとばしる皮肉な笑いが、この作品の醍醐味であることは、いくら強調してもし過ぎることはありません。

また、『ルース・ホール』の俗悪な敵役たちが、シェイクスピア喜劇の代表作、『十二夜』[8]に登場する執事マルヴォーリオとどこか似通っている点も示唆的です。マルヴォーリオは、形骸化したピューリタン的道徳を風刺し、偽善の背後に潜む人間の欲を炙り出すためのスケープ・ゴート[9]的存在ですが、『ルース・ホール』の敵役たちも同じ役割を果たしています。例えば、ホール夫妻はカルヴィン派の教会に属し、禁欲と

8 『十二夜』 *Twelfth Night* ロマンティック・コメディ。初演一六〇一年。シェイクスピアの代表的喜劇作品。船の難破によって双子の兄と生き別れになった女主人公ヴァイオラと、ヴァイオラが男装して仕える公爵オーシーノウ、公爵が恋するオリヴィア姫の三角関係を中心に、人違いを巡る喜劇が展開する。マルヴォーリオは、オリヴィア姫の執事で、その高慢の鼻をへし折られる顛末は作品の脇筋として重要な役割を果たしている。

9 スケープ・ゴート scape-goat 他人の罪を背負わされる人のこと。ユダヤの贖罪日に、人間の罪を負わせてヤギを荒野に放した旧約聖書の記述による。

倹約の生活こそ理想であるとして、「何も無駄にするな、何も欲しがるな」とルースに説教します。その一方で、ミセス・ホールは息子の葬式のために新調する喪服のデザインに大騒ぎし、ドクター・ホールは毎日十一時に一杯のりんご酒を飲む習慣を止められません。シェイクスピア同様、ファーンもまた、風刺喜劇という枠組みを利用して、ピューリタン的道徳が醜悪な欲を正当化するためのめっきの看板に過ぎないことを暴き、嘲笑しようとしているのです。

『ルース・ホール』とフランクリンの「十三の徳目」

形骸化したピューリタニズムを弾劾する一方、三人の人物に積極的評価を与えることで、ファーンはこの作品の倫理的支柱を明らかにしています。ルースの最大の理解者となる雑誌編集者ジョン・ウォルター、ルースの家主のミセス・スキディ、そして、自立を遂げたルース自身です。三人に共通するのは、「正直で公正なビジネスこそ、貧しい人間がアメリカの夢を達成する有効な方法だ」という信念、つまり、ベンジャミン・フランクリン[10]が『自叙伝』[11]の中で唱えた美徳に他なりません。ここに、フランクリン的出世物語としての『ルース・ホール』が浮かび上がってきます。

最も典型的なのがジョン・ウォルターです。彼は、正直なビジネスによって正当な報酬を得て、ひとかどの財産を築いたフランクリン的セルフメイドマンとしてルースの前に現れます。「思うに任せぬ世の中から成功をもぎ取った大変にエネルギッシュ

10 ベンジャミン・フランクリン　本書第一章の注30を参照。

11 『自叙伝』*Autobiography* 一七七一年から九〇年に執筆、定本刊行は一八六九年。フランクリンの代表的著作。息子に語る形で、波乱に満ちた半生を誠実な筆致で描いている。特に、「十三の徳目」を苦手な順番に並べ、日々守れたかどうか調べる方法を紹介した箇所や、神の啓示より人間の理性を信じ、人間が善であると判断したことを行うことこそ神への最高の奉仕だと説く箇所は、フランクリンの合理精神を理解する上で重要。

な若者だ。自分の腕一本で道を切り開き、多くの者なら尻込みしただろう困難に立ち向かい、無名状態から社会において名誉ある地位にまで上り詰めたのだ」と、ウォルターを紹介するファーンの筆は称賛の念を隠しません。ミセス・スキディは、ルースにとってあくまで通りすがりの人物に過ぎませんが、ファーンはわざわざ三章を割き、ゴールドラッシュ[12]のようなばくち的金儲けに走る夫を捨て、合理的アパート経営によって「正直に稼いだ金」で財を成すセルフメイド・ウーマンとして彼女を描きます。ミセス・スキディは、幼い子供を抱えながら公正なビジネスにより経済的自立を遂げる点で、ルースの先駆的存在なのです。

しかし、特筆すべきは、男性であるジョン・ウォルターや下層階級の女性であるミセス・スキディではなく、本来なら夫の装飾品としての役割を要求される中流階級出身のルースが、フランクリンの模範に倣ってアメリカの夢を実現した点でしょう。ルースは見事にフランクリンの十三の徳目を備えています。節制、沈黙、秩序、決意、倹約、勤勉、誠実、公正、中庸、清潔、平静、純潔、謙遜のどれを取っても、ルースに欠けている要素は見当たりません。フランクリン自身が最も苦手としていた謙遜の徳目に関してでさえ、ルースは、「自らの驚異的成功にいい気になっている様子が見えない」という賛辞を受けています。

ここで確認しておきたいのですが、フランクリンの十三の徳目は、当時の中流以上の女性に要求されていた美徳――無垢で従順であること、家庭的であること、美しい装飾品であることとは異なります。十三の徳目、中でも倹約、勤勉、誠実、公正の徳

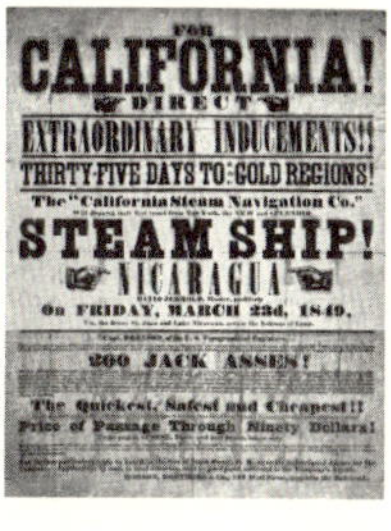

ゴールドラッシュのビラ（1849）

12　ゴールドラッシュ gold rush　一八四八年、アメリカンリヴァーで金が発見され、一攫千金を夢見る人々がカリフォルニアに集まった。その数は十万人に上ると言われる。一八四九年がピーク。そのため彼らは「フォーティナイナーズ」と呼ばれる。この金の発見により太平洋岸の開拓、発展は急速に進んだ。ファーンは、スキディが、時流に流され金鉱を目指すがあえなく挫折する顚末を、皮肉たっぷりに描いている。

目とは、世俗的成功と道徳的完成を相互補完するものととらえ、両者の獲得を目指した美徳で、経済的自立により初めて精神的自立が獲得できるというフランクリンのプラグマティックな思想[13]が反映されています。『自叙伝』中の有名な箇所で、フランクリンは、十三の徳目を修得する順序として、誠実、公正の前に勤勉、倹約を置き、後者により経済的自立を獲得し、債権者から精神的に自立して初めて前者の実現が可能になるのだと述べています。つまり、この美徳をルースが備えていたことは、彼女が当時の社会にとって理想的な女性であることを示すのではなく、彼女が経済的自立を通して精神的自立を獲得できる素質を備えていたことを示していると言えます。

エレット氏やハイアシンスなど既得の財産を持つ男たちは言うまでもなく、自らもセルフメイドマンとして、農民から医師となり一財産築いたドクター・ホールまでもが、外側のみを金ぴかに飾ることに余念がありません。その一方で、装飾品であるべき中流階級の女性、ルースが、倹約、勤勉、誠実、公正の徳目を守ることでアメリカの夢を実現します。この筋書きは、作者ファーンが女性の能力に対して示した最大級の賛辞であり、信頼の証だと言えるでしょう。

13　プラグマティックな思想　ここでは「実際的、実用的な思想」の意。プラグマティズム（Pragmatism）はアメリカ特有の哲学概念で、観念の意味や真理性は、それを行動に移した結果の有効性から明らかになるとする。十九世紀後半から二十世紀前半、チャールズ・サンダース・パース（Charles Sanders Peirce）やウィリアム・ジェイムズ（William James）を中心に全盛期を迎えるが、フランクリンの思想にもその萌芽が認められる。

「愛」の問題

最後に、この作品には、ファーンの愛のメッセージがあるという点に触れておきたいと思います。特に第二十五章で、ミセス・レオンが「私を愛して。私だって人を愛せるのよ」と愛の必要性を訴える点は示唆的です。ミセス・レオンは、裕福な夫の美しい装飾品に仕立て上げられた挙句、精神病院に隔離され孤独な死を遂げます。彼女は神経性の激しい頭痛をルースと共有しており、自立への欲求を内に秘めながら果せなかった女性のたどる末路、つまり、ルースがたどったかもしれない末路を示す役割を果たしています。このミセス・レオンを描くのに、ファーンは、ルースにあって彼女に欠けていたのは愛だと言わんばかりの書き方をしているのです。愛の大切さを説くなど、随分ナイーヴだという印象を否めませんが、ミセス・レオンの叫びがファーンの真情だった可能性も完全には否定できません。この点について、ぜひ皆さんのご意見を伺いたいと思います。

愛か自立か

進藤（司会） 犬飼さん、深谷さん、どうもありがとうございました。それではさっそくディスカッションに入りたいと思います。

本合 初めの方を読んだ限りでは、女性向けの作品というのはお花やお星様がいっぱいなんだな、という印象を持ちました。そして「ラヴ・コメ」（ラブ・コメディ）から「スポ・コン」（スポーツ根性もの）へと変化していく物語なのか、と思ったわけです。そこで深谷さんに質問ですが「この作品には愛のメッセージがある」と言われました。最初の方は確かにそうですが、後半は経済的な自立を果たす女性の物語になりますよね。その間に断絶があるとも読めますが、コメディという要素によって、その断絶が埋められているというふうにお感じになりますか。

深谷　埋められていないと思います。むしろ、コメディという要素は、ルース以外の人々に対して注意を向けさせているような気がします。

辻本　ルースの愛は主に夫のハリーに向けられていますが、それ以外の人物、子供やウォルターへの愛に関しては、どう理解したらいいんでしょうか。

深谷　ルースの愛情は、ハリーに対してはもちろんですが、子供やウォルターに対しても同様に向けられていると思います。しかし、この作品は、ルースの「愛を求める物語」というよりは、「女性の自立の物語」と読んだほうが面白いと思います。

辻本　この物語、いかにもセンチメンタル・ノヴェル[14]である、という始まり方をしながら、最終的に見事にその期待を裏切っているんですね。仕事が軌道に乗ってもルースは娘をすぐには迎えに行きませんし、ウォルターと恋愛をしそうで、やっぱりしないんです。この物語は、「愛の物語」というよりは、むしろ、後々有名になるのが男性作家ではなく、女性作家が当時、売れる本を出していたという出版業界の暴露本なのではないかと思います。その点でファーンがコラムニストだったことと関わりがあるかなとも思いますが、当時のコラムニストと読者って、どんな関係だったのでしょうか。

進藤　当時の新聞にはコラムがあって、コラムニストが投書に対していろいろコメントをしています。そういう点で、コラムニストは一種のオピニオン・リーダーとして

14　センチメンタル・ノヴェル sentimental novel　曖昧で非現実的な主題を描き、読者の同情、憐憫、涙もろさに訴える小説。最終的には、美徳が報われることを強調する。それまでの新古典主義の厳格さや合理主義に反発し、十八世紀の西欧で広範に起きていた文学潮流。イギリスではリチャードソン（Samuel Richardson）やロレンス・スターン（Laurence Sterne）の小説が有名。アメリカでは十九世紀全般を通じ、女性読者向けの感傷的な通俗小説一般に対する蔑称として使われることが多い。

15　「女性らしさ」　産業化の進展と共に中流、上流の女性は家庭にとどまるようになり、敬虔さ、性的純潔、男性への従順、家庭的であることが女性にふさわしい役割であると考えられるようになった。その徳目を持つ女性を「真の女

の役割を担っていたようです。ですから、ファーンが最初の女性コラムニストとして女性の社会的地位向上を訴えたということは意義のあることだったと思います。ちなみに、ファーンが実際に結婚するのはウォルターに当る男性ではなく、兄の助手をしていたホラス・ゲイツという十歳年下の男性です。

中川　私もルースが書くことによって経済的な自立を果たしていくというのがこの小説の醍醐味だと思うのですが、それでも当時の女性作家のほぼすべてが「女性らしさ」[15]ということも主張していたわけですよね。例えば、最後に銀行証券が出てくる場面がありましたが、女性には関係ないと書かれていたかと思います。ルースには女性らしさを主張する点が全然見られないのでしょうか。

犬飼　子供を抱えて、いわば放り出されるわけですから、どう生きるかということしか考えられなかった、そういう女性を造形していると思うのですが。

深谷　私は、後半の、女らしさと違うところで戦っている女性としてのルースをファーンは描きたかったのだと思います。前半部分の女性的で愛情あふれるルースは、ファーンが後半部分で本当に描きたかった自立する女性があまりに攻撃的なので、それを中和するために描いたんじゃないかと思っています。

小説としての瑕《きず》

亀井　この小説を取り上げよう、と言ったのは僕なんです。というのも、ホーソーン[16]

性」と呼び、一八三〇年以降、女性雑誌や新聞、感傷小説などに盛んに描かれた。

16　**ホーソーン**　ホーソーンについては本書第三章を参照。彼は編集者ウィリアム・ティクナー（William Ticknor）に宛てた一八五五年二月二日付の手紙で「物の怪にとりつかれたような書き方」ゆえに「とても良かった」と『ルース・ホール』を褒めている。

ウォルト・ホイットマン

17　**ホイットマン Walt Whitman**（1819-92）　十九世紀アメリカを代表する詩人。自然、デモクラシー、個人主義を中心に、性をも大胆に歌った。終生に渡って書き加え

も褒めていましたしね、たくさんあるセンチメンタル・ノヴェルの中で『ルース・ホール』だけは違うと思ってました。そもそも僕が最初にファニー・ファーンを知ったのは、ホイットマン[17]との関係からでした。『草の葉』初版の書評[18]を最初にした人で、すばらしい書評をしておった。しかし、今回読み直してみて、「何だこれは？」と思いましたね。特に前半は面白くない。いよいよ貧乏生活になっていくところで、まあ、面白くなったが、それでもやっぱりつまらない。一つには単なる自伝的要素に縛られている。そしてスキャンダル暴露小説という面も大きい。恋愛しそうでしないし、子供もすぐには迎えに行かない。正直に自分の人生を描いていて、普通のセンチメンタル・ノヴェルの域を出ているとは思うものの、作品として、何かふくらみがない。また、つまんない投書ばかりで。結局、主人公ルース・ホールの内面が描かれていない。ホイットマンを褒めるんだったら、血肉を具えた女性を描いてほしいと思うんだが、つまりは血肉のない愛が表現されているんじゃないかと思う。有名な父親や兄をやっつけるという、スキャンダル小説の要素、センチメンタルな要素も混じっているけれど、それが全体として深まっていかず、結局コラムの積み重ねのような小説になってしまったんじゃないかしらん。この本が忘れられたのは、男性批評家が無視したからじゃなくて、スキャンダルなどが時代とともに忘れさられていった結果で、自然の流れだったような気がします。

武田　亀井さんも言われましたが、私もコラムの積み重ねのような小説だと思いました。自伝的だからこそ、自分のことをまな板の上に載せられなかった、それが欠点で

ていった『草の葉』（*Leaves of Grass*, 1855-92）が代表作。

18　**『草の葉』初版の書評**　ファーンは一八五六年五月十日付け『ニューヨーク・レッジャー』で、『草の葉』には「えもいわれぬ甘美さ」があり、当時の「女性化した世界」の中で直截な力強さを持つ詩であると賞賛している。

19　**『シャーロット・テンプル』**　本書第二章の注14を参照。

20　**テネメント Tenement House**　おもに移民など、低所得の労働者層が住んだ五、六階建ての安アパート。十九世紀中頃、ニューヨークやボストンで、移民の大流入にともなう住宅不足を解消するために建てられた。しかし、劣悪な住環境が社会問題となった。

はないでしょうか。すごくルース・ホールはいい人なんです。周りは悪い人が一杯なんですけどね。もっと攻撃的に書きたかったんだけれど、自分を良く見せようとしてしまった。だから、『ルース・ホール』は部分部分は面白いけれど、小説全体としては面白くないなと思いました。

森岡　じつは僕はこれを読んでいて、橋田壽賀子のドラマを思い出しました。主人公に味方する者が皆肯定されてると言いますか。作品としての統一は欠けていますね。

森　今の橋田寿賀子発言に絡んでなんですが、ルースが本当に夫を愛していたのかどうか、その点が読んでいて見えてこないですよ。ただ、いきなり婚家にポンと放り込まれるだけ。後は夫が死んでしまい、まるで『おしん』みたいな苦労の連続の話なんです。とにかく他のセンチメンタル・ノヴェル、例えば『シャーロット・テンプル[19]』なんかに比べて全然面白くない。特に前半はそうです。それは、妻としての女性という部分がほとんど意図的に欠如しているからじゃないかと思うんですね。

長畑　この小説の悪口を言うのもなんですが、『ルース・ホール』はホントに読むのが辛かった。この人、書簡体でしか書けないんじゃないかなと思えてしまいます。手紙が出てくると何とかなるんですが、手紙という繋ぎがないとすごく下手にみえてしまう。どうも、そういう技術的な問題を抱えている人じゃないかなと思いました。文章もそんなに上手だとは思いませんでした。ただ、時代状況が分かるという点では面白い。テネメント[20]の描写や、そこの住人の生き様などはよく書かれていると思いましたしね。それから、当時の反ユダヤ主義[21]のありかたを、ルースを安く雇っていた出

21　**反ユダヤ主義** anti-semitism　ヨーロッパと異なり、アメリカは植民地時代以来ユダヤ人に対して比較的寛容であったと言われるが、十九世紀においても、ユダヤ人に対する偏見がなかったわけではない。『ルース・ホール』にも、金に汚い強欲なユダヤ人というステレオタイプが顔を覗かせている。語り手は、テネメントでの一部屋で服を作る仕立屋に言及し、その労働による収益がすべてユダヤ人の服屋の懐に入ってしまうと述べている。

22　**ストウ**　本書第二章の注12を参照。

23　**『オールドタウンの人々』**　一八六九年にハリエット・ビーチャー・ストウが発表した、十九世紀前半のニュー・イングランドの様子を良く伝える小説。『亀井俊介と読むアメリカ古典小説12』第

版業者のなかに見ることもできます。コラムニストに対する投書ですが、私は、これは大変面白いと思いました。ものを書くという商売が読者にある種の幻想を与え、読者が著者と一対一に繋がっているところが面白かったですね。

「女性の問題」

武田　ルースの家はピューリタン的な厳格な家庭でしょう。ストウ[22]もこの時代に『オールドタウンの人々』[23]を書いていて、ルースの義父母同様、非常に禁欲的で、愛を否定する家庭が描かれていましたね。効率優先のニューイングランドの風土が生んだ一つの典型なんです。それが、十九世紀の半ば頃から後半にかけて、愛というのが強調される時代になってくる。それ以前は、子供は小さな労働者に過ぎなくて、子供に愛情を注ぐということもなく、教育にも鞭が使われたりして厳しかったんです。ブロンソン・オルコット[24]が自発性を重んじる教育制度[25]に変えたのもこの時代でしたでしょう。なにしろ、親の世代、すなわち十九世紀の始めには、一家庭の子供の平均の数は七人だったのに、十九世紀の終わりには三人半に落ちるんですよ。十九世紀の半ばに子供の価値が上がって、愛情を持って育てる存在、というふうに変わったんですね。

森　しかし、一方で十八世紀の終わりくらいから、「家庭が子供を育む場」という概念が表れてきましたね。多分その延長線上で、そういうものを理解しない形骸的な家庭としてルースの婚家であるホール一家があったのかと思うんですが。

五章参照。

オルコットの開設したコンコード哲学学校

24　ブロンソン・オルコット Amos Bronson Alcott（1799-1888）　エマソンやソローとも親交のあった超絶主義者、教育者、社会改革家。ボストンでテンプル・スクールを経営したが失敗し、その後フルーツランズというユートピア的コミュニティを創設するなど超絶主義者の運動を実践した。『若草物語』（*Little*

武田　十九世紀の一時期以降、一斉に愛情中心の家庭に変わってしまうわけではなくて、十八世紀末から徐々に変わっていくわけですね。それ以前では、例えば、植民地時代には育児そのものが父親の役目だった。もちろん、オムツを替えたりするのは母親の役でしたが、教育などにも母親が口を出すことができるようになったのは、やはり十八世紀末頃からだったと思います。

渡辺　ルースの体調について少し気になったんですが。彼女が義父母と家に居る間は、頭痛のすることが多いし、父親にお金をもらいに行くときには、体調がすぐれない自分の代わりに娘のケイティをやったりしています。これが、後半、仕事がうまく行ってお金儲けをするようになると、体調は全快状態、元気一杯になるんですね。十九世紀の後半になると女性に対する安静療法みたいなものが出てくるんですが、この時代、女性の体調に関するもので、統一的な見解ってあったのでしょうか。自立のできていない、依存している状態だと頭痛がして寝ていなきゃいけないってことは、体調を良くするには自立するのが一番なのかな、などと思いまして。

武田　ギルマン[26]なども書かないと病気になったようで、「黄色い壁紙」も自伝的ですね。有名なフィラデルフィアのミッチェル[27]先生のところへ行くんです。でも、それもやめて「好きなこと書くわ」って言ったら、すっかり治ってしまう。ストウなんかは、水療法[28]へ行くと言っては家を出て、療養所で書いています。彼女のように、療養を口実に利用した作家もいたんです。

長畑　水を差すようで申し訳ないんですが、体調が良くなったのは、後半お金が入る

Women, 1868）の著者ルイザ・メイ・オルコット（Louisa May Alcott）の父。

25　**教育制度**　オルコットは教育史に名を残す理想主義的な教育者。植民地時代、教育とは意思を持たず、従順になるよう育てることであったが、オルコットは、鞭を振うような当時の教条的な教育より、子供たちがみずから勉学に励むような自主性を重んじる教育を目指した。

シャーロット・パーキンス・ギルマン

26　**ギルマン**　Charlotte Perkins Gilman（1860-1935）女性解放論者、作家。ストウ夫人の弟ヘンリー・ウォード・ビーチャー（Henry Ward

ようになって、充分に栄養のある物を食べられるようになった、ただそれだけのことだとも考えられませんか。それと、ルースは「同種療法[29]」を受けているんですが、多分、それをしたから体調が良くなったとも言えるでしょう。

小池　そうとばかりは言えないと思います。私のアメリカ人の友人は、以前いつも頭痛を抱えていたのですけど、ご主人が愛人を作って出て行って、離婚をしてからはとても元気になったんです。ルース・ホールの場合も、彼女にとって最初の結婚は、本当はあんまり居心地が良いものではなかったと考えることはできますから、後半の体調の改善はルースの自立と関係すると思います。

犬飼　ところで、この作品のようなモデル小説を読む場合、どのような読み方をすればよいのでしょうか。断片的な作りになっていて、途中で消えてしまう人物などもいますが、想像力で補って読むという、背後の事件と離れた読み方というのもあると思いました。

藤岡　多くの方が前半と後半の間にギャップがあると言われましたが、私にはそのようには思えなくて、最初から一貫していると思えました。「愛のある生活を始めるんだ！」と言っておきながら、最初から心の底ではエデンのような結婚生活を軽蔑しているように思われたんですね。「女性らしさ」とか「母親らしさ」とかからどうやって脱していくかを考えている主人公が、書くことによって本当の自分を見出していく、という過程のように思われるんですね。ですから、後半に行くに従って、自分らしさが出てきて、健康も回復していったんじゃないかと思います。

Beecher）の孫娘にあたる。雑誌『先駆者』（*The Forerunner*, 1907-19）を主宰し、女性解放・社会改良の必要を説いた。主著は『女性と経済』（*Women and Economics*, 1898）。「黄色い壁紙」（"The Yellow Wallpaper," 1892）はギルマンの自伝的短編小説。医者である夫の勧めで安静療法を試みる語り手が、段々と精神に異常をきたしていく様子を記す作品。

27　ミッチェル Weir Mitchell（1829-1914）　フィラデルフィアの神経病学者。彼の安静療法は、当時女性に「流行」していたヒステリーの治療法で、ギルマンも彼の治療を受け、知的作業は禁止され、ひたすらベッドに横たわり、脂肪を増すことが求められた。ミッチェルは、神経症の原因は女性性の欠如と考え、知的なことに関心を示さない、脂肪太りの女性らしい体が健全

進藤（司会）　今回のテキストとして『ルース・ホール』を取り上げると聞いて、大変びっくりしました。この作品については、古典の名に恥るんじゃないか、ということで何度か却下されてきた経緯がありましたから。そして今日、みなさんのご発言を聞いていて「やっぱり」という感想を持ちました。しかし、いわゆる古典的批判、例えば、人物の肉付けがしっかりとしていない、というような批判がありましたが、ファーンが書きたかったのは個々の人物などではなかったんですね。女性の社会的な権利を抑圧してきた男性社会に苦しめられ、その男性たちを告発したかっただけなんです。彼らに対する怒りをどうやって表現するかというのがファーンにとっての一つの課題だったわけです。ですから、自分の欠点などまったく書く気もないし、書く必要もなかったわけです。それに、この時代の読者はルポルタージュのような実際の物語を求めていました。当時ボストンでも有名なウィリス家の内情を暴いて読者の好奇心を誘い、下町の貧しいアパート街で喧嘩をしたり、女を買ったり、カリフォルニアへ遁走したりといった庶民の姿を克明に描いて、一つの社会というものを提示したことは事実だと思います。こういう作品を女性が書くということ自体が困難な時代でしたから、彼女の作品はある意味、革命的だったと言っても過言ではないと思います。

であると考えていた。

ウィア・ミッチェル

28 **水療法** Hydropathy　温水、冷水などの温度刺激を与えたり、また蒸気、水圧などの機械的刺激を与え、疾患の好転や自覚症状の軽減を図ることを目的とする治療法。当時、東部の各地に水浴治療を目的とする施設があった。ストウもヴァーモント州ブラットルボロで、一年半ほどこの治療を受けた。

29 **同種療法** Homeopathy　病気に似た症状を引き起こす物質を非常に薄めて用い、自然治癒能力を高める療法。十八世紀にドイツで始まった。

5 ヘンリー・デイヴィッド・ソロー『メインの森』

ヘンリー・デイヴィッド・ソロー（**Henry David Thoreau, 1817–62**）

自然探索の経験を重ね、自然と人間の関わりについて思索した哲学者、著述家、詩人。徹底的な個人主義や自由を重んじる思想を行動によっても表現した実践の人。

マサチューセッツ州コンコードに生まれる。ハーヴァード大学卒業後、実家の鉛筆製造業を手伝ったり、小学校教師、測量師をする。一八三七年頃から、ラルフ・ウォルドー・エマソン（Ralph Waldo Emerson）を含む超絶主義者たちと親交を結んでいる。

一八三九年に兄のジョンとメリマック川、コンコード川へ探索の旅に出て、このときのことを『コンコード川とメリマック川の一週間』（*A Week on the Concord and Merrimack*, 1849）にまとめた。一八四五年から一八四七年にかけてウォールデン湖畔に小屋を建て、自給自足の自然生活をした。この人生を単純化しその本質を見極めるための実験の成果を『ウォールデン』（*Walden*, 1854）として出版。『メインの森』（*The Maine Woods*, 1864）『ケープコッド』（*Cape Cod*, 1865）では、森と海辺で人間に対して敵対的な自然を体験したことに基づき、思索を展開している。

メキシコへの領土拡張戦争を仕掛けた政府の方針に反対し、税金の不払い運動を一人で実行。さらに、奴隷解放主義者のジョン・ブラウンが、政府の武器庫襲撃に失敗し、死刑を宣告された時、ソローは「ジョン・ブラウン隊長の弁護」（"A Plea for Captain John Brown," 1859）により、奴隷制反対という理念を実行に移したブラウンを讃えた。政府の方針に抵抗することは市民の権利であるとともに義務であるとする考えを「市民としての反抗」（"Civil Disobedience," 1849）という論文の中に表わしている。自然や個人主義についての彼の考え方は一九六〇年代に環境運動家たちやカウンター・カルチャーの若者たちに受け入れられた。

あらすじ

『メインの森』には、ヘンリー・デイヴィッド・ソローが一八四六年、五三年、五七年に行ったメイン州の湖水地方への旅の記録が、それぞれ「クタードン」、「チェサンクック」、「アレガッシュと東の流れ」と題されて収められている。彼自身は三つ目の旅行記を校正中に亡くなったため、この本は彼の没後、妹や友人によって出版された。

まず「クタードン」には、ペノブスコット川に沿って北進し、のちに西進、ついにはクタードン山に至る行程が記されている。厳しい道のりだが、全体的にメインの森に対する驚きと感動に溢れており、とりわけ山を下りる際に見たバーント・ランズは、我々とはいったい何者なのかと考えさせるほど、彼に強烈な印象を与えた。

次の旅「チェサンクック」では、ソロー一行はクタードン山より四十マイルほど南西に位置するムースヘッド・レイクを北進、上流へと向かっている。道中、ムース・ハンティングを目の当たりにし、自然が破壊されつつあることを嘆いてはいるが、旅の終盤には先住民の酋長らと談笑もしている。

最後の旅「アレガッシュと東の流れ」では、渓流に沿ってさらに険しい森林地帯へと歩を進めている。蚊に悩まされながらもソローたちは大いに旅を楽しんだようで、この旅行記にはユーモラスな描写が散りばめられている。またガイド役の先住民が言語感覚に長けていたこともあり、ソローの言葉への関心の高さがうかがえる旅でもある。

アペンディクスとして、木々や鳥の名称から先住民の用いる言葉に至るまでの、カテゴリー分けされた様々なリストが付けられている。

発表 I

ムース・ハンティングと大自然

森岡　隆

　ヘミングウェイ[1]のニック・アダムズ物語や、後で触れるフォークナー[2]のアイザック・マッキャスリンの物語など、アメリカ文学には少年や成人男性がハンティングを通して成長する、「ハンティングもの」とでも呼べる作品群があります。そしてそこではおおむね、少年や成人男性とハンティングとの、さらには彼と自然との関係が興味深い問題として提示されます。今回私が扱うヘンリー・デイヴィッド・ソロー[3]の『メインの森』でも、ハンティングは無視できぬ出来事として記されています。とりわけ彼自身がハンターではなく傍観者だったことは、彼のハンティング観や自然観、ひいてはこの作品全体に、おおいに影響を及ぼしました。

　今回は『メインの森』に現れるソローを、ハンティングを傍観する自然人としてとらえて、話を進めます。そしてこの作品に収められた三つの旅行記に共通して登場する、メイン州の湖水地方の代表的動物「ムース」（アメリカヘラジカ）に注目し、「ム

1　ヘミングウェイ Ernest Hemingway（1899-1961）　いわゆる「失われた世代」の代表的作家。簡潔な文体で知られ、代表作には『日はまた昇る』（*The Sun Also Rises*, 1926）、『武器よさらば』（*A Farewell to Arms*, 1929）、『老人と海』（*The Old Man and the Sea*, 1952）などがある。『老人と海』では老漁夫サンチャゴにイエス・キリストを投影させて描いて新境地を開き、翌々年にはノーベル文学賞を受賞した。

ース・ハンティング」、「大自然」[4]がソローにとってどのような意味を持つかについて、見ていきたいと思います。

ムース・ハンティングとソロー

最初の「クタードン」では、ムースはまだ、道中で発見する骨や足跡や話などからしかうかがい知れない神秘的な存在です。けれども旅の間に通過するもっとも大きな湖がムースヘッド・レイクであり、ムースの気配について何度も言及し、出会えることを心待ちにしていることから、ソローがこの動物を、メインの森の象徴的存在のひとつととらえていたことは間違いないでしょう。

次の「チェサンクック」の旅で、ムース・ハンティングの一部始終を見たソローは、ハンティングがいわば娯楽の延長であり、ハンターたちにとってムースは単なる標的に過ぎないことに、大いにショックを受けます。切り分けた肉の一部を保存食として旅行中携えていくものの、その後何週間も彼の心は荒んだままでした。自然の創造物を人間が無為に殺生する行為を深く恥じる彼の心の傷の深さがうかがえます。

最後の旅、「アレガッシュと東の流れ」でもソローたちはムース・ハンティングをしています。けれども、この旅では、彼自身の主張もあり、ムースの肉や皮を積極的に加工し大いに活用しています。しかもこの獲物を切り刻む際に席を外している他は、ハンティング中もその後もソローには精神的な動揺はほとんど見られません。彼のこ

2　**ニック・アダムズ物語**　Nick Adams stories　ヘミングウェイが自己投影したとされる人物、ニック・アダムスが登場する一連の作品をさし、一九七二年、同名で一冊の本にまとめられた。一人の男性の成長物語として読むことができる。

3　**フォークナー**　William Faulkner（1897-1962）　アメリカの南部を代表する作家であり、一九五〇年にはノーベル文学賞を受賞している。『響きと怒り』（*The Sound and the Fury*, 1929）、『八月の光』（*Light in August*, 1932）、『アブサロム、アブサロム！』（*Absalom, Absalom!* 1936）などで知られる。ヨクナパトーファ郡を舞台とした連作では、南部の歴史の束縛とそれに抗おうとする人々を描いている。

4　**大自然**　ここでいう「大自然」は、狭義には原生林や

の落ち着きの理由は文面からはうかがえませんが、娯楽としてではなく、畏れ、慈しみの情をもって獲物と接し得たことで、ウォールデン湖畔[5]で生活をしていた頃の心の安寧を取り戻せたのかも知れません。少なくとも、メインの森でのムース・ハンティングを通じて、彼が大自然の中に生きる者の倫理を強く意識することができたことは間違いないでしょう。

ハンターのアイク、ハンティングを傍観する自然人のソロー

神秘的動物・大森林・ハンターの成長という要素からアメリカ文学の他の作品に目をやれば、冒頭でも触れましたが、フォークナーの中編小説「熊」[6]と、その物語でハンターとして成長していく、アイザック（アイク）・マッキャスリンが思い浮かびます。アイクは最初、森の奥に住む大熊のオールド・ベンについては、年長者たちの話でしか知りませんでした。しかしハンターとしての技術を身につけ始めた彼が、深い森の中でライフル・時計・コンパスなど文明の利器を手放した時、ついにその伝説的動物は姿を現わします。こうしてアイクはこの大熊に関わる様々な経験から、「森」という朽ち果てていく大自然を強く認識し、その熊の死を通して、我々人間は誇りと謙譲と慈しみの情を持って大自然と接するべきであることを学ぶのです。

一方『メインの森』のソローは、アイクとは違いハンターではありませんが、ムースを見ることだけを期待していた最初の旅や、ハンティングの実態にショックを受け

大森林などの未開拓の地を意味し、広義にはその周囲の森羅万象をも含む全体的世界をさしている。後者の場合、主体の「私」も「大自然」を形成するひとつの要素である。

5　ウォールデン Walden　東部のマサチューセッツ州コンコード近くに位置する湖の名前。一八四五年七月四日から二年二ヶ月二日間、ソローが湖畔の小屋で一人自給自足の生活をし、その成果を『ウォールデン』という作品にまとめた。この作品は今日のアメリカでは環境運動のバイブルとなっている。

6　「熊」"The Bear"　フォークナーの作品『行け、モーゼ』(*Go Down, Moses*, 1942) に収録されている中編。ハンティングを通じて成長する少年〜青年期のアイクと、朽ち果てゆく自然の象徴である大熊との関わりが描かれている。

ていた二度目の旅と比べると、肉を食べるという形でムースと直接関わるようになり、我々人間の大自然に対する態度へと考えを巡らせます。厳密に言えば、傍観者である彼とムースやムース・ハンティングとの関係は、ハンターのアイクとオールド・ベンとの関係とは異なるものです。それでも自然との出会いが、大自然について、メインの大森林と人間との関わりについて、次のような深い考察を生み出しました。

ウィリアム・フォークナー

大自然と我々人間

最初の旅「クタードン」は、ウォールデン湖での生活の時期と重なっており、クタードンでは主体が「我々」（人間全体）でウォールデン湖では「私」（ソロー自身）という違いはあるものの、基本的には『ウォールデン』の大自然観と大きく異なってはいません。「我々」と大自然は包含関係でも征服／被征服の関係でもなく、まず自分たち人間の存在があり、そのうえで大自然が存在するとソローは考えます。大自然に囲まれながら、彼は自分とその周囲の世界という枠組みで森羅万象をとらえているのです。

前述の「熊」では、オールド・ベンに抱え込まれそうになった瞬間、アイクは懐かしい感覚に陥ります。この大熊は、人間を暖かく包み込みながらも人間とは相容れない「母なる大地」を暗示させますし、彼が懐かしさを感じたのは、そこが自分たち人間が生まれ、死んでいく場所だからともいえます。一方ソローは、たとえば未開の大自然バーント・ランズを眺めて、「野蛮で恐るべき」厳しい自然は「異教と迷信的儀式の場所であり、我々よりももっと岩や野性動物に近い者たちが住むべきところ」だとして、アイクとは逆に強い疎外感を感じます。彼にとって、それは「母なる大地」では決してなく、「巨大で畏怖すべき、物そのもの」なのです。

ですから次の「チェサンクック」でソローはこう記しています。「我々の居住地のなだらかだが変化に富む風景に戻ると、ほっとした。(中略) 荒野は単調である、ほとんど不毛なまでに。これまで詩人の調べにインスピレーションを与え、今後も与え続けるのは、このいくぶん開拓された土地なのだ」。ここには彼がこの旅のムース・ハンティングで感じた、うんざりするような不毛感はありません。大自然と、そこで横暴な振る舞いをする人間の両者から距離を保つことで、彼は自然人としての自分なりのスタンスを見出したといえます。そして求めるべき森として、「あの荒野の森」ではなく、創造力を維持するための、「インスピレーションを得、我々自身の真の再生を得るための」森を提唱して、このセクションを終えます。

ソローと「いくぶん開拓された土地」

十九世紀のアメリカにおいて、大自然とは現在よりもはるかに御し難く、当時の人々にとってそこ/それは、獲物である動物たちと共生せねばならない場所でした。ソローの「いくぶん開拓された土地」の概念を、彼のムース・ハンティングでの経験

ムースを追う先住民のハンター

と重ねれば、未開の厳しい大自然を無慈悲に征服することよりも、逆にそれを畏れるとともに慈しみの情を持って積極的かつ適切に活用する方を、彼は好んだことが分かります。先に、大自然に対し横暴な振る舞いをする人間と大自然の両者から距離をあけることで、彼は自分なりのスタンスを見出したことを指摘しましたが、そうすることでソローはさらに、獲物を含む大自然と我々人間との関わりを、畏怖と慈しみの情をもってなすことを提唱したのです。そして大自然を畏れ慈しみつつ活用することの重要性を、浮き彫りにすることになりました。

　また、最後の旅「アレガッシュと東の流れ」のガイドは、自民族の文化伝統を尊重する一方で近代文明という新しい文化もバランス良く取り入れて暮らす、先住民のジョー・ポリスでした。メインの森の旅とムース・ハンティングからソローが学んだ事柄を考えた時、『メインの森』を締めくくる旅のガイドが先住民だったことは、偶然とはいえ象徴的です。

　さてソローは、「アレガッシュ」の原稿の校正を完了することなく、一八六二年に世を去りました。彼の良き理解者だったウィリアム・チャニング[7]によれば、彼が今際の際に発した、聴き取ることのできる言葉は、「ムース」と「インディアン」だったそうです。

7 ウィリアム・チャニング William Ellery Channing (1817-1901) 超絶主義者の詩人。『ダイアル』誌（*The Dial*）に寄稿し、ソローの最初の伝記、『詩人・博物学者ソロー』（*Thoreau, the Poet-Naturalist*, 1873）を書いた。キリスト教組合派の神学者で、ニューイングランド地域の超絶主義の発展に寄与し、ユニテリアン派の一員として活躍したウィリアム・エラリー・チャニングの甥。

ウィリアム・チャニング

発表 Ⅱ

詩人が書いた白人文明批判の旅行記

坂本季詩雄

本書では、アメリカの主流文化発祥地のニューイングランド出身の語り手ソローが、その文化の産物である地図を持ち、白人文化が及ばないメインの森へ足を踏み入れます。彼と現地を結びつけるのは土地に定住するガイドです。

三回の旅のうち二回はガイドとしてインディアン（先住民）を選んでいます。インディアンが自然とどのように向き合うのかを知り、白人文化が介入する以前の彼らの文化に触れたかったからです。最初の旅のガイドはスコットランド系白人のジョージ・マッコスリンですが、つづく二回の旅のガイドは、純粋な血統のインディアン、ジョー・エイティオンと、四十八歳のジョウゼフ（ジョー）・ポリスです。彼らこそが生の土地を旅するために語り手が選んだガイドなのです。ガイドは自分のその土地での経験から得た知恵に基づいて、本作の探索者たちをウィルダネス[8]、原生自然での旅へと導きます。彼らの知恵が、紙上の知識と実際の土地での体験を融合し、語り手

8　ウィルダネス wilderness　ヨーロッパで十三世紀初頭に現れた言葉で、人間の手が加

にとっての旅が、そして旅行記という文化が成立します。

この作品の旅行記としての要素は、行程で語り手が出会った事柄や感想が時間の流れに沿って述べられる点にみられます。しかし、これは旅行記の要素を持つ、文明批判の書です。この旅を象徴する道具は地図でしょう。地図は実際に土地を訪れた測量士が土地を数値に置き換え、紙上に記号的に配した文明の産物です。その点で論理的思考の象徴と考えることができます。語り手は地図を手にしていますが、土地と身体的に結びついていることを理由に、地図を必要としないインディアンを案内人にします。ともに森を旅することで、語り手も身体的に土地を体験するのです。こうして白人文明の知識とアメリカにおける白人以前の文明の知恵のかかわりがこの旅行記の中に見えるのです。

わっていない原生自然。語源的には野生生物の住む場所という意味である。人間文明が及ばない場所の意味とされた。一六二〇年にメイフラワー号でアメリカ東部にやってきた入植者たちにとっては、ヨーロッパ文明化されていない「野獣と蛮人ばかりの陰鬱で荒涼たる」場所の意味ともなる。しかしさらに、聖書の「乳と蜜の流れる約束の土地」に至る可能性をはらんだものである。

知識と知恵の出会い

ソローが二十九歳の時の旅をもとに書かれたのが第一部です。彼はこの頃ウォールデンで人生を究極まで単純化する実験の最中でした。晴耕雨読の生活です。しかし、メインの森への旅では、コンコードの町から少し離れたウォールデンには存在しない、原生自然の中での経験が重要なのです。

この旅で語り手は「広大で、荒涼として、人間とは相容れない、野蛮で、恐ろしく、美しい」自然と出会います。本来人間が関わることがないと思われるほど混沌とした姿を見せる自然です。人をはぐくむ「マザー・アース」[9]、「母なる大地」ではありません。一八四〇年代、一八五〇年代頃には、都市に住む豊かな家庭では、ガス灯、室内の水道設備や風呂、セントラルヒーティングなどが利用できるようになっていました。南北戦争前の三十年間は、かつてなかったほど市民の生活が文明化し、経済的な繁栄が多くのアメリカ人の心をとらえ始めていたのです。そのような時代であるからこそ、原生自然にふれることの大切さを感じた語り手は、"contact"という言葉を何度も発します。非日常的世界を体験することで、自分や自分がいる場所を確認できると確信するからです。

語り手が自分はヨーロッパを源流とする文化の延長線上で生きているのだと確認する様子が、次のような対比の場面に見て取れます。ギリシャ神話[10]（アトラス、ヘファイストス、キュクロプスなど）やギリシャ古典[11]（アイスキュロス）に言及しながら、クタードン登山の最中、崇高な自然に出会います。そして、語り手は人間の自分は決して訪れてはいけない神の領域へふみ込んでしまった気分になるのです。この描写には、人間が神によって支配されていた時代には、自然は人間とは相容れない存在だったことが重なります。

しかし、次の段落では文明人の測量技師が山の頂へ登り、標高五三〇〇フィートだと計測し、花崗岩でできたニューイングランドで二番目に高い山だと描写して、この山を脱神話化してしまいます。この背景には、語り手の時代には、啓蒙思想がもたらした合理的、科学的な精神が、自然を探求すべきものへと変質させてしまったことが

9　「マザー・アース」"Mother Earth"　マザー・アースとしてあげられるのは牧草地、森林、詩に歌われる草原や耕作地など、文明化された土地のこと。ウィルダネスとは違うものである。

10　**ギリシャ神話**　ギリシャ神話には紀元前二千年頃の古代ギリシャ人の信仰や儀式が著されている。神々に関する多様な物語と伝説からなり、紀元前八世紀には詩人ヘシオドスやホメロスにより神話集成が成立し現在の形となった。アトラスはタイタン族の一人で、オリンポス山の神々との戦いに敗れ、罰として地球と天空を永遠に肩に担ぐという罰を受けた。ヘファイストスは火と鍛冶の神。キュクロプスは額の真ん中に丸い一つ目を持つ巨人族の一人でシチリア島に住んでいたとされる。

表されているのです。さらに、アペンディクスでは、たくさんの動植物の名があげられています。それらの多くはラテン語の学名で記されています。ここでも西欧文明によって自然を分節し尽くそうとする世界観に、語り手が取り巻かれていると見ることができます。

11　**ギリシャ古典**　ギリシャ古典は哲学、演劇、叙事詩など後のローマやヨーロッパ文明の基礎となった。アイスキュロスは古代ギリシャの劇作家で、ソフォクレス、エウリピデスとともにアテネの生んだ三大悲劇詩人の一人。

自分の現在地を発見する

第一部の終わりで、語り手の時代においても、アメリカにはこの大陸の発見者がやってきた時代と変わらない、「常若で至福に満ち、無垢な自然」が満ちていることを確信します。その後、ソローは三十六歳の時、二度目のメインの森へ向かうのです。私が注目する点は、白人とは違った論理体系[12]によりインディアンが事実を把握することを語り手があげる箇所です。ソローはインディアンが抽象的な考えを伝達できないことを指摘します。そして、彼らが人と自然が同等だと考える、白人とは異なる自然観をもつことを認識するのです。

さらに、インディアンの言葉についての語り手の考えにも興味を引かれます。インディアンの生活の中には白人文明の影響が色濃く見られることが指摘される一方、語り手が注目するのは彼らの言葉です。アメリカが発見される遥か以前より、祖先から受け継いだ魂がインディアンの言葉の中に残されていると実感し、語り手は感動を覚えます。そして、白人の語り手には全く理解できないインディアンの言葉こそ、アメ

12　**白人とは違った論理体系**　ヨーロッパ文明に見られるような理知的な思考によってとらえる客観的認識ではなく、主体の生活する世界や生きる過程における直感や実体験により獲得された個人の主観的知恵に基づく認識法。

リカの言葉だと思い至ります。土地の名前には現代人には意識されないけれど、太古の昔からその土地に暮らしてきた祖先の知恵が内包されています。だから、彼が訪れている土地の意識[13]へ結びつくためには、インディアンの言葉によるオリジナルな地名にふれることが重要だとソローは考えます。

そのとき語り手によみがえるのは、ウォールデン湖における実験から得た境地です。語り手は自然と魂の交感をし、自然の本性を理解する詩人になることを希望します。

このロマンティックな自然観[14]は超絶主義[15]的です。超絶主義的論理では、自然は人間の精神や思考に何らかの精神的化学変化を起こさせる装置とみられます。人を含めあらゆる生命を生みはぐくむ自然は、「マザー・アース」のように擬人化されます。しかし、この擬人化とは人間の側に自然を引き寄せるための手段で、人間中心的な考えなのです。

さらに、この考え方はギリシャ以来、西欧文明の中に流れ続けるパストラル[16]的考え方につながります。その考えによれば、文明と自然が対比され、人は自然の中で無垢な本来の自己を取り戻すのです。

第一部では人間は自然に拒絶される存在で、自然に対して謙虚に歩み寄る必要性を説いていました。人間中心的でロマンティックな自然観はこれと矛盾します。そして、第二回目の旅の終わりに、語り手は文明の側へ戻ったことを喜びます。ウィルダネスはあらゆる文明の起源であり、背景であり、文明を築く根元です。しかし、この自然の中では文明人は生きていけません。文明人ソローはこの矛盾する考えを受け入れま

13　**土地の意識**　英語では「センス・オブ・プレイス」（sense of place）。土地が社会共同体の記憶や生活と神話的世俗的意味において結びついており、その土地と個人も繋がっている。個人にとって生きるべき場所という特別な意味のある空間に対する意識のこと。

14　**ロマンティックな自然観**　人間中心的な自然のとらえ方のことで、自然を人間にとってエデンの園的な世界としてとらえ、思想的、宗教的、美学的価値を見いだそうとする方向性のこと。十八世紀のイギリスの思想家エドマンド・バーク（Edmund Burke）の「崇高美学」、ウィリアム・ギルピン（William Gilpin）の「ピクチャレスク美学」と結びついたアメリカの原生自然を理解する新たな考え方。サブライム（崇高）については本章注21を参照。

す。

詩人が作品中に作り上げるのは人間化した自然です。けれど、創作にあたってソローは、無垢な自己を取り戻すことを必要とします。そのために彼は他ならぬウィルダネスに回帰しなければなりません。その後、再び文明社会に戻り、道徳的、倫理的に正しい人間として生きます。拝金主義、投機熱に浮かれる一八五〇年代のアメリカというものを考え、何を重視するべきかを考えるためには、メインの森のウィルダネスが必要なのです。しかし、ソローは現在見渡す限り広がるメインの森のウィルダネスが、遠からず文明により破壊されると予測します。それゆえ、ウィルダネス保護という思想に到達するのです。

15 **超絶主義 Transcendentalism** 十九世紀前半のアメリカ東部で醸成された、人間の魂や個人の内面の神聖さや無限性を信じるロマンティックな精神風土のこと。理性より直観を重んじ、宇宙や自然と独自の関係をむすび、神に限りなく近づこうとする。ラルフ・ウォルドー・エマソンが著書『自然』（*Nature*, 1836）で明らかにしたこの概念は、ソローに受け継がれ実践された。

16 **パストラル pastoral** 本来牧歌を意味した。ギリシャの詩人テオクリトスを創始者とする。ヴァージルが田園に暮らす人と自然との調和のとれた生活を背景とする牧歌的世界を描く詩のスタイルを確立する。後にこの世界観はヨーロッパ文学の伝統の一つとなる。

論理を超越した詩人となる決意

最後は、四十歳の時の三度目の旅を描きます。ここで注目したいエピソードは発光する森との出会いです。ムースヘッド湖の北端のキネオ山で、語り手は夜間蛍光を発する木を発見します。このエピソードで明らかにされるのは、インディアンの知恵が深遠であることです。

蛍光を発する木を見て、この旅の目的は達せられたと思えるほど語り手は感動します。この体験は白人の知識体系を白紙にして、無垢な精神でもって、魂の奥に届くほどの交感をウィルダネスと交わすことを意味し、インディアンから教わるべき知恵だと確信します。

この体験の後、語り手はインディアンがジャコウネズミ[17]を呼び寄せる場面に遭遇します。一瞬、ジョー・ポリスとネズミは人と動物の境界を越え、同等の存在になったように語り手は感じ、自分もウィルダネスの一員になったとの思いを強くします。

しかし、語り手は、白人がインディアンのようにはなれないとも感じるのです。自然の中の音に耳を澄ませば、滝の音はダムの水車の音に、森をわたる風は汽車の音に聞こえるのです。そこで語り手は、自分の文化を背負った上でウィルダネスとの精神の交感を、文章で表現する詩人となることを決意するのです。

インディアンとともに川や湖を遡行して原始的な土地に至る旅は、地図上の移動や、物理的な移動を表すことはもちろん、時間的な、歴史的な遡行をも表します。語り手は地図上の土地へ実際に出かけることで、インディアンの知恵に導かれ、アメリカという土地の本来の姿であるウィルダネスを身体的に体験しました。この旅は物理的に移動するだけでなく、歴史的に白人以前の過去のアメリカや、そこに住む人々の知恵にふれることも意味します。ソローはこの作品で自然を蹂躙して発展する白人アメリカ文化にとり、ウィルダネスが不可欠であると主張するのです。そのため本書は、旅行記になるとともに、文明批判の書物ともなっているのです。

このような点から考え直してみると、アペンディクスに別の意味を読みとることもできるかもしれません。読者は指摘されたウィルダネスの中に息づく生物の多さと、それらに関心を払ってこなかったことに気が付きます。そして、自分がどれだけ自然

17 **ジャコウネズミ** 哺乳類の始祖。その分泌物マスクラットは香水の材料として用いられる。

ジャコウネズミ

から遠ざかっているのかを実感します。人間は文明社会では自分が地球の主のように好き勝手に振る舞っていますが、地球全体から見れば、観察者ではあっても、主人公ではないのだと知り、「人間も地球に生きる生物の一つにすぎない」という慎ましい気分になりはしないでしょうか。

ソローの成長物語か

高梨（司会）　お二人にそれぞれの視点から発表していただきました。質問、意見をお願いします。

深谷　ソローは自然を、人間に飼い慣らされていない、征服／被征服の関係に立たないものとしてみています。従来の欧米における自然観とは違う視点を提示していることに感銘を受けました。

本合　三つの作品を読んで、第一部ではソローの矛盾と愚かしさをすごく感じましたが、第二部、第三部を読むうちに、次第にソローしかできないことをやろうとしていたことが見えてきたように思います。ソローの中で別のものが成長し、変わっていったドラマとして見られないかと思うのですが、いかがですか。

辻本　私も本合さんと同じで、第一部、第二部、第三部の変化をおもしろく感じました。ハドソンリヴァー派[18]の絵のように、原初の自然の美しさをアメリカの特質として賛美することの裏に、自然を利用するという面も隠れているのではないかと思いまし

18　ハドソンリヴァー派　Hudson River School　一八二五年、トマス・コール（Thomas Cole）の風景画が注目されたことを機に、以後四十年ほど、風景画が流行することになる。画家たちが好んでニューヨークのハドソン川流域の風景を描いたことから、この呼び名がつけられる。それまで主流だった歴史に題材をとった絵画とは違い、荘厳ともいえる自然に、アメリカの無垢な特質を読み取り、広く愛好された。他にアッシャー・デュラン（Asher Duran）、フレデリック・チャーチ（Frederic Church）などが高名。

た。

小池　第一部は大自然との対峙、第二部はムースという動物を介して、第三部はインディアンを介して自然を学ぼうとしていて、ソローの描き方がだんだんと謙虚になってきている気がしたんですね。

本合　第一部では詩人の言葉を引用したりしていて気張りが前に出ていますが、第二部、第三部では、一歩引いた記録者として自分の心の中の矛盾みたいなものをすごく素直に表現していると思います。

坂本　確かに、おっしゃるような見方はできると思います。第一部はリアルな自然との触れ合いを求め、第二部、第三部では、インディアンをガイドにして、白人からの一方的な自然の見方ではなく、自然の中にいさせてもらっている、一つの動植物である自分ということを学んでゆくという点で、成長があると思います。

森岡　第三部の校正作業の途中でソローは亡くなっているので、統一的なテーマがあるかどうかは疑問です。だんだん謙虚になってきているという点はおっしゃる通りです。

長畑　ソローと自然との関係に矛盾している点がある、ということは僕も強く感じました。自然には人間が入り込む余地がないと言っている一方で、自然と人間の距離が近いなあと思う描写もあります。自分の体も自然の一部で、「体が怖い」と表現するのは、これはすごいなと思いました。

大森　「体が怖い」というところは私も強い印象を受けました。自然の中に入ってい

トマス・コール「森の中の家」

って、自分の抽象的思考が生み出したような霊などではなく、分節しきれない、モノそのものに対峙したときに、"matter"が怖いと言っているのに感心したんですけど。さらに、詩人が作品を生み出すのは、部分的に文明化された土壌が必要だと言いながら、同時に、自然に霊的な泉を求めているところに、ソローの矛盾や葛藤があると感じました。

亀井　おもしろい議論が展開していると思いますね。私は、最終的には『メインの森』賛歌をしたいですが、その前にいやらしい質問をしたいと思います。『ウォールデン』は文明の中での自然の生活の実験ですが、次はそこから出て、自然そのものに触れたい。そんなわけで、ソローはメインの森やケープコッドに行く。第一部では原初的な大自然に入っていった時の感慨を表現する。その後の第二部、第三部ではソローは謙虚になっていったとも言えますが、縮こまってしまったとも言えるのではないか。第二部の最後で、文明世界に帰ってきてほっとすると言いながら、詩人は時にはきこりの小道やインディアンの踏み分け道を旅行した方がいいという記述が出てくる。これは『ウォールデン』に回帰しちゃってるんじゃないですか。そうなると、これはソローの成長ですかね。

坂本　インディアンと同じように、文明を捨てて自然の中で生活するならば、こういう本を書くこともないと思います。ソローは経験したことを人々に伝えたいという使命感を持っていて、本当の自然を残していかないと商業主義が入り込み、アメリカは人間としての倫理、道徳を保っていけない社会になってしまう、そのことを警告するために文明に戻ってくるんじゃないでしょうか。そういう意味では成長というふうに考えた方が良いと思います。

表現者としてのソロー

亀井　ソローは確かに様々な矛盾を抱えている。その点については、みなさんのおっしゃる通りだと思います。しかし大事なのは表現者としてのソローで、それがこの作品の評価に関わってくると思います。『ウォールデン』はわりとうまくまとまっている。『メインの森』になると、自然と文明との間でのソローの振幅が大きく出ていていますが、むしろ、まとまっていない点こそが評価しうるのではないか。大自然の中で驚嘆している第一部がそれ程おもしろくなく思え、第二部、第三部がおもしろくなっていくのは、まさにソローの精神の振幅が見えてくるからじゃないかしらん。もう一つ、文章についてはどうですか。『ケープコッド』[19]の文章はもっと粗っぽくて、『ウォールデン』とは違うと思う。『メインの森』はどうでしょう。欠点がいっぱい出てくるけれども、スケールの大きな作品だと思います。

藤岡　矛盾とおっしゃったので、一言意見を言いたいと思います。『ウォールデン』から『メインの森』に見られる森は、通常連続性があると思われていますが、『ケープコッド』を間に挟むと分かりますけれど、「森」といっても同じものではないんです。メインの森は、むしろ『ケープコッド』の海と同質の、安易に近づく人間を拒絶

19　『ケープコッド』*Cape Cod*（1865）　一八四九年に通し、コッド岬を訪れた三つの旅をコッド岬の地形や動植物などの観察を記し、海と関わって生きる人の人生を語る旅行記。海の破壊的な力を語る「難破」から始まり、自然が人間と敵対することを示す作品でもある。

する怖い自然です。坂本さんもお使いになった言葉ですが、いわゆる「自然」と「原生自然」とは分けて考えるべきでしょう。『ウォールデン』と『メインの森』を同一視してソローの姿勢に矛盾があるというのは的はずれのような気がします。

そもそも、ソローの関心は自然そのものにあると思われがちですが、自然はむしろ方便であって、人間のあり方や未知の可能性をあぶり出すためにソローが常に主体的に引っ張り出してくるものです。ソローが、穏やかな「自然」から次第に離れて、「原生自然」により深い関心を寄せ始めたのは、そこに、新しい人間像を模索する舞台として、より先鋭的な力を感じたからでしょう。人間の最も原初的な力への関心という一点において、ソローに矛盾はなく、見事に一貫している。そこがソローを単なるナチュラリストでなく詩人たらしめている点だと思います。

武田　読み始めた時から単なる旅行記ではないと思いました。ソローは哲学者で、自然と対決するんじゃなくて、自然と対話することで、最終的に求めているのは、自分とは何か、自分の精神で、それがだんだん深くなっていくように思ったんですよ。

徳永　人間を拒絶するような自然という、非日常の中でも、食べるとか寝るとかいう日常の行為が繰り返し記録されているのが、親しみを持てる一つの要因ですね。

長畑　三つの作品の変化という点に話を戻しますが、あとの二つの方がリズミカルで読みやすいという印象を持ちました。「クタードン」は、匿名の人物が多くて、他者との交流が少ない点が印象を変えているのかもしれない。自分と自然、自然の中のモノや地名についての解説や、古典からの引用が多いという点では、『ウォールデン』

『ウォールデン』の初版本

に近いのは「クタードン」ではないかと思う。特に「アレガッシュ」では、ジョー・ポリスとの人間的なやりとり、コミュニケーションが多くみられ、それが読みやすさとつながっていると思いましたけど。

山口　一歩引いた記録者という点ですが、第一部では大自然との一体化をめざしていたのかなと読んだんですけど、第三部になると、インディアンに対して距離感を認識し、冷静に観察していることで、ジョー・ポリスも、複雑な人間として描かれているのではないかと思いました。

深谷　文体の変化について、皆さんの意見に反論したいと思います。私は「クタードン」に一番ソローのエネルギーを感じました。第二部、第三部では、矛盾やソローの中の揺れがでてくるのが文体に現れていて、おもしろくなってゆくというのも事実ですが、その代わりに、なんか臆病というか、頭で考えて書くようになり、文体の勢いが失われているという感じがしました。第一部では、ソローが、“matter”とか“solid earth”とか言うモノとしての自然の中に入っていった時に、何を感じるかと思って読んでいったので、“Contact, Contact”というところで、すごいなと心を揺さぶられました。それがその後はモノとしての自然から遠ざかり、間にインディアンという媒介者が入ってきてしまって、直接自然と対峙することから遠のいてしまっているような感じがしたんです。観察者、記録者になっていくことと関係があるのかもしれませんが。

三杉　今、多くの方が持っていらっしゃる文体についての印象に深谷さんがあえて反論されましたが、深谷さんが感じられたことと、だんだん謙虚になっていったとおっしゃった方の印象は、多分共通のものがあって、評価の仕方が違うのだと思います。哲学者ソローを求めている人は、第一部の最後の場面に一番感動すると思うんですね。その後、すごく淡々としているところがあって、それを坂本さんは、旅行記として、自然とかかわるスタンスを変えていったとおっしゃったと思います。深谷さんは多分それが物足りない、もっと哲学論をぶって欲しいみたいな期待をお持ちだったんじゃないかな。私なんかは抽象論が出てきた時、これは私が知っているソローだわ、と思ったんですけど、読み進めてゆくと、自分の知らないソローが出てきて、自然の中での人間としての自分をわきまえるというか、エゴセントリズムが薄れていくのがおもしろかったです。

平野　ソローの文について、私の印象を言わせていただきます。奥地にこそアメリカの本質があり、それを見なくちゃいけないということで、三度にわたって旅をした様子がわかるようになっているんですが、それとはまた別のレベルで爆発するような、時々「体が怖い」とか、“contact”とかという表現が出てきて、すごく不思議な感じをしながら読んだんです。ソローの中にひょっとしたら言語化できない情熱があって、坂本さんのおっしゃったように、人間の側ではなく自然の側に立って自然を書くという無茶なことをやりたいと思っちゃった人の、不思議なエクリチュール[20]という気がしました。

20　**エクリチュール écriture**　「書き物」「書くこと」という意味のフランス語であるが、哲学者ジャック・デリダによって批評的な意味を担わされるようになった。神の語る言葉（ロゴス）を起源とし、これを中心にして西欧世界が構築されているという事実がある。これに対してデリダは、神や起源とは無縁な言葉を書くこと（エクリチュール）によって、西欧世界のロゴス中心主義を解体しようとするのである。

詩人としてのソロー・記録者としてのソロー

森　「クタードン」の最後の場面は、サブライム[21]感覚じゃないかと思います。つまり自分が圧倒されるような強烈な感覚が自然にあって、それを描写している。ところが「チェサンクック」になると、あるべき自然と失われた自然というのがあって、あるべき自然というのは原生林の、美しいシルヴァン[22]なもので、こうしたものが失われて、木は製材所に売られ、丸裸にされて、最後には皮も葉っぱも切り取られてしまう。これは原生自然の破壊で、良くないんだということを言っている。さらに白人との混血のインディアンが出てきて、森の人インディアンと文明の人白人との間に混乱が起きてくる。「アレガッシュ」になると、ジョー・ポリスが歌う歌の中に宣教師のリズムと教えが混ざっていますし、ソローが立ち寄った彼の家が完全にアメリカ化された家で、自然はあるべき純粋な形では存在していない。最終的に残るのは、テクストに付けられたアペンディクスに示されているような、ラテン名で定義されるようなものしかないということになる。そんな感じがします。

渡辺　圧倒的な自然に対峙しているということは分かるんですけれど、木一本となると商品、有用なものとして見ている、ということのずれが私には理解に苦しむところです。文明をしょって森の中に入ってしまう感覚なのかなと思ってしまったんですけれど。

林　私は、ロマン的な詩人から自然詩人に変わっていったソローのメッセージを感じ、そしてテーマとしては、アメリカ発見の旅であるかなと思いました。

21　サブライム sublime　十八世紀英国で、アイルランド生まれの政治学者エドマンド・バークが用いた概念。美の感覚と対置して、サブライム（崇高）感覚とは、苦痛や恐怖を喚起する感情と定義されるが、特に自然の持つ荘厳さや広大さに触れた際に生じる、宗教的畏怖に類する、圧倒され、自分が滅却されるような感情をさす。

22　シルヴァン sylvan　英語で「森の（ような）」、あるいは森に囲まれた、木々で作られた」（形）、及び「森の住民、森の精」（名）の意。原義はラテン語の silva（木）に由来する。

藤岡　人間の再生を願う詩人という姿勢は一貫していると私は思います。デカルト主義[23]に対してロマンティシズムをぶつけ、それでも不十分なのでギリシャ神話に行き、まだ足りないと思って原生自然を持ってくる。でもその根本にあるのは人間の再生なんです。ソローの関心は、あくまで人間なんだと思います。

森岡　そうですね。ムース・ハンティングをとおしてソローが得たものも、結局人間を中心にすえたうえで、いかに自然と関わっていくかだと思います。

坂本　森さんがおっしゃっていたアペンディクスのことですけど、最初は白人の博学的な視点が現れているんですけど、その次は、白人の知識だけでなく、インディアンから学んだ知識も並べているところに、ソローのスタンスが現れていると思ったんです。インディアンの描写の仕方について言いますと、文学作品では通例、人物を立体的に浮き上がらせるのですが、この作品では人物を名前で呼ばず、どんな人物かもほとんど描写しません。私という人物についての描写もないんです。これは旅行記で、自然を人間の側ではなく、自然の側に立って見た時の自然のありかたを記述するためにソローが選んでいるんじゃないかと思うんです。

高梨（司会）　ウォールデンの生活において、「私は善を愛すると同じように野生を愛する」とあり、野生への志向がみられます。ただ、メインの森への旅はその延長かどうか。ソローは森岡さんが指摘されたように、「いくぶん開拓された土地」に住む人で、荒野の住人ではありませんしね。私が気に入ったのは、科学では説明できない朽ち木に神秘的に光る燐光を通して、原始の信仰に触れる思いをする場面です。ソロー

23　**デカルト主義**　物体と精神を互いに独立的な実体とみなすデカルトの二元論。精神と自然は分離可能であるとするこの新しい世界観は、その延長上に、自然は人間の力で改変することが可能であるという認識を生んだ。この近代主義的世界観に基づく近代科学が物質面でのめざましい成果を上げ始める一方、人間には精神的な疎外感が広がった。ロマン主義は、デカルト主義の最も強力なアンチテーゼとして人間の全体性の回復をめざしたと考えられる。

は、川の宝石のようなマスを釣り、太古の昔からのフクロウの鳴声を聞き、土地の魂（スピリット）に五感全体を通して近づき、文明的な自己を克服することで、それを超えた世界までをも見ようとしていたように私は思います。ソローと自然をどのようにとらえるか、詩人ソローは何をしようとしていたか。まだまだ議論はつきませんが、このあたりでお開きとすることにしましょう。

6　ヘンリー・ジェイムズ　『ボストンの人々』

ヘンリー・ジェイムズ　(**Henry James, 1843-1916**)

近代心理主義リアリズムの先駆者。人間の意識のドラマを描く技法を探究し続け、二十世紀の小説に大きな影響を与えた。

ニューヨークの富裕な家庭に生まれる。父は著名な哲学者、ヘンリー・ジェイムズ・シニア（Henry James, Sr.）、兄もまた著名な心理学者、哲学者ウィリアム・ジェイムズ（William James）。子供時代からアメリカとヨーロッパを行き来し、双方の地で教育をうけた。一八六一年、消火活動中に背中に負傷。そのために南北戦争に従軍しなかったとも、生涯独身を通したともいわれるが、真相は不明である。

一八六二年、ハーヴァード大学に入学するが一年で中退。一八六五年から『アトランティック・マンスリー』（*The Atlantic Monthly*）などに短編や批評を書き始める。一八七五年、ヨーロッパ永住を決め、フランス、イギリス、イタリアなどを行き来する生活を送る。一八八二年に両親没。その後二十年間アメリカへは帰らず、一九一五年にはイギリスに帰化した。翌年ロンドンで没したが、遺骨はボストンに戻る。

ジェイムズの作家活動は通例、つぎの三つの時期に分けられる。『ロデリック・ハドソン』（*Roderick Hudson*, 1876）に始まり、ジェイムズを一躍有名にした『デイジー・ミラー』（*Daisy Miller*,1878）を経て、『ある婦人の肖像』（*The Portrait of a Lady*, 1881）で頂点を極めた初期。『ボストンの人々』（*The Bostonians*, 1886）など社会小説を書き、演劇にも手を染めた、実験期ともいえる中期。この期の作品としては『ねじの回転』（*The Turn of the Screw*, 1898）など幽霊ものも有名である。そして最後の、『鳩の翼』（*The Wings of the Dove*, 1902）、『使者たち』（*The Ambassadors*, 1903）、『黄金の杯』（*The Golden Bowl*, 1904）など、大作が書かれた円熟期である。

あらすじ

　ボストンの名門チャンセラー家の娘オリーヴは、両親亡き後、上流住宅地ビーコンヒルの一角に独り住む。オリーヴの従兄バジル・ランサムは、弁護士を開業するために南部ミシシッピ州からニューヨークにやってくる。オリーヴが女性の地位向上をめざす熱心な活動家であるのに対し、バジルは南部騎士道精神を体現するような、きわめて保守的な考えの持ち主である。

　招きに応じ、バジルが初めてボストンにオリーヴを訪ねたその日、二人は不本意ながらも連れ立って、長年さまざまな改革運動に携わってきたミス・バーズアイが主催する会合に出かける。そこで心霊治療家ドクター・タラントの娘ヴェリーナが、霊感がのりうつったかのように、女性の不幸と苦難について演説するのを聴き、二人はそれぞれ強く魅了される。オリーヴは多額の小切手を両親に渡してヴェリーナを屋敷に引き取り、闘いの同志として彼女を教育し始める。二人は女性の抑圧と受難の歴史を勉強し、渡欧して女性解放の指導者たちと親交を深めるなど、研鑽を積み、ヴェリーナはやがて美貌の新進女性演説家として評判をとるまでになる。

　しかしそのころバジルも密かにヴェリーナに近づき、彼女に女性解放運動の愚かさを説く。ヴェリーナの演説は、耳のこえたニューヨークの聴衆にも好評を博すが、バジルはそれを浅薄なものと非難し、ヴェリーナに本来の姿にもどるように訴える。そして避暑先のケープコッドにまでヴェリーナを追いかけ、ついに求婚する。ヴェリーナは偏狭なバジルの考えを嫌いながらも彼に惹かれるようになり、運動に対する使命感が薄れていくのを意識する。

　ボストン・ミュージック・ホールの演壇という晴れの場で、客席にバジルの姿を認めたヴェリーナは演説を躊躇。開始の遅れに場内騒然となるが、バジルは構わず力ずくでヴェリーナを連れ去ろうとする。意を決したオリーヴが自ら演壇に向かうと、聴衆は静まりかえる。その時、バジルとヴェリーナは人目を避けるように会場を後にする。

発表 I

戦うオリーヴの物語

金澤 淳子

『ボストンの人々』は、おそらく一八七九年あたりから二年間という時代設定になっています。国家を分断した南北戦争[1]が終結してから十四年以上の歳月が経ちながら、なおも戦争の影を感じさせる小説です。それは北部人オリーヴ・チャンセラーと南部人バジル・ランサムの対立が、女性対男性という対立だけでなく、北部対南部という過去の戦争の歴史もひきずりながら展開しているためでしょう。小説の全篇を通して「戦い」、「勝利」、「武器」といった言葉が目につくように、様々なレヴェルで戦争の影を感じさせます。

オリーヴ対バジル――すれ違う戦い

物語は当時の女性権運動[2]が背景になっています。ボストンの名門チャンセラー家

1 **南北戦争** The Civil War 一八六一年から六五年まで奴隷制度をめぐってアメリカが連邦軍（北軍）と南部連合軍（南軍）に別れて戦った内戦。商工業中心の北部と、奴隷制に依存する農業中心の南部との対立が深まるなか、六〇年に共和党のリンカンが大統領に当選すると、南部十一州が連邦離脱。北軍サムター要塞を南軍が攻撃して開戦となる。六三年にリンカンの奴隷解放宣言。六五年南軍が降伏。戦後、北部の経済は発展したが南部は荒廃する。南部の再建

のオリーヴも女性の地位向上のために闘争心を抱く女性です。オリーヴは内向的でありながらも戦いを好む複雑な性質の持ち主です。オリーヴの矛盾する性質は典型的なボストニアンのものといえるのかもしれません。ジェイムズと親しかったヘンリー・アダムズは、ボストニアンならではの性格を「二重の性質」と呼んでいるくらいですから。しかも彼女は、オリーヴという平和を象徴する名前でありながら戦いを好む女性です。一方、オリーヴの敵役のバジルは、南部でも特に厳しい戦禍を受けて貧しい州となったミシシッピ州の出身であり、南部人としての行動様式や性格面が滑稽なほど強調されて描かれています。

物語の展開で奇妙に思えるのは、この二人の応酬が何度もすれ違い、まともに正面切っての衝突にならないことです。そもそも初めてバジルに出会ったオリーヴは、バジルが「あまりにも単純で、あまりにもミシシッピ人的であったために」失望さえします。オリーヴにとって、「闘争」こそが「最も甘美なもの」であるのに対して、バジルはといえば闘争には無関心な人物としてオリーヴの目には映るのです。鋭敏な神経を持ち、常に不安を覚えながらも戦いを好むオリーヴ。そのオリーヴにとってバジルの第一印象は敵として不足であったわけです。

二人のやりとりは傍から見れば滑稽です。たとえばオリーヴがバジルにミス・バーズアイの会合に参加することを思いとどまらせようとする場面はどうでしょうか。南部奴隷制下の農場経営で栄えた家柄のバジルに、ミス・バーズアイが奴隷制廃止論者であると伝えれば不快感を抱くに違いないと案じつつも、その反応を予測してオリー

期については本書第七章の注14を参照。

2　**女性権運動**　アメリカの女性権運動の主な担い手は、中産階級の女性たちであった。彼女たちはさまざまな社会改革運動、なかでも奴隷制廃止運動に熱心に関わる。一八四八年セネカ・フォールズにおける女性の権利大会以降、エリザベス・スタントン、スーザン・アンソニー（本章の注7を参照）らの指導の下、女性参政権の獲得を目指す。南北戦争後、黒人男性の参政権が優先されたことをめぐり一八六九年内部分裂を起こした（本章の注26を参照）。『ボストンの人々』はその後の時代が扱われていることになる。女性の権利大会については本書第三章の注2を参照。

ヴは興奮します。ところがバジルは全く意に介さず、オリーヴは落胆します。一方バジルは、オリーヴの態度を解せず、「一体自分はどんな勝負をしているのか」とうろたえ、怖くなって「発火に手間取り」ます。この場面でも、応戦にまつわる表現が次々と出てくるにもかかわらず、二人のやりとりはすれ違いに終わるのです。

二人が正面からぶつかることなく終わるのは、オリーヴがバジルからの問いかけから身を翻してしまうことも大きな原因となっているといえるでしょう。たとえば初めて出会った二人がミス・バーズアイの会合に出掛けて行く場面、オリーヴの屋敷をバジルが再訪する場面、そしてニューヨークのバレッジ夫人の会合で二人が三度目に出会う場面。どれもバジルがオリーヴに説明を求める場面なのですが、まさに自分の考えを主張すべき要所であるにもかかわらず、戦いを好むはずのオリーヴがバジルとの応酬を避けてしまうのです。そしていずれの場合も、ファリンダー夫人に、姉のアデラインに、ヴェリーナにと、他人にバジルの論敵役を託すという矛盾を繰り返します。

何故オリーヴはこのようにバジルとの直接対決を避けてしまうのでしょうか。その理由として浮かぶのは、オリーヴには自分を主張する声がないからだ、という解釈です。オリーヴとヴェリーナが生活をともにし、女性の地位向上を目指して共同戦線を張る際も、表だって話すのはヴェリーナです。「私には向いていないのよ、気詰まりでどぎまぎしてあじけなくなるもの」と語るオリーヴは、自分の表現力に自信を持てずにいるのです。

ハーヴァード大学構内メモリアル・ホール。南北戦争戦没学生の名を刻む銘板に、バジルは胸を打たれる。

南北戦争の影

ここで、北部対南部という南北戦争の影を『ボストンの人々』の物語の展開において確認する上で、他の作品も引き合いにして考えてみたいと思います。南北戦争終結の二年後、一八六七年に出版された、ジョン・ウィリアム・デフォレストの『ミス・ラヴネルの分離から愛国への転向』[3]です。この小説も、『ボストンの人々』と同様に登場人物の出身地をその性格描写に類型的に反映させています。南部から北部へやって来たリリー・ラヴネルが、南部人のジョン・カーター大佐に惹かれて結婚しますが、その後、結婚の過ちに気づき、最終的に北部人のエドワード・コルバーンと結ばれるという物語です。勝利した北部に敗北した南部が従い、分断していた国家が「再結合する」(reunion)という政治的な設定が意識された筋立てです。

こうしたデフォレスト的な路線を考慮しながら『ボストンの人々』の物語展開を捉え直すとき、細かい点を無視した、いささか乱暴な見方ですが、北部人のオリーヴと南部人のバジルとが親戚としての「再会の集い」(reunion)を果たした後、お互いの立場や価値観の違いから対立しながらも、次第に理解し合い、歩みより、二人が本当の意味で結ばれることは不可能だったのだろうか、という疑問が浮かびます。『ボストンの人々』では、ほんの一瞬、バジルがオリーヴとの結婚に幻想を抱く箇所(第一部三章)はありますが、基本的にはオリーヴとバジルが互いに歩みよって、和解するということはなく、二人の関係は平行線をたどったまま、南部男性が北部女性に「勝利する」という形で終るのです。

3 『ミス・ラヴネルの分離から愛国への転向』*Miss Ravenel's Conversion from Secession to Loyalty* (1867) ジョン・ウィリアム・デフォレスト(John William De Forest)の代表作。『亀井俊介と読むアメリカ小説12』第四章参照。

デフォレストの小説とのこのような違いは、その時代背景の違いが大きく作用しているためといえるでしょう。『ボストンの人々』の舞台は南部再建が一段落した時代とはいえ、「戦い」がすっかり収束するどころか、かえって様々な価値観がせめぎ合う時代でもあります。こうした世相を映す種々の人物像をジェイムズは微妙に描き分けています。類型的な人物たちは、さながら南北戦争後の「金めっき時代」を彩る人物総覧のように並び、どの人物も屈折や欺瞞、矛盾を抱えています。奴隷制廃止論者、女性権運動の指導者、心霊治療家、雑誌編集者、弁護士、女医、名家の母と息子など、新旧の世代間や同世代間で牽制しあう姿には、時代に対する作家の鋭利な眼差しが感じられるのです。

「戦う」オリーヴ

オリーヴは高い教養と鋭い感性とを持ち合わせながらも、自ら表現することができず、いわば実際に戦う武器を持っていません。けれども、バジルが「勝利する」ことで迎えるこの小説の結末を、そのままオリーヴの敗北として捉えることには疑問を感じます。ボストン・ミュージック・ホール[4]での講演を目前にヴェリーナがバジルとともに逃走し、その代りに舞台に上がるオリーヴは、ここで初めて自分の声で語る機会を手に入れるからです。

なるほど『ボストンの人々』が出版された当初、フェミニストたちからの評価は決

4　ボストン・ミュージック・ホール Boston Music Hall　一八五二年建設のボストン最大の由緒ある劇場。現存しない。一八六三年一月一日、ここでリンカンが奴隷解放宣言に署名。それを祝してエマソンが「ボストン賛歌」（"The Boston Hymn"）を朗読した。説教師セオドア・パーカー（Theodore Parker）やイギリスの作家オスカー・ワイルド（Oscar Wilde）なども講演したことがある

5　マーガレット・フラー　本書第三章の注4を参照。

6　エリザベス・ピーボディ　本書第三章の注22を参照。

7　スーザン・アンソニー　Susan B. Anthony（1820-1906）女性参政権運動の指導者。マ

して芳しいものではありませんでした。そもそもバジルの「いまいましい女性化した時代」という表現からして挑発的です。また、マーガレット・フラー、[5]エリザベス・ピーボディ、[6]スーザン・アンソニー[7]といった実在の人物たちの姿が見え隠れしており、その描き方も概して同情的とは言えません。彼女たちの抱え持つ矛盾や社会的偏見に触れるなど、風刺めいた筆致を見落とすことができないからです。

けれども、戦いを好みながら、常に敵であるバジルとの対決を避けてきたオリーヴは、ここでようやく自分の声で危機的状況に立ち向かう「至福」に達したといえるのではないでしょうか。常に「殉教者という恍惚」を求めてやまぬオリーヴの姿は、物語の最初から繰り返し強調されています。舞台の裾で人々が動揺し、ファリンダー夫人がオリーヴに非難の言葉を浴びせると、それまで蒼ざめていたオリーヴの顔が急に輝き出します。そして「突如、インスピレーションを与えられたかのように」、演壇に突進して行くのです。

二人の兄を戦争で失いながらも、女性であるがために戦場で戦うことを許されなかったオリーヴは、政治的、社会的に究極の責任を果たすことができないという屈辱感を内にずっと持ち続けてきたのではないでしょうか。戦うという「機会を幸運にも手にした人には誰に対しても」、南軍に従軍したバジルに対してさえも、彼女は「ある種の嫉妬心」を抱いていたのですから。こうしたオリーヴの姿は、同じ経験をした同時代の女性たちの姿をも彷彿とさせます。実際、一八六一年のボストン近郊コンコードで出征兵を見送ったルイザ・メイ・オルコット[8]は日記にこう書いています――「男

サチューセッツ州のクエーカー教徒の家庭に生まれる。禁酒運動、奴隷制廃止運動に取り組んだ後、エリザベス・スタントン（Elizabeth Cady Stanton）と二人三脚で女性の権利獲得の運動を率いる。演説を得意としたスタントンに対し、苦手としたアンソニーは実務で手腕を振るう。その偉大な功績により、一九二〇年成立の女性参政権憲法修正十九条は別名「アンソニー修正」と呼ばれる。

スタントン（左）とアンソニー（右）

8　ルイザ・メイ・オルコット Louisa May Alcott（1832-1888）　作家。フィラデルフィアに生まれ、後にコンコー

性になりたい。戦うことができないのならせめてそれが可能な人たちのために働くことで満足するしかない」と。

そんなオリーヴは、敵のバジルと同志のヴェリーナが姿を消し、独りになってようやく自ら戦いに身を投じることになるのです。一八六三年にリンカンが奴隷解放宣言に署名をしたその場所で、女性解放について語ろうとするオリーヴは、自らを解放することになるのかもしれません。彼女が挑むのは、彼女自身の限界であると同時に可能性でもあるでしょう。このように、矛盾を抱えたボストニアン・オリーヴの思考と言葉とがようやく一致し、行動へと結びつくに至る「オリーヴの物語」を、『ボストンの人々』に見出すことができるのではないでしょうか。

ドに暮らす。父は教育者ブロンソン・オルコット（本書第四章の注24を参照）。その関係からエマソンなど超絶主義者たちに親しむ。代表作『若草物語』は南北戦争時、父親が従軍牧師として戦地にあるマーチ家の四人姉妹を描き、女性の新しい生き方を示そうとしたもの。三十歳のとき志願して従軍看護婦となり、その経験を『病院スケッチ』（*Hospital Sketches*, 1863）に書き残している。

発表 Ⅱ

仕組まれた悲劇に潜む作者の思惑

本合　陽

オリーヴとバジルによるヴェリーナ争奪戦はバジルの勝利によって終わるかに見えます。しかし語り手がその勝利を喜んでいるとは思えません。作品の最後で、逃避行を喜ぶはずのヴェリーナが泣くことに関して、語り手は「これは彼女が流すことになる最後の涙というわけではなさそうだ」とコメントします。ヴェリーナ争奪戦に焦点を当てているように見せながら、必ずしも勝者を祝福するわけではないこの結末を考えると、作品の本当の関心は別のところにあると思えます。結末の直前で、バジルは優越感に浸りながらオリーヴの運命を思います。この場面が作品の関心のありかを考える手がかりになります。

『ボストンの人々』を、力を持たない者である女が、力を持つ者である男に必然的に敗れる悲劇、と捉える批評家がいます。しかし、性的な欲望を持ってはいるが、それを押し殺すことを自分の理想としてしまったオリーヴという「人間」の悲劇、とみ

夕暮れのチャールズ・リヴァー。オリーヴの家の裏手から見えたのもこのような光景か。

なす見解の方が私には好ましく思えます。ただし、ではジェイムズが本当に悲劇を書きたかったのかと言われると多少疑問です。作者はわざと悲劇に見えるように仕組んでいるのではないでしょうか。その点について考えてみたいと思います。

「悲劇」の主人公オリーヴ

ヴェリーナをめぐる三角関係の勝者であるバジルや、結婚を手に入れたヴェリーナに対し、語り手や作者は距離を取り、茶化すような態度を示します。アメリカ男性を「いまいましい女性化」から救い、「男性的」な調子を復活させねばならないというバジルの考えを紹介する場面で、語り手は自分が「報告者に過ぎない」ことを強調します。また語り手は、「ミス・チャンセラーが病的であると言ったところで、彼女に関する何か重要なことを証明することにはならない」と述べ、病的であることの背後にあるものがわからないバジルをからかい、バジル自身が気取って使ったのと同じ言葉をわざわざ用いて「愚か者」と茶化します。また、医師として経済的に自立したプランスにバジルは好意を抱きますが、そのプランスに、ヴェリーナのことを「嘘つき」とか「ずるい」と評させるという皮肉な設定を、作者は持ち込んでいます。

結婚することになる二人を、「彼が守る限り、彼女は従順で無力だ」と語り手は述べ、ヴェリーナの「従順」さがバジルの「マンフッド」[9]を「刺激する」と指摘します。従来の男性像、女性像を裏切らず、その前提に立ち結婚する二人を、語り手は茶化し

9　マンフッド manhood　「人間性」という意味でも用いられるが、「成人男子であること」を意味する。この文脈では、もう一つの意味である「男らしさ」も示されている。

ていると考えられます。その意味では、結婚を風刺する作品と読むことも可能です。魅力的な読み方ですが、それならオリーヴという登場人物にこれほど多くの紙幅を割く必要はないでしょう。

オリーヴに関し、「運命」「宿命」という言葉が多く用いられます。「悲劇的な内気さの発作」に見舞われるような人物で、そのことで誰も何もできない、「それゆえ彼女は悲劇的だ」とバジルは思います。彼女は「顕著なオールド・メイド」であり、「存在のどこをとっても結婚しない」人で、それが彼女の「宿命」だとバジルは言います。語り手に茶化されるバジルですが、彼の視点から見れば、オリーヴの「悲劇」は「宿命」であるわけです。ただし、それはあくまでバジルの見方であることを、ここで確認しておきましょう。

ライバル関係が暗示する欲望

オリーヴとバジルのライバル関係は作品の大きな鍵を握っています。語り手は二人に共通するイメージを用いてその関係を強調します。例えば、オリーヴがヴェリーナを、俗悪な両親や環境から救い出すという最初の構図は、バジルがヴェリーナを、オリーヴが支配する環境から救い出すという構図へと移行しますが、「救出」という言葉が共通して用いられます。また二人はともにヴェリーナを「所有」しようとします。オリーヴは自分の空間に引き入れることによって、そしてバジルは「結婚」へと導くことによって。このようにライバルとして二人は同じ位置にありますが、二人の性的な欲望を巡る記述には違いが見られます。バジルの場合は明示的であり、オリーヴに関しては暗示的です。

バジルの女性を見る視線にはエロティックなものがあります。ヴェリーナは『ノートルダムのせむし男』[10]に登場するジプシーの踊り子エスメラルダに喩えられ、顔色の白さとは対照的に肉感的な容姿が描写されます。ヴェリーナは女性の大義のためではなく「愛のために生まれてきた」とバジルは思います。ケープコッド[11]のマーミオンという町で二人が逢引する場面で、二人は「女中」と「女中の愛人」と形容され、二人の関係が性的なニュアンスを持っていると語り手が言いたいのは明らかです。

一方、「庶民とのロマンスに夢中」で、貧しい少女を「親密」に「知りたいという欲望を抱いていた」オリーヴは、ヴェリーナと出会うと「私はあなたを知りたい」と言います。「知る」[12]という言葉は、聖書では性的な関係を持つという意味で用いられることがあり、「親密」という言葉も、当時の文脈では性的な関係を暗示しました。またオリーヴがヴェリーナを気に入ったのは、ヴェリーナが「クイアな[13]ジプシーの国か超絶主義的ボヘミア[14]」に属し、そして「庶民階級」なので「あの神秘的な民主主義」と結びつくと、オリーヴには思えたからだと語られますが、これも暗示的です。

この時代の民主主義と言えば、ホイットマンが連想されます。ホイットマンの民主主義[15]は同性同士の「友愛」に基づいており、その友愛にはホモエロティックな欲望が[16]潜んでいます。したがって、オリーヴの欲望にもホイットマン同様、ホモエロティッ

10 **『ノートルダムのせむし男』**（1831） フランスの作家ヴィクトル・ユーゴーの作。十五世紀パリを舞台にした、せむしで片目のノートルダム寺院の鐘突き男、カジモドと、美しいジプシーの少女エスメラルダの物語。

11 **ケープコッド Cape Cod** マサチューセッツ州南東部の風光明媚な半島。古くからボストンの人々の夏の保養地。

12 **「知る」know** 性的関係を暗示する例として、OEDでは創世記四章一節の「人はその妻エバを知った」などが挙げられている。

13 **クイア queer** 本来「変な」という意味。一九二〇年前後から同性愛者を指す言葉として用いられる。OED収録の最初の用例は一九二二年のもの。『ボストンの人々』は一八八六年の出版であるので、

クな欲望が潜んでいると考えることは可能です。さらに、オリーヴは、一人一人では欠けていたものが補われるとき、二人の関係が「有機的な完全体」になると言います。これは同性愛を説明するときによく引き合いに出されるプラトンの『饗宴』[17]の中の言葉を髣髴させます。

欲望の否定と「悲劇」への殉教

ヴェリーナに対し、バジルが結婚を前面に押し出し、性的な面を含む欲望を表に出していくのと対照的に、オリーヴは「宗教的情熱」といった言葉を用い、自分の欲望には性的なものは含まれず、二人の関係が聖なる関係であることを強調せざるをえなくなっていきます。オリーヴはヴェリーナに「お互いの魂を一つに結び合わせることのできる同性の友」を見出しますが、手を取り合い、見詰め合う場面のあと、二人が関係を作るためには「あきらめる」ことが必要だと言います。両親も結婚も、世俗のもの全てをあきらめるのです。両親をあきらめさせるのは、ヴェリーナを自分の空間、つまり家に引き入れたいという欲望のためでしたが、そのような世俗のものをあきらめさせるなら、オリーヴも自分の欲望を捨てなければなりません。

オリーヴは独占的な所有欲のため、嫉妬を感じるようになり、ヴェリーナに結婚しないと約束してほしいと懇願しますが、そのとき「一種の聖職者」という言葉を用います。ここにオリーヴのジレンマがあります。彼女は結婚の拒否をヴェリーナにも求

ここで同性愛的ニュアンスを読み込むことは難しい。

14 **超絶主義的ボヘミア**　超絶主義者たちには同性愛的志向、少なくともロマンティック・フレンドシップを求める傾向があったと指摘されている。「ボヘミア」は世間の因習から自由な、特に芸術家たちの住む場所という意味で十九世紀半ば頃から用いられる。

15 **ホイットマンの民主主義**　ホイットマン（本書第四章の注17を参照）は「カラマス」詩篇（"Calamus"）中の一篇「君のためにおお民主主義よ」（"For You O Democracy"）において民主主義の根拠を「男の／男らしい、僚友愛（manly love of comrade）」に求めている。

16 **ホモエロティックな欲望**　本書第三章の注21を参照。

めます。結婚は世俗のものであり、性的な関係を含みます。しかし結婚という手段が取れないオリーヴは、バジルとの違いを強調するため、二人の関係が地上的、性的なものではないと言わざるを得ません。したがって、バジルに優位に立たれ、ヴェリーナとの関係が危機を迎えたとき、オリーヴには女性の解放という大義を捨てようとするヴェリーナをなじるしか道はありません。大義への殉教を共有するという関係以外、もはや彼女に提示できるものはないのです。

オリーヴは「庶民階級」の少女を「親密に」「知る」ことを求める欲望を抱いていました。ヴェリーナに対し、ホモエロティックな欲望を抱いていたのです。しかし、オリーヴにはまた、殉教者となることを夢見るところがありました。ジャンヌ・ダルク[18]のように神に身を捧げることを理想とする面も持っていました。つまり、このような彼女の性格設定からして、彼女が欲望を満たせない可能性が暗示されているのです。作品終盤の少し前に、「永遠の処女である誓い」という表現が用いられます。前に引用したバジルの言葉にもあったように、オリーヴが独身者として身を捧げ殉教者となる可能性が、バジルが結婚を持ち込むことで宿命へと加速されます。それがオリーヴの「悲劇」です。

最終章において、「悲劇的な内気さ」にも関わらず、オリーヴはヴェリーナに代わり、観客に八つ裂きにされる覚悟で舞台に立つ悲壮な決心をします。その姿に、最終的に自分自身を殉教者とするオリーヴの悲劇を見ることもできます。しかし、この場面をオリーヴの新たなる挑戦とみなす見方もできるのです。

17　**『饗宴』**（？ 384B.C.）　ギリシャの哲学者プラトン中期の著作。ワインの杯を重ねつつ、アテネの教養人たちが愛の神エロスについて各々の見解を述べる。喜劇作者のアリストファネスが、原始時代には男同士の結合体、女同士の結合体、男と女の結合体という三種類の人間がいたが、神に挑もうとしたため二つに割られ、それ以降は自分の半身を求めるようになったという説を紹介する。

18　**ジャンヌ・ダルク**（1412-31）　イギリスとフランスの間で戦われた百年戦争（一三三八年～一四五三年）で、フランス軍を勝利へと導くことに大きく貢献した女性。神のお告げを聞いたとして、男装して戦列を率いたが、そのことが災いし、異端として処刑された。しかし死後一転して、聖女と崇められ、一九二〇年四月十六日に列聖された。

そもそも、女性に性的関心のないヴェリーナが対象である以上、オリーヴが勝てないのは、最初から明らかです。しかし、そのことが必ずしも悲劇である必要はありません。オリーヴの「悲劇」を「宿命」と見るバジルを配し、そのバジルがヴェリーナを獲得するという設定こそがオリーヴの「悲劇」を作り上げています。バジルに共感する読者がオリーヴの「悲劇」を導くという設定を作者は持ち込んだのです。ただし、皮肉な見方をする語り手の存在が、「悲劇」の背後に作者がいることを暗示しています。

最初に紹介したように、オリーヴが「病的」であることの背後にあるものをバジルが見ることができないことをとらえ、語り手は彼を「愚か者」と批判しました。それを思うと、「悲劇」の背景を見ようとしなければ、私たち読者もこの語り手に愚か者とされてしまうでしょう。「悲劇」を生み出す原因が社会構造にあると見るべきか、それとも悲壮な決意は実は「悲劇」を超える可能性の暗示であると見るべきか、ともあれ、「悲劇」の背景こそ問題なのだと、作者ヘンリー・ジェイムズが語りかけているように思えてなりません。

る。十九世紀のフェミニストたちにとっては重要な人物。

パーソナルなもの

中川（司会）　ありがとうございました。ではディスカッションを始めます。

長畑　私はこの小説をたいへんおもしろく読みました。文章も堪能しましたし、ジェイムズの描く登場人物には、表と裏があるということをつくづく感じさせてくれました。例えばヴェリーナの獲得に関していえば、オリーヴの場合は女性の権利と進歩のために、バジルの方は、彼のいう「くだらないもの」からヴェリーナを守るためにと、それぞれ表面にソーシャルな大義を出してはいますが、しかし二人とも実際はヴェリーナに対するもっと個人的な欲望に基づく行動をとっているわけです。ヴェリーナの演説を聞きに来る人たちにしても、その演説の内容よりもヴェリーナの声や顔などのパーソナルな魅力に惹きつけられて来るのです。

この「パーソナル」という言葉が何度も出てきます。バジルは、恋愛感情をも含めた人間のパーソナルな欲求や欲望を体現していて、結局ヴェリーナはオリーヴを裏切ってバジルにつくわけですから、最終的には、そういうパーソナルなものがソーシャルなものに勝つわけです。ただし最後の場面で、ヴェリーナはこれから何回も涙を流すんじゃないか、と仄めかされているので、パーソナルなものとソーシャルなものとどちらに軍配をあげるか、どうも曖昧な決着のようにも思います。

大森　プライベートとパブリックという言葉も対比して使われていたと思いますが、オリーヴは自分がプライベートの場で話すことはできるのだけれど、パブリックな場では話すことができない、というようなことを言っています。

金澤　オリーヴはもともとパーソナルな関係をつくれない人なのではないかと思います。最終的にはどの人とも溝ができたり、見捨てられたり、離れられたりしてしまう。そういう意味では、やっとみつけた、パーソナルな関係を作れそうな唯一の相手というのがヴェリーナであって、だからとてもかけがえのない存在だったんでしょう。

森　私が思うには、オリーヴはよっぽどぎりぎりまで追い詰められないと本当の意味で自分のプライベートなことを打ち明けないんですよ。ところが結局は、バジルやヴェリーナにそれを先にさらけだしたために、オリーヴが負けたということではないでしょうか。

高梨　時代の変化ということを考えてみると、バーズアイ女史に代表されるような、大義のために生きる時代はもう終わったという時代認識が、ジェイムズのなかにあったということではないでしょうか。そういう時代にあってもオリーヴは大義のためにパーソナルな、性的なものを否定し、パーソナルなものを超える価値観を信じ、そのために時代に受け入れられない。そこにオリーヴの悲劇があるのかなと考えました。

本合　僕のいう悲劇とは、パーソナルの極限にある性的なものは表に出せないと、オリーヴが勝手に思い込んでしまっていることなんです。オリーヴにとっては、プライベートなもの、パーソナルなものの極限にあるものが性的なものだと思います。それは最後の最後の最後にやっと出てくるようなものだったのだろうと思うのです。ソーシャルなパブリックなものが表に出てくるのは、それは彼女がそういう生き方を、ある意味ではどういうわけか選んでしまっているということなのだと思うんですね。だってそれは必ずしも、出せないという時代じゃなかったわけです。少なくともボストン・マリッジ[19]なんていう呼び方がすでにその頃あったわけですから。だけどオリーヴはその時点でそういう女性同士の関係はもてないと思い込んで、もてないがゆえに何

19　ボストン・マリッジ　Boston marriage　十九世紀後半ニューイングランドで、中産階級の女子大卒業生など、知識層の女性たちの間に見られた友愛関係。共同生活をする場合が多かったが、性愛の要素の有無はさまざま。アメリカ社会にはもともと女性同士の強い絆を尊重する土壌があった。専門職につき、経済的自立が可能な女性たちにとって、相手と対等な関係を築き、家庭よりも仕事を優先できることは魅力であり、社会もこれを承認していた。しかし同じ頃、女性同士の愛は異常という学説が性科学者たちによって広められていった。

かしなきゃっていうか、あるいはそれを何とかしてと思って、結果的に彼女のなかですりかえが行なわれてしまったんじゃないでしょうか。

ヴェリーナの「魅力」

中川（司会）　オリーヴとヴェリーナの関係について、皆さんはどう思われたでしょうか。

武田　オリーヴのヴェリーナに対する感情は、まったくの恋愛感情ですね。ヴェリーナが帰ってこないと、もういらいらして、部屋のすみっこで小さくなっているなんて、完全に恋愛感情です。オリーヴはヴェリーナが好きなんです。だから結婚しないでくれと言う。

森　表面上はお姉さんと妹の関係、もしくは師弟関係のように描かれていますが、ただどちらにしても、よそよそしいロールプレイをやっているという感じがしますね。それがパッとこわれる時にバジルが入り込む隙ができるような感じがします。

本合　ただし師弟関係というと、特にギリシャの師弟関係などは、はっきりセックスをともなっています。しかし逆にその意味では、師弟関係のように描くことによって性的なものが仄めかされている、と考えてもいいのかもしれません。

中川（司会）　私は一種の友情だと思うのですが、結局、女性同士であれ、ヘテロセクシャルであれ、片方がもう片方を支配しようという関係に、人間はどうしても陥っ

映画『ボストニアンズ』より

てしまうということなんですね。オリーヴもバジルもヴェリーナをマントでくるみますね。バジルなんかは顔まで隠します。それがそのことをよく表しています。そういう支配関係が結婚という形をとれば相手を縛りつけることもできるけれど、そういう法的なものがない時には保証もない。そう考えるとオリーヴとヴェリーナの関係は純粋といえるかもしれないです。バジルは自分に支配権があると確信しているから押し切れますが、オリーヴは実際には親からお金でヴェリーナを買い取っているのに、あくまでフェアでなければいけないと、約束を求めておきながらまたそれをひっこめたりしますから。

徳永　最後の勇敢な姿に感動して、私はすっかりオリーヴ贔屓になったのですが、オリーヴとヴェリーナが作り上げつつあったような、女性の楽園のようなものは、結局はバジルのような鈍感な男性によってつぶされていくのだということがよく分かりました。

武田　それにしてもヴェリーナには主体性がないですね。初めは彼女を売り物にしようという父親に、額に手を置いてもらって、次にホモセクシュアルな欲望をもったオリーヴに主体性らしいものを作ってもらい、そして次はヘテロセクシャルな欲望のバジルの言葉を信じます。最後にはバジルにとりつかれ、この後いっぱい泣くんだろうな、主体性のない女とはこういうものよ、ということでしょう。

高梨　ヴェリーナで私が気になるのは、自然のままとか、声の天賦の才能を持っているとか、ナチュラルという言葉が使われていることです。いま主体性がないと言われましたが、オリーブやバジルがプリンシプルを持っているのに対して、ヴェリーナにはプリンシプルがないという言い方もできます。先ほども言いましたように、大義のために生きるような時代はもう終って、そんななかでプリンシプルのないヴェリーナが登場して、そういうところとナチュラルネスとが結びつくのではないかなと考えました。

進藤　私はヴェリーナがホーソーンの『ブライズデイル・ロマンス』[20]のプリシラと非常に似ていると思いました。霊媒になるという点でも、男性が長い間作り上げてきた女性像という点でも。ここにホーソーン、ジェイムズにみられる、アメリカ古典の頂点に立つ男性作家たちの、女嫌いの系譜が辿れるのではないでしょうか。

森　ヴェリーナは基本的に自分の言葉を絶対しゃべらない人です。霊媒をやっていたのですから、中身はからっぽでしょう。

亀井　どうも皆さんの間では、ヴェリーナが評判悪いみたいですね。僕は、優美でおおらかでたいへん魅力的な女性に描かれているという印象を持っておるんです。そういうヴェリーナが女性権問題とかに巻き込まれていくというプロセスで、この人は主体性がないというような批判的な見方も出てくるんだろうとは思いますが。

　結局、この女権、男権という、ジェイムズにとっては本当はどうでもいい問題に、一八七〇年代終盤のボストニアンたちが夢中になって、すったもんだしておるという、いわば一種のヒューマン・コメディをジェイムズは描こうとしたんじゃないだろうかという気が僕はしています。さすがにジェイムズはこういう問題を醒めた目で書いて

20 **『ブライズデイル・ロマンス』**　本書第三章を参照。

21 **『ある婦人の肖像』** *The Portrait of a Lady*（1881）ジェイムズの代表作。因襲に縛られない自由な生き方を求める美しく聡明なアメリカ娘イザベルは、彼女の真の理解者であるいとこのラルフの配慮で叔父の莫大な遺産を受け継ぐ。しかしそのために人の心の邪悪さと人生の苦悩を知る。夫に選んだギルバート・オズモンドは財産目当ての卑劣な男であった。

22 **雑誌連載**　『センチュリー・マガジン』（*Century Magazine*）に一八八五年二月から翌年二月まで連載。

23 **アンナ・ディキンソン** Anna Dickinson（1842-1932）奴隷制廃止運動家、女性権運動家。フィラデルフィアのクエーカー教徒の家庭に生まれ

ますから、いろんな人間の群像が描けてはいますね。
でもジェイムズは本来、一個の人間をごちゃごちゃ追究している方が本領であって、たとえば『ある婦人の肖像』[21]ではイザベル・アーチャーというすばらしい人間像を描いておると思います。ヴェリーナはその後裔として登場している面もあるんじゃないかしら。イザベル・アーチャーが最後につまんない旦那のもとに戻っていくように、ヴェリーナもつまんない男性と結婚する。がそれは、そういう生きることへの積極さをそれぞれの人物たちが持っておるので、その有様もジェイムズとしては積極的に描こうとしたのだろうと思うんです。ただイザベル・アーチャーの場合、一種の感動もありますけども、ヴェリーナの結婚は馬鹿だなと思っちゃう。ジェイムズがヒューマン・コメディの方に主眼を移したものだから、ヴェリーナの内面を十分描けなくて、それで作品の展開が読者の共感を得られないまま進んでいってしまったんじゃないかしら。

そうそう、この小説が雑誌連載[22]だったということも無視できない大切な要素ですね。そ雑誌連載はその場その場で読者が読んで反応がでたり、掲載時点が基準になって、そこからさかのぼって面白さを生じさせたりするという叙述方法があるわけで、当時の読者はヴェリーナのモデルを思い起こしたりもしたんじゃないかと思います。連載時より時代は遡りますが、アンナ・ディキンソン[23]がまず想像できます。ただ僕は、もう一人の女性の雄弁家ヴィクトリア・ウッドハル[24]じゃないかしらと思いました。というのは、うさんくさい父親に育てられて、その霊媒となって喋る、ものすごい雄弁術を

る。十四歳で『リベレーター』紙に寄稿、十八歳頃から演説家として活動。毒舌のきいた情熱的な演説と、若い女性が演説するというもの珍しさから一躍人気者に。一八六三年、その応援演説で苦戦の共和党を勝利に導き、北軍のジャンヌ・ダルクと呼ばれた。南北戦争後は活躍の場を失い、不遇な晩年を送る。

アンナ・ディキンソン

24 **ヴィクトリア・ウッドハル** Victoria Woodhull（1838-1927） 十九世紀後半にもっとも世情を騒がせた女性の一人。オハイオ州の貧しい家庭に育つ。交霊家、透視家として成功し、実業、政治の世界に進出。女性初の株式仲買人、

持っているというので、そっくりなんですよね。たぶん当時の読者は彼女たちを意識して、にやにや笑ったりしながら読んだに違いないと思いますね。

武田　ヴェリーナは容姿はきれいで、声はきれいで、やっぱり魅力的な女性であることは確かなんです。ヴィクトリア・ウッドハルもものすごい美人だったそうで、最後にはイギリス貴族と結婚し、大義を捨てます。ですからヴェリーナそのものだったのかもしれません。

進藤　この小説には語り手「私」がよく出てきて、オリーヴにしろバーズアイにしろ、シリアスな大義で動いている人たちやヴェリーナの両親を非常に醒めた目で茶化し、揶揄していますね。ジェイムズはヴェリーナを触媒としてこういう深刻な人たちの間を歩かせて、笑い飛ばしているといえるのではないでしょうか。彼女を利用しようとする人は皆つぶれていくということでしょう。オリーヴの悲劇ではなくて、実はヴェリーナの喜劇なのではないかとだんだん思えてきました。

辻本　そんなヴェリーナを謎めいた女の子と見て、騎士道精神をふりかざして突進していかなければ気がすまないという、バジルの愚かさや英雄気取りも丹念に描かれ、風刺の対象になっていますよね。

「ボストンの」人々

武田　この作品は当時のボストンの人々から非常に批判を浴びて、全集には含まれな

大統領候補となる。自由恋愛を唱道。雄弁さでも知られ、アンソニーら女性参政権運動家と共闘もしたが、後に対立。一八七二年大統領選の最中、宗教家ヘンリー・ウォード・ビーチャー（Henry Ward Beecher）の不倫事件を暴露し、逮捕されること八回。一八七七年、渡英。その後、裕福なイギリス人銀行家と結婚し、静かな安定した生活を送ったといわれる。

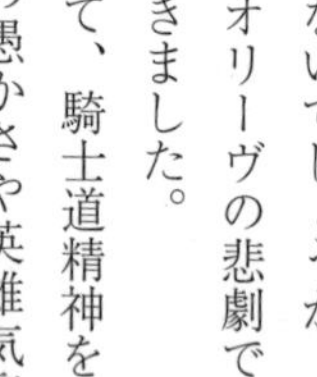
ヴィクトリア・ウッドハル

かったという話ですね。読んだボストニアンたちは自分たちが大義を言っているのに、そうではないと暴かれたと捉えたのではないでしょうか。

中川（司会）　不評の理由の一つというのが、ミス・バーズアイがエリザベス・ピーボディだと誰が読んでもすぐわかるということで、存命中の立派な女史をあのように描くとはひどいと、お兄さんのウィリアム・ジェイムズ[25]にまで批判されたようです。

進藤　「ボストンの人々」というのは、厳密にはオリーヴとあとはドクター・プランス、ミス・バーズアイのことくらいしか指していませんよね。タイトルを「女性権拡張論者」としないで「ボストンの人々」にしたのはなぜなのでしょう。

長畑　『ボストンの人々』というタイトルがどうしてついたのか私も不思議に思うのですが、今のミス・バーズアイの視点を考慮すると、南北戦争が終わった時代の読者から見て、案外ぴったりくるのではないでしょうか。ミス・バーズアイはヴェリーナと南部人のバジルが仲良くなることを祝福するんですよね。ミス・バーズアイというのは、女性権運動の前には奴隷解放運動を一生懸命やっていた人で、南部にも行って、聖書を配ったり、いろんなことをやった人ですよね。だから南部の男たちが北部のボストンを中心にして展開されていた一つのヒューマニズムの運動である女性権運動を受け入れるようになるのはたいへんいい、と思ったのでしょう。結果としては逆にヴェリーナは旧態依然たるバジルに奪われてしまうことになるのですが。

中川（司会）　ボストン対ニューヨークという構図も見逃してはならないと思います。必ずしも南部対北部ということではなく、「金めっき時代」に入って、落ち目になり

25　ウィリアム・ジェイムズ　William James（1842-1910）　本書第八章の注9を参照。

つつあったボストンを象徴していることにもなるのではないでしょうか。

武田　女性権運動もボストン派とニューヨーク派[26]に分かれています。内輪もめとかで南北戦争後に分離しましたね。でも落ち目とはいえ、舞台はやっぱりアメリカの知性といわれているマインドの街ボストンでなければならなかったんだと思いますね。その街でマインドの固まりのようなオリーヴにもっと本能的なホモセクシャルな気持ち、ハートももたせて、人間はそれほどマインドで動くものではなく、結果は悲惨かもしれないけど、どうしても本能的に動かざるをえないことがあるんだよとジェイムズがいっているような気がしました。

徳永　その意味では、バジルとヴェリーナの仲が急速に発展するのが、ボストンを離れたニューヨークとケープコッドにおいてだった、というのは興味深いですね。

中川（司会）「ボストンの人々」とは、亀井さんがさきほど仰ったとおりヒューマン・コメディとして、全部ひっくるめたボストニアンズのようですね。

　ということで、時間となりました。このドタバタ喜劇で、ジェイムズは「たいへんアメリカ的なお話」を書いたつもりだったことを考えますと、ジェイムズがどうアメリカを見たかもおもしろく読めるのではないでしょうか。皆さん、ありがとうございました。

26　**ボストン派とニューヨーク派**　黒人男性にのみ市民権、参政権を認めた憲法修正第十四条、第十五条を支持するルーシー・ストーン（Lucy Stone）らと、支持しないスタントンらが対立。一八六九年五月にスタントンらは全国婦人参政権協会（NWSA）を設立、ニューヨークで『革命』（*Revolution*）を発刊。労働者階級の女性たちとの連帯も目指し、参政権以外の改革にも取り組む。一方のストーンらは十一月にアメリカ婦人参政権協会（AWSA）を設立、ボストンで『ウーマンズ・ジャーナル』（*The Women's Journal*）を発刊。保守、穏健路線でもっぱら参政権獲得を主張した。一八九〇年両者は再び合流。スタントンを会長に全国参政権協会（NAWSA）を設立した。

7　W・E・B・デュボイス『黒人の魂』

W・E・B・デュボイス　(**William Edward Burghardt Du Bois, 1868-1963**)

黒人の地位向上のために生涯を捧げた歴史学者、社会学者、黒人運動指導者。一八六八年マサチューセッツ州グレイト・バリントンに生まれた。フランス系、オランダ系、アフリカ系の血を引くと言われる。一八八五年、テネシー州にある黒人大学、フィスク大学に入学。卒業後に、ハーヴァード大学に編入し、ベルリンの大学に留学の後、黒人として初めてハーヴァード大学から博士号（歴史）を取得する。一八九七年からアトランタ大学で教鞭をとった。ブッカー・T・ワシントン（Booker T. Washington）が穏健的な人種協調路線をとり、黒人の職業訓練を重視したのに異論を唱え、一九〇五年から黒人知識人を集めてナイアガラ運動を始める。それは全米有色人向上協会（NAACP）創設へと発展した。機関誌『クライシス』（*Crisis*, 1910-34）の編集長として活躍するが、次第にデュボイスの関心は、アメリカの黒人問題から、全世界的な黒人問題に広がりを見せ、一九一九年には、植民地廃絶をめざし第一回汎アフリカ会議（Pan-African Congress）を開催した。やがて黒人の問題を真に解決するためには、経済問題が重要であると考え、資本主義の枠組みそのものに疑念を抱くようになる。第二次大戦後は平和運動、核兵器廃絶運動にも活動を広げ、一九五三年には国際平和賞を受けた。しかし共産党とのかかわりを糾弾されて、パスポートの給付が拒否された時期もあった。一九六一年アメリカ共産党に入党。その後アフリカのガーナに帰化し、一九六三年ガーナで死去した。

黒人のバイブルともいわれる『黒人の魂』（*The Souls of Black Folk*, 1903）をはじめとし、歴史書『再建期の黒人』（*Black Reconstruction in America*, 1935）、社会学書『フィラデルフィアの黒人――ひとつの社会研究』（*The Philadelphia Negro: A Social Study*, 1899）、小説『銀羊毛の探索』（*The Quest of the Silver Fleece*, 1911）や詩、エッセイ、自伝など多岐にわたる著作を残している。最晩年に至るまで、黒人の百科事典編纂のための努力を続けた。

あらすじ

アメリカにおける黒人の状況は、奴隷解放後も改善されず、彼らは常に二重の意識にさいなまれ、ヴェールの後ろに閉じこめられてきた。本書でデュボイスは、人種問題（problem of color-line）こそ二十世紀の重要課題であると宣言し、過去から現在に至る黒人の歴史と今後の展望を、多角的な視点から述べている。

まず再建期の混乱と、アメリカのその後の政治史を、黒人問題を核として語り（第一、二章）、穏健な黒人指導者の代表格であるブッカー・T・ワシントンへの根本的批判を展開し、望まれる黒人のリーダー像を描く（第三章）。次に大学時代に教えた南部の貧しい黒人たちを再訪したときの悲痛な印象を述べ（第四章）、対照的に物質主義がはびこるアトランタへの警告を発し（第五章）、このような社会における、黒人の大学教育の存在意義を力説する（第六章）。次の二章はジョージアの黒土地帯に住む無知と貧困に取り残された黒人の現状を実地に見聞した探訪記である（第七、八章）。そして十九世紀後半の南部社会における黒人と白人の様々な接触のあり方を社会学的に考察（第九章）、さらに黒人の信仰の歴史を跡付ける（第十章）。ついでエッセイ風に、幼くして死んだ作者自身の長男の死を悼み（第十一章）、人知れず黒人のために戦い死んだ活動家、クランメル（Alexander Crummell）への鎮魂を述べる（第十二章）。さらに人種差別に散った南部黒人を描いた短編小説「ジョンの到来」が続く。教育者を目指した黒人ジョンが挫折し、幼なじみの白人ジョンを殺害して、リンチにあう悲劇の物語である（第十三章）。最後に、デュボイスが「哀しみの歌」と呼ぶ黒人霊歌をとりあげて、そこに見られる黒人の魂を具体的に検証する（第十四章）。

黒人なくして今のアメリカを築けたのかという問いを発し、黒人の存在意義を唱えると共に、あくまで絶望することなく、未来に希望を託すことを呼びかける。なお各章冒頭には、エピグラフとして、欧米の詩の一節と、よく親しまれている黒人霊歌の楽譜の一部が引用されている。

発表 I

「誠実」から「喜び」へ

辻本　庸子

デュボイスは『黒人の魂』のまえがきで、「この本の最後を、よく耳にする話だがほとんど書かれたことのない話と、歌の章でしめくくった」と述べています。ここでいう「よく耳にする話」とは当時、かなりの数にのぼったといわれるリンチの物語であり、それを短編小説の形にしたのが、第十三章、「ジョンの到来」"Of the Coming of John"です。社会学的考察、エッセイ、旅行記などの複合体ともいえる『黒人の魂』において、唯一のフィクションであるこの章は、高等教育を受け黒人の指導者をめざした主人公ジョンが、志半ばで挫折して幼馴染みの白人ジョンを殺害し、リンチを待ち受けるところで幕を閉じます。この時、ジョンは微笑みを浮かべて海を見、歌をハミングするのですが、その時彼が口ずさんだのが、リヒャルト・ワグナーのオペラ、『ローエングリン』[1]の「婚礼の歌」でした。ジョンは、かつてニューヨークで生まれてはじめてコンサートホールに行って音楽を聞き、世の中にこれほど美しいものがあ

1　『ローエングリン』　リヒャルト・ワグナー作詞、作曲の歌劇で一八五〇年に初演。ローエングリンは聖杯伝説の英雄でパルジファルの息子。ドイツの支配下にあるブラバンドの公女エルザを救うために、白鳥の引く船に乗って現れる。宿敵を倒し二人はめでたく結婚するが、エルザが禁を破って彼の素性を正したため、ローエングリンは彼女の元を去る。

ったのかと感激しました。その時聞いたのがこの『ローエングリン』の音楽だったのです。テキストにはその歌詞の一節がドイツ語で書かれています。ところが単語が一つ、すなわち原文の「誠実に」が、「喜ばしく」へと変更[2]されているのです。

デュボイスは『黒人の魂』最終章を「哀しみの歌」と題し、そこで黒人霊歌[3]やフォークソングの持つ意味を明らかにしています。それらが「この国の無二の精神的な遺産であり、黒人の偉大な才能を示すもの」、まさしく黒人の魂をもっとも明らかに示すものだとします。それほどまでに黒人の音楽の重要性を訴えるのであれば、なぜデュボイスはジョンの死の直前に、そのような黒人の歌でなく、ワグナーの楽曲を思い出させたのでしょうか。またなぜわざわざ歌詞を変え、そこで「誠実」でなく「喜び」を表そうとしたのでしょうか。そこにどのようなデュボイスの意図が読みとれるのか、最後の場面に漂う静謐さとのかかわりから、考察してみたいと思います。

「立ち上がる」イメージ

デュボイスは『黒人の魂』第一章の「我々の精神的苦闘について」で、黒人が常に自分をもう一つの目で見る、二重の意識[4]を抱えているといいます。「ジョンの到来」では、黒人と白人の対立が何よりも大きく写し出されますが、これを一人の人間の中に潜む黒人性と白人性という二重性が、うまく折り合いをつけることができず、互いに殺しあう悲劇を生んだ、つまりは黒人が本質的に持つ二重の意識の悲劇性を描いた

2　**変更**　「婚礼の歌」の一節で“Treulich gefuehrt ziehet dahin”（誠実に導かれて進んでいけ）のところが、“treulich”でなく“freudig”となっている。“freudig”は「喜ばしく」、“gefuehrt”は「導く」の過去分詞、“ziehet”は「進む」の命令形、“dahin”は「そちらの方へ」ということで、「喜ばしく導かれる方へ、進んでいけ」という意味になる。

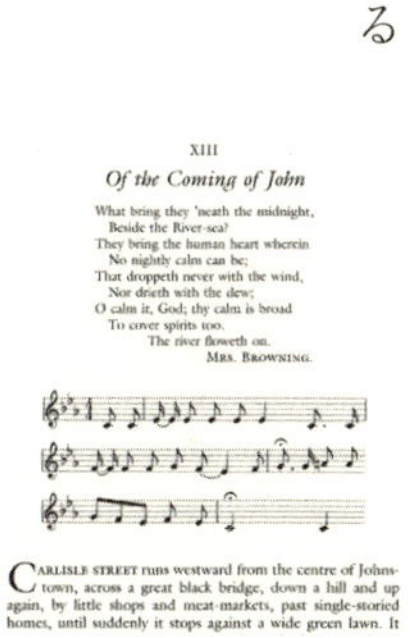
XIII

Of the Coming of John

What bring they 'neath the midnight,
Beside the River-sea?
They bring the human heart wherein
No nightly calm can be;
That droppeth never with the wind,
Nor drieth with the dew;
O calm it, God; thy calm is broad
To cover spirits too.
The river floweth on.

Mrs. Browning.

Carlisle Street runs westward from the centre of Johnstown, across a great black bridge, down a hill and up again, by little shops and meat-markets, past single-storied homes, until suddenly it stops against a wide green lawn. It

第十三章冒頭ページ

3　**黒人霊歌** Negro spiritual　十九世紀になって黒人奴隷の間でもキリスト教が広まったが、彼らが宗教的な集まりで

ものだと解釈する批評家もいます。

しかしデュボイスはそのような黒人の持つ二重性を単に悲観的に見るのでなく、それを統合して「より良い真実の自分」を手に入れることを主張しています。ですから牧師や説教家といったリーダーは、この「精神の再生」ともいうべき状態を人々にもたらすために、「生を報酬や単なる快楽などとは別の次元に引き上げる（raise up）」使命を帯びるのだと。それは黒人をヴェールの内の世界から、それを超越した世界へ引き上げるということであり、ここで用いられる「立つ」「上げる」という言葉はこの本の、そして「ジョンの到来」の章のキーワードの一つとなっています。

そもそも白鳥に伴われて登場するローエングリンは、この章に、「飛ぶ」という重要なイメージをもたらします。ニューヨークのコンサートホールで、夢の世界に迷い込んだような気分のジョンは、突如響き渡る、高い、澄んだ『ローエングリン』の調べに飛び上がります。美しい調べは体中に染み渡り、「その清らかな調べにのって、彼を閉じ込め、汚しているみじめな塵芥の世界から飛び上がり（to rise）」、天上の自由な世界に住むことができたならとさえ思います。このような音楽による高揚感は、ほんの一瞬でしたが、彼に不思議な自信、力をもたらしました。

故郷に帰って、同胞のために尽くそうとする黒人ジョンですが、外の世界を知った彼と、狭い世界しか知らない村人との溝は埋めがたいものでした。白人ジョンを殺害した後の、最終場面では、海の方から立ち上る（rose）幽かな甘い白鳥の音楽に身をゆだね、婚礼の歌をハミングしながら、追っ手を迎えますが、そこでは、「身を起こ

歌った歌をさす。労働歌などより旋律的であり、またアフリカ音楽の影響も受けている。シンコペーションやコール・アンド・リスポンスといった白人の賛美歌にはない独特な特色を持ち、ヨルダン川を越えて、神の許に行くことを夢見る歌が多い。

4　**二重の意識 double-consciousness**　黒人が本質的に抱えるジレンマをデュボイスは「二重の意識」と呼んだ。いつも他人の目で自分を見、アメリカ人と黒人、二つの魂、二つの考え、二つの和解不能な闘争という二重性に引き裂かれるという。しかしデュボイスはそれを悲観的にとらえず、そこにも希望があるという確信を表明している。

し」(roused himself)、「立ち上がり」(rose slowly to his feet) と、「立つ」という動詞がくり返し用いられ、これによって、彼がニューヨークで感じた、白鳥の調べに乗って飛び上がりたいといった願いがかなえられるような印象を読者に与えます。さらに憔悴した白人ジョンの父に対して黒人ジョンがみせる同情心は、彼の精神的な余裕すら感じさせ、彼がリンチを受けるという現実から遊離して、鳥のように飛び上がった精神的な高みにいるような感じを与えます。また第十三章につけられたエピグラフ[5]も同様に、飛ぶイメージを立ち上がらせます。この短編の最後の場面が、殺人事件、リンチといった悲壮なものであるにもかかわらず、そこに何がしかの静謐さ、あるいは希望が感じられるのは、このように白鳥が現れるワグナーの音楽が導入され、調べに乗って「立ち上がる」というイメージがくり返し与えられることが大きな要因と思われます。

「先立ち」としての苦闘

黒人ジョンは、優れた資質を持ち、新しい指導者として社会に貢献することができるはずでしたが、彼がその本領を発揮したのはほんの一時で、早すぎる死を迎えることになります。しかしながら彼の名前がジョンであることは、一つの希望をもたらすように思います。ヨハネによる福音書で、バプテスマのヨハネ[6](John) は自分の後にイエス・キリストが現れることを預言します。彼はイエスの先立ちとして、その準備

5　エピグラフ　第十三章の最初のエピグラフはブラウニング夫人(Elizabeth Barrett Browning)の詩「ガンジス川のロマンス」の一節で、川辺で心をしずめようと神に祈る様が描かれている。それに続く楽譜は黒人霊歌「ラッパの調べが聞こえる」の一節である。楽譜部分の「東に私を埋めてもよい、西に私を埋めてもよい」という歌詞の後は「その日、父なるガブリエルは翼を広げ、飛んでいく(fly away)。その日、敬けんな信者は、翼を広げ、飛んでいく」と続く。

6　バプテスマのヨハネ John the Baptist　荒れ野でイエスの先駆者として人々に洗礼を授け、「私は水で洗礼を与えているが、その方は、聖霊による洗礼をお授けになるだろう」(「マルコ伝」)とイエスの到来を預言した。「私は、あなたの前に、私の遣い

を整える者にすぎないと。したがってジョンという名には、新しい指導者となるはずだった黒人ジョンが無念の死をとげたとしても、必ず、後により優れたものが続くというメッセージが込められていると考えられます。そうだとすれば、志半ばで無念の死を遂げる先立ち、黒人ジョンの運命を、必ずしも悲劇的にとらえる必要はないと思われます。

デュボイスは黒人としてはじめてハーヴァード大学で博士号を取得しましたが、その前にドイツへ留学をしました。この留学も黒人知識人として先陣を切ったものであり、この体験は、彼の人生の転機となります。彼はもともと音楽やダンスがとても好きではありました。しかしヨーロッパにおいてベートーベンやワグナーを聞き、レンブラントを見、多くの人と出会った、そういう体験が彼の人生観、感性、思考のすべてに変化をもたらしたといいます。それだけでなく、アメリカにおいて常に彼を捕えて離さなかった白人と黒人の対立構造が、決して絶対的なものではないということも理解しました。その枷から自由になり、「自分が反目しているのは、世界ではなく、単にアメリカの偏狭性、そして人種偏見なのだ」ということを理解します。より広い世界の様々な音楽や芸術が、人種や皮膚の色を越えて人々を結び付けることを、身を持って知ることになったのです。

そのような彼が愛した音楽の一つがワグナーでした。調性音楽[7]を完成したと言われるワグナーの音楽について、現代の優れた音楽家、ダニエル・バレンボイム[8]は次のように述べています。ワグナーの音楽から「すべての世界が調和に満ちているという感

を送る。あなたに先立って、あなたの道を整えさせるために」と書かれており、それがヨハネの役割である。サロメの要請に従ったヘロデ王によって斬首された。

7　**調性音楽** tonal music　「調性」とは音楽に用いられる和声や旋律などの音が、ある一つの音を中心にまとまりを形成している音組織をいう。ワグナーで完成をみた調性音楽は神性、究極の静謐をもたらすとされている。その後、「調性の喪失」がおこり、西洋音楽は大きく転換した。

8　**ダニエル・バレンボイム**（1942-）　世界的なピアニスト、指揮者。ロシア系ユダヤ人の移民の子としてブエノスアイレスに生まれる。一九五七年にピアニストとしてデビュー、一九六二年からは指揮者としての活動も始める。一九九二年にはベルリン国立歌

覚がうまれる。持続的な音とかき鳴らされる音、息の長いものと息の短いもの。そこには、すべての者が平和に共存していける余地がある」、すなわち「人々が神性として知覚するらしいもの、すなわち晴朗とした静けさ」が生み出されると言います。ワグナーの音楽がそのようなものであるなら、『ローエングリン』の音楽が流れる「ジョンの到来」の最後の場面に、静謐さが満ちたとしても不思議ではありません。このバレンボイムが二〇〇一年、長い間タブー[9]となっていたワグナーを、イスラエルで演奏しました。音楽が政治的、歴史的怨念から自由であるべきだと考え、平和の調べを紛争の地に響かせたのです。この演奏は大いに物議をかもしましたが、音楽の使命感を強く認識するバレンボイムの、「先立ち」としての勇気ある行動といえるでしょう。

このようなバレンボイムとは異なり、十九世紀末に、黒人知識人の「先立ち」として最初の産声をあげたデュボイスにどれだけの行動が許されたのでしょう。もちろん彼は果敢に黒人の魂を表出しました。二十世紀は黒人の世紀になるという予言をし、黒人の魂としての黒人霊歌を賛美しました。しかしながらもう一方で、彼は音楽というものが人種や民族を越えて人の心を動かすものであることも知っていました。黒人ならば黒人霊歌、ブルース、ジャズのみを愛すべきなのでしょうか。ワグナーを、ベートーベンを愛することは白人化した卑しい行為なのでしょうか。『黒人の魂』において、黒人文化が存在し、その卓抜さを主張しようとしたデュボイスには、少なくともクラシック音楽の素晴らしさを、公然と表現することは許されていなかったように思います。しかし西洋音楽のもたらす高揚感、恍惚感を誰よりも知っているデュボイ

劇場音楽総監督に就任した。

バレンボイム

9　**タブー**　ワグナーをヒトラーが愛好したため、イスラエルでは第二次大戦以後、ワグナーが演奏されることはなかった。しかし二〇〇一年にバレンボイム指揮によるベルリン国立歌劇場管弦楽団がワグナーを演奏した。

スは、それをどうにか表現しようとした。それが「誠実」から「喜び」への変更であり、しかもそれをドイツ語のまま書いて英語訳を表記せず、したがって大多数の読者にはその変更を分からないままにしておいた。それによって美しい旋律に酔いしれる喜びを密かに表現しようとしたのだと思います。

デュボイスは黒人が常に二重の意識を抱えて行かなければならないと述べています。黒人彼自身が、誰よりもその二重性を抱え込んでいたことは言うまでもありません。黒人の音楽を愛でながら、一方で西洋音楽に酔いしれる、その彼の持つ二重性は、黒人の指導者としての限界というより、むしろ黒人の枠を越えた人間デュボイスのスケールの大きさを物語るものでしょう。「誠実」から「喜び」への変更は、その確実な証左だと私は考えます。

発表 Ⅱ

熱誠の詩人デュボイス

堀田 三郎

この作品を読んで強く感じることは、詩的な文章が多いということです。そこでこの発表では、具体的な例を挙げながら、デュボイスの詩的な文章を味わってみたいと思います。この作品の各章に古今の欧米詩の一部がエピグラフとして採られていますが、その中から二つ例を取って作者の詩人的気質とエピグラフの適切さをまず見てゆきます。

適切なエピグラフ

最初は第十章から。「世界中にあらわれる朧《おぼろ》な花の顔よ、[10]／見るに余りに美しい花の顔よ、／失われた星が天空に降るところ、／そこが、そこだけが、あなたにとっての／白い平安なのでしょう。……美よ、美と神秘と驚異の悲しい顔よ、／幾星霜の雷

10 **花の顔よ** スコットランドの詩人、小説家、批評家フィオナ・マクラウド（Fiona Macleod）の詩「薄暗い美の顔」から。引用は第一連と第三連。フィオナ・マクラウドはウィリアム・シャープ（William Sharp）の筆名。

のもと／砂に、小さな砂に擦りつぶされ、／か細い悲鳴をあげるお喋りで／うつけ者たちの抱くこんな夢とは一体何なのでしょう」。第十章の内容を以下簡単に述べたあとで、このエピグラフを考えることにいたします。

この章は黒人の信仰の歴史を概説しています。「熱帯地方特有の豊かな想像力と、自然を捉える鋭く繊細な感応力、神々や悪霊、妖精や魔女が生きている世界」の中で暮らしていたアフリカの黒人が、十七世紀以来奴隷船[11]に乗ってアメリカに連れてこられた。このアフリカ土着の自然崇拝が、やがてキリスト教に改宗[12]されてゆく。忍耐を説くこの宗教はかれらに黒人奴隷の地位を甘受させ、その結果かれらに刹那的快楽主義を招く。結婚を茶番、怠惰を美徳、財産を窃盗とみなすことになり、これが多発する黒人犯罪の遠因となる。やがて奴隷解放運動[13]が起こるとともに自由が現実化してゆく。しかしその後に辿る南部の再建期[14]、それに続く高度な資本主義時代という反動期が、デュボイスがこの本を執筆した十九世紀末から二十世紀はじめまで続く。人種差別と無知の中に置き去りにされたままの現代の南部黒人には、父祖の男らしさと勇気の代わりに、卑下と虚言と追従のモラルが蔓延し、北部では知的自由に浴した分だけ人種差別の壁に対する鬱屈、激烈な批判、内攻する沈黙が支配する。

以上がこの章の概略です。さて、先ほどのエピグラフに戻ります。「朧《おぼろ》な花の顔」とは、この時代の黒人問題の文脈から言えば、「余りに美しい」白人の資本主義文明をさすでしょう。ですから「白い平安」はかれらに訪れない。「悲しい顔」に向かって黒人は嗟嘆《さたん》の「悲鳴をあげる」わけです。砂云々の一節によって作者は、およそ三

11　奴隷船　イギリスは十七世紀後半から本国の工業製品をアフリカへ、アフリカから奴隷を西インド諸島とアメリカ大陸へ、西インド諸島から砂糖を、北米南部植民地からタバコを本国へという三角貿易で巨利を得た。アフリカからアメリカへ奴隷を運ぶ航路が悪名高い「中間航路」で、航海中に伝染病や反乱等が起こった。一八〇八年に奴隷貿

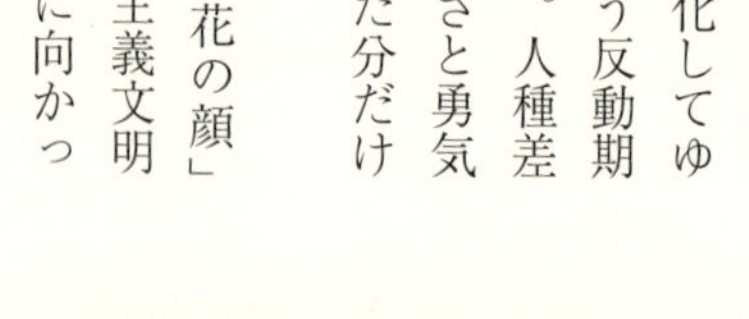
奴隷船の内部

百年もの間黒人たちが経験してきた辛苦と忍従と自嘲、文字通り砂を噛むような魂の呻吟を示したかったのではないでしょうか。

もうひとつの例として第十一章のエピグラフを取りあげてみます。「ああ、お姉さま[15]、お姉さま、あなたの初子を、／まといつく手、あとについてまわる足を、／ダレガ僕ヲ憶エテイテクレタノ、ダレガ忘レテシマッタノ、と／まだ泣いているその子の血の声を、／あなたは忘れてしまった。ああ、夏の燕よ、／でもわたしが忘れたら、もう世も終わり」。この第十一章は作者自身の長男の死を私小説風に描いたものです。「オリーブ色の肌、濃い黄金の巻毛、青と褐色のまじった眼」の赤子は、しかし一年半ほどで急逝する。その野辺の送りを見たアトランタ市民が「黒ん坊どもが！」[16]と言う。「この可愛い子のすばらしい果実が簡単に捨てられてしまうほどに、葡萄園に農夫が沢山いるのだろうか」と語る作者の黒人の未来を見つめる眼は、なお明るく澄んでいるように思われます。

さて、エピグラフに戻ります。冒頭の「お姉さま」というのは、暴行されたのちナイチンゲールに転身したピロメラの姉、いまや燕に転身した姉プロクネをさしています。「あなたの初子」とは姉の息子イテュスをさします。春から夏にかけて鳴くナイチンゲール、すなわち舌を抜かれたピロメラがこの詩の語り手です。わが手にかけて殺したわが子を忘れて、「夏の燕」は夏の終わりとともに暖かい南の国へ飛び立とうとしています。夏が終わり、冬の足音が近づく頃になると北アフリカへ帰るとされるナイチンゲールは、しかし「わたしが忘れたら、もう世も終わり」と、切ない声で鳴

易は禁止されるが、その後も密輸が続いた。一千万人以上の黒人が運び込まれ、南北戦争後に奴隷貿易は終わった。

12 **キリスト教に改宗** デュボイスによれば、長期間にわたる奴隷制の下で、白人奴隷所有者は受身的な服従を説くキリスト教を黒人奴隷の間に積極的に宣伝した。彼らはこの宗教を受けいれ、その結果厭世観を抱きながら、復讐の神による来るべき最後の審判を夢みた。

13 **奴隷解放運動 abolitionist movement** 十九世紀のはじめアメリカ北部に信仰復興運動など社会改革運動が勃興したが、独立宣言に保証された自由と人間の権利において最も強く人々に訴えたのが奴隷制廃止運動であった。その後、南北戦争において奴隷解放宣言（一八六三年）を発した北部が勝利し、六五年合衆国憲

き続けようとしています。スウィンバーン特有の詩の音楽ともいうべきこの詩は、同じく最愛の長男を死なせてしまった作者自身の魂に響くものがあったに違いありません。

迫力ある詩的文章

次は、本文の中から詩的で迫力のある文章を三つ引いてみます。まずは、アフリカからジョージア州に流入していた黒人奴隷の数を述べる箇所です（第七章）。「一七九〇年から一八一〇年以前までが五万人、ついでヴァージニア州から、あるいは密輸船から年間二千人がその後何年にもわたって雪崩れこんだ。こうして一七九〇年ジョージア州に三万人いた黒人が十年後には倍になり、――一八一〇年には十万人を超え、一八二〇年に二十万人に達し、南北戦争当時は五十万人に膨れあがっていった。このようにして黒人人口の数は、蛇のように激しく身をくねらせながら上がっていった」。「ウナギのぼり」という日本語がありますが、そんなどこかコミカルな感じではなく、黒人の怨念みたいなものを不気味に蛇の比喩によって暗示させようという作者の意図があるようです。

次は、南北戦争の際に逃亡奴隷たちが救いを求めて北軍の野営地に集まってきた様子の描写です。連邦政府による一八五〇年制定の逃亡奴隷法は、苛酷な奴隷制を敷く南部諸州と農園主から自由を求めて逃亡する奴隷の逮捕権を保証することはもとより、

法修正第十三条によって奴隷は法的に解放された。

14 **南部の再建期 the Reconstruction** 南北戦争後、分離した南部十一州を連邦に復帰させるために、政治的・経済的・社会的措置が講じられた期間。通常、一八六五～七七年を言う。南部黒人が法律上得た公民権や自由は、この期間に、南部白人の憎悪と連邦政府の反動化や妥協によって実質上空洞化し、彼らは奴隷制時代以上に過酷な経済的・社会的状況に喘いだ。

15 **ああ、お姉さま** イギリスの詩人スウィンバーン（A. C. Swinburne）の詩「イティラス」の最終連。トラキア王テレウスは妻プロクネの妹ピロメラを犯し、その舌を切りとる。妻は復讐のため、わが子イテュスを殺害し、その死体を料理に混ぜて夫に食わせる。後にこれを知って逆上す

かくまったり助けた者にも千ドルの罰金と六ヶ月の懲役刑、千ドルの損害賠償を科しました。南北戦争当時、北部連邦軍と南部連合軍は主にヴァージニア州とテネシー州で激戦を繰りひろげていましたが、奴隷解放を標榜する北軍に逃亡奴隷は救いを求めたのです。デュボイスは次のように書いています。「大空一面に煌《きら》めく星のように、野営の篝火《かがりび》が黒々とした地平線上に明滅する夜、かれらはやってきた。灰色の蓬髪《ほうはつ》の痩せた老人たち、腹を空かせてしくしく泣く子の手を引く怯えた目の女たち。不屈の精神をたたえた痩身の若い男女。暗澹とした苦しみの中にいる、家なき、寄辺なき、哀れな飢えた難民の群れ」（第二章）。北軍キャンプ地に逃亡奴隷が集まるこの光景を描く作者の詩人的筆力もまた並々ならぬものがあります。

　三番目の例としては、次の文章を引きたいと思います。ジョージアの州都であり、かつ二十世紀初頭に一大商工業都市として発展を遂げるアトランタ市、その都市の過去と現在を描く次の件《くだり》です。少し長いですが引用します。「北部の南、だが南部の北に、百の丘をもつ町が横たわり、過去の暗影から未来の約束の地を見つめている。わたしは夜明けと共に目覚めかかる彼女を見たことがあった。彼女はジョージアの深紅の土のうえでじっと灰色に横たわっていた。やがてあちらこちらで青い煙が煙突から登り始め、鐘の音と口笛のような鋭い音が沈黙をやぶり、慌ただしい生活のざわめきと騒音が集まり膨れあがり、ついには眠ったような土地に町の喧噪が異様と思えるほどになっていった。かつてこのアトランタでさえアレゲーニー山脈の麓なす丘でどろんとまどろんでいた、と言われている。やがて（南北）戦争の鉄の洗礼が陰惨な水で

る夫はヤツガシラに、プロクネは燕に、ピロメラはナイチンゲールに転身する（ギリシャ神話）。引用詩はこの神話を題材にする。

16 **葡萄園** マタイによる福音書の「悪しき農夫たちの譬」より。イエス・キリストの受難と最後の審判の譬え話。

彼女を目覚めさせ、立ちあがらせ、狂気に駆り立てた。そしていま、彼女は海鳴りを聴いていた。海は丘に向かって叫び、丘は海鳴りに答えていた。やがて町は寡婦のように立ち上がり、喪服を投げ捨て、日々のパンを求めて汗を流した」（第五章冒頭）。海鳴り云々の箇所は、南北戦争直後敗北に沈んだアトランタ市民の虚脱感を詩的に見事に表現したものであろうと思います。ここに引用しました文章は、まことに力強く簡潔な散文詩の名文と言えましょう。

熱誠の人の文章

十九世紀後半のアメリカは、産業資本主義と米西戦争[17]に代表される帝国主義が結びついて、人間を物的資源と見なす傾向を顕著に示していました。こんな時代思潮の中で大学教育による文化と人格陶冶は白人の専売特許、黒人には危険な火遊びだという人種差別が蔓延する。こうしてブッカー・T・ワシントン[18]の提唱する黒人の職業訓練教育、つまり「頭」ではなく「手」の教育が世に迎えられる。しかしデュボイスがその重要性を力説するのは、黒人大学[19]なのです。

黒人大学は、一千万の黒人人口をかかえるアメリカの、いわば国家の命の根であり、その上に職業訓練学校、初等教育が成立するのであって、根自体が枯れてしまえば花は開かない（第五章）。黒人大学による公的教育の発展と維持、黒人の社会的再生、人種間の連帯の推進力など黒人大学の果すべき役割は色々あるが、第一に重要なのは

17　**米西戦争** Spanish-American War（1898）　キューバのスペインからの独立支援を名目にアメリカがスペインに仕掛けた戦争。スペインの無条件降伏に終わる。パリ講和条約により、アメリカはプエルトリコとグアムを譲渡され、フィリピンを植民地化、キューバも事実上植民地化した。以後、アジアとカリブ海へのアメリカの帝国主義的進出が始まる。

18　**ブッカー・T・ワシントン** Booker T. Washington（1856-1915）　黒人女性奴隷と白人との間に生まれたアメリカの黒人運動の指導者。タスキーギー専門学校（Tuskegee Institute）初代校長。黒人の職業教育普及に貢献したが、黒人の政治的、文化的な諸権利を棚上げしたとして批判されてもきた。著書に自伝『奴隷より身をおこして』（*Up from Slavery*, 1901）など

「人間をつくる」ことにある。とりわけ白人にはない、黒人だけが——しかも世界中で黒人だけが——経験してきた魂の試練の中で育まれるべき人間教育の重要性、これが世界に提供できる黒人の贈り物なのだ、とデュボイスは言います（第六章）。そしてその直後熱をこめて詩的に次のように述べています。「そして（人種差別の壁という）魂の試練を日毎に受けながら愛し、生き、行動する彼ら自身にとって、（産業資本主義の落胤《らくいん》である拝金主義の）煤煙のうえに青く霞んだ大気のなかへ飛んでゆくことのできる（大学で学ぶ）機会は、彼らの内の優れた精神の持ち主には、黒人だというだけでこの地上において失っているものに対する報酬であり、恩恵なのである」（第六章）。

煤煙に煙るアトランタ市の丘のうえに黒人大学アトランタ大学があります。そこに学ぶ学生たちの明るい学園生活を描く件《くだり》が第五章にありますが、今引いた文章はまさにここで実現を見ているわけです。先に引用しましたアトランタ市の過去と現在を述べた文章の冒頭の言葉「未来の約束の地」とはまさにこのことを言っています。大学教育による知と、歴史的、宗教的な情操の豊かな統合への希求、この本の中で作者が一番言いたかったことはこれだと思います。

エリート主義

徳永（司会）ではディスカッションを始めます。

がある。

ブッカー・T・ワシントン

19 **黒人大学** 南部解放奴隷の救済と保護のために設立された解放黒人局は、黒人学校設立に尽力した。その結果一八七七年までに六〇万人以上の黒人が小学校に登録され、また教師・指導者養成のために黒人大学が設立された。フィスク大学（テネシー州）、アトランタ大学（ジョージア州）、ハワード大学（ワシントンDC）がその例である。

長畑　デュボイスはヨーロッパの文明や知的伝統に強い憧れを抱いていた人だったのだと思いました。相当なエリート主義ですね。デュボイスは黒人の教育というものを重視するわけですが、そこでもエリート主義が出てきます。堀田さんも言われましたが、高尚な学問ではなくて手に職をつけるという意味での職業教育が重要であるというブッカー・T・ワシントンに対して、そうではない、もっと深い根源的な教養、人間形成の根幹にかかわる教養を追求しないといけない、ということをデュボイスは言うわけですよね。

林　サンボリスム[20]が出てきて、フランス的なエリート主義を強く感じました。アメリカの一つの知性のあり方として、ヘンリー・アダムズ[21]の黒人版といえるかなと思いました。

森　でも、なにか自己陶酔している雰囲気がしないでもないですよね。

亀井　確かに強いエリート主義。デュボイスはマサチューセッツの出身で、フランス系とオランダ系の血を引いている。ハーヴァードを出て、ドイツ留学もして、エリート主義が出てくるのも当然ですけど。貧乏から育ってきたブッカー・T・ワシントンを、そういうエリート主義で痛撃していく。しかし僕はワシントンにも傾倒するところがあって、ワシントンの方にも同情したい。デュボイスがヒューマニズムとか理想とかという言葉をわーと出してくると、反論のしようがない。ワシントンは確かに産業資本主義の発展時代に、それに合わせて自分たちもくっついていきましょうという姿勢ですから、デュボイスの高潮した姿勢に比べると低調です。しかし当時、黒人の

20　サンボリスム Symbolism　象徴主義。十九世紀後半に自然主義や写実主義などの客観主義への反動として、フランスやベルギーに起こった文学・芸術運動。形而上的・神秘的内容を印象・直観・感覚などに訴えて喚起しようとした。文学では、マラルメ、ヴァレリー、ヴェルレーヌ、ランボー、メーテルリンクなどが代表的人物とされる。

21　ヘンリー・アダムズ　本書第二章の注21を参照。

高等教育をするには白人の協力が絶対必要であったわけですから、デュボイスも現実主義を踏まえた理想主義を追究したらもっとよかったのになあと僕は思うんですけど。

本合　僕もエリート主義を感じました。白人に伍すために、白人のエリート主義に素直に乗っかりすぎてしまっているのではないか、というようにも思います。それとデュボイスのエリート主義には、マンフッド[22]、もしくは男らしさ、あるいは父親らしさへのこだわりが見て取れるように思います。ジェイムズ・ボールドウィン[23]に『山に登りて告げよ』[24]という作品がありますが、主人公の名はジョン、父親はガブリエルで、どうも僕にはこれが、デュボイスの「ジョンの物語」に対するボールドウィンなりの「ジョンの物語」であるように思えます。デュボイスは奴隷制を説明するのに、「去勢」という言葉を使ってしまう。ボールドウィンとしては、そういう考えに留まっていてはいけないということを書きたかったのではないか。デュボイスは結果的に白人エリート主義、白人的な男らしい父性というものを作ってしまった。ボールドウィンがやっとそれを壊した、と考えることができないかと思います。

徳永（司会）マンフッドへのこだわりは私も何箇所か気がつきました。奪われたマンフッドを取り戻さないといけないという意識があるのが見受けられます。それと関連する、というかそれゆえに、この作品のなかで女性の扱いがないがしろにされているように思いませんか。

武田　これだけエリート主義の人の目からみると、女性は劣った性としか見えてないのでしょう。女性に対しての関心は薄いですね。フレデリック・ダグラス[25]が当時の女

22　マンフッド　本書第六章の注9を参照。

23　ジェイムズ・ボールドウィン James Baldwin (1924-87)　アメリカの黒人作家。ニューヨークのハーレムに生まれた。抗議小説を越えた文学作品をめざし、『ジョヴァンニの部屋』(*Giovanni's Room*, 1956)、『もう一つの国』(*Another Country*, 1962) などで、性と人種の境界を越えた愛を描いた。公民権運動に積極的に関わり、「公民権運動のスポークスマン」とも称された。『次は火だ』(*The Fire Next Time*, 1963) などの評論でも知られる。

24　『山に登りて告げよ』*Go Tell It on the Mountain* (1953)　ボールドウィンの長編第一作。十四歳の誕生日を迎えた少年が宗教的回心を得、囚われていた罪の意識から解放される様子を描く自伝的作品。父と

性の権利の運動にずいぶん貢献したのとは対照的です。

辻本　確かに誰がみてもこれはエリート主義だと思うんですが、デュボイスのエリート主義のいいところというか、私がいいなと思う所があるんです。デュボイスは、三つ「誘惑」があるといっています。憎しみ、絶望、疑いです。その中で彼にとっての一番大きな誘惑は「疑い」だということをいいます。聖書との深いつながりがあると思うんですが、ここでどういう疑いなのかというと、同胞であるべき黒人に対する疑い、果たしてこの同胞が自分の思うように、すぐれたあるべき姿になっていけるのか、という同胞に対する疑念ですね。それと同時に、彼の中には自分自身に対する疑いがあったのではないかと私には思えました。単なる学者、単なる文学者であるだけではなくて、リーダーとして現実に社会の人々を引っ張っていく役割をしますよね。そういったときに、リーダーとしての資質が彼自身本当にあるのか、自分がエリート主義で底辺の黒人の気持ちがわからないんじゃないかという、エリート主義なんだけど、そういう自分の限界が見えている、というところが、彼のすぐれたところだなというふうに読めました。

長畑　白人のヨーロッパが築いてきたものに対する強い憧れが一方にあって、その一方で、ハーヴァードで黒人として初めて博士号をとったというプライドもあっただろうし、自分が黒人の代表であるという意識は非常に強かった。そんな二面性があるように思います。ワシントンのことにしても、彼を批判しつつ、一方で立派だということも言ってます。ワシントンの業績は認めつつ、ただ職業教育だけでいいという考え

息子の葛藤が中心主題だが、主人公の罪の意識を形成する背景として、父の姉、父、母の人生が礼拝の祈祷にあわせて語られ、アメリカ黒人の歴史の持つ意味も問われることになる。題名はキリストの誕生を祝う黒人霊歌に由来する。

ジェイムズ・ボールドウィン

25　**フレデリック・ダグラス**
本書第二章を参照。

に、あくまで批判的なわけです。

亀井　いま二面性といわれましたが、デュボイスは非常に幅広い、重層的な思考をし得る大きな人間だったなあ、と思いますね。「ジョンの到来」にしましても、ジョンが大学で色々と勉強をして、すると村の人々の考えとか発想と知らぬ間に離れてしまい、そこに悲劇が生ずるという、そんな小説を作ったということは、デュボイス自身がエリート主義に立ちながらも、同時にそれだけでは現実は進まないんだという認識もちゃんと持っていることを表してますね。さきほど僕はデュボイスのエリート主義に批判めいたことを言いましたが、彼の精神は、ダイナミックで迫力がありますね。堀田さんの強調する詩人的表現もそれと結びつく。

坂本　デュボイスは決して白人の生き方や考え方に擦り寄っているのではなく、アメリカで生まれたアメリカ人として、カラーラインを取り除くということは、主流の考え方の中で自分たちも同じように対等な人間として生きていくことを目指すということだ、そしてだからこそ、知性の点で白人のトップレベルに追いつくような流れも必要なのだ、というように考えたのではないでしょうか。

黒人性と白人性

中川　「ニグロでありアメリカ人であるということ」という「二重の意識」というのがでてくるのですが、やはり時代の差で、現在のアフリカ系アメリカ人としてのアイデンティティとはちょっと異質、というかそこまで自信に満ちたものではないように思えました。

本合 デュボイスは「アメリカで黒人であること」の意味を真摯に考えつつ、現状では、「黒人であること」と「アメリカ人であること」は両立しないという思いがあった。それを批判する意味で「二重の意識」と言っているわけですよね。

進藤 デュボイスは二十世紀前半では最大の黒人指導者であり、知識人でした。そのことはキング牧師[26]がデュボイス生誕百周年を祝って述べた言葉を待つまでもありません。彼がいたからこそ、黒人の抵抗運動が組織化されたことも第一に言わねばならないことだと思います。彼が白人と肩を並べる位置に立ってくれたからこそ、二十世紀の人種差別に対する抵抗の運動が起きたと言っても過言ではありません。それまでは、黒人たちの声は常に白人たちを通じてしか伝わらなかったのですから。

そのことを認め、十分評価するのですが、それでも私は少し困惑しています。デュボイスは南部の実情を見て、一刻も早くこの現状から抜け出すには、「才能ある十分の一[27]」、つまり高等教育を受けた黒人の手によって差別解消をはからねばならないと考えるわけですね。でもそれは結局、自分たちの頭のなかを白人の西洋文化に置き換えてしまうだけということになりはしないでしょうか。黒人の地位向上のために、彼は教養とか教育ということを言うわけですが、苦しい立場の一般黒人層をどのくらい視野に入れていたのか。白人の西洋文化に頼るのではなく、黒人の独自性というものをどうしてもっと追求できないのだろうかというようなことを思うんですが。

26 **キング牧師** Martin Luther King, Jr.（1929-68）一九五〇年代から六〇年代にかけて黒人の公民権運動を指揮した洗礼派の牧師。一九六三年八月首都ワシントンでの大行進で「私には夢がある」という有名な演説をした。六四年ノーベル平和賞を受賞。六八年二月、カーネギーホールで行われたデュボイス生誕百年を祝う講演で「歴史は彼を無視することはできない」と述べ、デュボイスの功績とアメリカ社会への貢献を再評価した。同年四月、メンフィスで暗殺された。

27 **才能ある十分の一** The Talented Tenth　デュボイスは、黒人の状況を改善するために、まず黒人人口の十分の一にあたる有能な人材に高等教育を授けるべきだと主張した。一九〇三年のエッセイ「才能ある十分の一」の冒頭には「黒人種は他のすべての人種同様

辻本　私は白人と黒人に分けるという議論にはそもそも賛成できないんですね。黒人だったらジャズでなければだめなんだとか、黒人だったら黒人文学しかやってはいけないんだというように黒人の独自性を強調すると、黒人の世界がすごく狭くなってしまうんじゃないかと思うんです。

武田　日系三世のロナルド・タカキ[28]が、日本人の血が入っているから君にはシェイクスピアはわからないだろう、と言われたという話を思い出しました。黒人の独自性を要求しすぎるのは、これと同じことになるような気がします。

辻本　黒人指導者が黒人を向上させようと努力し、上に立つと、たちまち主流文化に迎合し、黒人大衆から遊離したと言われる。これは黒人たちの運動が本質的に持つジレンマなのかもしれませんが、デュボイスはこのジレンマゆえに苦しみ抜いたのだと思います。

進藤　ダグラスもワシントンもデュボイスも少なくとも半分以上、白人の血が入っていますね。今のアメリカ社会に、おそらく百パーセントの純粋な黒人はほとんどいないと思いますが、デュボイスは、どれくらい、あるいはどのように自分の白人の血を意識してたんでしょうか。黒人とは誰かということを私はどうしても考えてしまいます。

武田　「一滴ルール[29]」というのがありましたよね。ミシシッピ州では一九七〇年代まで残っていました。フレデリック・ダグラスは最初黒人として虐げられた生活のなかで、演説家として活動していくわけですけど、あとの半分の血、つまり白人の血が気

その例外的な男たちによって救われることになる」と書かれている。

28　**ロナルド・タカキ** Ronald Takaki（1939-）　アメリカの歴史学者。ハワイ生まれの日系三世。多文化主義の視点からアメリカ史の書き直しを試みた。著書に『多文化社会アメリカの歴史』（*A Different Mirror: A History of Multicultural America*, 1993）など。

29　**一滴ルール** one-drop rule　人種の規定において、ほんのわずかでも黒人の血が混じっていたらその人を非白人とみなすとした制度をさす。白人と非白人の境界、すなわち「カラーライン」に関する規定は州や時代によっても異なったが、例えばルイジアナ州の黒人法（Code Noir）では、八分の一黒人の血を持つ者は非白人とされた。

になる、というようなことを最後のほうで言い出します。デュボイスは白人のなかにドボッとつかって、白人のなかでもエリートになるような生活をしていたんですが、そのデュボイスが最後にはアフリカへ行ったわけですから、心の中にはかなりのジレンマがあったのではないでしょうか。

辻本　自分の息子が生まれたときに、青い目で、少し金髪がかっていたことに、漠とした不安を覚える、という箇所がありました。デュボイスは自分が百パーセント黒人ではなく、白人の血が入っているという一種のアウトサイダー感覚を内在的にもっていて、それをさきほど言いましたリーダーとしての一つの限界と考えていたのではないでしょうか。

徳永（司会）今の箇所ですが、私には白人の血が流れていることへの憎悪のように読めましたが。

本合　ボールドウィンの『山に登りて告げよ』には「光」と「闇」の「結婚」という言葉が出てきて、自分では認められなかった白人性とか黒人性みたいなものが融和して新たなものが生まれてくるということを言ってます。デュボイスもそこを言おうとしたのだけれど、そこに彼の男意識みたいなもの、マンフッドへのこだわりみたいなものが邪魔をしているのではないかと思いました。デュボイスの悲劇は、自分の中の黒人性と白人性がうまく融和できなかったことにあるのではないでしょうか。

魂を歌う

徳永（司会）　先ほどからの議論は、デュボイスが独自の黒人文化ではなく、白人の西洋文化を追求しているというかたちで展開しているように聞こえますが、そうなんでしょうか。デュボイスはこの作品で、やはり、黒人文化の独自性を強く主張しているんじゃないでしょうか。

亀井　この本は全部で十四章ですね。その内の十三章までは章の題に、"of" が付いている、つまり「〜について」という表題が付いているのに、最後の章だけ "of" がないですね。一番最後のところで、〜に「ついて」いろいろ自分の思いを言うというのではなくて、直接的に「黒人の魂を出すんだ」という姿勢で音楽を語る。憎いばかりの仕方で、結局この人は最終的に魂を表現していこうとするわけですね。この時にこれだけの黒人の魂を表現したというのは凄いもんだなと感じます。さきほど血が何パーセントという話が出てましたが、デュボイス生涯の仕事は、『黒人百科事典』[30]をつくろうという壮大な企画であって、それを推進していったのですね。

武田　黒人音楽がアメリカ音楽に果たした役割は大きいどころか、黒人音楽が唯一のアメリカ音楽とまで言ってますね。

森岡　デュボイスが出たフィスク大学というのは、黒人音楽の歴史のなかで注目すべき大学なんです。第十四章にデュボイス自身も書いてますが、黒人霊歌を世に知らしめるきっかけになったのは、ジョージ・L・ホワイトという人が指導したフィスク・ジュビリー・シンガーズ[31]という十人ほどの黒人のグループの成功だったんです。彼ら

30　『黒人百科事典』 *Encyclopedia of the Negro* (1945)　デュボイスは一九〇九年にアフリカ百科事典編纂の計画を提案したが、資金調達ができず、断念。三一年にも新たな黒人百科事典出版の企画に加わるが、必要な資金を調達できず、「予備巻」(*Encyclopedia of the Negro: Preparatory Volume with Reference Lists and Reports*, 1945) を出版した後、頓挫。その後、六一年にはガーナのエンクルマ首相の招きにより『アフリカ百科事典』(*Encyclopedia Africana*) 出版計画に加わるが、二年後に死去した。

31　フィスク・ジュビリー・シンガーズ Fisk Jubilee Singers　フィスク大学で教えていたジョージ・L・ホワイト (George L. White) が、破産の危機にあった母校に資金をもたらすため、指導してい

はいろいろなジャンルの曲を歌ったのですが、その中で黒人霊歌が一番受けて、アメリカ各地だけではなくて、ヨーロッパにまで演奏旅行に出かけて好評を博します。

各章の冒頭に置かれている楽譜を見ていくと、なかなか面白いことに気がつきます。ハーモニーが三度でできているもの、単音でメロディが出てるもの、音の離れたところでハーモニーを作っているものなど、わざと変えているんですね。そこまで考えてやっている。

長畑　黒人奴隷や解放された黒人が感極まって歌を歌う、哀しみの歌には希望が含まれている、そういうことが書かれていたと思いますが、一方で歌、メロディというのは、言語とはちがうものということが気になる。言語で戦っていくことが絶望的に不可能であるという状況を逆に表わしてしまうのではないでしょうか。法律を作って戦っていくことはできない、弁論で戦っていくこともできない。決定的に黒人社会と白人社会の間の差というものがある。戦いを言語でもって進めていくことができない。それの代わりとなる感情の表現が歌である。冷たい言い方かもしれないですが、そういう意地の悪い見方ができてしまうような感じがします。

辻本　エピグラフで歌詞を並べるのではなく、あえて黒人のパートに楽譜を持ってくることで異質性を強調しているのではないかと私は思いました。黒人の詩人が自作を読むのを聞いたことがあるのですが、歌を歌うように、ダンスをしながら、即興も混じえながら、詩を読むんです。白人のポエトリ・リーディングとはまったく違いました。黒人の詩というのは、言葉だけ読んでいてはその魅力の何分の一もわからないと

た聖歌隊からメンバーを選んで一八七一年に結成した。アメリカ北東部を巡回した後、七三年にはイギリスを訪れ、ヴィクトリア女王の前でも歌った。公演で得た資金によって建てられた校舎は「ジュビリー・ホール」と命名された。

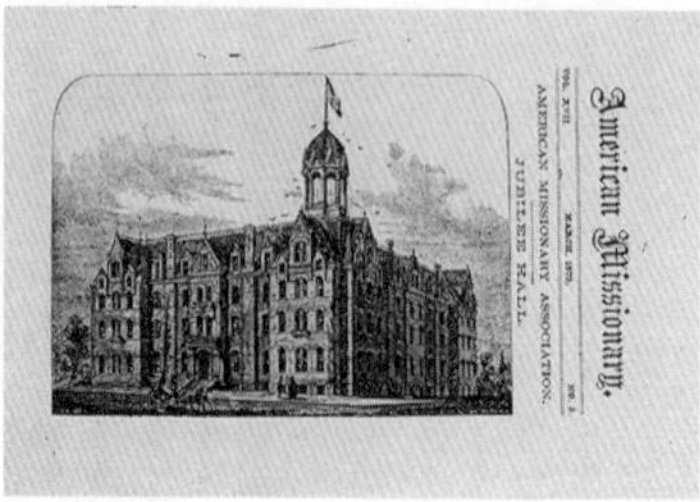

ジュビリー・ホール

思います。歌詞と歌詞を並べてしまうと、読者は同じ土壌で比べてしまう。そうではなくて、文化そのものが異質だということの表現ではないでしょうか。

徳永（司会）　第十四章において初めて、白人の詩ではなくて、黒人霊歌の歌詞が冒頭に掲げられています。さらにこの章では、黒人霊歌が四曲、音符だけではなくて、歌詞が付けられた形で載せられていますが、そうすると、これはある意味では一つの到達点、両者の融合を暗示しているのかもしれません。ただ私が気になるのは、黒人霊歌が西洋音楽の音符で記されていることです。だからこれは、白人化されてしまった黒人霊歌であるともいえるわけです。音の高低といい、長短といい、リズムといい、およそヨーロッパ音楽の音符では表現できないものが黒人霊歌にあると思うんです。そしてこのことを一番よく分かっていたのは、デュボイス自身だったと思うんですね。しかし、皆さんのご意見を伺っているうちに、それを否定的に捉えるのではなく、黒人性と白人性の融合の表象になりうるもの、ともいえるのかと考えました。というところで、時間になりました。皆さん、ありがとうございました。

8　ガートルード・スタイン　『Q・E・D』『三人の女』

ガートルード・スタイン (Gertrude Stein, 1874–1946)

前衛的な文学形式に取り組んだ、モダニズム文学の代表的作家の一人。レズビアン作家としても知られる。

スタインはペンシルヴェニア州のアレゲニーで、裕福なドイツ系ユダヤ人の家に、七人兄妹の末娘として生まれた。幼児期はオーストリアやフランスで、少女時代はカリフォルニアで過ごした。ハーヴァード大学の女子別科（後のラドクリフ女子大学）で、ウィリアム・ジェイムズ（William James）に心理学を学び、その後、ジョンズ・ホプキンズ大学医学部に進学するが途中退学。一九〇三年、兄レオの滞在するパリに渡った。

スタインと兄は、当時まだ若く無名であったピカソら前衛の画家と親交を結び、彼らの作品を収集した。一九〇七年に、スタインは後に秘書兼女房役となるアリス・B・トクラス（Alice B. Toklas）と出会い、一九〇九年から同居。四六年にスタインが死ぬまで生活をともにした。第一次世界大戦後、二人の家にはパリの芸術家たちが集まるようになり、アメリカからもヘミングウェイ（Ernest Hemingway）やフィッツジェラルド（F. Scott Fitzgerald）など多くの作家が訪れた。

スタインはすでに一九〇三年頃に『Q・E・D』（*Q.E.D.*,1950死後出版）を執筆していたが、その後、『三人の女』（*Three Lives*, 1909）、大作『アメリカ人の成り立ち』（*The Making of Americans*, 1925）、散文詩集『やさしい釦《ぼたん》』（*Tender Buttons*, 1914）などを発表した。特異な作風はときに批評家から揶揄《やゆ》されたが、スタインの家を訪れた作家たちの素顔を伝える『アリス・B・トクラスの自伝』（*The Autobiography of Alice B. Toklas*, 1933）は好評を博した。その他の作品に、オペラ台本『三幕の四聖人』（*Four Saints in Three Acts*, 1934）などがある。

あらすじ

『Q・E・D』の登場人物アディール、ソフィーおよびヘレンは、いずれもアメリカ富裕階級の若い女性である。ヨーロッパへの船上で知り合った三人は、やがて三角関係に陥る。一度はヘレンの愛情を勝ち得たかに見えたアディールだが、三年間にわたる断続的な交際の中で、ヘレンにはソフィーと別れるつもりがないと気づき、絶望的な行き詰まりに直面する。

『三人の女』も『Q・E・D』同様、三人の女をめぐる話であるが、独立した「善良なアナ」、「メランクサ」、「おとなしいリーナ」の三つの章からなる。いずれもアメリカ合衆国東部の架空の街ブリッジポイントを舞台とした物語である。「善良なアナ」の主人公アナ・フェダーナは、信心深くよく働くが頑固なドイツ人女性である。彼女はワドスミス家及びマティルダ夫人のもとで家政婦を務めるが、娼館の主レーントマン夫人をはじめとする友人たちのために、気苦労が絶えない。マティルダ夫人がヨーロッパへ移住した後、下宿屋を始めるが、過労のために腫瘍を患い、その手術の際に死ぬ。

「メランクサ」の主人公メランクサ・ハーバートは、美しく聡明で、激しい気性を持った混血の黒人である。彼女は、母の主治医であった黒人医師ジェフ・キャンベルと恋に落ちるが、二人は感情的対立を繰り返し、やがて疎遠になる。その後メランクサは賭博師の黒人ジェム・リチャーズと婚約するが捨てられ、永年の友人だったジョンソン夫妻からも不品行のために絶縁される。最後は貧民街の療養院で結核を患って死ぬ。

「おとなしいリーナ」の主人公リーナ・メインズは、辛抱強く、やさしいドイツ人の移民である。ブリッジポイントで家政婦をしていた時、叔母の勧めるまま、ドイツ系アメリカ人の仕立屋の息子ハーマン・クレーダーと結婚する。その後三人の子供を産むが次第に生への執着を失い、四人目の赤ん坊を出産後に死ぬ。

発表 I

価値観とリアリティの乖離

森 有礼

私は『Q・E・D』[1]の主人公アディールと、『三人の女』の主人公であるアナ、メランクサ、リーナの三人とを比較して、彼女たちのものの考え方を、ナショナル・アイデンティティ[2]の問題と関連付けて考えてみます。

アディールの欲望

まず『Q・E・D』ですが、この小説の主題は、何かを証明したいというアディールの欲望です。彼女は恋人ヘレンをめぐって、退廃的な恋敵ソフィーとのレズビアン[3]的三角関係にあります。アディールは第二章において、一見繊細なヘレンの中に「何かリアルなもの」、つまり自分の臆病さを克服する情熱的なものを見出し、それによって自身の生の本質を、ある種の数学的公式へと還元したいと望んでいます。世界を

1 Q・E・D　QEDとも書く。ラテン語で quod erat demonstrandum（=which was to be proved「そのことは証明されるべきことであった」）の省略形。数学の定理・問題の証明の最後に用いられる言葉で「証明終わり」という意味の記号。

2 ナショナル・アイデンティティ national identity　特に近代以降、自分の属する国家や民族が、他とは異なる共通の特徴や信念・文化・歴史・言語などを持っているという

このように単純に理解したいという彼女の渇望は、第一章で経験の現実性を「愛情豊かな親交と、彼女がピューリタン的な恐怖[4]を抱く（中略）肉体的な熱情」とに二極化して把握しようとする彼女の態度にもうかがえます。

アディールのこの探求は、ヘレンとの関係同様やがて「行き詰まり」を迎えますが、それはアディールがヘレンに、自身の割り切れない現実を投影しているに過ぎないためです。こうした割り切れなさは、アディール、ヘレン、ソフィーの三人の間のジェンダーの揺らぎにも感じられます。例えばアディールは、第一章で自分が「女に生まれついてない」と感じる一方、ヘレンに対しては「あなたは勇敢な男よ」と告げます。一方恋敵ソフィーは、「紳士の仕草」で彼女に接します。「私のことを愛しているの」というアディールの問いをはぐらかすヘレンは、アディールにとってはいわば三人の間の、錯綜したジェンダー関係、そして支配関係を反映する存在なのです。

しかも、アディールが本当の意味で求める相手がヘレンなのかさえ疑問です。両者の関係は、第一章での、ヘレンからアディールへのキスで始まり、第三章で再びヘレンに唇を奪われたアディールが「激しい嫌悪感」を抱く場面で事実上終わりますが、二人のこの関係はヘレンの気まぐれによって、偶然生じたに過ぎないのです。一方、ヨーロッパから戻った後、ヘレンの不意のキスに対する嫌悪感から自分の「純潔な魂」に気づいたアディールは、ヘレンとの関係が、彼女がソフィーと別れて自分を選ぶという単純な結末には至らないという現実の「行き詰まり」にぶつかります。

この「行き詰まり」は、アディールが捜し求める「公式」には還元できない、彼女

「想像的な政治的共同体としての国民イメージ」（ベネディクト・アンダーソン）に基づいた、個人の文化的・政治的アイデンティティ。またそれは、社会的文化的概念としての特定の国家や民族への帰属意識に基づく自己認識でもあるが、これらはしばしば本質主義的かつ差別主義的信念とも結びつく。

3　**レズビアン lesbian**　女性同性愛および女性同性愛者。ただし現在の文学批評では、単に直接的な性的意味合いのみでなく、家族的・友愛的な関係を含めた、より広い意味での女性同士の絆をさして用いられることもある。

4　**ピューリタン的な恐怖**　死後の魂の救済の喪失と堕落に対する宗教的恐怖感。ピューリタニズムは、人は皆、原罪を負って生まれており、その魂の救済は、契約に基づい

自身の心の機微です。物語の終わりで彼女は、ヘレンが本当は「物事をありのままに見ることができない」、ソフィーにつくす一種の「売春婦」に過ぎないという現実に気づく一方、それでも彼女への「欲望でどうしようもない」という自分の絶望的な「行き詰まり」をも自覚します。

ピューリタン的世界vs旧世界

こうしたアディールの心情には、逆説的にアメリカのピューリタン的精神[5]と通底するものがあります。第三章冒頭で、ニューヨークに戻った彼女が「しみや汚れのない」アメリカ国旗を素晴しいと思い、その「明白で、表面的で、清潔な簡潔さ」に憧れ、「澄んだ瞳のアメリカ主義」を讃える様子から、自分をアメリカと同一視し、その純粋さを賞賛するアディールの浅薄で単純な価値観を読み取れるでしょう。

一方「美しいイギリス女性のアメリカ版」ヘレンや、第二章冒頭の退廃的なソフィー、また第三章でローマを歩く二人の「個別の想像力」や「生の豊かさ」を欠いた「無知な群集」のような態度は、アディールが代表する新世界アメリカに対する、旧世界の割り切れなさ[6]を表しているようです。こうして見るとアディールと、ソフィー、ヘレンとの対立は、簡素清廉を旨とするアメリカのピューリタン的世界と、旧世界との対立に重なります。そして「リアルなもの」という観念を事物のリアリティよりも優先させようとするアディールは、その単純さへのこだわりのために、現実の複雑さ

た神の恩寵によってのみもたらされるので、その契約を果たすために現世での生活において契約の義務を謹厳に履行すべきと説く。この契約を裏切る行為（ここでアディールが意図しているのは肉欲に走ること）は、死後永遠に地獄に落ちることを意味する。

5 **アメリカのピューリタン的精神** アメリカに渡ったピューリタンは、自らを神に選ばれた者と自認し、新大陸に「丘の上の町」（聖書に基づく神の王国）を実現しようとした。こうした彼らの意図は、規律、勤労、倹約、節制、禁欲などとして実践されたが、そこから奢侈を廃し、享楽的な生活態度を戒め、清廉潔白かつ質素純潔な生活を旨とする独特の価値観が生まれた。

6 **旧世界の割り切れなさ** 無垢で単純な新世界アメリカと、頑迷な因習と長い伝統を

を前に「行き詰まり」を迎えます。換言すればアディールの幻滅は、現実に対するアディールの、そして彼女が依拠するピューリタン的価値観の限界を表しているのではないでしょうか。

価値観の行き詰まり

アディール同様、『三人の女』の主人公も、自分を取り巻く価値観と現実との乖離のために不幸な人生を送ります。ですが、ドイツ人移民を主人公とする「善良なアナ」、「おとなしいリーナ」と、白人との混血の黒人女性が主人公の「メランクサ」とでは、少し様子が違います。

「善良なアナ」と「おとなしいリーナ」の主人公は、共に「善良」とか「おとなしい」とか、より頻繁に「可哀想な」と形容されます。移民である彼女たちは幸福とは言い難い生涯を送りますが、現実の割り切れなさに悩むアディールとは対照的に、彼女たちは自分の世界や価値観に対して、アナのように何ら疑問を持たないか、リーナのようにほとんど無関心です。

「善良なアナ」の主人公アナ・フェダーナは、友達や他人、子供たち、犬や猫の世話を頼む者に、持っているものすべてを与えるような人物です。そのため彼女の暮らしは常に苦しく、また彼女の厚意は報われません。しかしアナは時に「世の中を苦々しく」思いはしても、「何をするのが女性にとって正しいことか」については疑問を

持つ旧世界ヨーロッパという図式は、ピューリタニズムの、信仰に目覚めることで「生まれ変わったピューリタンたち」の王国アメリカと、古く堕落し、腐敗した宗教としての英国国教会やカソリシズムに支配されたヨーロッパという図式にしばしば重ねられる。アメリカにとって、ヨーロッパは一種の混沌であった。

持たず、強情に自分のドイツ人としての真っ当さにこだわり続けます。

こうした強情さのために、家内召使としてのアナの半生は辛く、苦労の多いものとなります。例えば最初の奉公先ワドスミス家を、娘のメアリとの深い確執が原因で去ることになります。また、密かに慕うションジェン医師の下での仕事を、彼の妻との諍いのために諦めたり、彼女にとって唯一の「ロマンス」であった、レーントマン夫人との友情を失うのも、アナが真っ当なドイツ人女性の価値観に頑固にこだわった結果生じた不幸です。やがてアナは下宿屋を始めますが、ここでも苦労を重ねて体を壊します。医師はもっとよく食べて丈夫になるよう勧めますが、それこそアナが一番できないことなのです。

『三人の女』で、スタインは、語り手に同じ一節を繰り返し語らせています。アナの場合は、「アナは骨の折れる気苦労の絶えない生活を送っていた」と繰り返されます。この一節が如実に示すように、アナは常により困難で不幸な生き方しか選べないのです。

物語は、アナが腫瘍の摘出手術を受けて死んだところで終わります。本来健康を回復するための手術によって命を落とすというのも皮肉ですが、彼女の肉体を損なうこの腫瘍のように、彼女の人生には苦難と、それをあえて選ぶアナの頑固な「真っ当さ」へのこだわりが不可避かつ不可欠であるのでしょう。

一方、「おとなしいリーナ」の主人公リーナ・メインズは、「単純で人間味豊か」で、「労働者階級のおとなしいドイツ人女性の、大地のような忍耐強さ」を持つ女性で、

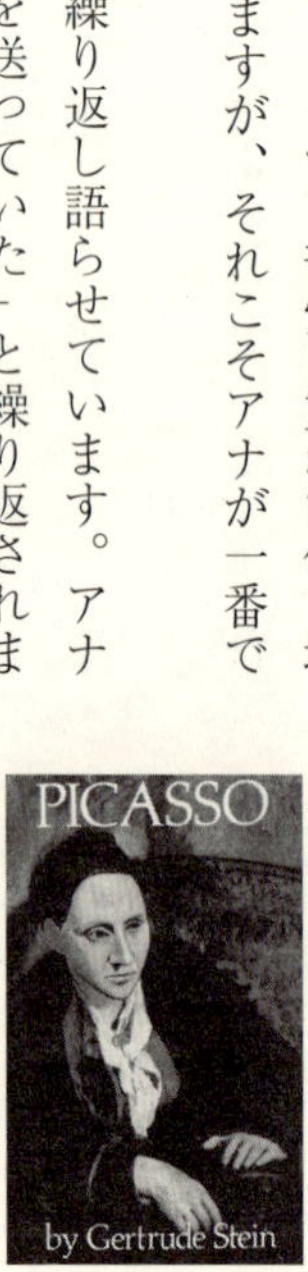

スタインが書いたピカソ論の表紙—ピカソによるスタインの肖像画

彼女の面倒を見る叔母の言葉に従って倹約に努めるものの、自分の結婚についてさえ、叔母の言いなりになるほど従順です。彼女は「望まれたことと違うことをしようとは思わない、余り期待を持たない、物事に悩まないドイツ人気質」に従い、受動的に日々を過ごしています。

リーナもアナ同様、ドイツ人的な「世間の常識」に疑問を持つことはありません。彼女が唯一感情の起伏を示すのは、婚礼前夜に婚約者に逃げられるという、「真っ当なドイツ人の娘にとっての不名誉」に涙する場面です。この時彼女は、自分の不幸をドイツ人の娘としての世間智に基づいてのみ理解するのです。

こうしたリーナの世間智への依存は、結局彼女自身に死をもたらします。彼女は四人目の子供を死産した末亡くなり、すぐに誰からも忘れ去られるのですが、皮肉なことにリーナ自身の生もまた、彼女が自分に無関心であるために、すでに彼女自身が忘れ去っていたものなのです。この意味で、アナにとっての腫瘍同様、リーナにおいては自分こそがその生から消え去るべき存在であると共に、それを受動的に受け入れて人生の終わりを迎えることしかできないという意味で、彼女もまた「真っ当なドイツ人」という価値観[7]の犠牲者なのです。

叡智の追求

一方「メランクサ」では、聡明な黒人女性メランクサ・ハーバートと、彼女の母の

7 **「真っ当なドイツ人」という価値観** アメリカに移民した後も、信仰が深く、よく働き、質素倹約を貫き、身持ちが硬い、他人に対する慈善を頑固なほどに心がける、などは、本作に登場するドイツ人移民の社会にとって前提とされた価値観であった。

主治医だった黒人医師ジェフ・キャンベルとの恋愛が描かれます。「本当の叡智」を求めて男性たちと渡り合うメランクサは、ジェフに出会って、彼こそ自分が「生涯愛し、求め続けた善良で、親切で思いやりのある人間」だと考えます。

しかし、白人の家で育ち、平穏と安定とを生活の規範とするジェフは、あるときメランクサが、「ジェフに求めているものを彼にもっと深く感じさせよう」とすると、突然すべてが「醜く」なったと感じ、ジェフは思わずメランクサに背を向けます。それ以降二人は衝突と和解を繰り返しつつ、最後には別れてしまいます。

ここでの二人の関係は、男女の恋愛というよりも、むしろ『Q・E・D』のアディールとヘレンのそれに近いものです。ジェフに生の叡智を求めるメランクサと対照的に、ジェフは結局、白人中産階級の価値観に照らして、そうすることが黒人にとって良いと考えられる形でしか愛することができません。二人の関係が実質的に終わるとき、メランクサはジェフに、自分の彼への愛情にはもはや「情熱がない」こと、そしてそうした情熱のない愛され方が「彼の望む方法」なのだと告げます。

ここには愛の矛盾があります。作中で繰り返し語られるように、「黒人がよくするような」情熱的な愛は、同時に相手を傷つけることとなり、それを避けようとするならば愛の情熱を失うしかないのです。

ジェフと別れた後、賭博師のジェムと付き合って捨てられ、親友だった黒人のローズからも絶縁されたメランクサは、その名が暗示するようにメランコリー[8]に陥り、最後は結核（consumption）で亡くなります。人生のすべてを消尽（consume）して死ん

8　メランコリー melancholy　習慣的、体質的な憂鬱、ふさぎこみをいう。中世医学では、黒胆汁が多いと、メランコリー気質になると言われた。

でゆくメランクサの生涯は、この連作小説の他の二人、アナやリーナと奇妙なパラレルをなしています。

アナやリーナが「真っ当なドイツ人女性」という母国の価値観に縛られ、またメランクサが情熱的に「叡智」を求める姿勢は、『Q・E・D』のアディールの、ピューリタン的価値観へのこだわりと通じるものがあります。アメリカ的な、単純で観念化されたリアリティへのこだわりがアディールに「行き詰まり」をもたらしたように、『三人の女』の主人公たちは、自分が拘泥する価値観によって結局裏切られ、死を迎えます。アナにとって、人生は同じ苦労の繰り返し以外にはあり得ないものであり、リーナにとってそれはひたすら自己滅却に努めることなのです。そしてメランクサにとって、それは恋人や自分自身を損なうような情熱なのです。

『Q・E・D』と『三人の女』は、アディールのように人間を単純に一種の観念の具体化したものと見做すことも、アナやリーナのようにそうした観念の実効性を素朴に信じることも、メランクサのようにひたすら自分の希望をあきらめず突き進むことも不可能だということを暗示しているようです。この意味で、スタインのこれらの小説は、主人公たちの「行き詰まり」を、繰り返される言葉によっては何も変えられないという事実を読者に示すことによって、文字通り実践的に「証明」してみせているのです。

スタインとトクラス

発表 Ⅱ

「環境を含む私」から「私」への道

小池　理恵

「Q・E・D」とは日本語で「証明終わり」という意味です。ですから、このタイトルから何らかの解くべき命題を推測してきた読者は、最終章である第三章の最後に、「行き詰まり」という言葉が登場する時、初めて、この命題が実は証明不可能であることを知ります。あるいはそもそも命題があったのかと疑いたくなると思います。「行き詰まり」であるということは、スタイン自身が到達不可能な命題設定をしたとも、あるいは到達可能な命題であるとの推定が間違っていたとも解釈できます。この小説が実際問題としているのは、到達可能な命題かどうかということではなく、何かを証明し、ある結論に到達することの困難さ、それをどう表現し説明するかという困難さなのです。

この小説では、その命題を読み解くことよりも、その「過程」で何が起こるのかというところに読みどころがあると思います。こういった「過程」を重視するという考

ウィリアム・ジェイムズ

えは、スタインの師であるウィリアム・ジェイムズ[9]の影響もあります。彼は「すべての経験はプロセスであるから、これが最後であるという結論のようなものはない」と説明しています。つまり経験の経過を描く『Q・E・D』では、明確な結論を示さないまま「証明終了」してもいいというわけです。

この作品では主人公のアディールが恋を経験しますが、私はその「経験にまつわる思考と感覚」の「過程」を検証してみたいと思います。そうすることによって、スタインが後に形成していく独自のスタイルへの道程が見えてくるのではないかと考えます。

言語化の限界

『Q・E・D』は、スタインの自伝的要素[10]が色濃く見られる小説で、一読した限りでは恋愛経験を通し、自身の本質を理解し、それを明らかにするために書かれた小説のように見えます。エピグラフで引用しているシェイクスピアの作品のように堂々巡りで、しかも当時としては周囲を驚かせたであろう同性間の恋を経験したのです。そして女性の内と外、心と行動を描いています。

しかしながら『Q・E・D』でスタインがアディールを通じて真に追求しているのは、知の「完璧さ」ということなのです。それは、第一章のはじめで、アディールが「少し知っていることは危険なことではない。逆にそれは、完成し満足するといった

9　**ウィリアム・ジェイムズ**　William James（1842-1910）哲学者、心理学者。ニューヨーク生れ。「意識の流れ」という用語を用いて、意識を固定した静的なものではなく不断に流動するものと説き、弟ヘンリー・ジェイムズやスタインなどの小説家に大きな影響を与えた。代表的な著作として『心理学原理』（*The Principle of Psychology*, 1890）、『プラグマティズム』（*Pragmatism*, 1907）、などがある。プラグマティックな思想については、本書第四章の注13を参照。

10　**自伝的要素**　スタインは作品中で描かれているような恋愛を、ジョンズ・ホプキンズ大学で実際に体験した。スタインは医学部で交流のあったメイ（May Bookstaver）と親しくなる。しかしそこへメイベル（Mabel Haynes）が現れ同性愛の三角関係を経験す

最も幸せな感覚を与えてくれる」という記述から想定することができます。そのためにスタインが見つけた手段は、あらゆる思考の言語化です。

アディールは言語化[11]に三つの手段、すなわち会話、独白、手紙を用いています。彼女にとって会話は「たとえ独白であっても神聖な儀式」であり、ぼんやりとしていた思考でもやがて「言葉としての形」をとります。またヘレンと離れている時には、手紙を使って自分の考えを言語化し伝えようとします。その過程で、終始「完璧に」という言葉を多用していることが目につきます。

アディールは何かを完全に知りたい、あるいは知っていく過程の幸福感を実感するために、自身の考えを完全に言語化し分析する必要があると考えたのです。厳密に言うと、彼女が言語化することができたのは、思考であり、この小説でヘレンが体現している感覚ではありません。最後までヘレンを理解できなかったのは、感覚を言語化し分析できなかったからだともいえます。「考えることを止めて感じてみたら」というヘレンの提案に彼女は「思考は継続的なプロセスだ」から止められないと言います。いつも「考える」という言葉が、彼女の口癖のように繰り返されています。

さらにアディールは、「ちょっと見たものに意味があり、新たなる理解に大いなる満足」を実感します。つまり、ちょっと見たものは感覚であり、理解は思考であり、思考を経て初めて「おおいなる満足」というべき、知の完成へ到達するのだと言えます。ですからアディールにとって、感覚より思考が重要なのです。感覚も一旦言語化され思考として理解されなければ本当の意味で自分の物にはならないのです。

ることになる。その後、スタインは大学をやめてパリに渡り、『Q・E・D』を執筆したともいわれている。

医学生の頃のスタイン

11 **言語化** アディールは終始、自分の心情を会話、独白、手紙などの手段を用いて、言語としての「形」に表現しようとする。従って彼女は「私は会話を神聖な儀式と信じている。たとえそれがモノローグであっても」と本文中で述べている。

第三章で二人は「完璧な幸せ」に近づいたかに見えますが、ヘレンのキスによってアディールは記憶を失ったパルジファル[12]のような「忘却状態」から蘇ります。その後、二人の間には何週間ものコミュニケーションの欠落が存在し、言葉の人アディールは苦痛と欲望と戦い、ついに最後の手紙で"feel"という感覚的な言葉を使ってヘレンの気持ち、そして自分自身の気持ちをもう一度確かめようとします。しかし相変わらず明確な結論を出さないという感覚人間ヘレンの本質と同時に、思考を止めることのできない自分の本質というものは何も変わらないことを確認するのです。

12 パルジファル Paarsifal リヒャルト・ワグナー最後のオペラ『パルジファル』(1882)に登場する無知な若者。クンドリーの呼び声で、自分が何者であったかを知り、彼女の熱烈なキスにより自らの果たすべき使命を悟る。彼女によって与えられた知恵で一人前の勇士となり、聖槍を取り戻し、魔術師に傷つけられた王を救い、自らも聖杯守護の王となる。

「環境を含む私」から「私」へ

一般的に人物の表現方法は主体を背景とともに描く場合がほとんどだと思います。つまり生まれ育った環境、両親や友人との人間関係などを含みますが、そういった関係が複雑であったり、問題があったりし、そこから起因する出来事などを描いていきます。ウィリアム・ジェイムズの言葉を借りると「環境を含む私」(Mine)と「私」[13](Me)ということになり、両者の境界に線を引くことは難しいのです「環境を含む私」とは自分に関係するものすべての総計を含む自我であり、体、心的動力、物理的なもの、人間関係、人種・民族を含めた先祖や出自、名声と仕事など自分に付随するもろもろの性質を含みます。

スタインは『三人の女』で「環境を含む私」から主体の本質である「私」に向かっ

13 「環境を含む私」と「私」ウィリアム・ジェイムズのエッセイ("On the Self")に「環境を含む私」(Mine)と「私」(Me)として紹介されている。

てゆく過程を見せているように思います。そのために、言い直しによる反復表現と否定表現が生み出されていくと想定できます。明確な肯定表現を用いて一度で表すよりも何度も否定しながら「私」という本質を描いていくのです。ですから始めと終わりが明確に存在し、その間に起こる出来事を描くのではなく、人物の継続する今を描き、そこから「私」が浮きあがることをねらっていると考えられます。

私は『Q・E・D』において、すでに「環境を含む私」から「私」への試験的な模索が、始まっていると考えます。ここではスタインの特徴的な言葉の反復が見られるわけではありません。しかし、否定の接頭辞[14]を付した語を多く選択することで、自分の考えを堅持しようとするアディールが、実際は周りの影響を受け、「私」を見失いかける不安定な状況が効果的に描かれています。結局、そこから本人が変わることはありませんし、本当の理解にいたることもありません。しかしながら、そのように心の動き、思考の動きを細密に描写することで、一見矛盾するとも思えるそれらの描写の重なりの中から、アディール像がおぼろげに浮かび上がってくることも確かです。つまり「環境を含む私」の描写が、幾重にも積まれて行くところから、知の完成を求めようとするアディールの本質、すなわち「私」が見えてくるのです。これが今後さらに発展し、言葉の反復といった、もっと技巧的な工夫がこらされ、スタイン独自のスタイルができていくと思われます。

本書を通じて、スタインはアディールとヘレンの関係を定式化すべく、一方で思考を、一方で感覚を言語化しようと試みました。言葉と思考の人であるアディールは、

14　**否定の接頭辞**　作品中で"not"を用いた否定表現ではなく、あえて"un-" "in-(im-)" "dis-"といった否定の接頭辞を用いた語を使用している。これらはアディールの不安定さを微妙に表現することに役立っている。

行動と感覚の人ヘレンを最後まで本当の意味で理解することはできないのです。知の完成が不可能であると理解した主人公は「行き止まり」にぶつかってしまいます。『Q・E・D』は、単なる自伝的恋愛小説ではなく、より普遍的なテーマである「知の完成」の模索とその困難を描き出したものですが、その描写に用いられた「環境を含む私」の重なりは、やがてさらなる発展形を生み出し、「私」の出現を可能にして行くと思われます。

定義の不可能性

長畑（司会）　スタインに関しては『Q・E・D』『三人の女』の二作品を扱うことになりました。ではまず『Q・E・D』のディスカッションから始めましょう。

堀田　『Q・E・D』は読んでいて、非常に息苦しい感じがしました。情景描写、自然描写がほとんど何もなく、三人の心理の葛藤劇が続く。まるで暗いトンネルの中をいつまでもくぐり抜けられないような、そういう息苦しい雰囲気でした。この物語の冒頭にはシェイクスピアの『お気に召すまま』[15]が引用されていますが、少なくともその箇所は、非常に牧歌的で明るい雰囲気があるんですね。それが本文の焦れったさ、うっとうしさを和らげるというか、何か救うような気がしたというのが私の感想です。でもアディールが最後の所で、ダンテが『新生』[16]で何を言おうとしているのか分かりはじめたと言っているのですが、これがどういうことか、よくわかりません。

15　『お気に召すまま』*As You Like It*（1623）　シェイクスピアの代表的喜劇の一つ。トーマス・ロッジ（Thomas Lodge）の物語、『ロザリンド』（*Rosalynde*）が底本だといわれているが、一五九九年ごろに書かれ、初演された。オーランドに恋をしたロザリンドが、アーデンの森で男装をして引き起こす恋愛模様が描かれる。『Q・E・D』のエピグラフで引用されているのは、第五幕第二場、「恋って何？」という質問にシルヴィアスが、「それはファンタジー、情熱、願望、憧れ、忠実、献身、謙遜、忍耐、もどかしさ、清廉さ、試練、従順だ」と答え、恋人たちがはしゃぐ場面である。

16　『新生』（1576）　ダンテ・アリギエーリの最初の重要な作品。詩と散文の混合形式で一二九三年前後に執筆され、一五七六年にフィレンツ

長畑（司会）　これはかなりアイロニカルな表現でしょう。この作品の中心に、アディールの感情教育[17]があると思いますが、いわゆる何も知らない田舎の女子学生が、ヨーロッパ的な大人の体験に対する憧れを持って、その手ほどきをヘレンがするというのが前半だと思うんですよね。で、自分には全く理解できないもののように思われていて、しかも女性であれ男性であれ、恋愛の関係、パッションの関係に入り込むことに対して非常に恐怖心を抱いていて、その中になかなか飛び込めないわけですよね、このアディールというのは。それをヘレンがいささか強引に引きずり込むわけです。引きずり込まれてみれば、ああ、ようやく自分にもパッションということが分かったなと自己満足をしているのが、このダンテの所だと思います。

彼女は大変満足しているんだけれど、それを書いている語り手は、アディールのパッションというのはこの程度のものだ、ダンテの『新生』のように、ベアトリーチェを見て一目惚れをして、全く肉体性を感じさせないような、どろどろした所のない清らかなもので、それがパッションだと思ってる、つまり、全くこの人何も分かっていないと言ってるのと同じ。だからこそアイロニカルに響くんだと思います。それが後半に行くと、もうホントに泥沼化していって、途中でソフィーともヘレンが関係を持っているということが分かってきて、しかもヘレンが自分の方へ行くのか、ソフィーの方へ行くのかということで迷うわけですよね。つまりダンテへの言及というのは、そういった自己満足的な、ほとんどパッションの事なんか分かっていない人が、自己満足的にパッションを知ることができたと思っている所が滑稽に描かれているんだと

ェで出版された。短詩、カンツォーネ三十一編で、若くして昇天したベアトリーチェへの精神的な愛が歌われる。『神曲』でベアトリーチェは天国の案内者として登場する。『Q・E・D』では第一章の最後、ヘレンとの関係が深まり、「ものが見えるようになってきた」と感じたアディールが、「『新生』を理解できるようになった」と言う。

17　**感情教育**　フランスのフロベールの長編小説に『感情教育』（1869）がある。未来の夢と希望を抱いてパリに出てきた青年が、恋など様々な経験を経て、ついに当初の夢がつい去ることが描かれている。ここから総じて、無垢な若者にほどこす情操教育をさす。

思いますけど。

深谷　ピューリタン的なモラルの話がしきりに出てきますよね。スタインがユダヤ系であることを知らずにこのテクストだけを読みますと、まるでワスプの女性が書いているような印象を与えます。このテクストの中に、何かユダヤ性を示すものがあるんでしょうか。

森　私は個人的に、これがユダヤ的なものを持っているという風には思えないというのが、一つの答えです。アメリカ人としての自己を、クリアカットに定義しようとするのですが、どうしてもクリアカットにできない。そこで、それをまた細かく定義しようとするのだけれど、ますますそれが不可能であるということが見えてくる。そうしたプロセスをスタインはアディールの恋愛という体験を使って書いているんじゃないでしょうか。

本合　そのことに関連するのですが、この作品の中でアディールは、自分のこと、他人のことをやたらに「定義」したがりませんか。しかもその定義、もしかしたら全部失敗しているのかもしれないという可能性があるのかなとも考えました。

武田　この恋愛を通して自己像を見ようとしているとは思うんですが、むしろ、最初に恋とは何かという問いがあって、それから初めてパッションというものに触れて、自分が解体されるような苦しみとか、身を切られるような嫉妬を感じる。その中で理知的に何とか自分を取り戻していきたい、そうした過程、それが証明の過程であって、これで何とか自分の中で折り合いをつけた。自分のヘレンに対する恋愛感情を何とか理論づけて収めていきたい。そっちの方がずっと強い。そういう風に思いました。

亀井 僕はこの作品、三角関係の恋というものの一種の心理学の症例研究みたいなものを展開しているんじゃないのかしらんと思うんですけど。登場人物三人の周辺の事情というものはほとんど捨象されちゃっておって、だから全体としては大変抽象化して、こうなって、こうなってと、同じような繰り返しを何度も何度もしながら、はい証明終わりといったような展開をしていっておる。で、そういう症例研究にふさわしい文体というのかなあ、ドライなというか、情緒というものを省いちゃった文章を作って表現していったのかしらんと思うんですけど。僕はしかしこんなもの読んでも、面白くも何ともない。何だこれは、というような感じでね。

正しさへのこだわり

長畑（司会）『三人の女』についてはいかがでしょう。

金澤 さきほど本合さんが「定義したがる」ということをおっしゃったんですが、『三人の女』では、「正しい」（right）という単語が随所に散りばめられています。人はこうあるべきなんだ、ドイツ人はこう振舞うべきなんだ、混血の女性はこうしなくてはいけないんだと。ですから、ユダヤ人というものは出てこないんですけれども、黒人なりドイツ系なりムラートなり[18]、一つ一つのあるべき姿をいろんなヴァージョンで示しているんだと思います。たとえユダヤ人は入っていなくとも、一人のホームの

18 ムラート mulatto 白人と黒人との混血をさす呼称。黒人の血が半分の時はムラート（mulatto）、四分の一の時は、クワドルーン（quadroon）、八分の一の時はオクトルーン（octoroon）と呼ばれた。

ない、決定的な居場所のない眼差しから見たアメリカの住人たちの「あるべき姿」、そのいろんなヴァージョンを語る、そんな物語として読むと、人種にこだわらず意味があるんじゃないでしょうか。

辻本　私、あれほどインテリなスタインがこれほど平易に書くのはなぜだろうと不思議でした。で、それは、「考えること」から「感じること」へ意識を転換していくということを、スタインがやっているからなんじゃないかと思っています。つまり彼女は考えることが得意なんだけれど、それをもっと肉体的というか、感覚のほうへ向けたんじゃないかと。そしてそれの一つの表れが文体でね。繰り返し繰り返し、波が寄せるみたいに、あるいは人間の心臓から血液が打ち出されて体中に血がまわっていくという、そういった肉体感覚のリズムにものすごくぴたっとした文章を書きたかったのではないかと。「メランクサ」で問題になっている、何が正しいかっていうことでも、普通は物事を考えて判断するんでしょうが、『三人の女』ではそうじゃなくて、自分たちが生きてきた中で何を正しいと感じるか。つまり彼女たちにとって正しいということは考えることではなくて感じることだということだと思うんです。メランクサがジェフと話していて、ジェフがすごく理想的なことを言うときに、そんなことは嘘っぱちだと言って打破するところがありますよね。あそこでも結局、ジェフが言う正しいというのは思考のレベルなんですけど、メランクサは、そうじゃない、それは正しくないだろう、頭で考えるんじゃなくてもっとフィーリングで感じるものだろうと、『Q・E・D』のヘレンのように言っているように思います。

スタインが住んだパリのアパート、フルールス通り二十七番地

本合　ジェフとメランクサの会話というのは、スタインが当時好きだった女性との間で交わされた手紙をかなり露骨に使っているんだそうですが、繰り返しの文体について、一つこんなイメージで考えればどうかなと思います。印象派[19]の画家たちが描く波の絵というのは、近寄ってみると白い線が繰り返し描かれているだけです。ところが少し離れてみると、見事に波に見えますよね。ですから、繰り返し書かれている言葉自体は一つの絵筆のタッチに過ぎなくて、それを遠くから見たときに見えてくるものがあるんじゃないか。つまりジェフの中にスタインが隠されているんじゃないか。そう考えてみると、三つの物語のヴァリエーションというのは、結局はジェフという男として、さらに黒人として偽装された人物が抱いている同性に対する愛情を、三つの作品の中で、それぞれ曖昧な形で表現したものと考えられるんじゃないでしょうか。

大森　私は混血のメランクサが、自分の中に両方の血が混じっていることで、何が正しいかということがずっと分からなくて悩んでいるという印象を受けたのですが。ジェフも同じように混血で、最初は何が正しいかということに関して、自分の育ちの中で白人的な正しさというものを植えつけられているんですが、メランクサとつきあううちに自分の中でも分からなくなってくる。二人の会話というのは、そこまでこだわらなくてもいいんじゃないかと思われるぐらいに正しさにこだわるんですが、それはやはり混血だから、考えなければ自分のアイデンティティを実感できなくて、それで考えざるを得ないのじゃないかという風に思いました。

19　印象派 Impressionism　十九世紀後半にフランスの画家を中心に唱えられた革新的芸術の様式。一八七四年に第一回展が開かれ、モネの「印象・日の出」が出品されたことから、この若手画家グループは印象派と呼ばれるようになる。特に絶えず変化する色を瞬間的に捕えることを重視し、その主観を重んじる姿勢は近代芸術に大きな転機をもたらす。マネ、モネの他、ルノアール、ピサロ、シスレーらが代表的画家である。

擁護あるいは批判

三石　「善良なアナ」ですが、召使いになって生きていく貧しい人の視点から書かれている点は面白かったです。でもこれは、主人の立場から善人に作り上げられた人物じゃないかと思いました。つまりスタインは、こういう人がいるんだということを寓話みたいに書いたんだと思うんですね。キャラクターを単純化して、おとぎ話みたいに書いている。「善良なアナ」や「悪い父」というように、善い、悪いといった限られた言葉で単純化し、繰り返し表現しています。でも私には作り物みたいに思えますが。

徳永　でも私は、それぞれの人物のバックグラウンドもできるだけ書かないで、しかも一点に集中していく、その集中力のすごさ、しかもそれを言葉でこんなふうに表せるのかと感心しました。確かに読みにくいし、くどいし、繰り返しばっかりなんだけれども、その繰り返しの中に意識のずれとか、微妙に変化させていっている所がすごいなって。

三杉　私はこの作品、物語の人物とか、その判断に全く共感できなくて、人物像に入れ込んで読むということが全然できなかったんですね。でも非常に印象深い作品だった。特にさっき話題になっていた平易な文章をくり返し使うという、技巧的な面が大変耳に残っています。『Q・E・D』との違いの話も出てましたが、『Q・E・D』の時は自分のことを書いていたと、しかしこの作品では凄く実験的なことをしているわけです。スタイルが実験的であるし、書いている対象も、自分から一番離れた他者を

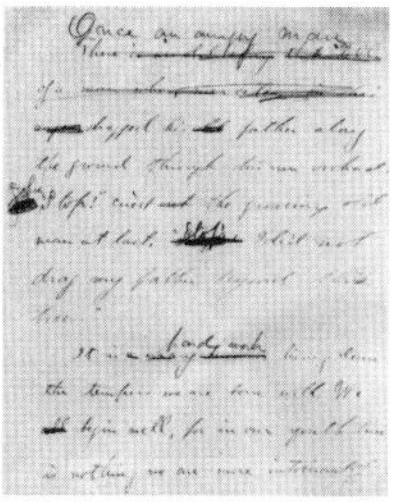

スタインの自筆原稿

書いている。だから自分を重ねないで、自分が一番分からない階級の人たち、人種の人たち、そういう異質な人たちをどれだけ突き放し、芸術として表現できるかを試す、そういう意欲的な実験をしていたんじゃないでしょうか。絵画で静物画[20]の事を"still life"と言いますよね。"Three Lives"（三人の女）は、それとかけてあるのかなと思いました。それぐらい血の通っていない人物像を書いているようにみえて、それがいけないというのではなく、スタインが新しいテクニックを開拓しようとしているのだと考えると、私の頭の中でいろんなものが繋がってスッキリしました。

武田　異質なものを書く、それはそうだと思うんですね。自分よりも階級は低く、教養もなくて、だからすごく優しい英語で書いた。でも、やっぱりそこに出てくるのは、スタインの悩みなんじゃないかと思うんですよ。メランクサは、半分白人で、半分黒人です。ローズは肌は黒いですが、白人に育てられた。黒人というと、官能的、セクシーというステレオタイプ[21]が浮かんできますけど、私これを読んで自由奔放、性的に放縦な黒人女というイメージは全然受けなかったんです。恋人同士の会話でも、「これが本当に恋人同士の会話？」と思えてしまうような。ちっとも官能的じゃない。ですから、自分とは異質なものを書いているんだけど、やっぱりそこに出てくるのは自分のアイデンティティに関する悩み、自分がユダヤ系であるとか、排斥されているとか、アメリカ人であるとか、そういったものなんだろうなと思うんです。

本合　官能的という話ですが、スタインがもう少し後の「ミス・ファーとミス・スキーン」[22]の中で、「ゲイ」[23]という言葉を何度も何度も繰り返すことによって、まるでセ

20　**静物画 still life**　切り花、果実、食器など人間の生活に深いかかわりを持つ、動かぬ種々の物を、卓上などに自由に配置して描いた西洋絵画の一分野。それまで下位のジャンルとみなされていた静物画は、十九世紀後半、芸術至上主義の立場から見直されるようになる。「りんご一つでパリを驚かせたい」というセザンヌの発言は、静物画が、近代絵画の中核となったことを如実に語る。

21　**ステレオタイプ stereotype**　元来はステロ版をさすが、そこから比喩的に、くり返し反復される事象を意味するようになる。社会心理学においては、ある集団の中で共通に持たれる単純化されたイメージを意味し、それが集団的な偏見となることもある。

22　**「ミス・ファーとミス・スキーン」**"Miss Furr and

ックスのときのあえぎ声のようなリズムを作り出しているということがあるんですが、そういう風にみると、「メランクサ」の二人の言葉のリズムは結構エロティックかも知れないと感じます。

亀井　この作品、僕がやっぱりスタインというのはすごい人だなあと思うのは、たとえばメランクサがジェフとしゃべっている会話、あの、「私恋してるわ」なんて言っておって、途中で批判し始めて、最後は「別れるわ」と一挙に転回。一続きの会話で最初と最後が正反対になっちゃうという、あのへんの抱腹絶倒さ、これが実に見事なもんでね。つまり、さっきもおっしゃったが、自分と全く違う種類の人のライフを表現していきながら、その人物のしゃべりながらの心の展開を、愚劣でユーモラスで真剣ですごくてもう笑っちゃうという、ああいう抱腹絶倒さを表現するものすごい能力をもっている人だなあというふうにも思う。そこまでは僕もいいなあと思った。ただ、これ全部読んでも、まあ一編の絵というか、三編の絵を読んで、ああいろいろ工夫してやったなあ、と思いながら、まあ、どうしても心が動かされないわけ、僕はどうもね。長畑さんはそこをどういうふうに擁護なさるかを聞いてみたい。

長畑（司会）　そう言われると困るんですが。一つはやはり文体ですね。スタインは「メランクサ」やその後の『アメリカ人の成り立ち』[24]で、同じ表現を少しずつ変えて繰り返したり、代名詞や動名詞を意図的に多用したりするようになり、最後にはさらにラディカルに変わって、文法構造を無視した『やさしい釦《ぼたん》』[25]の散文詩に向かうわけです。が、スタインの関心は、人物の生き方や感情の描写ではなく、作品を構成す

Miss Skeene"（1922）『地理と芝居』（*Geography and Plays*, 1922）に収録。一九二三年、『ヴァニティ・フェア』（*Vanity Fair*）に、新しいモダニズムの潮流を示す作品として再録された。二人の女性の関係を描く作品であるが、「それから二人はゲイである多くのやり方を学び、そのとき二人はゲイであり、いつも通りゲイであり……」という具合に、「ゲイ」という語を繰り返し用いているのが特徴である。

23　**ゲイ gay**　男性同性愛者。広義には同性を愛する人をさす。第二次大戦後のアメリカでマスメディアにも登場し、ホモセクシュアルという語に代わり、特に当事者の間で用いられる語となった。

24　**『アメリカ人の成り立ち』*The Making of Americans***（1925）　スタインの実験的長

る言葉の面白さにあったと思うんです。つまり彼女には、スタイルが内容と同じぐらい重要だという気持ちがあったと思います。「何を書くか」という問題と同じぐらい「いかに書くか」という問題が大事だという気持ちですね。それは革命的だったと思います。そういう意味では、スタインの作品は人物の生き方や作者の意見がストレートに現れるものではないですし、そうしたものを求めてもそんなに面白くないと思うんです。けれども作者の感情や考え方がまったく現れないかというとそうでもなくて、例えばスタインの書いたものの多くには、人間関係がうまくいかない理由をつきつめようとしているところがある。つまり、人にはその固有の性格というものがあって、うわべでいろんな違うことを言っていても最終的にはその性格が出ると彼女は考えていたわけです。だから、人間関係でうまくいく人の場合にはうまくいくし、うまくいかない人の場合には絶対にうまくいかない。「メランクサ」でも、ジェフとメランクサは表面上いろんな考えを言っているんだけれど、最終的にそのコアの性格というものがまったく違うから、二人の関係は絶対にうまくいかないわけです。スタインは繰り返しの文体を使ってその過程を書いているのだと思うんです。繰り返しの文体はスタイル上の実験なんですが、そこにはそうした、人間にはどうしようもない決定論的なものに対するスタインの関心が現れているわけです。私にはそういったところが大変面白いんですが。一人でしゃべってしまってすいません。時間になりました。皆さんどうもお疲れさまでした。

編小説。一九〇三年に書き始め、『三人の女』などを書き終えた後、一九一一年に完成。スタインの家族と親戚の一部をモデルにした筋らしきものが見られるものの、物語の大半は、登場人物の根元的な性格の見極めや、人間心理のタイプ分けに費やされる。伝統的な小説作法を捨てて、新しい文学形式を求めたスタインの前衛精神を窺わせる問題の書。

25　『やさしい釦《ぼたん》』 *Tender Buttons* (1914)　スタインの散文詩集。三部に分かれ約百編の詩からなる。「やさしい」という形容詞と「釦」という名詞を連結させるタイトルが暗示するように、意外な単語や句を結びつけたり、文法を逸脱した文を作るなど、実験精神と遊び心に富む。トクラスとの同性愛を仄めかす隠語が隠されているとも言われる。

9 イーディス・ウォートン『夏』

イーディス・ウォートン（Edith Wharton, 1862-1937）

主にアメリカ東部の上流社会を小説の舞台とし、ヘンリー・ジェイムズの後継者と言われる作家。

「オールド・ニューヨーク」と呼ばれる階層の名家に生まれる。子供時代はヨーロッパ各国に長期滞在し、家庭教師による教育を受けた。一八八五年、同じ上流階級のエドワード・ウォートンと結婚したが、はじめから結婚生活はうまく行かず、一九一三年に離婚している。一九〇七年からパリに生活の拠点を移した。ちょうどそのころジェイムズに紹介された特派員記者のモートン・フラトンと親密な関係になるが、独身の彼にはほかにも女性関係があり、関係は長くは続かなかった。この経験は彼女のその後の作品に大きな影響を与えたと言われる。

ウォートンは、小説以外にも旅行記やインテリア関係など多彩な分野で執筆し、合計四十冊以上の作品を著した。代表作『歓楽の家』（*The House of Mirth*, 1905）ではニューヨークの上流社会を舞台として、社交生活に明け暮れる有閑階級の醜さ、愚かさをあばいて風刺している。女性として初めてのピューリツァー賞を受賞した『無垢の時代』（*The Age of Innocence*, 1920）も一八七〇年代のニューヨーク上流階級の人々を描き、倫理的な心理小説となっている。ウォートン自身も、上流社会の一員であるので、その社会風俗の描写には定評がある。一九二〇年代にはベストセラー作家となった。一方、ニューイングランドの貧しい農村を舞台として三人の男女の愛憎を描いた『イーサン・フロム』（*Ethan Frome*, 1911）のような作品もあり、『夏』（*Summer*, 1917）はこの作品と対をなすと考えられている。

第一次世界大戦中、社会活動にも大きな貢献をしたので、フランス、ベルギーからその功績をたたえる勲章を授与された。アメリカとヨーロッパの間を何度も行き来したが、パリで最期を迎えた。

あらすじ

六月のある日、ニューイングランドの片田舎、ノースドーマー村の有力者ミス・ハチャードの小さな図書館で、主人公チャリティ・ロイヤルは、建築の資料集めに来ていた青年、ハーニーに会い、恋に落ちる。チャリティは、無法者たちの住む貧しい「山」に、殺人犯と娼婦の子どもとして生まれたが、ノースドーマーの名士である法律家のロイヤルに引き取られ、育てられた。しかしチャリティは、妻を失ったロイヤルに、心を許すことはなかった。

チャリティにとり、ハーニーとの恋は「夏の空気のように」自然なものであったが、独立記念日に二人で出かけたネトルトンの湖で、偶然、大勢の仲間を引き連れたロイヤルと出会う。そこでチャリティは、自由恋愛に耽る品行の悪さを、群衆の面前で罵倒される。それ以来、彼女は町と「山」の中間の廃屋で、ハーニーとの秘密の逢い引きを重ねる。やがて彼女は妊娠するが、同時に、ハーニーには以前から、彼と同じ階層の女性、アナベル・バルチが婚約者として存在していたことを知る。ロイヤルは、結婚という形をとるべきだとハーニーを責める。すると、ハーニーはその翌日、遠いニューヨークへと旅立ってしまう。

恋人に捨てられた身重のチャリティは、実母の住む「山」に戻ろうとする。しかし、「山」の生活は厳しく、母は直前に無惨な死を遂げていた。この先の生き方を模索する孤独なチャリティは、雪の中、彼女を連れ戻しに来たロイヤルから、ノースドーマーに帰る前に、このままネトルトンの町まで行って結婚式を挙げようという不意の申し出を受ける。チャリティはそれを承諾するが、挙式後の夜、チャリティとロイヤルはベッドをともにすることはない。こうしてチャリティは、ある種の安心感とともに、育ての親である年の離れたロイヤルとの結婚生活を始める。

発表 I

生と死の狭間で

進藤 鈴子

『夏』は一九一五年頃書き始められ、その大部分が一九一六年の春わずか五週間で書き上げられたといいます。ウォートンは一九〇七年以降フランスに居を定め、一九一三年に離婚が成立してからは極めて自由な生活を送っていました。しかし、執筆開始前の一九一四年八月、オーストリアの宣戦布告に続いてドイツが突然ベルギーを侵略し、第一次世界大戦が勃発しました。

ヨーロッパに砲声が鳴り響くのを聞いたウォートンは、書斎から戦場へと飛び出していきました。女性として初めて戦線を訪問し、戦記を『スクリブナーズ・マガジン』[1]に送っています。その後の四年間、彼女と友人たちは二十一の臨時宿泊施設をパリとその近郊に作り上げ、学校を造り、子どもたちに職業訓練を受けさせました。一九一六年、彼女の労はフランス政府からのレジオンドヌール勲章の授与という形で報われます。しかし第一次世界大戦下、実にヨーロッパ史上最大と言われる千三百万の人間

1 『スクリブナーズ・マガジン』*Scribner's Magazine* 一八八七年六月創刊のアメリカの雑誌。『アトランティック・マンスリー』(*Atlantic Monthly*)や『ハーパーズ・マンスリー』（*Harper's*

が戦死しました。

『夏』を執筆中のウォートンは文字通り日々死を目撃し、戦争の悲惨を記録し続けていました。『夏』の中に生命体としての個＝ヒトというテーマが、どのように描かれているかを見ていきたいと思います。

ありふれた平和

国家や民族が、戦争の名の下にお互いの敵意をむき出しにして大量にヒトの虐殺を続けていたとき、ウォートンはその状況とは正反対の、生命の誕生とその幸福と安全を確保してくれる共同体の価値をこの作品に描こうとしました。ここに描かれるのは秩序の崩壊したヨーロッパではなく、憲法や法律、地域社会の伝統や慣習に縛られながらも、ありふれた平和を存続させていこうとする小さな共同体の日常でした。

近代的な発展から取り残され、近隣の町との経済格差が目に見えて激しいノースドーマーは、表向きには穏やかで自然の美しい共同体です。内実、人々の生活は苦しく、狭い社会の中で互いを監視する因習に囚われていました。そんな中、二人の若者が短い夏の恋を燃焼させます。一人は、殺人犯と娼婦との間に生まれた「山」出身のチャリティであり、もう一人は、短い間この村に滞在するだけの都会の若者ハーニーです。そこに、二人の恋愛を阻止しようとする人物がいます。それは、この共同体を「支配し」「一番の有力者」と描写される法律家ロイヤルでした。


Monthly）と肩を並べる高級文芸雑誌。当時としては珍しくフルカラーで雑誌を作った。第一次世界大戦が始まると、リチャード・デイヴィス（Richard Davis）やウォートンらに戦記を書かせた。

『スクリブナーズ・マガジン』（一八九九年十二月号の表紙）

ロイヤルは十六年前、法秩序もなければ教会もない無頼者たちの「山」からチャリティを連れてきました。彼が訴追した殺人犯が、まともなキリスト教徒として娘を養育してくれるよう懇願したからです。その娘に洗礼を受けさせ、「慈善」を意味する洗礼名をつけました。しかし、このとき娘はすでに五歳になっており、陸の孤島であり被差別共同体の出身であることは村の誰もが知る事実でした。自由の国アメリカで、すでに社会階層に対する意識が固定化しておりました。彼女が「山」の出身であることは、貧しいこの村においてさえ致命的な「恥」でした。村人たちは娘をチャリティ・ロイヤルと呼んでおりましたが、ロイヤル夫妻は彼女を養女にしておりませんでした。彼女の養育はあくまで慈善行為でした。

しかし、妻の死後、ロイヤルは彼女に愛情を抱くようになります。彼女が十七歳の秋、酒に酔ったロイヤルが深夜、彼女の部屋に侵入します。長い間「保護者」であった人間が自分を性的対象としてみているのを知ったチャリティは、「ここはもう貴方の妻の部屋じゃないのよ」と冷たく言い放ちます。村で「最も自尊心が強く」、かつ賢い女性であったチャリティは「妻」という立場が何を意味するか知っていました。

このときロイヤルはチャリティを一人の女性として、責任を伴った扱いをしなければならないことに気づきます。ノースドーマーの社会秩序の中に正式に組み込むためにもチャリティを妻として迎え入れる決意をします。因習的な差別意識を捨てきれない村の人々にとっては、村の有力者でもある彼の行為は常軌を逸していたと言えます。しかし、この事件から五日後、ロイヤルはチャリティに求婚します。彼女は自分の姿

ウォートンが作った施設でレース編みを習う女性たち

を鏡で見たことがあるのかと老醜を笑い、拒絶します。圧倒的な若さの勝利でした。

そんなチャリティが初めて心を奪われたのがハーニーでした。去年まで村を出たことがなかった彼女には、都会の青年というだけですでに憧れでした。チャリティが夜中にこっそりと窓越しに彼の姿に見とれている現場を村人たちが目撃しておりました。ウォートンの描く共同体の多くがそうであるように、この村も監視社会[2]でした。この事実はやがてロイヤルの耳に届きます。ロイヤルがその後の二人の奔放な恋愛に嫉妬したことは事実でしたが、むしろ、チャリティの社会からの転落を危ぶんでおります。

人里離れた廃屋で密会中の二人の前に、ある日突然ロイヤルが現れます。自由恋愛を主張するハーニーに対してロイヤルは、結婚という法的な形で二人の愛情を守る意志があるのかを尋ねます。ロイヤルはハーニーが上流階級に属しており、「山」出身のチャリティと身分違いの結婚などするはずがないと思っておりました。また、彼にはアナベル・バルチという婚約者がいることも立場上知り得ていました。どの男でも「きちんとした交際を求めれば、必ず結婚を口にするはずだ」とロイヤルは言います。ハーニーは言葉を濁したまま言い抜けます。

八月の終わりの「帰郷運動週間」の演説で、ロイヤルは聴衆と同時にチャリティに向かって、「人生は、必ずしも思ったようにいくとは限らない。(中略)心ならず故郷に戻らざるをえなかったとしても、自分と故郷のために最善を尽くすべきだ。そうすれば、いつか『ここにいて良かった』と言えるようになるだろう」と呼びかけます。

ここに至ってようやくチャリティは、彼の声に耳を傾けます。彼女は自分とロイヤ

2 **監視社会** ウォートンは『無垢の時代』で、離婚女性に突き刺さる社会の目を描いている。『イーサン・フロム』では、二人の主人公に対する厳しい村人の注視が、悲劇への道筋をつけることになる。

ルとが孤独という共通項で結ばれていたことに気づきます。

自然と生きる

女性読者を意識して書かれたと思われるこの物語にはセンチメンタル・ノヴェル[3]との類似点が多く見られます。しかし、この作品とセンチメンタル・ノヴェルとの絶対的な相違は、ヒロインの道徳的支柱がもはや福音主義キリスト教[4]ではないということです。チャリティが聖書を読むことも、神に祈ることもありません。また、不幸で無知な少女を導く精神的社会的指標はなにひとつありません。十九世紀半ば以降、創世記を否定するさまざまな科学理論が提唱され、宗教界は弱体化しておりました。

チャリティの孤独を慰め、幸せを共有してくれるのは牧師ではなく野の自然です。ハーニーと初めて会った日の午後、彼女は家の裏の丘に上ります。その野原に帽子も脱ぎ捨てて腹這いになり、恋の芽生えとも呼べる不可思議な感情を野生の草花に打ち明けます。

しかし、自然は性道徳を教えてはくれませんでした。やがてチャリティは自分の体に新しい生命が宿っていることを知ります。彼女は、リアリズム小説のヒロインにありがちな絶望感ではなく「もう一人ではない、孤独ではないのだ」という喜びに浸ります。そして、「アナベル・バルチがハーニーの妻の座を得ることなど少女のセンチメンタルな夢に過ぎない」と、今までの劣等意識を払拭します。ハーニーの子供を宿

3　**センチメンタル・ノヴェル**　本書第四章の注14を参照。

4　**福音主義キリスト教**　アメリカにおいては、十八世紀前半と十九世紀前半の二度に渡って起こった「大覚醒」の信仰復興運動を契機にして広がったプロテスタントの信仰。福音伝道、新生（ボーンアゲイン）の強調、聖書主義などを特徴とする。センチメンタル・ノヴェルは、こうしたキリスト教道徳に叶う忍耐と教養を身につけたヒロインの人生を理想として描いている。

十八世紀の「大覚醒」運動

した自分こそ妻の座を得る権利があると信じたからです。そんなとき、ハーニーからアナベルとの婚約を告白され、決断を迫られたチャリティは「答えを『山』に見出そう」とします。村の道徳を破った人間がどういう末路を辿るのかはすでに知っていました。大きくなるお腹を村人から隠すためにも、この村を離れる必要がありました。

死から生へ

「山」の人々の生活には、極寒に加えて赤貧と無知がはびこり、文明生活とはほど遠いものでした。救いを求めた母は、想像を絶する侘しい死を遂げたばかりでした。棺さえない埋葬の儀式は死を一層赤裸々にグロテスクに見せました。天涯孤独となりながら、母が自分にしたようなことはしまいと、彼女は深い母性愛に目覚めていきます。

ネトルトンで一人生きる決意をしたチャリティは「山」を下りますが、そこへ、まるで待っていたかのようにロイヤルが馬車で通りかかります。ロイヤルはチャリティに「ロイヤル夫人」となることを最終提案します。厳しい「山」の現実とこれからの生活の困難を思い知らされたチャリティには、ハーニーの存在さえ遠いものになっていました。結局、チャリティは無言のうちにこの結婚を承諾します。

マークル医師のところで妊娠を知った最初から、彼女は生命体を生み出すヒトとして生きていく決意はしていました。この結婚によってさらに家族を得、共同体の正式

5 **ホイットマンの詩** ウォートンの自伝『振り返りて』(*A Backward Glance*, 1934) には『草の葉』(*Leaves of Grass*) を愛読していたことが記述されている。また、一九〇八年には「ウォルト・ホイットマンについての素描」("Sketch of an Essay on Walt Whitman," 1908) を書き、『草の葉』(臨終版) から詩を引用し、分析を試みている。本書第四章の注17を参照。

6 **進化論** チャールズ・ダーウィン (Charles Darwin)

な一員として生きていくことを選択したのです。そのことはまさに、執筆中のウォートンを取り囲む世界がヒトの命を大量に消費していく世界であったことに対するアンチテーゼにもなっています。

ウォートンはホイットマンの詩[5]に影響を受けていましたし、十九世紀半ばから盛んになったダーウィンの進化論[6]やハックスリーの不可知論[7]を学んでおり、その知識はこの作品の底流をなしています。ノースドーマーと「山」の写実的な自然描写、チャリティの大胆なセクシュアリティの発露、妊婦の身体と母の死体といった生物学的な視点にはその影響が現れています。

ウォートンは法や慣習によって秩序の崩壊を防御している社会と、自由を求める個人との葛藤を描きました。男女のセクシュアリティを規制し、結婚という社会制度の中に取り入れることと、自然のヒトとしての生き方の間に生じる矛盾を描き続けた作家でもありました。

は一八五九年十一月『種の起源』(*On the Origin of Species*)を出版し、生物の種が時間とともに変化するものであり、現在見られる様々な生物は、その変化の中で生まれてきたものであるという学説を発表した。自然選択、生存競争、適者生存などの要因によって、常に環境に適応するように種が分岐し、多様な種が生じると説明した。宗教界から激しい反対を受けたが、時代の思潮に根本的な革命をもたらした。

7　**不可知論** agnosticism　神は存在するかもしれないが、たぶん知ることはできないという思想。この言葉は一八六九年トマス・ヘンリー・ハックスリー(Thomas Henry Huxley)によって初めて使われた。彼は「ダーウィンのブルドッグ」の異名で知られ、チャールズ・ダーウィンの進化論を弁護した。

発表 II

チャリティの名に隠されたもの

武田　貴子

よくあるひと夏の恋とその破局、しかし、この小説のチャリティのような結末を迎えるものは稀有でしょう。今回の発表では、この作品をチャリティという名に絡めて、階級とジェンダーの関係から考えてみました。

「チャリティ」(Charity) という名は、十九世紀ヴィクトリア時代[8]には「チャスティティ」(Chastity)、「フェイス」(Faith) と並んで、よく使われた古めかしい名ですが、十九世紀の残滓が色濃く残るノースドーマーでは、決して特別な名ではなかったでしょう。主人公チャリティの名は、法律家ロイヤルが、彼女を引き取ったその無私の行いをとどめておくために、また、彼女自身がいつも依存と感謝の念を持ち続けるように付けられた名前です。普通チャリティと名付けるときには、娘が主体として慈善を施すようにという願いを込めてつけられることでしょう。しかし、主人公チャリティは、慈善を受けた対象として名付けられるわけです。このように、チャリティという

8 **ヴィクトリア時代** イギリスのヴィクトリア女王治世(一八三七〜一九〇一)にちなんで名付けられた。この時代に女性は、真の女性性(cult of true womanhood)とされる、敬虔さ、性的純潔、男性への従順、家庭的という徳目が求められた。これがヴィクトリア的女性の理想像で、女性の名前にもその徳目が反映していた。

名は二重の意味を持って、物語の中でときには皮肉な意味を読者に感じさせます。

「チャリティガール」を生み出す社会状況

当時の社会状況をみてみると、男女を取り巻く風俗はヴィクトリア時代と大きく変化していました。十九世紀末の匿名性の高い大都会では、売春やダンスホールなどでの男女交際は中産階級の「良識ある」人々が眉をひそめる状況にありました。その中で、チャリティガール[9]と呼ばれる女の子たちが出現し、一つの社会現象となりました。主に労働者階級の女の子たちの中で豪華な食事やプレゼントと交換に体を提供する女の子たちがチャリティガールと呼ばれたのですが、今で言う援助交際と同じようなものです。労働者階級の女の子たちの賃金では生活するのが精一杯ですので、都会が刺激する消費欲望をみたすために体を提供するわけですが、そこには、従来の性と結婚が結びついていた性規範のゆるみがあります。チャリティガールとは、慈善を施すのではなくて、援助を受ける女性です。しかし、チャリティガールは相手を選べない売春婦とは違います。新しい商業主義の引き起こす欲望と性規範のゆるみによって、チャリティガールという一つの社会現象が起こった訳です。一九〇〇年に出版された『シスター・キャリー』[10]はまさしくチャリティガールの「成功」物語だといえるでしょう。

とすると、一九一六年に出版された『夏』の主人公チャリティの名が意味するもの

9　チャリティガール charity girls　キャシー・パイス（Kathy Peiss）によれば、縫製工場の労働者やウエイトレスなどの女性労働者の中には、大きなダンスホールなどで出会う男性との間で駆け引きする者があったという。女性が受け取るのは、楽しいときを過ごすための娯楽で、その見返りに必ずしも性的関係をもつとは限らず、売春婦と一線を画していた。そのまま、売春婦に身を落とすものと、結婚して全うな生活を送るものとに分かれた。

は何だったのでしょうか。既に述べたように、チャリティは二重の意味を持っています。そのうえに、この社会現象と重ね合わせると、この作品はどのように読めるのでしょうか。チャリティはチャリティガールだったのでしょうか。

チャリティの力関係——若い女と初老の男

チャリティの階級の定義は曖昧です。孤児の彼女は五歳から法律家ロイヤルに引き取られ、養女とならなくても、ノースドーマー一の家の娘として見なされてはいます。しかし、この名前には特別な意味が付与されています。彼女の出自を知る村人にとっては、チャリティという名は慈善を受けた彼女が「山」出身であることを示しています。たとえ彼女がチャリティ・ロイヤルと呼ばれても、決してロイヤルと同じ階級ではないことを知らせる名前、記号となっています。そして、チャリティ自身にも常に「山」出身であることを自覚させる記号となっています。この「山」とは四、五十年前鉄道工事に関わった人たち[11]が文明社会から隔絶したまま、無法状態で貧困に喘ぎつつ暮らす場所です。従って「山」出身とは、下層階級にも属さない底辺階級の出自であることを示します。チャリティは、いわば境界線上にあって、二つの対極にある階級を行き来するように見えます。ただし、どちらの階級にでも自由に越境できるように見えながらも、実際はそうではありません。

チャリティは、依存と感謝の気持ちを常に持つようにと名付けられたにもかかわら

10 『シスター・キャリー』*Sister Carrie*（1900）　自然主義リアリズムの作家セオドア・ドライサーの出世作。地方のスモールタウンからシカゴに出てきた十八歳の美貌の娘が、二人の男を踏み台にして、ついにはニューヨークの劇場でのスターになるという遍歴の物語。本章の注20、21を参照。

11 **鉄道工事に関わった人たち**　鉄道敷設には多くのアイルランド移民が中心になって関わったが、彼らは地元の村にとけ込むことができなかった。

ず、自立的で反抗的ですらあります。彼女自身はその反抗的な性質は「山」の人々の持つ性質と関係すると考えていて、自分のよりどころとなるのは「山」であると考えているようです。従って、彼女はへりくだるどころか、ロイヤル家で法律家ロイヤルを支配していると感じています。法律家ロイヤルはノースドーマーの名士ですから、彼女はあたかもノースドーマーを支配するかのように感じるのです。しかし、同時にそのノースドーマーで一番卑しい身分の出自だということを常に後見人の一人であるミス・ハチャードに想起させられるのです。ミス・ハチャードは世間、あるいは世間体を象徴するかのような人物です。

しかしながら、チャリティはロイヤルには圧倒的な優越感で接します。ロイヤルが最初に結婚を申し出たとき、チャリティは、「最後に鏡を見たのはいつ？」と鼻であしらいます。「横柄に自らの若さと強さを意識しながら」と描写されていますが、彼女の勝利は圧倒的な若さ故なのです。一方ロイヤルの年齢は不詳ですが、年老いた人物として、描かれています。ハーニーのところで夜を過ごしたと村人に噂を立てられたことをとがめるロイヤルは、「嵐の後に冬が丘をおおうように歳が彼の上におおいかぶさったように見えた」と描写されるのですが、ロイヤルが冬に喩えられるなら、チャリティは夏だと言えます。タイトルの「夏」は事件が起こった夏でもあり、チャリティそのものの若さの象徴でもあると言えます。若い女のセクシュアリティはジェンダーと階級の枠組を解体して、チャリティをロイヤルより優位におきます。

ヴィクトリア時代の結婚記念写真

都会の男と田舎の女——交差する階級意識

ロイヤルに対して、その若さ故に力を持つチャリティですが、同じように若いハーニーに対してはどうでしょうか。「若きハーニー」と呼ばれる彼は明らかにロイヤルの老人性に対照される人物です。チャリティはまず彼の容姿、話し方などに惹かれます。また彼がものをよく知っていそうなところに、彼の優勢を感じますが、それははじめて依存することの甘美さを感じさせたと描写されます。恋愛はある面で力関係の駆け引きでもありますが、チャリティは甘美な降伏者となります。降伏したものや依存したものが必ずしも卑屈になることもなく、負けたことや頼ることの甘さを感じることのできるものです。

また、ハーニーは都会男と書かれていて、彼の魅力はその都会性にもあります。チャリティは、店も劇場もないノースドーマーに飽き飽きして、「光り輝く」と描写されるネトルトンの町にあこがれますが、ハーニーはネトルトンより大きな町に住む人だと認識しています。しかし、チャリティは都会男との恋が危険な冒険に終わるのはよくあることで、どの村にも犠牲者がいるということも知っています。それでも彼女は村の男女の恋愛を見下しています。それは「彼女の出自から来るプライドのせいか、あるいはもっとすばらしい運命が待っていると考えているのか」と書かれているように、彼女の階級性の曖昧さ故に、村の男たちはつまらなく見えるのです。チャリティにとって「光り輝くネトルトン」も所詮刺草《イラクサ》（nettle）の町、花言葉は「悪意」という町にすぎないのです。それでもチャリティは、つまらない田舎から救い出してくれ

イラクサ

るような都会の男に惹かれるのです。

ハーニーに「山」の出身だと打ち明けると、「そのせいで君は人と違っている」と言われ、うれしく思うチャリティですが、ロイヤルが、チャリティは囚人と半分獣のような母から産まれたとハーニーに告げるのを盗み聞きして、ハーニーと自分の間には大きな溝があると感じます。ハーニーはチャリティと性的な関係を持っても、愛や結婚という言葉を口にしません。ロイヤルに責められて、はじめて結婚しようと口に出しますが、その言葉に真実味がないことをチャリティは見抜いているかのようです。チャリティの容貌については明確な言及はないのですが、チャリティがダンスパーティでもミス・バルチに勝ったと感じるほどなので、魅力的な女性ではあったと想像できますし、彼女自身もそれを自覚していますが、それでもハーニーが結婚のことを口に出さないことを、どこか当然のこととして受け入れているところがあります。チャリティが越えられない階級差を感じていたといえるでしょう。

一方、ハーニーはチャリティを同じ階級の女性のように扱いますが、結婚の約束なく性的関係に誘い込みながら、ひそかにミス・バルチと婚約します。ニューヨークやパリに行ったこともあるハーニーにとって、ネトルトンなど、退屈な田舎町にすぎないのです。都会男ハーニーは、田舎の因習を無視して、チャリティが子供ではないからと性的な関係を持つ責任から言い逃れすることもできるのです。が、実際にはロイヤルが認めるように、結婚を申し込まない理由はチャリティの出自が問題だったと言えるのです。ミス・バルチは明らかに階級が上だからです。ハーニーからすれば、やはりチャリティの階級故に、結婚や愛情という言葉を出さなくても性的関係を持てる手軽な女性にすぎない、いわば、ブルーのブローチひとつで手に入る程度のチャリティガールだったと言えるでしょう。

ハーニーの子供を身ごもったチャリティは最終的にロイヤルの結婚の申し出を受け入れます。彼女は身重の体で「山」に行き、疲労と飢えに力つきて、ロイヤルがさしのべる援助の手にすがるのです。ロイヤルとの関係はハーニーとの関係より複雑で、父と娘の疑似関係、徹底した母親不在など考えてみる必要があります。しかし、チャリティガールが得られる最高の援助が結婚だとすれば、チャリティはロイヤルに対してもチャリティガールだったと言えるではないでしょうか。

チャリティの揺れ

辻本（司会）　それでは活発なディスカッションをお願いします。

大森　武田さんがおっしゃった、チャリティはチャリティガールだったのかについて考えてみました。独立記念日にハーニーとチャリティがデートをしていて、酔っぱらったロイヤルと会う場面は作品の一つのクライマックスであり、ここからチャリティが気付いている以上に、深い絆がロイヤルとの間にあったということがわかると思います。また周りの人たちが、二人を親子ではなく、男女関係で見ていることも。その後、彼女は「山」へ行って母の死を目にし、自分の母親が自分を捨てたのではなく、

独立記念日の花火

こういうみじめな環境から娘を救いたかったのだと考えます。その時はじめて母親の母性を感じたと思うんですね。そして自分も同じように、お腹にいる子供を救いたいと思う。チャリティがロイヤルを受け入れたときには、愛はなくても、そういう守るべきものがあったと思います。チャリティガールは、自分の欲望のために売春を選択するんでしょうが、チャリティの選択は自分の欲望のためというよりは、あくまで自分の娘のため、つまり母性に従ったもので、その意味では彼女は単なるチャリティガールとは違うと思いました。

深谷　私はウォートンの書き方に迷いというか、揺れというか、定まらない感じをすごく受けました。今、大森さんが母性の話をされましたけれども、確かに母になることを受け入れるわけですけど、一方で子供のことを「重荷」、「負担」とかいっています。また結婚式へと向かうチャリティが「沈み込む」「流れ落ちる」という表現をポロッと使います。こういう表現を見ても、ウォートンが迷いながら結局チャリティを完全に自由な女性として描けずに終わってしまったのじゃないか、でもチャリティの中にはそういうわだかまりがまだ残っているという感じがして、何か消化不良の小説のように読みました。

進藤　チャリティの生き方が固定していない描き方だというご批判ですが、私にとってはそこがまたリアルな人間らしく思えます。今まで私が読んできた作品ではだいたい、一つの人格、一つの個性、例えば強い女性だとかが一貫性をもって描かれていました。しかしこの作品のチャリティは、いろんな現実の中で、こういう風に思ってみ

ウォートンのバークシャーの邸宅「マウント」

たり、ああいう風に思ってみたり、そのときの状況で心を揺れ動かします。胎児が重たいっていうのも、妊娠が分かってそれで十五マイルも先の「山」へいくわけですから、肉体的重荷を感じたとしてもそれを責めることはできないでしょう。またこれはたぶん年齢的なものもあるでしょうが、私にはロイヤルの気持ちがよく分かります。こんな生意気な娘にやられても、罵られても、爺さんって言われながらも我慢して、最後に「泣くんじゃないよ、チャリティ」と言う。なんか安物小説みたいだけど、ジワッときてしまってですね、いいじゃないかっていう感じでした。

本合　今、進藤さんがおっしゃったチャリティの生き方が揺れている、それがリアルな女性なんじゃないかとおっしゃった部分はなるほどと思いますが、発表の中で言われた、チャリティと自然との一体感あるいは親近感のようなものについては、ちょっと疑問があります。例えば二回目にハーニーに会ったときのチャリティは、まるで男がこういう感情をぶつけたらこういう反応をするだろうということを計算している女がよくやる手を使っているように思えます。それを考えますと、チャリティというキャラクターは本当に自然に近いキャラクターと言えるのか。またチャリティの感情が表れているところを描出話法的に作者が書いているところもあります。ここなどは語りが無条件に主人公チャリティの感情を正当化してるように僕には思えまして、最終的にこのキャラクターは何なんだろうという疑問を持ってしまうんです。

成功物語、それとも敗北物語

長畑　私にはロイヤルがどうしてこんなに肯定的に描かれているのか、全く理解できません。はじめからチャリティは、旧弊な、現代文化の全く入ってこない刺激のない村に、ものすごく強い閉塞感を抱きながら生活していましたが、ハーニーによって、うまく町から脱出できるかもしれないと思う。けれどどうにかことがうまくいきそうになると、必ずこのロイヤルという男が現れてですね、邪魔をする。ストーカーのような、疫病神のような形で。ロイヤルは、彼女をこのノースドーマーという町に縛り付けているもの全体の象徴のような存在に、私には思えました。それで最後にチャリティが妊娠してしまうと、またしてもロイヤルが現れ結婚ということになる。これはチャリティの完璧な敗北としか読めなかったんです。最後の頼みの綱として「山」に登っても、例えば「キリマンジャロの雪」[12]とか、『暗夜行路』[13]のように、視界が開けるわけでもない。ただただネガティブなところを進んでいるだけのような、全く救いにならない「山」登りであるわけです。暗い話だなぁという、ものすごく強い挫折感を感じさせる、そういう小説だと思いました。

辻本（司会）　長畑さんと違って、私は成功物語だと思いました。この作品には、ウォートン特有の婉曲語法を使った分かりにくい箇所が時々あるんですが、多くの場合、そこには人間の性的な欲望や官能性がからんでいると思います。ロイヤルは、わけの分からない若い女の子たちと遊び、養子でもないチャリティと一つ屋根の下で住むという、疑惑を招くような行動をします。また歳をとった彼が、生きるエネルギーみた

12　「キリマンジャロの雪」"The Snows of Kilimanjaro" (1936)　アーネスト・ヘミングウェイ（Ernest Hemingway）の短編小説。妻とアフリカへ狩猟旅行に来た小説家ハリーの回想と死を描く。脚の傷がもとで死を前にしたハリーは、物語の最後で、飛行機に乗せられてキリマンジャロの白く輝く山頂を越える夢を見る。

13　『暗夜行路』（一九一〇～一九三七）　志賀直哉の長編小説。出生の秘密と妻の過失に苦しむ主人公時任謙作がその苦悩を乗り越えるまでの内面的発展を描く。謙作は物語の終章で大山に登り、自然との融和を経験して心の平静を得る。「中国一の高山で、輪郭に張切った強い線を持つこの山の影を、そのまま、平地に眺められるのを稀有の事として、それから、謙作は或る感動を受けた」という一文が

いなものをチャリティから吸い取りたいという願望も持ちます。一方、チャリティも、絶対先のない恋だと分かっていても、肉体の押し流すような奔流を止めることができない。そういう男女の性的欲望の解放の結果、何が生じるかという、当時としてタブーのテーマが扱われていると思います。しかも最後に私は結婚してあげるのよという状況に持っていくチャリティは、例えば『アメリカの悲劇』[14]のような妊娠物語の大半が悲劇的な末路を辿るのに比べて、ある種の成功物語のヒロインだと思うのです。ただ私も深谷さんのおっしゃるこの作品のぶれを感じていて、それは「山」出身というヒロインの出自の扱いがあまりに表面的で、説得力のないことが、原因の一つだと考えています。

進藤　でもチャリティが出自をずっと気にして卑下していることは、前面に押し出されて描かれているのでは。私はこの作品の「夏」の部分が好きです。というのも、そこに彼女の性格的な本質があるからで、彼女にとって結婚というのは屈服でも何でもなく、ただ後ろで舌を出して結婚しただけであって、この自己流の生き方っていうのはやっぱり最初から最後まで、描かれていると思うんですね。ただ長畑さんへの反論ですが、ここの「山」というものは、自然じゃないですよ。一つのコミュニティー、非常に下のアンタッチャブルに近いコミュニティーだと捉えれば、これはもう「山」へ登っても、解放されるものは何もない、むしろ下降するように描かれていても不自然ではないと思います。

三杉　今、進藤さんが、「山」が一種のアンタッチャブルだといわれましたが、ノー

ある。

14　『アメリカの悲劇』*An American Tragedy*（1925）実際に起こった殺人事件に取材したドライサーの代表作。貧しい育ちの主人公クライドは、同僚の女工ロバータを妊娠させるが、資本家令嬢との縁談が持ち上がると、ロバータを殺害しようと湖に連れ出す。彼女ははずみで湖に落ちて死ぬが、クライドは殺人犯として死刑になる。ドライサーは、富を追う主人公をアメリカの標準的な若者として描き、欲望を喚起し続けるアメリカの物質文明を批判している。本章の注20を参照。

スドーマーの人たちは「山」の人たちをアンタッチャブルにすることによって、自分たちの階級を少しでも上げようとしてるんだと思います。つまり「山」の人たちの、卑しい存在がないと自分たちのアイデンティティが守れない、そういう存在としてあるんじゃないですか。

森岡　十九世紀の後半から「山」についての旅行記はいろいろ書かれるようになりました。だからウォートンが「山」といった場合、その当時の読者は大体のイメージは湧いたんじゃないかなと考えられます。それは自由、独立、貧しさ、子沢山といったようなイメージです。

武田　「ドーマー」は屋根の上のほうにある覗き窓のことです。だけどドーマーというのは、「眠っている」というラテン語から来てる言葉なので、眠っている町ということになります。またネトルトンというのは刺草《イラクサ》の町だから、どれもこれも苦い味わいの話であることは確かです。それは敗北物語だっていう読み方もできるし、成功物語だっていう読み方もできるけど、成功物語だとすれば、それは必ずかぎ括弧つきの成功物語です。苦いんですね、全編が。ノースドーマーだって、ネトルトンだって、ほめたところで、言外に一流ではないよという含みがある。だからそんなにストーリーどおりに読めない。いろんなところで、言葉が発酵しているっていうか、やはりウォートンの、構成とか言葉とかの選び方は上手だなと思います。

徳永　私は長畑さんが言われたみたいにチャリティの完全敗北の物語だと読みました。このチャリティは『歓楽の家』[15]のリリーに似ていて、ここで止まればいいのにとか、

ドーマー・ウィンドウ

15　『歓楽の家』 *The House of*

ここで曲がればいいのにと思うのに、そこで何もしないで結局自分で突破口を見つけられない。もう一つ、この人は言葉がないですよね。二回ハーニーに宛てて手紙を書くんですけど、これが大好きだった人に書く手紙かなっていう感じですよね。それはやっぱり自分の中にあるものを出せない、それが敗北につながっていくのかなと思いました。一方で、この物語は娘を妻にするという父親の隠された欲望の勝利の物語のように読めます。よそもののハーニーなんていうのは、結局道具に過ぎないでしょう。あれがもし村の若者だったとしたら、こんな結末にはできなかっただろうと思うので、そういう意味でもハーニーは都合よく処理できるように設定されていると思いました。

Mirth（1905）　上流社会での結婚を手にすることができなかった若い女性の悲劇の物語。主人公リリーはニューヨークの上流階級にとどまるために富豪との結婚をもくろむが、すべての機会を逸する。社交界から追放された後も、たまたま入手した手紙を悪用して社交界へ復帰することも可能であったが、それを燃やして、睡眠薬の服用過多で死亡する。

ひと夏の経験

亀井　この『夏』という小説は長いこと無視されていたけれど、一九九〇年前後、フェミニズム批評によって再評価されてきたんじゃないかしらん。僕は一九八一年ぐらいだったか、ブラウン大学[16]へ行った時、本屋に山積みしてあったテキストを買った思い出があります。その本の序はまさにフェミニズム批評そのものでね。一人の女性の性的目覚めに基づいたビルドゥングスロマン[17]だというのですが、僕はアンチビルドゥングスロマンじゃないかしらんと思った。本当の意味での精神的な成長という物語じゃないわけですよ。僕が面白かったのはむしろ、ノースドーマーの因襲に支配された町のコミュニティーが、見事に表現されているところです。小さな村で、向こうの方

16　**ブラウン大学**　アイヴィ・リーグといわれるアメリカ北東部の伝統的名門大学八校の一つで、ロードアイランド州プロヴィデンスに在る。一七六四年に創立された。

17　**ビルドゥングスロマン**　本書第四章の注7を参照。

には文明世界が広がっている。そういう村人の思いが、非常に的確に表現されておる。チャリティはとにかくここを脱出したいという最初からの願望を持っていて、ハーニーという人物が刺激となって、はじめは都会文明のほうへ、脱出していく。しかしそこには文明の掟がちゃんとありますから、それに拒絶されちゃう。そして今度は、逆の方に方向転換して「山」へ行く。ところがそこの文明の外の人たちの生活のすさまじさにまたたじろぐ。チャリティは方向が見つからなくて、とにかく右往左往するわけで、ほんのひと夏から秋までにそういう経験をするわけです。最終的には、チャリティの結婚を成功と見るか、失敗と見るか、これはどっちでもいいんですけど、ウォートンの非常に自然主義的な冷めた目というのは、えらいもんだなと思いました。

平野 最初チャリティが午後三時から五時までの図書館の仕事を自分で三十分ほど短く切り上げてしまって、その理由というのが、この村が嫌いだからっていう、非常に勝手に振舞っているところは大変魅力的な気がしたんですね。だけど、ネトルトンの町の花火を見てポカンとしてるときに、初めてキスをするみたいなところがあって、そこはリアルな気がしなかったです。また最後の結婚はまるでマンガだなと思いました。池田理代子[18]が七〇年代に数奇な出自とか運命に翻弄される孤児の少女を描いたいくつかのマンガがあるんですけど、その中に、えらい目にあった女の人が、保護されて、保護者は一見いやな人なんだけれども、だんだん彼女に恋愛感情を持つようになって、本当はいい人だと分かり結婚する、っていうストーリーがあります。そういう一種の型があるのかなと思いました。

18 **池田理代子** 『ベルサイユのばら』（一九七二）で知られる少女漫画家。『ふたりぽっち』『桜京』（一九七一）などで、孤児の少女を描き、特に『章子のエチュード』（一九七二）では、主人公が身を寄せる家の長男と、最後に幸せな結婚をする。真実を見抜く保護者が、錯誤に陥っている少女を叱責するところも『夏』と似ている。

19 **『緋文字』のヘスター** 本書第三章の注19を参照。

20 **ドライサー Theodore Dreiser**（1871-1945） アメリカの代表的な自然主義作家。インディアナ生まれ。貧しい境遇の中から新聞記者になるが、やがて『シスター・キャリー』、『ジェニー・ゲアハート』、『アメリカの悲劇』など貧しく運命に翻弄される人間の姿を描く小説を書く。共産主義に傾倒し、一九四五年に

三石　たしかに自転車でチリンと鳴らして恋人に合図をして通り過ぎていくところとか、可愛い愛の巣みたいなのを作るところとか、本当に少女マンガ風で、また女性の感性の機微といったものをうまくとらえているなと感心する所もありました。チャリティはさっき上手に語れないって言われましたけれども、自分の意思は、つまり根本的なことははっきり言っているし、自分の人生は後悔しない、これでいいんだみたいなことを、ちゃんと言ってるんですね。『緋文字』のヘスター[19]のように、倫理を打ち破って、しかも高貴な女性みたいに乗り越えていくわけではないけれど、ウォートンはチャリティに、悲劇の中で自己実現をする、社会の限られた選択の中で生きていく道を選ばせていると思います。それが評価できると思うんです。

渡辺　妊娠する女性の描き方っていうことでいえば、ドライサー[20]の小説の、『ジェニー・ゲアハート』[21]でも『アメリカの悲劇』でも、どうも女性が嫌いだったのかなと思うぐらい、お荷物っていうふうにしか書いてない感じがするんです。それと比較すると、ウォートンの描くチャリティは、非常に潔いと思います。産むっていうことを覚悟して、母親になることを決めてしまう。とりわけそれが一九一〇年代のことだからなおさら、私はすごいなと思いました。ただ婚外子ということが非常に公的権威を損なうことがあるという状況を、本当はどのぐらい考えに入れていたのか。勢いはいいんだけれど、その先が見えないのが、ちょっと気になった点です。

坂本　僕はこの話を、チャリティのひと夏のすばらしい恋の経験として読みました。なぜかっていうと、チャリティの視点から、周りの世界を描く描写は、とても主観的

は共産党に入党する。

21　『ジェニー・ゲアハート』*Jennie Gerhardt*（1911）ドライサーの第二作目の小説。貧しい移民の娘ジェニーは、経済的援助を得るため年配の上院議員と関係を持つが、議員は急死し、彼女は婚外子を出産する。やがて彼女は、富裕な資本家の息子に恋をし、同棲するが、相手に遺産相続の権利を維持させるため、別離を選ぶ。ジェニーは娘を疫病でなくし、男もまた彼女との別れを後悔しながら死ぬ。

22　「ニュー・ウーマン」　本書第十一章の注8を参照。

23　「ヤングアダルト」　十代後半から二十代初めのティーン・エイジャー向け小説は「YA（ヤングアダルト）」としてアメリカではよく読まれ発達してきたジャンルである。恋愛はもとより、薬物依存や

な意味づけがされるように描かれていますから。ところが美しい自然の描写っていうのは、語り手の視点からされているような気がします。進藤さんがおっしゃった、自然とチャリティの調和というよりも、語り手の視点からなされている美しい描写と、チャリティの視点から主観的に描かれる描写の間にギャップがあるように感じられました。だから構成がうまくできているかという点で、僕は多少疑問を感じます。

中垣　僕はどうしても文化史的に、「ニュー・ウーマン」[22]との関わりからつい読んでしまいたくなります。同時代の文化史的背景の中で女性がどのように翻弄されていったかが良く現れていると同時に、少年少女向けの「ヤングアダルト」[23]の定番ともいえる「ひと夏の体験」というジャンル[24]の系譜に位置づけられる物語としても『夏』を読むことができるのではないでしょうか。ドライサーやアンダーソン[25]の場合のように、時代の推移の中で揺れ動く女性の戸惑いを外側から図式的に描くのではなく、女性の戸惑いを作家がともに戸惑いながら描いているところが、この作品の時代を超えた魅力になっているように思います。

武田　たしかに文化史的にみるおもしろさはあって、当時、女性をどうやって男性の誘惑から守るかということは重要な問題でした。YWCAの創立も一つにはそのためだったと言われています。工場で働く労働者の娘たちへの誘惑を減らすために、YWCAで仕事を終えてからの自由時間を過ごすようにしたそうです。

辻本（司会）　もう少し議論を尽くしたい所ですが、時間が来ました。暑い夏の議論という体験をここで締めくくりたいと思います。ありがとうございました。

自殺、いじめなどの思春期特有の問題を扱うアメリカの「ヤングアダルト」ものは近年、日本でも翻訳紹介が多くなり、注目されている。

24　「ひと夏の体験」というジャンル　多くの物語や映画で、少年少女が日常から逸脱した「夏休み」の特別な体験を経て成長を遂げる。例えば、グレース・ジェルヴィン・キシンジャー（Grace Gelvin Kisinger）の『すばらしき夏』（*The Enchanted Summer*, 1956）では、デビーという高校二年生の少女が、ある夏にプロム（送別舞踏会）で親しくなった男の子との初恋を経験する。

25　アンダーソン　本書第十一章を参照。

10

エイブラハム・カハーン『デイヴィッド・レヴィンスキーの向上』

エイブラハム・カハーン（**Abraham Cahan, 1860–1951**）

ユダヤ系アメリカ文学のパイオニア的な作家。

現在のリトアニアに位置する帝政ロシアのユダヤ人居住区に生まれ、伝統的なユダヤ教の教育を受けた後、ロシア語を学び、ユダヤ人学校の教師となった。しかしやがてユダヤ教を捨て、社会主義者に転向し、革命研究家のグループに入る。テロリスト集団による皇帝アレクサンドル二世の暗殺後の一八八二年、弾圧を恐れてロシアから逃亡し、ユダヤ人移民集団に加わってアメリカに亡命した。ニューヨークのロウアー・イースト・サイドを拠点に、一八八〇年代から九〇年代にかけ、夜学で英語教師をしながら社会主義雑誌を編集し、衣料産業の労働組合を組織するなど、社会主義運動に関与した。

このようにカハーンは、ユダヤ移民の生活をアメリカ社会に紹介する仲介者であると同時に、増大しつつあったユダヤ系移民にアメリカ生活を理解させる教育者の役割を担うようになった。一八九七年にはイディッシュ語の新聞『ジューイッシュ・デイリー・フォワード』紙（*The Jewish Daily Forward*）の創刊者の一人となり、一九〇二年から五一年にかけて主任編集者として活躍した。カハーンの政治的立場もまた、初期の過激な無政府主義、マルクス主義者の立場から次第に社会民主主義、改革主義者としてのものに移行していった。一八九六年に出版した小説『イェクル――ニューヨークのゲットーの物語』（*Yekl: A Tale of the New York Ghetto*, 1896）は、ウィリアム・ディーン・ハウエルズ（William Dean Howells）からリアリズムの作品として好意的な評価を得た。『デイヴィッド・レヴィンスキーの向上』（*The Rise of David Levinsky*, 1917）は代表作。他に『ジューイッシュ・デイリー・フォワード』紙のコラム「ビンテル・ブリーフ」（"Bintel Brief"）や英語およびイディッシュ語による中・短編小説を執筆している。

あらすじ

この作品は、主人公のユダヤ系アメリカ人、デイヴィッド・レヴィンスキーが自身の半生を回想するという体裁を取っている。レヴィンスキーは、一八六五年、ロシアのアントミールで生まれる。幼いころ父親が死に、母親の手によって育てられる。ラビをめざしタルムードを学ぶが、非ユダヤ教徒により母を殺され、レヴィンスキーは孤児となる。アントミールの資産家の令嬢、マティルダの援助を受け、一八八五年、アメリカに移住する。

アメリカに渡ったレヴィンスキーは、ユダヤ系移民の若者の多くが手がける行商を始める。しかし、うまくいかず職を転々とし、借金を重ねる。そんな折、移民船で一緒だった縫製職人のギテルソンに再会し、縫製工場の仕事を紹介してもらい、職人として生計を立てていく。不注意から商品を汚してしまい、経営者に咎められ、それを機に同僚と共に独立を果す。

同時にレヴィンスキーは大学進学をこころざし、公立の夜間学校へ通う。熱心に英語を学び、アメリカへ同化しようと努力する。同じユダヤ系移民のマックスの妻ドーラもまたレヴィンスキー同様、向上心のある女性で、レヴィンスキーとドーラは互いに惹かれあう。しかし、ドーラは家庭を捨てることができず、二人は別れることになる。

ドーラと別れたあと、レヴィンスキーの事業は順調に拡大していくが、家庭がない彼の孤独は深まっていく。結婚への焦りから、一旦はユダヤ教徒の家庭の令嬢ファニーと婚約するが、偶然知り合った高名な詩人の娘アンナに惹かれ、婚約を破棄してしまう。社会主義思想に共感するアンナと、アメリカでも有数の衣料産業の経営者となっていたレヴィンスキーの恋愛がうまくいくわけはなく、彼の結婚への夢は潰えてしまう。レヴィンスキーは、貧しいタルムードの学生であったころを懐かしみながら、孤独のうちに回想を終える。

発表 I

ジュダイズムとアメリカニズム

高梨 良夫

この小説の題名『デイヴィッド・レヴィンスキーの向上』は、W・D・ハウエルズの『サイラス・ラッパムの向上』[1]にならったものです。ラッパムの場合には、「ライズ」の意味として、事業に成功した後、失敗することで道徳的には向上するという、社会的「成功」と道徳的「向上」という二重の意味を見出すことが可能です。しかし、レヴィンスキーの場合、物語の結末に至っても精神的な成長の跡が認められるとは言い難く、「成功」するという意味だけで、道徳的な「向上」という意味を見出すことはできないように思います。私には「ライズ」は、作者の信条からは外れてしまった生き方という意味にさえ思われました。すなわち金銭が介入することによって、ユダヤ人の共同体の親密な関係、人間的連帯の環の外に出て、「跳ね上がる」ことさえしてしまったということまでも暗示しているように思えるのです。

1 『サイラス・ラッパムの向上』*The Rise of Silas Lapham* (1885) 十九世紀リアリズム文学の代表的な作家の一人ウィリアム・ディーン・ハウエルズの代表作。ヴァーモントの農家出身の主人公は、塗料生産で大成功し、ボストンの上流階級の仲間入りを試みるが、酔っぱらって失敗する。また事業にも行き詰まり、買手をだまして、価値のない土地を売って破産を逃れる機会を得るが、良心に従い、それを拒絶。破産して郷里に戻る決心をする。

レヴィンスキーのユダヤ的価値観からの離脱

作者カハーンが、移民後のレヴィンスキー、さらに彼に代表される当時のアメリカで成功した多くのユダヤ系アメリカ人の生き方に対して、一方では同胞として暖かい愛情を注いで描きながらも、もう一方では批判的な目を向けていることは明らかです。

この小説を単純に二つに区分すると、レヴィンスキーのアメリカ移民前と移民後ということになります。そして移民前のレヴィンスキーと作者カハーンとの間にはそれ程の隔たりはないと思います。レヴィンスキーもカハーンもロシアの町の貧民地区で暮らし、タルムード[2]の勉学に熱心に励み、ユダヤ人の共同体、価値観の中で少年時代を過ごしました。一方ニューヨークへの移民後のレヴィンスキーは、ユダヤ人でありながらアメリカ人であろうとする二重性を生きなければならない状況のなかに置かれます。ここからはレヴィンスキーと作者とが大きく乖離してきます。

レヴィンスキーにはアントミールに住んでいるときから既に、ユダヤ教の神やタルムードの教義に疑念を抱き始めていた面もみられ、アメリカに渡って異教徒に「変貌」し、冒険的な人生を送りたいという欲求も芽生えていました。そして彼はアメリカでユダヤ教の神を捨て、無神論[3]や「適者生存」を説くスペンサーの社会進化論[4]に接近し、宗教的自由思想家となります。そして社会的成功を追求し、相互依存よりも競争と個人の自立とを標榜するアメリカ的な価値観を受け入れていきます。

ユダヤ的な価値観とアメリカ的な価値観との間で葛藤を経験したのは、作者カハーンの場合も同様であったと考えられますが、作者はジュダイズム、すなわちユダヤ的

2　**タルムード** Talmud　およそ紀元前二百年から紀元後五百年までの約七百年にわたるユダヤ人の律法学者のヘブライ語による口伝・解説を集めたもの。聖書と並ぶユダヤ教の聖典。本文のミシュナーと注解のゲマラから成る。

3　**無神論** atheism　神の存在を否定する哲学上ないし宗教上の立場。懐疑論、感覚論、実証主義、唯物論などの立場と結合して現れることが多い。

4　**社会進化論** theory of social evolution　イギリスの功利主義派の哲学者ハーバート・スペンサー（Herbert Spencer）が、ダーウィンの生物進化論を社会に適用し、社会進歩の理論として体系化した思想。個人主義、自由放任主義、生存競争、適者生存を説く。一八七〇年代以降のアメリカ社会に深い影響を及ぼし、とりわけ産業社会で他

な価値観から離れ、アメリカニズムに接近していくレヴィンスキーの生き方に対しては批判的な見方をしているように思います。作者は厳格な戒律に基づいた形式的なユダヤ教を「信仰」することまでは要求していないとしても、シナゴーグ[5]を中心とした共同体生活とユダヤの精神文化を保持することは重要視しているのではないかと思います。作者が小説中に何度もレヴィンスキー自身に語らせているのは、ユダヤ教の教義というよりも、共同体や家族のために自らを犠牲にして生きる「無私」(unselfishness)や「利他主義[6]」の生き方です。とくに大きな家族のように生活しているカプラン家は理想的なユダヤ的生き方を代表しているといえます。

　同じ人物が何度も登場してくるのがこの小説の特徴なのですが、彼らとレヴィンスキーとの「再会」が彼の変化を測る尺度になっています。成功によって得られた金銭が、以前は同じように貧しく、友情で結ばれていた人たちと彼との間に介在し、次第に互いに心が通じ合わなくなっていくのです。その例が婦人服の仕立屋ギテルソン、ダンス場を経営するマックス、彼の夫人ドーラ、公立学校の先生で後の仕事仲間ベンダー、アントミールでの初恋の相手で、社会主義運動家としてアメリカにやって来てレヴィンスキーとイディッシュ劇場[7]で再会するマティルダ、仕事上のライバルのロエブ、女工グッシーらです。彼らとの再会のたびに、「過去」と「現在」の自分がうまく調和せず、元来あったユダヤ性という「内的なアイデンティティ」が失われ、孤独地獄に陥っていくのを痛感する結果となります。タルムードには「孤立した人生は生きるに値しない」、「仲間から離れてはいけない」という教えがありますが、これはレ

人を犠牲にして勝ち抜いてゆく資本家階級から歓迎された。

5　**シナゴーグ** synagogue　ユダヤ教の公的な祈祷・礼拝の場所（会堂）。ユダヤ教会と俗称されることもあり、ユダヤ民族の精神的統合のシンボル。元来は聖書の朗読と解説を行う集会所で、しばしば学校と同一視された。

6　**利他主義** altruism　フランスの哲学者コントが使用し始めた倫理学上の語。「利己主義」の反意語で、「愛他主義」とも訳す。社会道徳の基礎を博愛におき、自己自身の利益と満足を考慮するのではなく、他人の利益、幸福、救済を意識的にはかろうとする傾向、行為をさす。

7　**イディッシュ劇場**　ユダヤ人民衆にとっての最大の娯楽はイディッシュ演劇であり、ロシアなどでのイディッシュ

ヴィンスキーがユダヤ的な生き方から離脱していることを示しています。
レヴィンスキーが愛する女性と結婚が出来ないことも、このユダヤ的価値観からすると、悲劇です。ユダヤ教では、神が人に課した最初の義務は、結婚[8]し家族を養うことであるとされているからです。成功者となっても、言いようのない孤独感に苦悶する後年の彼の姿は、自らの義務を放棄し、ユダヤ教の教えに背いた「罰」とさえ考えられます。彼が心の奥底で求めていたのは、心の拠り所となる「家庭」でした。それは故郷アントミールで母親が自らを犠牲にして彼に捧げてくれたものでした。友人のマックスの家に招かれると、彼は自分の家庭と呼べる場所ができたと喜びます。そのマックスの妻ドーラとの不倫の恋は、ドーラが現在の家庭を壊すのを恐れて実らなかったのですが、レヴィンスキーにとって家庭生活への夢は「宗教」となり、ますます結婚に対する願望が高まっていきます。だからこそ愛していなくても、彼に好意を寄せるカプラン氏の娘ファニーと婚約するのです。

もしファニーとの結婚というハッピーエンドになれば、成功者が良家の娘と結ばれたという平凡な結末になってしまい、ありきたりな小説になってしまったかもしれません。ただこの時点まで、レヴィンスキーにとって、結婚相手としてはファニー以外に選択肢がなかったのでしょう。ところが恋愛結婚に対する願望を捨て去ることができない彼は、結局ファニーとの婚約を一方的に解消し、キャッツキル山中のリゾートホテルに滞在中、強く心を動かされた女子学生アンナに近づこうとします。しかし社会主義思想を信条とする家庭に育ったアンナとは、年齢も家庭環境も著しく異なるた

劇の禁止に伴い、多くの劇作家や俳優がアメリカに渡り、ニューヨークがその中心となった。一九一八年にはニューヨーク市内に約二十のイディッシュ劇場があったといわれる。

イディッシュ劇場

8 **結婚** ユダヤ教では結婚は神の計画を成就するものであり、結婚制度は神聖なものとして重んじられている。結婚の意味は創世記に記されて

めに、結婚の申込みは当然のごとく拒絶されてしまいます。自らが置かれている現実の状況に対して盲目になってしまっている彼の姿は、惨めで滑稽にさえ映ります。

アメリカ的個人主義に対するカハーンの批判

ユダヤ教では社会性の伴わない愛は罪として否定的に考えられています。実は彼の恋愛結婚を至上のものとする願望も、そして彼が強くもっている社会的成功に対する願望も、ともに相互依存に基づく共同体主義よりも、個人の自立と自由競争とを優先するアメリカ的な価値観に由来しています。この二点でレヴィンスキーはアメリカ化されたのです。

さらにアメリカに渡ったレヴィンスキーの本来の目標は、ロシアを出発するときに恋人マティルダが言ったように、教養ある人間になることでした。彼が商売を始めた目的は、ニューヨークのシティ・カレッジ[9]に入学し、卒業後は知的な生活を送ることであり、彼にとっては大学こそユダヤ教会に代わるべきものでした。彼が読書の時間を大切にする、あまりにも知的志向の強い人間として描かれているために、ビジネスの世界で成功者になっていくのが不自然に思える程です。ユダヤ的知は道徳にも通じますが、その後のレヴィンスキーに人間的な成長は認められません。その原因は、彼のアメリカでの生活が、ユダヤ的知、徳との調和を次第に失い、誤った方向に行ってしまったことにあるのではないでしょうか。

いる。またタルムードには、「未婚の人間は喜びなしに、祝福なしに、善なしに生きているようなものだ」とあり、男女が一体となって初めて一人前とみなされる。

9 シティ・カレッジ The City College 一八四七年に創設され、一九二九年にはシティ・カレッジと呼ばれるようになった。現在ではニューヨーク市立大学（The City University of New York）の一部となっている。ユダヤ人は教育を重要視し、ユダヤ人学生の占める割合は圧倒的に高かった。

このように作者カハーンのレヴィンスキーの生き方に対する批判は、ユダヤ的な価値観とも密接に結びついた、共同体主義的な生活や、知的、道徳的な生活から離脱してしまったことに向けられています。そしてレヴィンスキーに代表される、社会的にも心理的にもアメリカ化を遂げた人間を批判的に描くことにより、カハーンがアメリカ流の個人主義の原理、さらにはアメリカニズムの本質それ自体に対してまでも、疑念の目を向けているのは明白でしょう。

発表 Ⅱ

二人のレヴィンスキーの物語

渡邊真由美

私もカハーンとレヴィンスキーの間に距離があると思います。ともに現在のリトアニアからの移住者でしたが、思想的に二人は対極にあります。カハーンは、アメリカに移住する以前から社会主義活動家として活躍していました。アメリカ移住の背景には、社会主義の活動が厳しく規制され、故国にいられなくなったことがあったといわれています。とすれば、カハーンは自らの人生をなぞって、アメリカで生きていくことのできる移民の心得を描いたのではなく、あえて自分とは思想的に遠い人物を創作したことになります。ここに作者の創作の意図があると思うのです。

アメリカ化——カハーン的セルフメイドマンの作り方

そこで私はこの作品を、社会主義の対極にあるアメリカ社会への批判として読みました。なぜなら、この作品では、二十世紀初頭のアメリカ社会でたいへん賞賛されていた人物像を体現するレヴィンスキーが最終的に不幸だと思う状態で終るからです。

アメリカでは広くセルフメイドマン[10]の伝統が息づき、自らの努力と機智によって成功していく人物が尊ばれてきました。そしてレヴィンスキーはそれを体現しているのです。ロシアでは、母親をキリスト教徒に殺され、彼はユダヤ系のコミュニティー内部の同情を集め、その相互扶助作用によって衣食の世話を受けて生活することができました。町の十名家の一つシフラ家の娘マティルダは、彼にアメリカまでの渡航費用をさえ工面してくれるのです。

しかし、救いを求めたニューヨークのシナゴーグで、レヴィンスキーは同じロシアからの移住者の男性に、ユダヤ教がここではたいして役にたたないことを告げられます。このようにロシアでのタルムード中心の考えからの転換を迫られるのです。

ただこのとき、レヴィンスキーは、シナゴーグで娘の夫の財によって不自由のない生活を送っているイーヴンという初老の男性と運良く知り合い、助けられます。イーヴンは、彼の母親が殺されたことを知っていて、同情し、レヴィンスキーの身なりを整え、少しのお金を渡すだけでなく、自分の足で立つことを勧め、アメリカで生き抜く秘訣を授けるのです。

その他にも、ベンジャミン・フランクリン[11]がひとかどの人物になるために実践したという十三の徳目[12]を思わせる記述があります。それは、公立の夜間学校の英語教師であったベンダーが、レヴィンスキーに贈った言葉、「この三つの言葉を胸に刻み込め、

10 **セルフメイドマン**　本書第二章の注18を参照。

11 **ベンジャミン・フランクリン**　本書第一章の注30を参照。

12 **十三の徳目**　本書第四章の注11を参照。

ニューヨークのシナゴーグ

レヴィンスキー。勤勉、忍耐、粘り強さだ」です。アメリカで生きていくための徳目です。レヴィンスキーはそれを実践するかのように、衣料産業[13]で頭角を現していきます。英語を覚え、アメリカ生まれの人々の身のこなしを真似し、同業者を出し抜いて契約を取り付け、やがては自らの会社を設立するまでになるのです。彼は、タルムードの勉強は捨て去ってしまい、ユダヤ性から離れましたが、典型的セルフメイドマンとしての地位を得ることができたのです。

レヴィンスキーの敗北の意味

そんなレヴィンスキーの資本家としての負の部分もカハーンは描いています。彼は衣料産業で成功するにしたがって、社会主義思想や組合活動を否定するようになっていくのです。ユダヤ系の社会主義者[14]——その多くは労働運動のリーダーでもあるのですが——彼らをレヴィンスキーは偽善者だと毛嫌いします。レヴィンスキーによれば、ジャングルと同じくらい容赦ない利己主義がまかり通っているような世の中で生き抜いていくために必要な思想は、社会主義ではなく、「生存競争と適者生存」の理論にほかなりません。そこで彼は労働争議の裏をかくようにして利益をあげていきます。ロックアウトをしたように見せかけ、その実、工場では生産を続けていたり、高い賃金を一旦は職人に払っておいて、翌週に回収したりしながら確実にレヴィンスキーのもとにお金が集まるようなシステムを考え出したのです。このような姿勢は、十九世

13　**衣料産業**　世紀転換期にアメリカに移民として渡ったユダヤ人の多くは熟練労働者であり、そのなかでも、仕立職人の割合が高かった。彼らの多くは移住後も祖国で得た技術を生かして仕立工として生活した。その結果、十九世紀末以降のアメリカの衣料産業は、ユダヤ人によってほぼ支配されるようになった。

14　**ユダヤ系の社会主義者**　ユダヤ系移民は二十世紀初頭のアメリカにおける社会主義運動において中心的な役割を果たした。当時衣料産業に従事する労働者の間に労働組合活動の盛り上がりがあったこと、新たに移住してきたユダヤ人の中に、ロシアの革命運動の影響を受けた、政治的に急進的な人々が多かったことが背景にある。

紀後半から二十世紀初頭の産業資本主義が発展したアメリカの資本家にはごくあたりまえのことであったと思います。

先ほど言及されました、レヴィンスキーとかつての幼なじみや同僚たちとの再会の多くは、実は資本家対労働者という立場でのものなのです。そのなかでとくに私が注目したのは、マティルダとの再会の場面です。革命の英雄であるマティルダ夫妻たちを称えようと開催された講演会に、彼は自らの成功をみせつけようと高価な毛皮のコートを着て出かけるのですが、そんな彼を多くの群集のなかでマティルダは金持ちだとなじります。アメリカでの成功を最も誉めてもらいたかったマティルダに冷たくあしらわれ、彼はひどく傷ついて、後にそのような誹《そし》りが社会主義者の偽善ぶりを表すものだと息巻きます。彼はまたキャッツキル山で知り合ったアンナにも同じ理由で拒絶されます。これも彼女の身近に社会主義思想があって感化されているからで、レヴィンスキーは彼女の父をとおして彼女に結婚を申し込みますが、「富は恥」という彼女の言葉で断わられます。

レヴィンスキーはまた、自分の工場に自分の出身地アントミールからの移住者を多く雇いますが、実はそれはアントミールに対する思慕ということ以上に経営上の目的がありました。彼は自社内部に「レヴィンスキー・アントミール慈善協会」を設立します。これは、一見するとアメリカでは機能していないシナゴーグを中心とした相互扶助機能を代行するかに思えますが、実はレヴィンスキーが、従業員に恩を売ることで組合運動をさせないようにするという思惑によって設立したものでした。しかしな

衣料産業労働者のデモ（一九一三）

がら、この協会への入会を拒んだブリットによって、レヴィンスキーの企業は労働運動活動家から攻撃を受けることになり、彼の目論みは見事にはずれるのです。

マティルダとブリットそしてアンナ、この三人の社会主義者によってレヴィンスキーは自分が築いてきたものを否定されます。マティルダとアンナによって自らの富を否定され、ブリットによって自分とアントミールとの精神的な関わりが否定されることになるのです。富への執着とアントミールとの精神的なつながりは、レヴィンスキーがアメリカに移住して以来、大事にしてきたものです。しかし、社会主義者にとって、レヴィンスキーが後生大事にしてきたものは何ほどの意味をも持たないものなのです。そのことによって、彼は深く孤独を感じるようになります。

彼女たちのレヴィンスキー拒否の行動は、レヴィンスキーが体現してきたセルフメイドマンという神話や社会進化論によって思想的に武装したアメリカの資本家たちを批判するものであることは間違いありません。それは、アメリカ社会全体に広まっているセルフメイドマンの神話を転覆することでもあり、本来ならば読む者にとって大きな衝撃をもって受け止められるはずのものです。

アメリカ批判の失敗

しかしながら、そのアメリカ批判がうまく機能していないように私には思えます。なぜなら、レヴィンスキーが考える不幸の実態がはっきりしないと考えられるからです。彼が言う不幸とは、結婚ができないことから生じる孤独のことです。確かにレヴィンスキーはアメリカでの年月を重ねるにつれ、孤独を深めていき、孤独を表す言葉が多々出てきます。さらに、小説の最後には自分を「環境の犠牲者[15]」だと言います。ここにきて、私は混乱を覚えてしまうのです。彼がアメリカに移住したばかりのときのことを思えば、彼が手にしているものはあまりにも大きいのですから。つまり、物質的栄華を手にしていながら嘆く孤独には悲劇性を感じないのです。

そもそも社会進化論の「適者生存」の理論によって構築される世界観は、ほんの一握りの成功者と大多数の貧しいものによって構成されるはずのものです。レヴィンスキーは自らの孤独を嘆きはするけれども、「生存競争と適者生存」の理論が持つ負の部分を見ようとはしないし、それを自身で引き受けようとはせず、ただ嘆くばかりです。他方、レヴィンスキーが結婚を望んだり、婚約したりする段になると、社会進化論はなりをひそめ、シナゴーグへと通うようになり、宗教を絶対必要なものとして考えるようになります。彼は信条の使い分けを行っているのです。つまり、ビジネスの面では社会進化論を、実生活ではユダヤ教的に、というふうに彼自身の信条が分裂しているのです。

奇しくも、小説の最後に到って、レヴィンスキー自身が「タルムードにあわせて体をゆする貧しい青年」と「高名な外套製造業者」と表現するように、自らのうちに二面性を見出しているのです。統合されない二つの自己が、縦軸と横軸と、それぞれの方向を向いていて、それぞれの幸福を求めている以上、両者を満足させるような幸福

15 **環境の犠牲者** 人間は遺伝・環境により運命を決定されるという決定論（determinism）の考えを反映する言葉。アメリカの資本家たちはこの考えを、環境に最も適した人間が勝者として残っていくことを意味すると解釈し、自らの正当性を主張した。経営者として勝者となったはずのレヴィンスキーが自らを「犠牲者」と評することには、社会進化論およびアメリカ社会そのものへの批判の意図が見て取れる。

を求めることは困難であろうと思います。レヴィンスキーの物語に悲劇性が感じられないのも、言い換えれば、レヴィンスキーが不幸になることによってアメリカ神話の転覆をはかろうとする意図が不完全なまま終ってしまうのも、この分裂によるものであると思います。

発表 Ⅲ

カハーンの描くレヴィンスキーの嘆き

中村 敬子

これまでのお二人のお話はアメリカ批判にあてられていたと思うのですが、私はレヴィンスキーの人物像についてお話ししたいと思います。彼の悲劇の一因は彼自身の性格にあると思うのです。その性格が最もよく映し出されているのが、最初と最後の彼の嘆きです。彼は自分の人生を振り返って、まず、現在の地位や権力、そしてあらゆる世俗的幸福が無意味だと思えるといって嘆いています。また、最終章でも、自分の過去と現在はうまく調和しておらず、シナゴーグでタルムードに向かっていた貧しい若者の方が、有名な実業家よりも自分の「内なるアイデンティティ」により良く合致すると書いています。

この嘆きの意味するところは、レヴィンスキーがアメリカで成功しても、まだユダヤの伝統的価値観を完全には失っていないということです。だから彼は自分の成功を無意味だと感じるわけです。しかし、その価値観がもはや自分の精神的基盤とはなりえないことも彼はよく承知しています。アメリカ社会で受け入れられるためには、そういう価値観は捨てていかざるをえなかったからです。

「グリーンホーン」としての嘆き

アメリカ到着直後から、レヴィンスキーはしばしば「グリーンホーン」(新参者)と呼ばれます。まだアメリカ人らしくなっていない移民に対する軽蔑的な言葉ですが、それを聞くたびに彼は激しい劣等感にさいなまれ、次第に、アメリカに生まれなかったことを「肉体的欠陥」のようにすら感じ始めます。だから、必死で英語を学び、アメリカ人らしい服装をし、タルムード的な身振り手振り[16]を見せないように注意を払います。さらに、ユダヤ教では大罪とされているのですが、鬢《びん》[17]を切ります。そのとき、鏡に映った自分の姿を見てもほとんど自分だとはわからず、「髪型やアメリカ的な服装が自分のアイデンティティを変えたかのようだった」と彼は書いています。

もちろん、そういう外面的変化は内面にも影響を及ぼし、結果としてレヴィンスキーの宗教的習慣に「致命的影響」を与えます。様々な新しい習慣になじむにつれ、彼には好ましくない傾向も生まれます。律法の束縛から解放されて、可能性が広がると同時に堕落もするのです。それを象徴するように、彼は二人の既婚女性を誘惑しようとし、売春宿通いも始めます。

ただし、レヴィンスキーが語るように、自らの人間性は矮小化していくのですが、

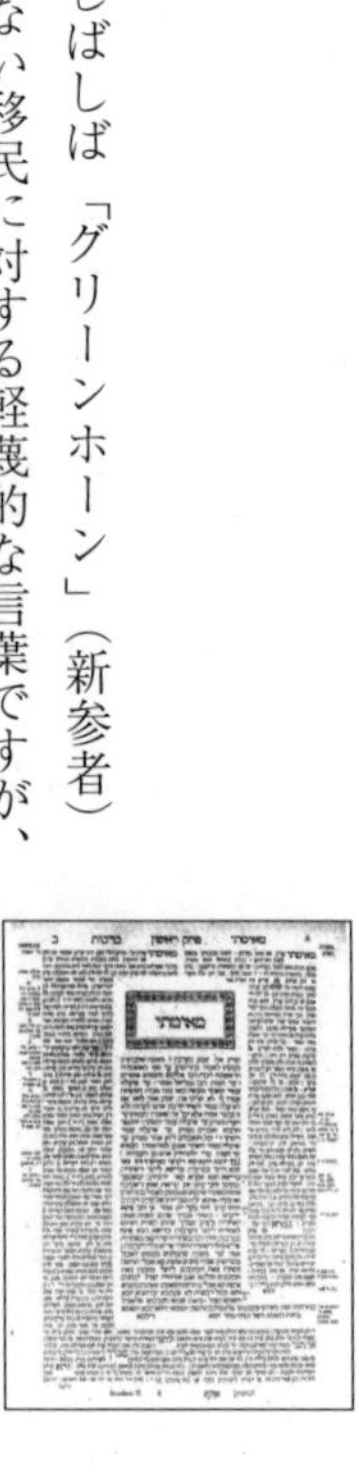
タルムード

16　**タルムード的な身振り**　ユダヤ教では祈りの言葉を唱える際、タルムードの指示に従って、前に進んだり後ろに戻ったり、両手で両目を覆ったりする。また、気持ちを祈りに集中させるため、しばしば体を縦や横に揺り動かす。

17　**鬢**《びん》　頭の左右側面の髪。『旧約聖書』の「レビ記」に「あなた方の鬢を切ってはならない。髪の両端を剃ってはならない」とあり、ユダヤ教では鬢を切ることが禁じられている。

他方、世界が拡大し、複雑かつ興味深いものとなっていきます。この世俗化は、程度の差こそあれ、多くのユダヤ系移民にとって避けられないものでした。だから、冒頭で述べた、精神的基盤を失ったレヴィンスキーの嘆きは、この点では、移民全体の嘆きを反映しているわけです。

ここで見落としてならないのは、レヴィンスキーの嘆きには、移民に共通しているとは到底いえないものも混じっていることです。例えば、最終章で、自分は知的生活を送るべくして生まれ育ったのだから、科学者か作家になっていた方がずっと幸福だっただろうが、「例の事件」のおかげで、自分の興味は事業へと向けられ、よって自分は「環境の犠牲者」なのだと語っています。これは大学入学を目指し、学費を稼ぐために縫製工場で働いていたとき、誤って製品に牛乳をこぼし、雇い主に罵られたことを指します。レヴィンスキーは怒りに駆られますが、ふとデザイナーに目がとまり、これほど優秀な男が低賃金で酷使されているのはおかしい、彼が独立すれば工場は致命的打撃をこうむるのにと考えます。そしてそのとき、自分が彼と組んで会社をおこせばいいと思いつき、それが、実業界に足を踏み入れるきっかけとなったのです。ユダヤ教では、知性を働かせることが美徳に結びつくので、レヴィンスキーは知的職業につくことにより「善き行い」に従事したいと願い、大学を「シナゴーグ」のように考えていました。だから後に成功のむなしさに気づいたとき、「例の事件」を人生でもっとも不運な日だと嘆くわけです。ですが、なるほどこの事件がきっかけとなったにせよ、決断を下したのは彼自身であり、「環境の犠牲者」になったなどというのは

正統派と思われるユダヤ教徒

責任転嫁に他なりません。さらにまた、事業拡大のために用いた数多くの卑劣な手段には一切触れず、自分のむなしさを嘆いてばかりいるのですから、彼はとても自己中心的で、自己憐憫にひたっているわけです。

このように、レヴィンスキーの嘆きは、到底全てを正当と認めるわけにはゆきません。だからといって、全く正当でないというわけでも決してなく、移民の喪失感を反映していることもまた事実です。しかし、作者カハーンは明らかに意識的に、レヴィンスキーを移民の代表としてだけではなく、貪欲に成功を追い求めるのが当然の、独自の性格を持った人物として描いているのです。

レヴィンスキーの人物造形

そういう人物像の造形は、少年時代の描写においてすでに始まっています。レヴィンスキーは非常に貧しい家に生まれ、幼くして父親を亡くし、そのせいでいじめられもしたので、しばしば周囲の人間をうらやみ、自己憐憫にひたるようになります。また、幼い頃から権力欲が強く、例えば、学校では普通、裕福な少年が「王」として君臨するのですが、彼は喧嘩に勝って「玉座の背後の権力者」となります。さらに、自尊心も強く、ある少年がタルムードを五百ページも暗記したと聞くと、嫉妬心や競争心からタルムードに向かうのは罪深いことだと知りつつ、必死で暗記して打ち負かそうとします。つまり、後の実業家レヴィンスキーに見られる特徴ある性格は、ほとんど全て、少年時代にすでに現れており、カハーンは決して、移住による世俗化を強調するために移住前の彼を理想化して描いたりはしていないのです。

　そしてまた、個人としてのレヴィンスキーの性格がとてもよく表れているのが、女性との関係です。彼は三人の女性に恋をし、いずれの場合も拒絶されて精神的打撃を受けます。不運な部分もありますが、彼が女性に対して非常に利己的だということも事実です。例えば、親友の妻ドーラに恋をしたとき、一度は受け入れられるものの、結局、娘のために自分を抑えて彼と別れると彼女は決意しますが、このときレヴィンスキーは自分の辛さ切なさばかりを嘆き、彼女の苦悩を全く思いやらず、時には冷静な計算に基づいて彼女の気持ちを動かそうとするのです。

　そういうエゴイズムは、女性だけでなく周囲のあらゆる人間に対して見られ、当然、レヴィンスキーは誰とも親しい交わりを結べず、孤独に苦しむことになります。実のところ、そのような孤独感もまた彼の虚無感の大きな要因であり、必ずしも利己的だから恋愛がうまくいかなかったとは言い切れませんが、いずれにせよ、彼が他者を愛し理解することのできない男だということは明らかです。

　このように、カハーンは、レヴィンスキーが虚無感にさいなまれることになる様々な性格上の要因を示しているわけです。そしてそれが彼のリアリズムといえるでしょう。この作品では好ましくない面をあまりにも徹底して描いているために、出版当初、この作品は反ユダヤ主義[18]をあおるとして大変な非難も浴びました。当時はユダヤ系移民の急激な増加[19]、とりわけ、移民の実業界での成功に対して極めて反感が強く、ユダ

18 **反ユダヤ主義**　古くからユダヤ人は、『ヴェニスの商人』の高利貸しシャイロックのような金の亡者で、選民意識を持つ、傲慢で好色な民族だとする偏見に晒されてきた。本小説出版後、レヴィンスキーの女性に対する不実や実業家としての悪辣ともいえる行動はまさにこの偏見を証明するようだという非難が『ネイション』誌（*Nation*）などに掲載された。第四章の注21も参照。

19 **ユダヤ系移民の急激な増加**　ロシアでポグロム（ユダヤ人大量虐殺）が始まった一八八一年から第一次大戦までの間に、約二百万人のユダヤ人が東欧からアメリカへ移住したといわれる。この大量移入が、彼らの存在感を大きくし、非ユダヤ系の移民との軋轢をうみ、とくにニューヨークではそれが顕著であった。またこれらのユダヤ系移民の

ヤ人と言えば貪欲、傲慢、卑劣、好色だなどという偏見が広まっていました。カハーンの描く移民像はそういう偏見を強めるばかりであり、もしもこの作品が匿名で出版されていたら、反ユダヤ主義者の書いたものとしか思えなかっただろうとも言われました。

しかし、もちろん、長年ユダヤ系の新聞[20]の編集主任を務め、英語の新聞雑誌にもしばしば寄稿して、移民とアメリカ人の仲介者となろうと努力してきたカハーンが、ことさらユダヤ人の欠点を強調して描こうとしたはずがありません。カハーンは常々、ロシアの大作家の中でも特にトルストイ[21]とチェーホフ[22]を愛読し、また、アメリカのリアリズムにも多大な影響を受けていたのですが、自分もそういう伝統にのっとって、内奥の矛盾する感情やエゴイズム、さらには性的欲求なども赤裸々に描きながら、生きた人物像を創り出そうと試みたのです。

このように、この作品は、移民の精神的基盤喪失や、アメリカの物質主義といった、社会の問題を描き出すと同時に、生きた個人の物語となっていることも確かなのです。

恋愛の失敗の意味

三杉（司会）　発表者の皆さん、どうもありがとうございました。それでは続いてディスカッションを始めたいと思います。どなたかいかがですか。

辻本　この作品は、経済的成功の物語を縦軸、恋愛の物語を横軸とすると、「ライ

不衛生な状態や風俗、宗教上のならわし、また同化しようとしない姿勢などは、多くのアメリカ人を驚かせ、先に移住していたドイツ系ユダヤ移民たちの非難をも買った。

20　**ユダヤ系の新聞**　『ジューイッシュ・デイリー・フォワード』紙は一八九七年創刊。カハーンが四十八年にわたって編集主任を務めた間に世界最大のユダヤ系日刊新聞となり、最盛期の販売部数は約二十万に達した。政治や教育についての記事を掲載すると同時に、英語指導や投稿者への助言も行った。

21　**トルストイ**（1828-1910）レオ・トルストイはロシアの小説家。代表作『戦争と平和』（1865-69）と『アンナ・カレーニナ』（1875-77）は、世界のリアリズム文学の最高峰と評される。カハーンが最も影響を受けた作家。

ズ・オヴ」と言いますから、本来は縦軸の経済的成功の方を語るのが本当だと思います。しかし読んでいると私は横軸の方、つまり恋愛の方に強さがあると思ったんですね。そしてその恋愛というのが、何度やってもうまくいかない、よって彼が念願だった「ホーム」というものをどうしても築けないという話になっているのではないかと。それで皆さんのご発表では、レヴィンスキーがアメリカに来てユダヤ的価値観を失ったというご意見でしたが、むしろこれがユダヤ性そのものじゃないか、つまり、何をしても何処へ行っても結局「孤児」であって「ホーム」が手に入らないということ、それがある意味で民族的な意識として現れているんじゃないかと思いました。

渡邊　確かに辻本さんのご指摘のとおり、恋愛は注目されるところだと思います。とくに私はレヴィンスキーの恋愛の中でマティルダとの恋愛が一番面白いと思いました。マティルダはレヴィンスキーが非常に苦しいときに現れる女性ですよね。貧しくて大変なときに彼女が救いの手をさしのべる。けれども彼が経営者として成功して、先ほど話しましたように毛皮のコートなんか着て会いに行くと冷たくされたりする。逆に今度は恋愛がうまくいかなくなったりとか、あるいは自分の寂しさを感じるようなときに、またマティルダが現れてきて、劇場で会って食事をしたりするようなところまでいく。レヴィンスキーの心理的な、経済的なアップダウンに非常に符合するようにして現れるのがこのマティルダという女性なんじゃないでしょうか。

中村　レヴィンスキーが「ホーム」がないと嘆くときは、必ずと言っていいほど、母親を亡くしてしまった悲しみとか、母親の命日であったりとかするわけで、私はレヴ

22　**チェーホフ**（1860–1904）アントン・チェーホフはロシアの小説家・劇作家。特に目立った事件の起こらない日常生活を描きながら、登場人物の微妙な心理を巧みに描出した。代表作は『ワーニャ伯父さん』（1897）、『桜の園』（1904）など。

ィンスキーの語りの中では、むしろ民族的なものはそんなに大きなものではないと思っていました。マティルダとの恋愛もそうなんですけれど、女性関係に関して、レヴィンスキーにはロシアにいるときから既にエゴイスティックでセンシュアルな面が見られると思うんですね。アメリカに行ってしまったから何かが変わって、女性関係に対する態度も変わったという見方では割り切れないものがあると思います。ユダヤ系であるという問題だけではなく、レヴィンスキー自身のエゴイスティックでセンシュアルな性格という問題が一本筋としてあるのではないでしょうか。

本合　エゴイスティックな語りという点についてですが、社会主義者のカハーンの視点からすれば、レヴィンスキーのような奴が成功して幸せになったらおかしいわけで、彼が不幸せになるのが当たり前なわけです。そういう意味ではレヴィンスキーがエゴイスティックであればあるほどいいはずなんですが、どうもそこがすっきりいかない。カハーンとレヴィンスキーがどこまで重なっているのかということなんですが、どこまで作者が入りこんでいて、どこからがキャラクターなのかというところをもう一度問題にしてみると、今の恋愛の問題にも結びついてくるんじゃないでしょうか。

長畑　私もこの本は「レヴィンスキーは最終的に成功したけれども、モラル的に非常に疑わしい男だ」とか、社会主義の観点から見て「彼はこんなに悪い資本家なのだ」というような形ですっきり書かれてはいない、つまり、この小説は風刺として徹底していないんじゃないかと感じました。それから、ユダヤ的伝統に生きる者は、ピューリタンと比べるとやっぱり性に対する抑圧が弱いのかなという印象も受けました。恋愛において、主人公には自由主義といいましょうか、多少嘘をついてもいいんだというような面があると思うんですけれど、彼は商売をする際にも、能力のある者が最終的に勝ち残り、成功するのだというスペンサー的な考えを言うわけですよね。風刺が不徹底であるということが、こうしたこととどこかで結びついているような気がするのですが。しかもこの小説の中でカハーンはそれをアメリカ的なものとして描いているんじゃないかと。

進藤　私は読んでいてシンクレアの『ジャングル』[23]を思い出しました。レヴィンスキーはある意味でやはり「環境の犠牲者」だと思います。彼はアメリカで「ライズ」する代わりに、その伝統を捨てていくわけですよね。例えば彼はイディッシュ語[24]をやめて一生懸命英語を勉強します。ですからこの話はアメリカに移民してきたユダヤ人の寓話ではないでしょうか。アメリカに来て、経済的にはよくなったかもしれないんですけど、大事なものをなくさないと生きていけなかったという。

武田　アメリカの社会批判はもちろんあると思います。でもユダヤの人のタルムードを読んでみると、信仰することと知的なことと生活すること、それが三位一体なんですよ。生活することって物質的なことじゃないですか。タルムードにも自己中心的なところがあるし、商人の智慧というものもあると思うんですよね。レヴィンスキーは結構喜んでアメリカナイズされているところもあるし、アメリカで物質的繁栄を得ることだって、ユダヤ性を捨てたとは言えないんじゃないかという気がするんですよね。

坂本　私はやっぱりカハーンは文化の面においてはアメリカを批判していると思いま

23　『ジャングル』 *The Jungle* (1906)　アプトン・シンクレア（Upton Sinclair）作の小説。『亀井俊介と読む古典アメリカ小説12』第十一章参照。

24　**イディッシュ語 Yiddish**　主に東欧系のユダヤ人が使用する言語。音声的にはドイツ語の変形の一つで、ヘブライ文字で書く。

す。ユダヤ教徒は民族的伝統を長らく維持してきたことで有名です。しかし、アメリカに移住したユダヤ教徒のテフキンは過越しの日[25]の食事会の際、ユダヤ教の儀式を披露しても、もはや伝統を表面的になぞっているだけだと自覚しています。そしてアメリカ育ちの二世はこの儀式をジョークのように受け取ります。実はレヴィンスキーのテフキン一族へのあこがれは、彼らの世俗的な豊かさに向けられているのです。この民族的伝統を捨て内面的豊かさも失いつつあるアメリカのユダヤ教徒の描き方に、カハーンのアメリカ文化への批判的視点が見られると思うのです。

鈴木　私は、このレヴィンスキーという人物はやはり最後までユダヤ人であり続けて、ユダヤ人としてアメリカ社会に入って、なおかつさまよっている自分自身を見出す、ということになっていると思うんですね。どっちつかずのままさまよっているレヴィンスキーを描いたというところにこの小説のおもしろさを感じました。

中途半端というテーマ

中川　確かにレヴィンスキーは、ビジネス以外は何をやっても中途半端になってしまいますよね。それはユダヤ社会から抜けきれなかったということで、そういう意味では『サイラス・ラッパムの向上』も似たようなところがあります。ケイト・ショパンの『目覚め[26]』でもそうなんですけれど、もう一歩踏み出せば報われるのに、どうしてそこでやめるのかと思ってしまいます。イーディス・ウォートンの『歓楽の家[27]』もそ

25　**過越しの日** Passover　ユダヤ暦のニサン（Nisan 現在の太陽暦で三～四月）の十四日の夜に始まるユダヤの祝祭。イスラエルの民の古代エジプトからの出国と自由を祝う。晩餐でエジプト脱出の物語を朗読し、マツォー（パン種を入れないで焼いたクラッカー）を食した。大昔には十四日の夜に子羊を供えて、それを食べたという。

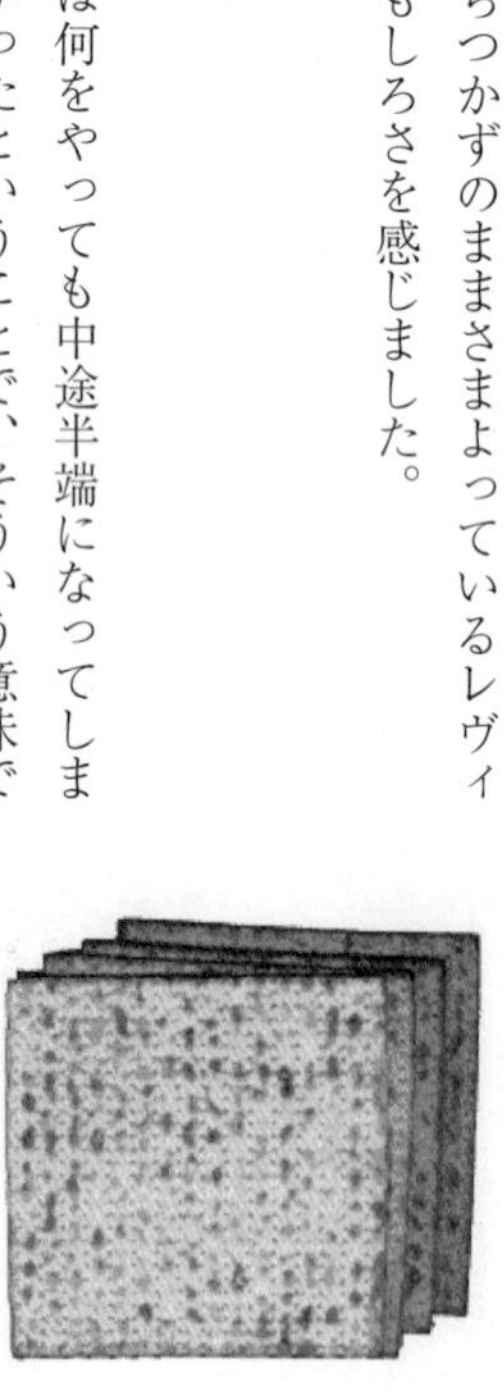

マツォー

26　**『目覚め』** *The Awakening* (1899)　ケイト・ショパン (Kate Chopin) 作の小説。主

うで、リリーがもう一歩踏み出せば金持ちと幸せな結婚ができるのに、あとちょっとのところで「精神の共和国」の方へ傾いてしまって悲惨な最後を遂げますよね。何かそれと似たところがあるんじゃないでしょうか。

徳永 中途半端ということに関してですが、この小説には、外から見ていようか、あるいは中にはいってしまおうかという迷いがいろんな面で出ているように思います。このことが、アメリカ社会とユダヤ社会の関係に関してもいえるんじゃないでしょうか。キャッツキルの場面で、ダンスをしている会場があって、レヴィンスキーは、はじめは外側から見ているんだけれども、思わず中に入ってしまうんですよね。このへんからこの小説は面白くなったと思うんですけれども、完全には中に入り込めないんですよね。

平野 前に『不毛の大地』[28]を読んだときに、人はすべては望めないというのが結論だという話があったんですけれども、このレヴィンスキーは、二つの相反するものがあったときに、いつも両方を欲しがって、態度を決められないでいる。この人の人生が一貫していない原因はそこにあるんじゃないかという気がしました。

森 レヴィンスキーは結局、母親がすべてであった世界から抜け切れなかったんじゃないでしょうか。つまり、彼は今風の言い方をすればマザコンで、それを引きずって生きていた。母親の像を結婚相手に望んでは失敗するわけです。で、その話は、移民としてアメリカにやってきたユダヤ人が、どうしてもこれ以上の限界は超えられない、これ以上のことは望んでも叶わないという状況と重ねられているのではないでしょう

人公エドナが、妻、母でなく、女性として、人間としての自己に目覚める物語。夫と別居し自立の道を模索するがかなわず、最後は裸で海に泳ぎ出る。発表当時、不潔な作品だと酷評され、ショパンは筆を折ることになった。しかしフェミニズム運動の流れの中で、一九六〇年代に再評価された。

27 『歓楽の家』 本書第九章の注15を参照。

28 『不毛の大地』*Barren Ground*(1925) エレン・グラスゴー(Ellen Glasgow)作の小説。『亀井俊介と読む古典アメリカ小説12』第十二章参照。

か。

小池　私もこの物語は結局母を失ってアメリカを発見した話だと思いました。もしかするとレヴィンスキーは、アメリカを手に入れた代わりに結婚の機会を逸したということになるのでしょうか。

堀田　私は逆に、この物語の最初のところで父親の印象を語っている場面が非常に新鮮でした。お父さんが欠落しているという寂しさと、成功してもまだ内部に孤独感を持っているというのは、結局、こういうユダヤ人の宿命に対する愛情あふれるオマージュなのではないでしょうか。

一人の人間として

金澤　最初に本を開いたときに、この本は失敗をした人が書いたのかなんて思い込んでしまって、私は失敗探しをするような読み方でこの本を読んでしまいました。

三石　失敗物語ということですけれど、この人は善人でもないし、完璧な人でもないですよね。つまりこの本は、アメリカ人がユダヤ人に対して親近感を持てるような書き方で書かれているんじゃないかと思うのですが。

深谷　私は本当に素直に成功物語として読んだので、出世していくレヴィンスキーの姿にエネルギッシュなものを感じました。本人は自分は幸せではないと言っているけれども、彼は出世して結構幸せになったのではないか、獲得するものは多かったので

一八八三年、二十三歳のカハーン

はないかと思います。

犬飼　レヴィンスキーの生き方は当然完璧ではありませんが、アメリカの縫製産業の一翼をになったと描かれていて、そういう形では成功しています。しかしごくごく普通のことかもしれませんけれども、それだけでは満たされないところに人間の真実があるわけですね。その両義性をこの作品は描いているんじゃないでしょうか。

徳永　今の縫製の話ですが、この作品には社会史としてのおもしろさもあるのではないでしょうか。ユダヤ系移民の衣料産業地区[29]というものがどんなものか、ニューヨークの状況を大変生き生きと具体的に表現していますよね。今は変わってしまいましたけど。

亀井　この作品の出版は一九一七年でしたか。その頃出たにしては、この作品は非常に素朴ですね。文章も素朴だし、中身もまあくねくねした展開で、芸術的にきっちりとまとまっている小説ではないわけで、文章上の工夫とかなんかというのもない。内的に弱い。文学的評価ということになると、やっぱり埋もれる必然性というのがあったんじゃないかしらと思う。

そして一番の問題点は、どなたかがおっしゃっておったように、作者とそれからこの小説の主人公というか語り手との距離感、関係が非常に曖昧ですね。作者自身が自分の生き方が違う人物を主人公として、ビジネスマンとして成功してゆく人物を表現した。じゃあ、その人物について作者がこれを風刺的に表現しようとしているのかどうか。途中でだんだん脱線しちゃって、そして最後に取ってつけたように、自分は不

29　**ユダヤ系移民の衣料産業地区**　当時はユダヤ系移民がひしめいていたロウアー・イーストサイドに衣料産業が栄えていた。今この地域では数多くの中国系やヒスパニック系の人たちが生活をしている。

幸せではないかとかなんとか、そこらの中途半端さというものが、やっぱり読者にも感じられるんじゃないかしらと。

移民小説[30]というジャンルが存在すると思うんですけれども、大昔、留学中に必読書で読まされましたレイルバーグの『ジャイアンツ・イン・ジ・アース[31]』ですかね、ノルウェイの移民たちの開拓の苦労の話ですけれど、これをみると、もう主人公たちが悪戦苦闘して闘う物語で、読者はその主人公たちに共鳴しちゃうんですよね。しかしこちらのカハーンの小説には、何が何でも読者を引っ張り込む精神的な力、あるいは肉体的な力というのがないんですよね。同じ移民小説でも読者を引っ張る、巻き込む迫力がない。この小説が埋もれちゃったのにはそういう理由が十分あったのじゃないかしら。

しかし現在これを読んでみて、マイノリティ文学、ユダヤ系文学というふうに構えるんじゃなしに、たんに一個の文学作品として読んでみたら、僕自身はね、結構面白かった。その面白さは一体何だろうかと思うんですけれどもね。皆さんのお話を聞いていながら、最終的にうまく短い言葉では表現しにくいんですけれど、作者の姿勢なんかを考えてみると、結局ユダヤ人だって人間だぞというような感じ。人間なんだぞというのには、欠点とかなんかもいろいろあって、嘘ついてごまかしていろいろやって、どこかではセンチメンタルになってとか、いろいろしていく生の姿のあけすけな展開があるわけです。やっぱり一個の人間というものが、ここに荒削りだけれども表現されておるというのが、挙げるとすれば魅力かなと。

30 **移民小説** アメリカの歴史学者ジョン・ハイアムは、アメリカに帰化した移民がアメリカ人読者に向けて、英語で、移民の視点から、そのアメリカ体験を書いたものを本格的な移民小説とみなし、カハーンの『イェクル』（一八九六年）をその最初の例としている。

31 『ジャイアンツ・イン・ジ・アース』 *Giants in the Earth*（1927） レイルバーグ（Ole E. Rölvaag）作の小説。ノルウェイ系の農民四家族がダコタの未開の地を開拓する姿を描く。厳しい冬やイナゴの大量発生という自然の猛威などに苦しみながらも、農民たちはあきらめることなく農地を耕し続け、教会や学校を建てようとする。

三杉（司会）　お話はまだつきないことと思いますが、今日のところはこれまでということで。皆様お疲れ様でした。

11 シャーウッド・アンダーソン『貧乏白人』

シャーウッド・アンダーソン (**Sherwood Anderson, 1876–1941**)

二十世紀初頭、人間存在の持つ不安を独自のリアリズムで表現した作家。産業化の波に翻弄される、中西部の小さな町を舞台にした作品を多く描いた。人間の内面性に光を当てただけでなく、素朴で叙情豊かな口語体の文体を生み出し、後のヘミングウェイやフォークナーに大きな影響を与えたといわれる。

彼はオハイオ州キャムデンという田舎町に生まれた。馬具商やペンキ職を営む父は、芸術家肌であったが生活力はなく、寡黙で忍耐強い母が家庭を支えた。しかし十八歳の時、一家の柱であった母が他界し、家庭は崩壊。厳しい現実に直面して様々な仕事に就いた後、ペンキ工場の経営者として成功し、円満な家庭を築く。しかし、実業家として利益だけを追求する生活に満足できず、夜は創作に打ち込む。三十六歳の時、築いた地位や家庭を捨てて作家になることを決断し、シカゴへ出て修行をはじめる。

アンダーソンの作品には自伝的要素が多く取り込まれている。青年時代の経験が、最初の長編『ウィンディ・マクファーソンの息子』(*Windy McPherson's Son*, 1916) の土台になっている。代表作『ワインズバーグ・オハイオ』(*Winesburg, Ohio*, 1919) では、中西部の田舎町に生きる人々のグロテスクな内面生活を味わい深く描いている。『貧乏白人』(*Poor White*, 1920) の次に書かれた『物語作者の物語』(*A Story Teller's Story*, 1924) は、虚実が入り交じった自伝的作品である。ベストセラーとなった『暗い笑い』(*Dark Laughter*, 1925) では、功利を追求する社会で無気力になる白人の生活と、社会の範疇外で生きる黒人の自由な生活を対比させている。

あらすじ

ミズーリ州ミシシッピ川流域の小さな町に「プア・ホワイト」の子として生まれたヒュー・マクヴェイは、セアラ・シェパードというニューイングランド出身の女性から教育を受けることで立身出世への志を育んでいく。セアラは母親のいないヒューに深い母性愛を注ぎ、熱心に教育を施した。それはヒューの人格形成に色濃く影響を与えたが、セアラはまもなく転居してしまう。

ヒューは孤独を感じつつ、一八八六年に生まれ故郷の町を去り、二十三歳のときにオハイオ州ビドウェルの町に移り住む。そこで苗を植える機械の製造会社を設立し、町の改革にも乗り出す。時代の波はこの田舎町をも覆い、ヒューの発明した機械は、アメリカ中西部の農場で広く普及していく。貧乏白人からはい上がり、立身出世をした人物としてヒューは一躍脚光を浴び、新しい時代を体現する存在になる。しかしその一方で、ヒューは女性に対して打ち解けることができない。ビドウェルの名士の娘クララと結婚した後も、家庭生活では満たされないままであった。

ある日、商売がふるわなくなった馬具製造屋のジョーが、ヒューを襲う事件が起こる。以後、ヒューは発明に捧げていたそれまでの人生を一変させ、思索にふけり、「発明家から詩人」になるという自覚を持つようになる。また事件以来、クララは母のようにヒューのことを受け入れ、愛するようになり、ヒューもまた、妻との心の距離を縮めていく。二人の間には女児が産まれ、さらに、次に産まれる男児に期待を寄せるところで物語は幕を閉じる。

発表 I

アンダーソンのリアリズム

林　康次

私はアメリカには二つの歴史があると考えます。表層の歴史、それは進歩を是とする立場です。これに対し、深層の歴史は、進歩を非とする立場を取ります。アンダーソンはこのような二重の歴史に大変意識的な作家でした。というのも二十世紀初頭のアメリカで、彼の存在の核である中西部が、北部の支配する権力によって服従をしいられているという危機感を持っていたからです。彼はそのような危機感を、数々の作品において、実験的なリアリズム手法によって表現しようとしました。その中で、『貧乏白人』はどこに位置づけられるのか。それを〈壁〉と〈石〉というアンダーソンの作品の中で執拗に用いられる対立的イメージに注目し、考えてみたいと思います。

壁と石――不動の動

ミシシッピ川西岸に位置し、貧乏白人の多いミズーリ州マッドキャット・ランディング出身のヒューは、農業用機械の発明で成功し、裕福な家の娘クララと結婚します。クララは州都にある大学で教育を受け、進歩的な時代の風にも当たるのですが、また一方で、有能な男の妻になるという保守的な女性の生き方を捨てることもできませんでした。二人は結婚を契機に人生の転機を迎えることになります。

ヒューは農作業で酷使される人間の労働を軽減するための機械を開発し、金銭的に豊かになり名声を獲得します。ところが経済的な豊かさはヒューの精神に豊かさをもたらしませんでした。二人はともに相手から精神的な安らぎを求めるのですが、結婚後しばらくの間、互いの欲求に気が付かないまま疎外感に悩むのです。「彼の手は壁を築き上げていて、過ぎ去った日々は壁の上に積み上げられた大きな石だった」と書かれているように、その壁を作っているのは自分たち自身でした。

ニューイングランド出身のセアラ・シェパードという母親役の女性に、若い時からピューリタン的精神、価値観を教え込まれたヒューは、自分の試みが挫折することは「大罪、聖霊に対する罪」と信じてきました。製造段階に入ったヒューの農機具には、すでに特許が申請されており、その特許部品を作り直さねば投資が無駄になることが判明します。ヒューはこの事態を回避すべく頭を悩ませます。そのときこれまで人生の細かな部分しか見ていなかったことに気づくのです。彼は偶然光る石を見つけます。そしてこれまで自分が受けてきた教育の誤りを実感します。石から出る光を目にして

トマス・ハート・ベントンが描いた壁画。中西部の歴史を日常風景に映し出す。

「さまよい、乱れた彼の心が捕えられ、支えられた」と感じます。またこの光る石の輝きが彼の心に差し込み、「自分のことを受け入れ、理解し、彼の周りの人生に関わりを持とう」と決心することになります。このような突然起こった内面的な変革によって、彼の中で「新たな独立宣言文」が布告され、発明家から詩人になるのです。

「神々は平らな国に町を石のように投げたが、その石には色がなかった。石は燃えず、光の中で変わらない」とヒューは叫びますが、この叫びは重要です。一元的なうわべの世界のみを問う「平らな国」で、石ころのような価値のないものに触発された作者は、現実のアメリカに抵抗する反アメリカ論を明らかにしているからです。規格化されない創造性を持つことで、資本主義社会に埋没した生き方から、社会において個人の存在が浮き上がる生き方をすべきだとヒューは自覚します。この時、色鮮やかな石の表現がヒューその人の表現となるのです。

母性の追体験

結婚が癒しではなく、不安、焦燥をもたらしていた時、ヒューは鮮やかな色のつがいの鳥が見せる「狂気、生の乱舞」に目を奪われ、そこに自分たちの世界とは無縁の結婚の神秘を垣間見ます。その後、彼が暴漢に襲われる事件を機に二人の夫婦関係は根本的に変化します。それまで夫を憎んでいたクララですが、夫の危機に瀕し、クララは捨て身で夫を守ろうとします。夫への愛を感じ、「木の根の強さ」を備えるよう

1 『ヘンリー・アダムズの教育』 *The Education of Henry Adams* (1907) アダムズが三人称で書いた自伝。この書において、人間の環境は混沌とした力に取りまかれていると指摘。この混沌に方向性を与えるための教育が必要と考え、時代の混沌とした諸力を秩序立てるための契機に注目。

になり、ヒューの母親役になることを受け入れることになります。これを私はクララの母性開眼と読みました。

『貧乏白人』の次に書かれた『物語作者の物語』は、母と子という原体験の喪失と、芸術によるその回復の物語といえます。母のもたらす安心感は「暖かさ、食べ物、余暇の約束」を与え、物質的な「貧困」とは別種の豊かさを意味します。ここには父権的アメリカが拒否してきた聖母の物語があります。

セアラのピューリタン的労働倫理にヒューの発明のエネルギーを注ぐと、高度に組織化された社会では人は機械の歯車のようになります。結果として社会と人間の間に混乱が生じエントロピーが増大し、人間は疎外されてしまいます。「混沌こそが自然の法則であり、秩序は人間の夢」であるという『ヘンリー・アダムズの教育』[1]の中で示された視点がここに見られます。社会進化論的「適者生存」の法則が示すような、人間も社会も放任しておけば完成に向かうという思想に相反する、ペシミスティックな考え方です。このような世界では人は創意工夫を活かすことができず、生の横溢もかないません。それゆえ、人間社会の中の混沌に一定の方向付けを行うことを聖母信仰に託したアダムズの経験を、アンダーソンも追体験するのです。

『貧乏白人』において、ヒューとクララの結びつきは修復され、結婚における両者の疎外状況は改善されていきます。人との関係において壁を築いてきたヒューの半生は、クララとの結婚生活を通して壁の構築ではなく、石の芸術化を、それもおそらく詩人として目指すことになります。

十三世紀の聖母マリアや一九〇〇年のパリ万博でのダイナモ（発動機）は、それらの契機を象徴すると述べた。アダムズについては本書第二章の注21を参照。

スティーグリッツ

2 スティーグリッツ Alfred Stieglitz（1864-1946）アメリカの写真家。ニュージャージー州生まれ。一八九三年から『アメリカン・アマチュア・フォトグラファー』(*American Amateur Photographer*)誌の創刊に関わるなど、写真芸術の普及促進に尽力した。写真とは、対象とする世界の一部を切り取り、その瞬間を断片的に記録するもので、絵

自然に属する石が放つ魅力

人間は自然の混沌をコントロールする力はないとヘンリー・アダムズは考え、「混沌の中に秩序をもたらすこと、空間の中に方向を、自由の中に規律を、多元の中に統一を得ることが教育に課された仕事だ」と述べています。アンダーソンも世界を混沌とした自然に属すると考え、何らかの秩序を物語の中にもたらそうとするのです。しかもそれを、従来の父権的な言語的秩序から周縁に追いやられてきたもの、例えば混沌とした自然状態に近い母性や、とらえどころのない自由な想像力といったものを、語りの形式によって表現しようとします。従来の語りとは異なり、瞬間、瞬間をとらえつつ、しかもバラバラにならず全てを同時進行的に描く、アンダーソン独自のリアリズムの誕生です。それはテンポの速い論理的な語りではなく、逸脱しつつ停滞するリズムの語りです。変貌し続けるアメリカを描くための、一瞬の凝結を獲得する写真効果ともいえます。それは「毒たるプロット」を排そうとする戦略で、スタインやスティーグリッツ[2]を学んだ成果なのでしょう。

人物、筋、事物の交錯のなかでアンダーソンはいかなる芸術意識を発揮したのでしょうか。マルクーゼ[3]は、商業主義や資本主義が説く合理的、論理的な考えに従うと、現代人は主体的に考え行動することができなくなり、たとえ支配者であっても没個性的生き方を強いられると指摘しました。芸術はこの原則に挑戦し、理性の専制を排除し、感性や創造的な想像力を取り戻すことの大切さを現代人に教える役割を持つのです。ドライサーは『シスター・キャリー』のなかで、資本主義原則が支配する時代に、

画とは全く異なる芸術であると主張。一九〇五年にはニューヨークで画廊を設立。画家のジョージア・オキーフ（Georgia O'Keeffe）と結婚した。

3　マルクーゼ　Herbert Marcuse（1898–1979）　ドイツ生まれのアメリカの哲学者。一九三四年、ナチスの手を逃れてアメリカに亡命。『理性と革命』（*Reason and Revolution*, 1941）、『エロスと文明』（*Eros and Civilization*, 1955）などの著作において、フロイトの精神分析をマルクス主義の社会理論に組み入れた。文明の現実原則によって生じる一次元的人間疎外をのり越えるため、エロス的快楽原則の解放を説く。この思想は六〇年代の学生運動に影響を与えた。

4　「石の言葉」　「ルカ伝」第十九章第四十節に見られるイエスの言葉に由来。神の子

「石の言葉」[4]＝主の言葉を理解しようとするものはいないことを指摘しています。アンダーソンは、この「石の言葉」にマルクーゼが指摘するような芸術の役割を託すのです。

こうした物質的欲望をかき立てるテクノロジーの時代にあって、アンダーソンは自然と結びつき、想像力豊かな生を取り戻すことと、物語の語りの方法を革新することを試みました。その頂点にある作品が『暗い笑い』[5]です。そこでは世界と私との間で、テクストを増殖していく、エピソードによる脱線行為ともいうべきものが、顕著になっていきます。『貧乏白人』においては、まだそのような明確な形を取ってはいませんが、方向性は歴然としています。それは壁と石のイメージの交錯という手法であります。我々はアメリカ資本主義制度が強いる壁を突き崩し、自然に属す事物たる石が放つ価値観に気づくヒューの姿を見出すのです。

『暗い笑い』では、白人文明に組み込まれていない黒人の自由な感性を持つべきだとアンダーソンは主張しているようです。笑いが、膠着した白人文明を揺り動かし、自由な感性を取り戻す力になると考えたのでしょう。この意味で、彼はモダニズムを真に経たと言えるのです。アンダーソンの独自のリアリズムのはじまりとして、『貧乏白人』は読み直しと再評価に値すると考えます。

を讃え、騒ぐ弟子たちを叱るようパリサイ人たちに請われた時、「もしこの人たちが黙れば、石が叫ぶであろう」とイエスは答えた。ここで石の言葉とは主の言葉と解釈される。

5　『暗い笑い』*Dark Laugher*（1925）　アンダーソンが一九二五年に発表したベストセラー小説。主人公ブルース・ダドリーはシカゴで新聞記者をしているが、主体性を失い人生の目的を失いかけていた。その現実生活を捨て、ニューオーリンズへ行き、自然と一体化した黒人の生活に圧倒される。それ以降、空想世界で過去の再構築に耽るうち、自然と母親を同化させ、さらに昔の子供としての自分をそこに思い描く。ブルースが創造的想像力によって疎外された自己を回復する物語。

発表 Ⅱ

『貧乏白人』における女性像

中垣恒太郎

シャーウッド・アンダーソンの『貧乏白人』は、いわゆる「プア・ホワイト」の父親をもつ主人公ヒュー・マクヴェイが自らの力により身を起こし、立身出世を果たすという、典型的なアメリカの夢の形式を踏襲しています。にもかかわらず、ホレイショー・アルジャーの物語[6]に見出せるような成功物語とは程遠い読後感が残るのはなぜでしょうか。

表題に掲げられている「プア・ホワイト」とはまぎれもなく、主人公ヒューをさしています。これまでの研究においても、「自然児ヒュー対文明社会・産業社会」という構図で長らく解釈されてきました。しかしながら同時に、群像劇として社会変貌の波にもまれる人々の姿を描いたこの物語においては、他の登場人物、なかでもヒューと生涯を共にする妻クララをはじめとする女性たちの存在が重要です。

新しい時代の中で、人々は新しい生き方を模索しとまどいます。この時代における

6　**ホレイショー・アルジャーの物語**　ホレイショー・アルジャー（Horatio Alger）は、貧しい少年が知恵と財力を持つ年長者の協力を得て成功を収める物語を多く書いた。代表作の『ぼろ着のディック』（*Ragged Dick*, 1867）のシリーズは、アメリカ家庭の書棚に必ず据えられるほどの圧倒的な人気を誇ったが、おとぎ話のような展開は成功神話の呪縛を生み出すとして、反発もかった。ナサニエル・ウェストによるパロディ小説『クール・ミリオン』（*A Cool*

女性のあり方はとりわけ激変を余儀なくされてきました。妻であるクララもヒュー以上に、価値観の激しい変化の波にさらされるのです。『貧乏白人』において、ヒューを通して描かれた女性像に注目することで、この点が見えてきます。世紀末から作品が発表された一九二〇年に至る急激な時代変貌を、作家アンダーソンはどのように捉えていたのでしょうか。

クララとケイト――擬似同性愛的な関係

クララはヒューが出世のきっかけをつかむビドウェルの町の、名士の娘として登場します。彼女は裕福な環境の中で育てられたのですが、父親との間に確執を抱えていました。彼女はオハイオ州立大学に進みます。当時の社会状況においては女子の高等教育[7]が進みつつも、高等教育を活かせる職業に就く機会は未だきわめて限られていました。だから周囲が彼女に期待したことは、大学で将来の伴侶となる男性とめぐりあうことでした。一方、彼女はその期待に対して失望と圧迫感を感じています。結局、クララは大学では理想の男性を見つけることはできませんでしたが、ケイト・チャンセラーという同性の友人を得、彼女の価値観から多大な影響を受けることになります。

ケイトはその気質において男性的であることがくりかえし強調されています。ケイトはこの時代に現れた、いわゆる「ニュー・ウーマン[8]」と称される、新しい女性の生き方に対して自覚的な女性として造形されており、その立ち居振舞いはステレオタイ

Million, 1934）はその一例である。

7　**女子の高等教育**　共学大学がまだ少なかった一八六五年から一八八五年頃にかけて女子大学が相次いで設立され、目覚しい発展を遂げた。女子大学は女子の啓蒙に大いに貢献し、二十世紀初頭までに主な女子高等教育機関が出揃っている。だが、高等教育を受けた女性を社会が受け入れる土壌が整っていたとは言いがたく、新興宗教や社会改良運動などに活動の場を求めた者も多い。

8　**ニュー・ウーマン New Woman**　高等教育を受けた女性たちを中心に、結婚をせず、仕事に、社会貢献にと新たな道を求めた女性たちをいう。「お上品な伝統」と称されるヴィクトリア朝の価値観の中で、女性たちは貞淑を求められ、「家庭の天使」とし

プとみなしうるものです。例えばケイトがクララと交わす議論から、この時代の進歩的な女性の主張がどのようなものであったのかがわかります。「身体が女としてできているということで、生きるために、あるルールを守るように強いられています。でもそのルールは私のために作られたものではありません。男たちが勝手に缶切りを大量に生産するかのように製造したものにすぎないのです」。このようにフェミニズムを標榜する「ニュー・ウーマン」の論調が、ケイトの主張にはみられます。

さらに「ニュー・ウーマン」のステレオタイプな描き方として、ケイトとクララの二人の間の「友情を超えた結びつき」がはっきりと示されています。「ケイトと自分との仲が単なる友情以上のものであったという事実にクララは気づかないわけではなかった。ケイトは彼女の手を握ることを好み、彼女にキスをし、抱きしめることを欲した」と、具体的な身体の触れ合いにも言及して、同性愛の、肉体的な関係を想起させています。当時の進歩的な女性同士の連帯は、同性愛の関係と揶揄されることがありました。二人の関係の描写には、そのような時代背景が描かれていると思えるのです。

クララは自らの進路に対する戸惑いを、擬似的に解消させてくれるケイトのことを密かに想います。しかし、ケイトの考え方に触発されつつも、ケイトのようなやり方で自分は生きることができないということもわかっているのです。結婚すること以外に自分にできることが果してあるのだろうかと悩みます。つまり新しい価値観に感化され、新しい時代の到来を予感しつつも、自らは旧来の価値観の中で生きることを選

て尊ばれた。しかしながら十九世紀の後半に、新しい女性の生き方をめぐる改革の波が到来する。

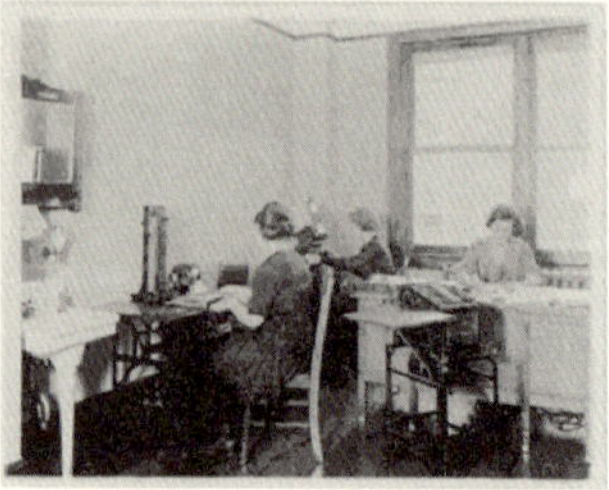

一九二〇年代にオフィスで働く女性たち

択せざるをえないのではないかと葛藤するのです。このように自らの生き方を模索しながら答えを見出せないでいるクララは、結局、結婚という形によってヒューと結ばれます。

ヒューとクララのその後

ヒューは結婚後、クララとの間の距離を埋めることができませんでしたが、一方クララもまた、新しい時代を体現する発明家である夫、および町の変革を積極的に推進する父とは正反対の考え方を持つようになります。社会的進歩を尊ぶ社会風潮を嫌悪し、旧来の価値観を大切に考えるようになるのです。ところがそのような二人を決定的に変える事件が起こります。機械産業の時代を体現する存在であるヒューが、手作り馬具の製造者であるジョーに襲われる事件です。「彼女の心に、木の根のように力強い、猛烈な不屈の母性[9]が目覚めた。ヒューは彼女にとってそれ以来ずっと、世界を再構成する英雄ではなく、人生に傷ついたとまどう少年となったのだ」。以後、ヒューはクララとの愛情の交流に無条件で身をゆだねるようになり、クララも母性に目覚め、ヒューを受け入れます。こうしてヒューがかつて望んでいたとおりの男女の関係が、成就するのです。

『貧乏白人』という表題は、この小説が劇的なまでの成功をおさめたヒューの物語であることを示していますが、同時にその妻であるクララもまたこの物語におけるも

9　**不屈の母性**　逆境をものともせず、自己犠牲をも厭わず、わが子や家族のために献身的に尽くす母の姿は普遍的に描かれてきた。とりわけパール・バック（Pearl S. Buck）の『大地』（*The Good Earth*, 1931）、ジョン・スタインベック（John Steinbeck）の『怒りの葡萄』（*The Grapes of Wrath*, 1939）のような、一九三〇年代の作品では、激動の時代の中で翻弄される家族を支える母親のたくましく力強い姿が印象的に描かれている。

う一人の主役であると言えるでしょう。クララはこの時代ならではの急激な産業化の波の中で、立身出世を体現したヒューと結婚し、まず女児を授かり、つぎに男児を宿します。

ジョーの事件を契機に、それまでの生きる指針を見失ったヒューは、これから先、どのように生きていくかという問題を考えねばなりません。そしてその問題はヒュー・マクヴェイ二世に継承されるのでしょう。クララが絶対男の子だと確信するこの第二子は、「まだ見ぬヒュー・マクヴェイ」とさえ呼ばれ、その期待のほどがうかがえます。しかしながら彼らの第一子である女の子に対しては、名前も明らかにされていません。つまり、女児の存在はないがしろにされたままなのです。

ヒューは母性的な妻を求め、そして、クララもヒューに母性愛を注ぐ自らの役割を受け入れました。しかし、これでは新しい女性の生き方のモデルを、娘に提示することができないであろうことは明白です。クララの娘の世代では、母親であるクララよりも人生に対する多くの選択肢を持つことは、その後の歴史が示しているからです。母の選んだ生き方を、娘はどのような批判のまなざしで見つめることになるのでしょうか。そしてクララは娘の生きる「ニュー・ウーマン」の人生を、どのような感慨を持って眺めるのでしょうか。

これらは推論の域を出るものではありませんが、娘の存在、あるいは存在しているにもかかわらず、ほぼ黙殺されている「非在」を通じて、女性の生き方をめぐる問題がクララからその娘へと、解決を見ずに引き継がれるといえると思います。

一九二〇年代の女性、フラッパーが当時流行した踊りチャールストンを踊る。

女性と想像力

本合（司会）　ありがとうございます。ではディスカッションをはじめたいと思います。

辻本　『ワインズバーグ・オハイオ』[10]では時代と隔絶していた世界を描いていますが、この作品では、時代の流れに巻き込まれたらどうなるのかを描いていると思います。アンダーソンが骨身にしみて分かっていたのは、時代の流れには逆らえないということ。中西部の古びた世界は、ノスタルジックに振り返るしかないのです。では変わり行く現実に向き合った時にどうするか。その時、想像力そして母性がよりどころとして示されています。前進しか許されていない男性の世界で、最後には過去の力を蘇らせてくれる女性の力、つまり母性に頼る物語になっているんだと思います。

中川　中垣さんは、ヒューとクララが最終的に互いに理解し合ったとお考えでしょうか。あるいは、両者が単なる母性へ回帰する道を選んだ、と取るべきなのでしょうか。私には最後の場面のクララは、ジェイムズの『ボストンの人々』で、マントに覆われて連れ去られるヴェリーナを髣髴とさせ、とても理解し合ったとは思えませんでした。

中垣　最後をオープン・エンディングで終わると取ると、次の世代への期待の表明と読めないわけではないですが、互いに理解したとは言えないかもしれませんね。ケイトのような「ニュー・ウーマン」にふさわしい生き方を、アンダーソンはこのとき、用意できなかったのじゃないでしょうか。そこでロマンスの要素を持ち込み、クララの母性愛を持ち込んだのかと思います。

10　『ワインズバーグ・オハイオ』*Winesburg, Ohio*(1919) シャーウッド・アンダーソンの代表作。中西部の田舎町にすむ、時代や現実社会から取り残された人々のグロテスクな生き方を、若い新聞記者ジョージ・ウィラードが見聞し、受け入れ、その後都会へと旅立つ物語。

徳永　この作品で、母性の力が最後の最後に出てくるのは、アンダーソンが母性にそれほど力点をおいていないからではないでしょうか。それは母性の力が描かれても、ヒューがそれにより自信を持つとはなっていなくて、アンビバレントな描き方がされていることからも伺えます。私はむしろアンダーソンが、男女の新旧の世界観を、微妙なところでバランスを取りながら表現していると思います。

本合（司会）　バランスとおっしゃいましたが、僕にはなんとも都合の良い話を書いているとしか思えませんでした。なぜケイトを書いたのかということが、どうもひっかかるのです。成功者ヒューはセクシュアリティの問題を抱えているように思えます。結婚相手のクララがどういう女性かというと、ケイトに仕込まれ、これまでのかっこつき「女性」、男の尻をたたいて競争に駆り立てる女性ではないような新しい女性、いわゆる女的なものを否定するところへ行き着いた女性なんです。そういった女性と結婚して、セクシュアリティの問題を解決しつつ、子供も授かる。その意味で都合の良い話だと思うんです。本来ならヒューのセクシュアリティの問題と、クララとケイトの関係が関連しているはずなのに、そこが十分に掘り下げられていません。

山口　作品には「何か」（something）という言葉が頻出していまして、それが何なのかなとずっと思っていましたら、物語の最後のところでそれはクララのお腹の中の男の子のことだと判明しました。最終的には重要な「何か」が次の世代へと先送りされているような印象です。

亀井　本合さんから作品への批判が出ましたので、あえて作品擁護の立場から発言し

D・H・ロレンス

11　D・H・ロレンス　D. H. Lawrence（1885-1930）イギリスの小説家、詩人。近

ますが、アンダーソンはアメリカ文学におけるD・H・ロレンス[11]などと言われ、性的なものの力を先駆的に見ていた人です。ロレンスと違うのは、女性の力、セックスの力が文明の閉塞状況を救うのだというほど、神秘主義的には徹しきれないのね。その点で、「何か」ということばに人生の神秘を託しても、最終的な脱出口は見えないところで作品が終わると思います。

辻本　母性が脱出口になりうるかということですが、アンダーソンはこの作品で二度、物語を転覆させていると思います。一度目はサクセス・ストーリーを書くようなふりをして、それを裏切ったこと。物質的な成功では満足できないことが描かれています。もう一つはラブ・ロマンス。これも期待を盛り上げながら裏切ります。それが一番よく表れているのが第十七章です。結婚式の後、サプライズ・パーティが計画され、二人がどんなに喜ぶかと思わせて、その後、見事にそれをオジャンにしてしまう。二人の結婚の幸せが描けるはずのシーンなのに、それを書かないんです。これは明らかに結婚によって男と女が幸せになるという考えをくずしているわけです。そういう状況の中で、何に希望を見出すかといえば、それが母性です。ただし、あくまで、それは一筋の光明を見るといったささやかな希望だと思いますが。それとケイトの役割ですが、私もやはりケイトはご都合主義的な、つまりクララにとっての反面教師的な存在として使われているように思います。

代工業社会が生命や愛情までも機械化すると考え、原始的生命への復帰を唱え、理想的な性関係を作品中で探求した。代表作は『息子と恋人』(*Sons and Lovers*, 1913)、『虹』(*The Rainbow*, 1915) など。『アメリカ古典文学研究』(*Studies in Classic American Literature*, 1923) は古典アメリカ文学研究の名著。

機械そして自然主義

長畑　文学作品を読んでいて、常識的には誰もが面白くないと思うテーマがあると思うのです。そのテーマの一つは非人間的な機械を描くことでしょう。ところがこの作品ではそれがとっても魅力的に描かれているなあと思って読みました。それだけじゃなくて、現代の作家とも響きあう作家だとも思いました。例えばジェイン・アン・フィリップスの『マシーン・ドリームズ』[12]という作品にもつながってくるし、スティーヴ・エリクソン[13]とも通じる。無意識というか、潜在的な欲望を抱いているが、それをうまく処理できない人間を描いているという点で。

それと関連し、性的な欲望を抱いているが、それをうまく処理できない不器用さという点では、『ワインズバーグ・オハイオ』とも共通しますね。動物の比喩が多く用いられ、動物的な存在として人間が描かれているのと、夢見がちな人が多く、こういった意識に上らない欲望が、何かに変換されていくというイメージ。それが端的に現れているのがヒューの発明で、発明によって人間の欲望が何らかの形で社会的に有用なものに変換されていく。そういった意味で機械はポジティブに見られていると考えられます。しかし、最終的にその機械が諸手をあげて迎えられているわけではないところが、アンビバレントさを生んでいますが。そういった点は、アダムズの『デモクラシー』[14]にも通じると思います。

高梨　ヒューの成功は機械の発明にあり、その発明の根源にあるのは欲望なんですね。しかしクララとの関係の中でその欲望に疑問を感じ、はじめて思索を行ったわけです。

12　『マシーン・ドリームズ』*Machine Dreams*（1984）アメリカの小説家ジェイン・アン・フィリップスの第一作。第二次大戦からベトナム戦争の時代におけるアメリカの一家族を描いた作品。社会の混乱とそれに呼応する家族の崩壊を、家族の成員それぞれの視点から語る。個人と現代社会や過去との断絶がテーマ。

スティーヴ・エリクソン

13　スティーヴ・エリクソン Steve Erickson（1950-）アメリカの小説家。カリフォルニア州生まれ。歴史的事実を題材とした小説中に映画、コミックスなどジャンルの異なるものを横断的に織り交ぜる。

そのときクララもまた母性に目覚めるという変化があり、それがパラレルになっています。

中川　長畑さんが言われたように、機械の意味に注目するのは面白いと思います。この作品ではキャベツの植え込み作業を長年続けた結果、身体がグロテスクに曲がってしまった人を描いています。『ワインズバーグ・オハイオ』では、そういう人たちを放っておくのですが、この作品では、そういう人たちを何とかしてあげたいというはじめの気持ちが、機械の発明に結びつきます。ただ高梨さんも言われたように、機械を販売することが、金銭的に豊かになろうとする欲望へと収斂していくのが時代性を物語っているといえます。

平野　林さんはピューリタニズム[15]の帰結として産業化があり、それを拒否するところに成立する中西部を評価すると考えておられるようですが、その一方で、ヒューの発明を肯定する、つまり産業化を肯定するようにも思えました。話が矛盾しませんか。

林　ヒューは産業化する社会の中で成功しながら疎外感を感じています。アンダーソンが描くヒューの矛盾すると思える精神状態は、トクヴィル[16]が述べるような、アメリカ人が繁栄の中で不安を感じているという状況と重なるのではないでしょうか。産業化に関して、アンダーソンはアンビバレントな態度を取っているように思います。

中川　産業主義がアニマル・インパルス[17]として描かれているのは、やっぱり自然主義[18]とかかわりがあるのでしょうか。

森　私はこの作品が自然主義の作品だと思います。ヒューには、体の中に血が流れな

現実と幻想の境界を曖昧にし、その結果、幻視や夢見るような視覚性を作品中にもたらし、荒唐無稽な物語を展開する。代表作は『Xのアーチ』(*Arc d'X*, 1993) など。

14　『デモクラシー』 *Democracy: An American Novel* (1880)　ヘンリー・アダムズの小説。本章注1ならびに『亀井俊介と読む古典アメリカ小説12』第七章参照。

15　ピューリタニズム　**Puritanism**　エリザベス一世の統治する時代、イギリス国教会に不満を抱き、カルヴィン主義を信奉した人々をピューリタンと呼ぶ。彼らが持つ宗教的、道徳的厳格主義のこと。個人の宗教的目覚めを重視し、その体験をした「見える聖徒」の教会員のみが、政治的、社会的に重要な権限を持つとした。十九世紀には宗教的な側面は衰えてしまうが、

いとか、彼の下半身が温かくならないというのが「プア・ホワイト」固有の生物学的な特性のように描かれていて、それがセアラの教育の結果変化していく。まるでセアラの実験が成功したように読めます。また、同じ頃にマックス・ウェーバーの『プロテスタンティズムの倫理と資本主義の精神』[19]が出ましたが、ヒューを通じてピューリタニズムの思想を体現させていたなら、成功物語に仕立てることができたと考えられます。また物語の終わりですが、ジョーに襲われ旧時代のウィルスが血管の中に入り、それによってヒューがそれまでとは異なる思考をはじめたと書かれていること、またケイトとクララの間でかわされたフェミニズム的、レズビアン的な交感を見ていくと、アンダーソンは新しい時代に起こった様々な価値観の変化をネガティブに考えていると言えるのではないでしょうか。

武田　産業化、機械化と牧歌的田園生活へのノスタルジーの問題でも、やはり一九二〇年代の作品と思えます。作品の色づけに、動物的な欲望や夢などが用いられていて、アメリカの壁画になっていると思いました。

深谷　物語の結末の意味を考えるとき、私はジョーの存在に注目したいと思います。ジョーは手作りにこだわるような、過去に属する人物ですね。その彼が二人を襲ったことで、二人に最新の価値観を捨てさせ、旧来の価値観の延長線上での成長を促します。この点から、アンダーソンは機械のネガティブな意味より、過去にあったアメリカの価値観を重要視しているように思えます。

坂本　機械ということで発言しますと、夢想から始まるヒューの機械作りも時代のヒ

アメリカ文化の底流には今もなお、この精神が息づいている。

16　トクヴィル（1805–59）　アレクシス・ド・トクヴィルはフランスの政治家、著述家。十九世紀初頭に当時新興の民主主義国家であったアメリカ合衆国を旅して著した『アメリカの民主政治』（Democracy in America, 1835, 1840）は、近代民主主義論の古典。社会が民主主義に向かう趨勢を止めることができないという自覚の元に、民主主義をどのようにフランス社会に適応すべきかを考察した。

17　アニマル・インパルス　自然主義では人間も動物と同じように自然に属していると考えられた。そのため、人間の本能的な動物的行動に焦点が当てられることがある。

ーロー、エジソン[20]などにつながるものでしょうね。ヒューの機械作りは社会とのつながりを持つための手段であったのと同時に、土に直接ふれて生きていた人間が、産業化する時代には、機械を使うことにより土から離れ、身体的にも感覚的にも機械化してしまうことの象徴としても読めます。

ハックとヒュー

武田　ヒューのことは、ハック・フィンがニューイングランド的に育てられるとこうなるのかなと思って読んでいました。時代をつぶさに描いているという点で面白いですよね。だから大学教育を受けた女性も、その一部であって、ピューリタン的なモラルが多少緩んできた当時の時代性を強く思わせます。

中垣　トウェインの場合だと、産業化とノスタルジーがもう少しおおらかに描かれているように思います。やはり時代が進むと、ハック・フィンのような生き方はできないのかなという感じがします。

森岡　この作品は田舎町に住む人々の群像をおもしろく描いていると思います。ハックの父と重なる主人公のヒューの父は、当時の南部の「プア・ホワイト」のイメージそのままで、水際に住んで働かず、酒ばかり飲むというイメージですね。

亀井　何人かの人が発言されたように、ヒューをハックの延長上において比べてみたくなりますね。ハックは「テリトリー」へ脱出するところで終わっておるが、ヒュー

18　**自然主義** Naturalism　十八世紀後半のフランスにおいて、リアリズムの流れから生まれた文学思潮。人間の運命は環境や遺伝により決定されていると考え、人間社会の暗部、社会の片隅に追いやられた人などを描くことが多い。十九世紀後半から二十世紀前半にかけてアメリカでも自然主義作家が現れた。

19　**『プロテスタンティズムの倫理と資本主義の精神』**(1904, 1905)　マックス・ウェーバーはドイツの社会学者、経済学者。この作品では宗教や倫理が資本主義に及ぼした影響について考察している。

20　**エジソン** Thomas Alva Edison (1847-1931)　オハイオ州生まれ。発明家として現代文明に巨大な足跡を残す。学校には三ヶ月しか通わず、教師の母親が教育した。電磁気学を独学で学び、電信技師

はハックの西への脱出とは対照的に、東へ向かうと何度も書かれておって、産業化という時代の反映を見ないわけにはいかない。東へ向かい、そしてビドウェルにたどり着くわけです。しかしこの作品では最後に町を出て行くのではなくて、たどり着いた町を総合的に俯瞰しています。次から次へといろんな人物が出てきて、町全体、あるいは都市文明を表現しようとしている。その意味で『ワインズバーグ・オハイオ』よりも大きな野心を持って書かれた作品なのに、残念なことに話が散漫で、十分、内的生命を持って描かれていないんですよ。

坂本　今のことに関連しますが、一九二〇年代の幸せな人間像とは何かがわからなくなっちゃった、そんなことが描かれていると思います。アメリカの理想像としては古くは独立自営農民が耕す美しい田園風景が広がっているというのがありますが、二〇年代には新しい個人の理想像が見えない状況に陥ってしまう。ヒューは有用な人間たろうと思い込むあまり、孤独な人生を送らざるを得ないのです。最後に愛が必要であるという、いつの時代も変わることのない価値観に目覚める必要があったと思います。

亀井　この小説、冒頭のところは伝記の様な書き出しになっています。ヒューを中心にしながら、ビドウェルの社会史みたいに展開していく。アンダーソンははじめからそういう企画でこの作品を作ったと思うんです。ヒューはどこかでアンダーソン自身の反映で、事実、アンダーソンは二十歳のときにヒューと同じく故郷を出ています。そして言葉やスタイルが右往左往しながら作品が展開している。しかし結局、作者は自分の言葉を見出せず、社会や人間をどう表現したらいいのかわからなかったような

として働く間に発明に手を染める。自動電信装置など電信分野で多くの発明に携わった。後に、白熱電球、直流発電機と送電システム開発もし、生涯で千三百もの発明をして特許を取る。

エジソン

気がします。
　でもその次の『暗い笑い』に行くと、主人公は自分の言葉を見出すんですねぇ。自分でしゃべりだすんですが、これはハック・フィンの発見みたいなもので、アンダーソンは二十世紀のハックを自分で演じながら、ようやくハック・フィン的な言葉を発見していく。そこで次代の作家たちにも大きな影響力を持っていくのだと思います。『貧乏白人』はそこに至るまでのごちゃごちゃしたものをさらけ出している、そこがいいなあと思うんです。

三杉　『ワインズバーグ・オハイオ』は短編の集成で、構成が良くできているわけですが、この作品は『暗い笑い』という長編に向かう習作という側面が強いので、構成的には中途半端になっているのではないでしょうか。

中村　私もそう思います。それはヒューの成長と機械文明との接点が弱いことが原因だと思います。発明にしても、苦しい人を助けてあげようという発想からではなく、夢想に陥りやすい心情から脱却するために機械を発明したに過ぎない。そういう点でもご都合主義的展開と言ってもいいと思うんです。そもそもタイトルは作品とあっているのかという疑問を覚えました。

大森　そうでしょうか。空想癖のあったヒューに、想像力の目覚め、人間関係の目覚めがあって、それと同時に機械に対する考えも変わっていく。私は機械とヒューの成長が有機的に結びついていると思いますが。

渡辺　中村さんが言われていた構成の問題を、林さんが言及された『シスター・キャリー』にひきつけて発言しますと、ドライサーの場合は何もかも取り込もうとして収拾が付かなくなっている面があって、登場人物が途中で消えたりしますが、それと比べるときっちり構成ができていると思います。

平野　表現ではハッとさせられるようなところが沢山ありました。「プア・ホワイト」に対し、「腐った魚の臭い」というような表現を使ったり、クララに対しても、橋の欄干の場面で手だけに注目して見せるとか、クララの女性性の開花を、「樹液が上がってくる」といった表現をするとか。

本合（司会）　ありがとうございます。作品の積極的評価、消極的評価、両方が出そろったところで、ディスカッションを終えたいと思います。

12
ジョン・ドス・パソス『マンハッタン乗換駅』

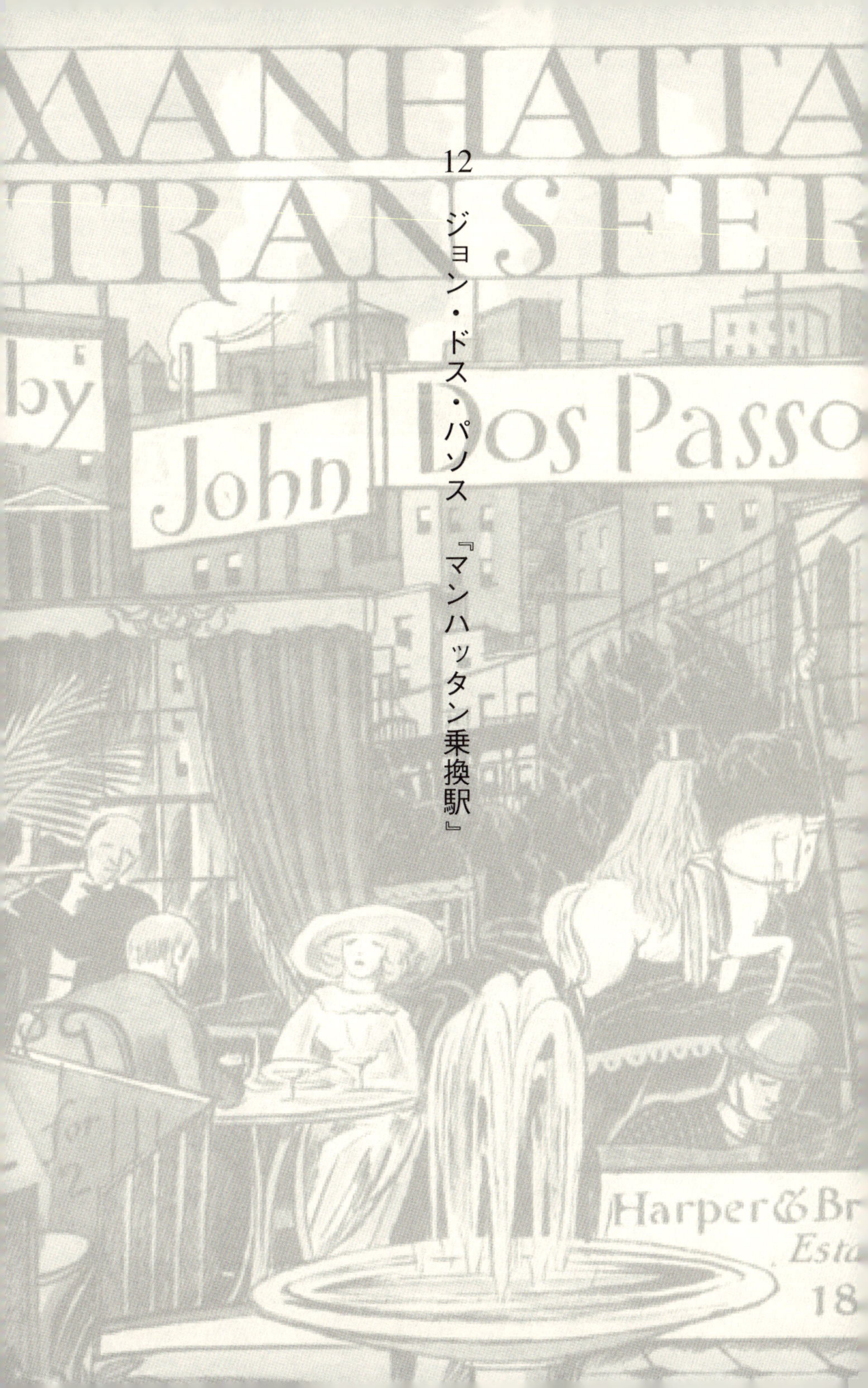

ジョン・ドス・パソス　(**John Dos Passos, 1896–1970**)

「失われた世代」の代表的作家の一人。社会や政治に対する鋭い問題意識に貫かれた、すぐれて前衛的な作品を残した。その政治的言動における急進性でも注目を浴びたが、さまざまな要因から次第に保守化した。

著名な弁護士であった父はポルトガル系移民の息子、母はヴァージニアの旧家の出身。二人は長らく内縁関係にあり、ドス・パソスは不安定で孤独な少年時代を過ごしたといわれる。生まれたのもシカゴのホテルなら、母と二人、メキシコ、ベルギー、フランス、イギリスなど旅先でのホテル暮らしが多く、自らを「ホテル・チャイルド」と呼んだ。

十六歳でハーヴァード大学に入学。在学時から学内誌に短編を発表。おりしも開花しつつあったモダニズム運動から強い影響を受けた。絵画、建築にも大いに興味を示し、その影響を小説作品の描写力、構築力に見出すことができる。第一次世界大戦時には、野戦衛生隊や赤十字隊の一員としてヨーロッパの戦場にあり、その経験をもとに『ある男の入門――一九一七年』(*One Man's Initiation: 1917*, 1920)、『三人の兵隊』(*Three Soldiers*, 1921)を書き、作家としてスタートする。『マンハッタン乗換駅』(*Manhattan Transfer*, 1925)で一躍文名を上げ、最高傑作『U・S・A』三部作(*U.S.A.*, 1938)において、さらにその手法を徹底、物語部分に「ニューズリール」、「伝記」、「カメラ・アイ」など斬新な手法を組み合わせ、二十世紀初頭からほぼ三十年間にわたるアメリカ社会の壮大なパノラマを描き出した。

その後も小説、戦争ルポルタージュ、歴史研究などを発表し続けたが、初期の作品ほどの高い評価は得られなかった。終生愛したといわれるスペインをめぐる紀行文『ロシナンテ再び旅立つ』(*Rocinante to the Road Again*, 1922)をはじめ、旅行記も多く残している。

あらすじ

大都市ニューヨークに生きる五十名余りの人物を、目まぐるしく描写の対象を変えながら同時進行で描き出そうとする実験的な小説。この「キュビスム」的手法によって描き出されるのは、断片化された登場人物同士が形づくる人間群像でもあり、登場人物に行動をうながす力の場としての大都市ニューヨークでもある。

断片化された人物群像を詳しく眺めていくと、それぞれの人物をめぐる物語がある程度は見えてくる。中心をなしているのは三人の男女、エレン・サッチャー、ジミー・ハーフ、ジョージ・ボールドウィンである。その一人エレンは、踊り子から女優へ、さらに雑誌編集者へ転身するとともに何度も結婚する、社会的成功と女性としての幸福の両方を求める人物だ。最初の夫オーグルソープはホモセクシュアルで、踊り子だったエレンを援助し女優にする。しかしエレンが愛するのは才気煥発な道化者、大金持ちの御曹司スタン・エメリーである。ところがスタンは他の女性と結婚し、その後火事で焼死する。愛するスタンを失い、スタンの子を身ごもったエレンだが、子供を生み育てるつもりだという。その話を聞きスタンの友人ジミーが彼女に結婚を申し込む。

エレンにとって一時は救いとなったジミーとの結婚であったが、関係は続かず、すぐに離婚。ニューヨークで生き抜くために、エレンは次に、成功した俗物ジョージを選ぶ。ジョージは色と金を求める人物で、牛乳屋の鉄道事故をきっかけに弁護士として成功し、ついには改革派の政治家として選挙に出馬する。妻と離婚をした彼が、エレンと結婚をすることが最後に暗示される。

ジミーはかつて独立記念日に母と共にアメリカに戻ってきたが、長じて新聞記者となり、スタンやエレンと知り合いになった。エレンとの離婚後、新聞社を辞めたジミーが、マンハッタンを後にするところで物語は幕を下ろす。

発表 I

物語の断片化／断片の物語化

徳永由紀子

『マンハッタン乗換駅』[1]は、ジミーのニューヨーク脱出で締めくくられることから、ジミーの重要性がもっぱら指摘されてきました。しかしジミーにとって憧れの対象であり、結婚の相手でもあるエレンもまた、同じく重要な役割を果しています。ドス・パソスは創作のもっとも初期の段階では、エレンの物語を主軸に据えるつもりであったらしく、「四十八丁目のテス、あるいはピュア・ウーマンの物語」[2]というタイトルまで残しています。このタイトルから、当初エレンは時代や男性社会の犠牲者として思い描かれていたのではないかと推測できます。

できあがった作品においては、エレンもまた、大勢の登場人物の単なる一人であるに過ぎません。エレンに関するエピソードは、他の人物たちの場合と同じように、断片化されています。しかし、大都会ニューヨークという激しい競争社会を生き抜く、いや生き抜かなければならない一人の女性の物語が、ずたずたに分断されながら、そ

当時のマンハッタン乗換駅

1　**マンハッタン乗換駅**　二十世紀初頭、ニュージャージー州北東部ハリソンに存在し

れでも確かに作品の中から浮かび上がってくることを、明らかにしたいと思います。

機械仕掛けの人形

エレンは、その美貌と演技力で、子供時代からの憧れであった女優としての華やかな成功を手に入れます。そしてさらに、女優をやめてからは、今度は雑誌編集者としても注目を浴びます。しかしその一方で、次第に人間的な感情を失って行きます。ドス・パソスは、エレンに対して「エリー人形」、「エファンビー[3]の動くおしゃべり人形」など、「人形」という言葉を使うことによって、エレンの陥った状態を表わしています。エレン自身が、自分の体が「瀬戸物の人形」のように冷たくこちこちになっていくことを感じたり、鏡を見ながら自分を人形に見立ててねじを巻いたりします。エレンの「頭の中は、こわれた機械仕掛けの人形のようにいつもブルブルなっている」のです。

エレンがなぜ人間的な感情の欠如した機械仕掛けの人形に成り果てるのか、いくつかの要因を考えることができます。例えば、二年間のコーラスガールとしての下積み生活、そこから脱け出すためのオーグルソープとの欲得ずくの結婚、そのオーグルソープの同性愛、離婚、生まれて初めて真剣に愛したスタンの裏切り、スタンの自殺ともとれる衝撃的な死、そしてこれは異論が出るかもしれませんが、スタンとの間にできた子供の堕胎[4]などです。

たペンシルヴェニア鉄道の駅。マンハッタンへ向かう乗客はここでハドソン&マンハッタン鉄道に乗り換えた。しかしこの書名には、マンハッタンそのものが乗換駅だという意味もこめられているかもしれない。

2 「四十八丁目のテス、あるいはピュア・ウーマンの物語」"Tess of 48th Street or the Story of a Pure Woman" ドス・パソスが創作ノートに残した本小説のタイトル候補の一つ。トマス・ハーディー (Thomas Hardy) の代表作『ダーバヴィル家のテス』(*Tess of the d'Urbervilles, a Pure Woman*, 1891) の主人公テスとエレンの共通点の重要性を指摘する批評家もいる。

3 エファンビー Effanbee 一九一〇年から続くアメリカの代表的人形メーカー。ドス・パソスが言及しているの

しかしその決定的な原因をつきとめることや、あるいはその経過を順序だてて丁寧に辿ることは困難です。エレンに関する断片化された不完全な情報が、途切れ途切れに示されるだけだからです。

しかも、エレンのアイデンティティがそもそも不安定であるという問題があります。この小説は、おそらくはエレンと考えられる、生まれたばかりの赤ん坊の描写から始まりますが、母親スージーはエレンが「取替え子」である可能性に極端におびえます。エレンが実はエレンではないかもしれないことが、初めから示唆されているわけです。エレンがエリー、イレーヌ、ヘレナと相手によって名前を変える（あるいは、変えられる）こと、また彼女はアイデンティティを自在に変えうる女優であること、あるいはまた子供時代のエレンが、男の子になりたいという強い変身願望を抱いていたことなども、エレンのアイデンティティの不確かさを物語っています。

ところが逆にそのことが、エレンのエピソードと他の人物のエピソードとの境界線を曖昧にします。ばらばらで無関係であるかに見えるエピソードが、エレンの物語に関連づけられ、吸収されていきます。例えば、弁護士のジョージやプロデューサーのハリーは、大都会の片隅から自力で這い上った成功者たちですが、時には汚い手も使う彼らの遣り口やむき出しの野心に、エレンの成功への道のりが重なります。ルースとキャシーという売れない女優たちの暮らしぶりややり取りの中から、エレンの下積み時代の苦労、女優たち同士の競争心や妬み、あるいは興行の世界の厳しさを読むことができます。またキャシーの中絶手術は、エレンのそれの伏線と考えられるのでは

は、一九二〇年代初めに売り出された、「歩き、しゃべり、眠る」ローズマリー人形と考えられる。

4　**堕胎**　第二部は、ある若い女性が密かに堕胎手術を受けるエピソードで終わる。その直前にエレン（Elaineと呼ばれている）がラリーという男性から求婚される場面があり、そのまた直前にエレン（Ellieと呼ばれている）がスタンの子供を産む決心をジミーに打ち明ける場面がある。そのため、この堕胎手術を受ける女性がエレンであるとも、そうでないとも解釈できる。他にも堕胎をめぐるエピソードが繰り返され、ドス・パソスが堕胎を、一九二〇年代における性モラルの混乱や女性たちの性意識の変化を表わすものとして捉えていることが窺われる。

ないでしょうか。無関係であるかに見える他の人物のさまざまなエピソードが、エレンの欲望と挫折の物語を補足し、補強し、いわばその空白を少しずつ埋めていくのです。

ニューヨークの申し子

エレンの設定で興味深いことは、ドス・パソスがエレンの誕生の年を、モートン州知事がグレーター・ニューヨーク法案[5]を承認した一八九六年にしていることです。エレンの成長とメトロポリス、ニューヨークの成長が重ねられていくわけです。ドス・パソスはエレンの子供時代のエピソードとして、エレンがダンスや劇に熱中する姿を描いています。ブロードウェイ[6]の演劇界は一九二〇年代にその最盛期を迎えますが、エレンが女優として活躍する一九一〇年代は、そこへ差しかかる時期にあたります。エレンはまさしく時代の子、ニューヨークの申し子として設定されているといっても過言ではないでしょう。また、エレンが婦人雑誌の編集長にまで登りつめることも、ニューヨークが出版産業の一大中心地であり、二十年代は雑誌の発行が活況を呈していたことを考えるなら、エレンとニューヨークの結びつきをさらに強めているといえます。

このことは、ジミーの設定と比較してみるとより鮮明となります。ジミーは、ニューヨーク生まれではあるものの、五歳頃まではヨーロッパで過ごし、独立記念日に母

5 **グレーター・ニューヨーク法案** マンハッタン島近隣の三十八町村、および全米第三位の人口を有していたブルックリン市をニューヨーク市に併合する法案。ブロンクス、ブルックリン、マンハッタン、クイーンズ、スタテン・アイランドの五区からなる、人口三百五十万人のメトロポリスが誕生した。モートン州知事(Levi P. Morton)はヴァーモント州生まれの銀行家、外交官、政治家。副大統領を経験した後、ニューヨーク州知事となった。

6 **ブロードウェイ** ニューヨークの劇場は、十九世紀初期にはマンハッタン島南部の市庁舎近辺に集中していたが、街の発展とともに、劇場もまた市内を南北に走るブロードウェイに沿って北上し、二十世紀初頭には、二十八丁目から五十丁目の間、特にブロードウェイと七番街が交差する

リリーとともにニューヨークに戻ってきたことになっています。この数年間という微妙なブランクがすでに、ジミーとニューヨークとの距離を決定づけているかのようです。ジミーがしばしば覚えるニューヨークに対する違和感やそのアウトサイダー的な立場は、すでにここから始まるといえるでしょう。

女優エレンが文字通り「演ずる」人であるなら、ドス・パソスはジミーに「見る」人という役割を与えています。子供時代のエレンが踊ることに興じたのとは対照的に、ジミーは早くから「見る」ことに関心を持ちます。例えば、四歳のジミーが、ホテルのバスルームの窓から下を眺める場面があります。この作品において、「窓」は効果的に使われる小道具の一つですが、このときジミーが高い位置から眺めていることは興味を引きます。

少年ジミーはまた「読む」ことにも熱心です。彼は、『アメリカ百科事典』[7]をベッドに持ち込み、Aの項目から読み始めます。「見る」人、そして「読む」人であるジミーは長じて「歩く」人となります。すなわち彼は歩きながらニューヨークを「読む」人間となり、誰よりも頻繁に、マンハッタンを縦に横に歩き回ります。新聞記者というジミーの仕事には、彼のその特性が現れているといえます。

金ぴかのエレン

結末に近い部分ですが、「演ずる」人エレンと「見る」人ジミーの決定的な違いが

タイムズ・スクウェア近辺が新たな劇場街となっていた。一九〇〇年には四十一の劇場が建ち並び、その数はさらに増え続け、ブロードウェイは劇場街の代名詞、さらにはアメリカ商業演劇の代名詞となるにいたった。

7 『アメリカ百科事典』 *The Encyclopedia Americana* アメリカの代表的な百科事典。初版は全十三巻から成り、一八二九年から一八三三年にかけて出版された。一九一八年から二〇年にも改訂版が出て、三十巻からなる大部のものとなった。

明確に示される箇所があります。エレンと別れ、仕事も失い、失意のどん底にあるジミーは、「薄い金箔で作られた本物そっくりの」エレンが、窓という窓から手招きしているという、奇怪な摩天楼のイメージに悩まされます。ジミーは、この「ざわざわ音を立てる金ぴか窓の摩天楼」の入口を探そうとするのですが、どうしても見つけることができません。結局ジミーは、摩天楼の内部へ入らないことを意識的に選ぶのです。

摩天楼とは言うまでもなく、ニューヨークの象徴に他なりません。ニューヨークには一八九〇年代にすでに高層の建物が出現していましたが、それ以降、さらに次々と摩天楼が建設されていきました。「鉄とガラスとタイルとコンクリート」で造られた摩天楼は、テクノロジーの飛躍的な進歩と、それを支えるニューヨークの経済的繁栄の証でした。したがって、その摩天楼の内部にエレンがいるということは、エレンが大都会ニューヨークのまさしくエッセンス、ニューヨークそのものであることが示されています。

しかもそのエレンが、金色に輝いていることは、ジミーにとってエレンが、ジェイ・ギャツビーにとっての黄金の娘デイジー[8]にも似た、富と、そしてかなりグロテスクではありますが、美の象徴であることを示しています。しかし、摩天楼の外部にいてエレンを見上げるジミーは、魅了されながらも、エレンに見出した出世第一主義や拝金主義と結局は決別するわけです。

しかしそれにしても、ここに至るまでのエレンの葛藤や苦悩を考えれば、女優とは

8　黄金の娘デイジー　フィッツジェラルドの『偉大なるギャツビー』の主人公、ジェイ・ギャツビーは、駐屯先のルイジアナ州ルイヴィルで金持ちの令嬢デイジー・フェイを見初める。野望に燃える彼にとって、以来デイジーは、追い求めるべき富と美の象徴となる。デイジーの声には「お金があふれている」というギャツビーの言葉はあまりにも有名。これを聞いた語り手ニックは、デイジーを「いと高き純白の宮殿に住む王女、黄金の娘」と呼ぶ。

そもそも「見られる」ことを前提とした存在であるとはいえ、まるで見世物のような、金ぴかのエレンが手招きする姿には、どこか痛々しいところがあります。小説の最後でエレンは、ジョージと三度目の結婚をしようとしています。内部にいることをいわば運命づけられているエレンは、どこかに何かを置き忘れてきたという喪失感や、人形と化してしまったことへの嫌悪感や苛立ち、不安、そんなものはすべて飲み込んで、ニューヨークにとどまり、そこで生き抜いて行こうとするわけです。

全体から見れば、エレンの物語はそのごく一部に過ぎません。しかし、ドス・パソスはこの小説において、例えばたった一枚の写真が物語を語りうるように、断片から物語が紡ぎだされうることを、そして全体に埋もれながらも、間違いなく個の物語が存在することを示していると思います。

発表 II

都市小説と夢の言語

平野 順雄

この作品の主題と語りの特徴を挙げると、四つに集約できると思います。（一）会話を叙述する際の「音文一致」[9]と呼べるほど正確な音の描写があること。（二）大都市に住む登場人物たちの行動や意識を正確に描きながら、その底に潜む無方向性を洞察する作品であること。（三）数十名の人物が大都市で営む生活を描く際に、叙述の対象を目まぐるしく変えることによって、対象を断片化しながら、断片化された対象同士がかすかに響き合う、キュビスム[10]的な描写法を用いていること。（四）事実の記述と事実ではないことの記述の間に「夢の言語」が現われること。これらの工夫によってドス・パソスが創り出そうとしているのは、人間ではなく、ニューヨークという大都市が主人公の、「都市小説」という新たなジャンルなのではないかということです。

9 「音文一致」 音と表記を同じにし、訛りを正確に伝えようとすることをさしている。田舎から出て来たバッドに仕事を紹介してくれる場所はないかと聞かれた肉屋の少年が使う "Kerist" [Christ] や "Newyorker" [New Yorker]。バッドの台詞に見られる、"Mebbe" [Maybe]。元メッセンジャー・ボーイの使う、"Tink" [Think]、"muder" [murder]、"whatjer tink" [what do you think] など。

「音文一致」と大都市に生きる人間の描写

まず第一番目の「音文一致」ですが、移民[11]によって形成されるアメリカ社会では、様々な英語が話されています。それぞれの英語の音を正確に表記するのが「音文一致」です。ただし、イギリス以外の国々から移民して来る人々を蔑視するのではなく、多民族国家アメリカを形成する力の源として、プラスの評価をしているのだと、私は考えます。

次に二番目の特徴ですが、この小説では大都市に住む登場人物たちの行動や意識が非常に正確に描かれています。ですから、読者は登場人物の意識や行動をまざまざと追体験できるのですが、読者が最終的に直面するのは、生きる方向を見失った登場人物の意識なのです。

例を見ておきましょう。若く貧しい牛乳屋ガス・マクニールが鉄道事故に遭い、駆け出しの弁護士ジョージ・ボールドウィンが事件の担当に決まります。ジョージは、ガスの若い妻ネリーに会うとすぐに欲情を抱き、その欲情がたちまち満たされる様子が描かれます。出会った時点から四頁先で、もう恋は成就していて、「ネリーの黒い瞳は広がっていった。（中略）二人は互いの身体をかき抱き、激しく唇を合わせながら、揺れた」と表現されています。登場人物の欲望が、読者の期待どおりに素早く、しかも確実に満たされるわけですが、「広がっていく黒い瞳」に方向性の喪失が見て取れます。焦点を結ばない瞳は、物を見ることも、自らの運命を見ることも出来ない盲目の眼に他なりません。それは都市が生み出す欲望のなすがままに恍惚として流さ

10　キュビスム Cubism　二十世紀初頭、ブラック、ピカソらが始めた芸術運動およびその技法。自然を写実的に描写するのではなく、円錐など幾何学的な形に分解し、それを抽象的に再構成していく表現方法。一例としてブラックの「ギターを持つ女」（一九一三）を挙げることができる。

ジョルジュ・ブラック「ギターを持つ女」

11　**移民 immigrant**　建国後のアメリカへの移住者を移民といい、一八六五年から一九二〇年にかけて中欧、東欧から蒸気船でアメリカに渡ってきた人たちを新移民（New Immigrants）という。彼らはニューヨーク港に到着し、都市生活者となった。一八九二

れていく女性の盲いた眼なのです。

方向性の喪失は、登場する女性の中で、最も詳しく描かれるエレンにも見られます。大成した弁護士ジョージは、妻との離婚を進めながら、エレンに求愛しています。ある時、彼は求愛に応えず逃げ出すエレンを、銃で撃とうとします。危険から逃れた翌朝、目覚めたくないエレンの意識を甘美で退行的な比喩で語った後、ドス・パソスはエレンが方向性を喪失していることを鮮やかに描き出します。シャワーを浴びて鏡を覗いたエレンが見るのは自分の「瞳の黒い部分が広がっていく」様子なのです。また、恋人スタン・エメリーが別の女性と結婚したと彼女に告げると、化粧箱の鏡に映ったエレンの「瞳はだんだん広がっていってついには何もかもが真っ暗に」なるのです。

優柔不断な夫ロイに不満を感じているアリスが、エレンの二番目の夫ジミー・ハーフを見る眼も「広がっていく褐色の瞳」です。アリスにとってジミーは警察相手の乱闘も恐れない英雄なのです。しかしジミーは、アリスの瞳の「井戸の底で水がチラチラするような光」から顔をそむけます。彼はアリスの期待を満たせないからです。

大都市の内部に生きる場所を獲得しようとする男たちは、多かれ少なかれ都市の生み出す欲望に操られています。ですから彼らが大都市内部で生存権を獲得しようとする努力そのものを、主体的な方向性であると思い込んだとしても無理はありません。ならば、こうした男たちの欲望の対象となり、男たちに身を任せる女たちは、大都市の欲望の生贄であると言えます。「焦点を結ばない瞳」は、女たちが大都市の生贄だという記号なのです。

年から一九五四年まではエリス島の移民局を経て入国した。

エリス島

キュビスム的な描写法

次に第三の特徴を見てみましょう。この作品は、描写の対象を素早く変えて、五十名以上の登場人物それぞれの、大都市における人生を同時進行で描こうとするために、描写が断片的になる実験的な作品ですが、どうして都市小説と言えるのかを考えてみます。

最終場面で、エレンが地区検事に出世したジョージと結婚し、マンハッタンに留まるのに対して、エレンを諦めて離婚し、一人マンハッタンを去るジミーにかすかな希望が託されているように見えるのは、大都市の欲望に操られる状態から、ジミーが結果的に脱出するためだと思われます。

大都市の生み出す欲望に負けて死んだ人もいました。ニューヨークに憧れを抱いて田舎から出てきたバドは、物語前半でブルックリン・ブリッジ[12]から身を投げて自殺してしまいますし、物語後半では哀れなお針子アナが、自ら招いたかのような火事で、大火傷を負います。疲れ果てたエレンが、アナを羨ましいと思うのは、マンハッタンの生み出す欲望に身を苛まれながらも、あくまでそこで生きていく道を選んだことへの疑問ゆえでしょう。

とはいえ、自分の居場所が見つけられず泣き出すアリスや、エレンがいた劇団のメンバーで喉頭癌にかかっているルース、美しい芝居に憧れながら、恋人に妊娠させられ苦境に陥っているキャシーに比べれば、エレンは、愛される女である点でまだ、幸せと言えます。

12　ブルックリン・ブリッジ　ニューヨーク市のブルックリンとマンハッタン島を結ぶ吊り橋。一八八三年開通。鋼線ケーブルを用いた工法の先駆であり、以後二十年間世界最長の吊り橋。優雅なシルエットは多くの芸術家の創作意欲をかきたてた。詩人ハート・クレイン（Hart Crane）の詩、『橋』（*The Bridge*, 1930）はその一例。

ブルックリン・ブリッジ

ジミーは、エレンがスタンとの間に設けた子の父親になろうとしたり、移民少年コンゴを始めとする下層社会の人物たちと温かく付き合ったりします。また彼が語る「麦藁帽子の男」の話[13]もユーモラスなだけでなく、自分の流儀を命がけで守るしぶとさを表わしています。ですから、大都市脱出後の彼にも期待が持てるのですが、それはこの都市小説の埒外です。

この作品の眼目は、大都市が生み出す欲望に操られる人間の群れを、断片化して描くことによって、人間以上に都市が主人公だと主張するところにあります。都市の欲望に操られることを拒否する者は、自殺するか、何処へとも知れず去っていく他ないのです。

「夢の言語」の開拓

この作品には、事実の記述と事実でないことの記述が並存する独得の箇所がありま す。四番目の特徴として、私はそれを「夢の言語」と呼びたいと思うのですが、ここでは焦点が一人の人間の意識に当てられてはいません。

コンゴの働く禁酒法[14]破りのレストランにジミーとエレンが行くと、場面は突如フランスの風景に変わり、アフリカ近くの沿岸にいるような描写が入ります。三人の記憶が、無媒介に現在に侵入する箇所です。地理的位置と時間の攪乱を表します。

ジミーがベッドに倒れ込み、眠りに落ちるとすぐ植字機(ライノタイプ[15])で文字を

13 「麦藁帽子の男」の話 季節外れに麦藁帽子を被っていたために殺されたフィラデルフィアの男が話題になる。男は向こう見ずにも麦藁帽子を守ろうとして、喧嘩をしていた。ついに、町の英雄に背後から鉄パイプで頭を殴られて死んだのである。

14 禁酒法 Prohibition アルコール飲料の製造、販売もしくは運送を禁止する法律。アメリカ合衆国憲法修正第十八条。一九一七年に議会を通過し、一九一九年に成立。翌二〇年からアメリカ全土で施行され、一九三三年に廃止されるまでの十三年間効力を発揮した。その間、法の目をかいくぐる密売業者が暗躍し、治安の悪化など社会問題を生むことになった。

15 ライノタイプ Linotype 一八六六年以来、ワシントンの速記記者たちは、速記内容

書く夢を見ます。植字機の腕は女性の腕に変わり、次いで「痛いわ」というエレンの声が聞こえてきます。「機械を壊しちまいますぜ」という声も聞こえます。

　文字を書くことと女性を愛する営みの区別がつかなくなっているジミーの状態を喝破した夢です。ジミーにとってはどちらも相手を傷つける行為なのです。夢の続きは「植字機が大きく口を開けると、輝く歯が並び、飲み込むやガリガリと齧《かじ》った」とされ、ジミーの方も文字や女性に噛み砕かれそうになっている実相を教えます。植字機と女性の融合です。

　ジミーは、摩天楼のあらゆる窓から金箔で出来たエレンが金色の服を着て手招きする幻想を見ますが、それは血肉を備えた女性としての実体を失い、都市の欲望に操られる「人形」と成り果てたエレンと摩天楼の睦み合いを示します。

　最初の夫オーグルソープと別れ、二度目の夫ジミーとも別れたエレンが、三番目の夫となるジョージと食事する時、「氷のような冷たさが身体を通り抜ける」不思議な感覚に襲われます。それは、見えない絹の帯で首を締められる感覚で、エレンにまとわりつく全てが硬いエナメルのようになり、煙草の煙で青い筋のついた空気さえガラスになってしまったようだと表現されます。これはジョージとの結婚が死と等しいことを教えているのですから、夢の言語と呼ぶより死の予感を伝える言語と呼ぶ方が相応しいかもしれません。死の予感と大気の融合を示すのです。

　最後の例です。エレンが結婚衣裳を頼んだ店のお針子アナが火事を出し、大火傷を負います。針仕事をしながらアナは恋人エルマーとのデートを考えています。エルマ

を即座に製版し活字化する機械を求めていた。その願いが一八七二年に移民して来たドイツ人時計製作者オットマル・メルゲンターラーが開発。一八八六年に完成し、『ニューヨーク・トリビューン』紙で試用公開された。

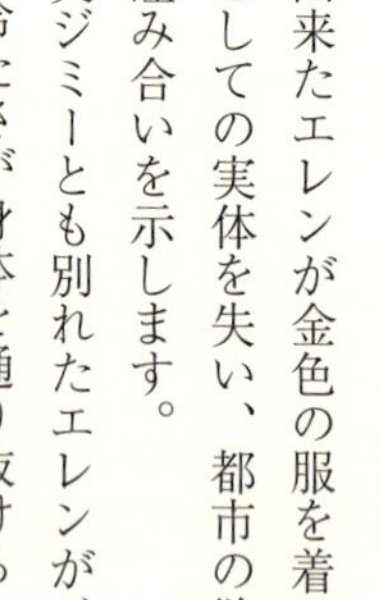

ライノタイプ

ーの力強い腕で「炎のように」抱きしめられたいと願っていると、アナは本物の火に包まれます。「彼女が縫う夢の向こうから白い指が招く。白いチュールの輝きがきつすぎる。チュールから突然赤い腕が出て彼女を捕えるが、アナは身体に食い入ってくる赤いチュールを脱げない」と表現されています。比喩であったはずの愛の「炎」が、本物の炎の腕となって瞬く間にアナを捕えるのです。逃げる間もなく火だるまになる感覚が見事に表現され、比喩が実体化した場合の危険が示されます。

つまり「夢の言語」とは、次元の異なる物を結びつけ、新たな次元を開く言語です。それは、大都市が登場人物に抱かせる、時として危険な夢想や錯覚ですが、それは同時にまた、大都市が人生のより深い真実を教えようとして登場人物に囁きかける叡智の言語でもありえるのです。危険な夢想や錯覚がそのまま真実であり叡智でもあるような世界こそ、大都市に生きる者の世界です。これを正面から取り上げた点でドス・パソスを、都市小説[16]の開拓者と呼んでよいと思います。

断片化の手法をめぐって

林（司会）　黄金の女性エレンに比重をおいた発表、そして文体・語りの分析を通して『マンハッタン乗換駅』を都市小説として読むという発表でした。最初に一つうかがいたいのですが、徳永さんは、この作品のタイトルに作者が「ピュア・ウーマン」という言葉をつけようとしていたことを、どうお考えですか。

16　**都市小説**　一般的には都市を舞台にした小説をさす。都市で生きる人間の意識は断片化されるが、都市自体は持続した意識を持つように描かれる小説をいう。こうした作品構成法は、モダニズムと関わる。ジェイムズ・ジョイス（James Joyce）の『ユリシーズ』（*Ulysees*, 1922）がこの例と言える。

徳永　そもそもハーディの描いたテスが「ピュア」かどうかは、よく話題になる点ですよね。ドス・パソスはこのタイトルを結局採用しなかったわけですから、どこまで意図を読み込んでよいのか迷いますが、エレンを女優に仕立てたことには関係があると思います。

辻本　『シスター・キャリー』[17]と対比すると面白いのですが、キャリー・ミーバーは偶然の力に後押しされ女優として成功します。この当時の女優は娼婦と同じように見られることが多かったそうですが、ブロードウェイの申し子エレンは、何人もの男性との関係を利用し経済的に成功していくわけで、体を売って金を得るという意味では、彼女も娼婦と言えるのではないでしょうか。最後の火事の時、自分の喪失感を火事と重ね視覚化しますが、それは娼婦でしかなかった自分に気づくということだと思います。またこの作品の持つ斬新さは、たしかにそのユニークな断片性にあると思うのですが、でもその断片化の欠点もあるわけで、例えばお針子アナの喪失感にエレンの喪失感が関連付けられていくことがとても見えにくくなっていると思います。

本合　確かに断片化されているんですけれど、僕にはセンチメンタルな恋愛物語という読後感が残りました。その意味でコラージュ[18]的手法は成功しているのか、僕も疑問に思います。

坂本　つながりのない人々が行き来する交差点となる回転扉は、機械的な都市におけるエネルギーを生み出す装置だと感じました。人と人のつながりを考えるにしても、そもそも意識というのは断片的なもので、それをそのまま捉えると、こういう小説に

17　『シスター・キャリー』本書第九章の注10を参照。

18　コラージュ collage　フランス語で「貼り付け絵」の意味。ピカソやブラックが創始し、シュールレアリストが名付けた絵画の技法で、印刷物や写真、彩色した新聞の切抜きや、その他様々な断片的な物質を画面に貼りつけ、一部に加筆などして構成される。

なるのではないでしょうか。

長畑　平野さんのように人物表などを作り、それぞれの人物の行動を跡付ければつながりが見えてきますが、普通に読んでいくと、この物語には断片化によって、ある人物が他の人物と重なっていくような、撹乱するような効果があります。例えば、堕胎について考えると、エレンだけでなく、他の人も堕胎していて、それが重なって見えてきます。

またコンゴの場面で感じられる外国性というか国際性というか、ジェイムズ[19]の国際テーマ[20]とはまた違った世界の広がりがありますね。それに固有名詞や地名、特に歌などの風俗的要素を通して時代を示している。当時の人が読めばすぐにわかるような歌が出てきて、注をつければとても面白いと思うんですが、そういう構成がピンチョン[21]の『V.』に通じます。人間が機械化され、無機質になる。非人間性をおもちゃのイメージで重ねて行く点も似ています。ついでに言っておくと、D・H・ロレンスがこの作品を書評[22]しているのですが、セックスにとりつかれているところが生命の躍動を表すといって褒めています。

三杉　ジェイムズの国際テーマとは違うと言われましたが、ニューヨークという街に色々な人種が存在し、それを素直に反映しているわけで、ヨーロッパとの対比を描くジェイムズとは根本的に違うんじゃないでしょうか。私は、断片をつなげようとは思わず読んでいましたが、つなげてみるとつながる。つながるように精緻に書き込まれていることが、平野さんの発表を聞いて良くわかりました。

19　**ジェイムズ**　本書第六章を参照。

20　**国際テーマ**　ヘンリー・ジェイムズの初期の作品を特徴付ける主題で、ナイーヴなアメリカ人とコスモポリタンなヨーロッパ人との複雑な関係を描くもの。円熟期にも同様の主題を用いた作品があるが、より洗練された扱いとなっている。

トマス・ピンチョン

21　**ピンチョン Thomas Pynchon**（1937-）　現代アメリカを代表する小説家の一人。コーネル大学を卒業した後、一時技術系のライターを務め、その後作家に転身した。『V.』

徳永　断片化は計算されていると思います。バラバラに見えますが、他の要素とつながるように仕組んである。今回、エレンの物語だけを取り出しましたが、他の人物と重なっていくように配置されています。ただ、一人の人物を追って読んだせいか、書かれている内容に恋愛が多いので、従来の小説のようにも読めました。そのように読んでしまっては、この小説の新しさを評価できないと思うのですが、それは読者の自由なのか、それとも形式は新しいが内容は昔のリアリズム小説[23]と変わらないのか。考えてしまいます。

森　バラバラだが、計算し尽されているというご指摘、同感です。ただ、リアリズム小説では通常、キャラクターが内面を持っていますが、ドス・パソスは人間を、リアルな実体を持たないものとし、あえて表面的なものとして捉えています。そういった深みのないキャラクターは、例えば、三セントしか持っていないのにニューヨークを飛び出していく愚かな人物ジミーに良く表されていますが、そういった思慮分別の無さを、作者はアメリカ文化の時代的問題だと見ているのかもしれません。

大森　回転扉を出たり入ったりする人間たちが成功したり失敗したりするなかで、エレンは上昇志向を持ち、機械仕掛けのように振舞う。ですが最後には昇りつめたところでためらい、対照的に描かれているジミーと同じように空しさを感ずる点、私にはリアルに描かれているように思いました。

（*V.*, 1963）でフォークナー賞を受賞。その後、『重力の虹』（*Gravity's Rainbow*, 1973）、『ヴァインランド』（*Vineland*, 1990）など。最新作は一九九七年の『メイソン&ディクスン』（本書第一章の注40を参照）。『V.』は元海軍兵のベニー・プロフェーンに関わる一九五六年の現代の物語と、ハーバート・ステンシルが謎の女性「V.」を探し求める歴史の旅を交錯させた複雑な構成を持つ作品。

22　**D・H・ロレンスの書評**　『カレンダー・オブ・モダン・レターズ』誌（*The Calendar of Modern Letters*）一九二七年四月号に収録。読者は「（この小説中の）財政的成功のいかに多くがセックス発動機のなりふり構わぬスピードアップによるものであるかに気づく」と書いている。

23　**リアリズム小説**　人生の

都市を描く小説

小池　なぜ都市が主人公の小説のなかで、各部を会話で終わらせているのでしょうか。

三杉　ドス・パソスは語り手の視点を入れず、会話だけで何かを呈示し、何が起こるかを劇化する。つまり、どう解釈するかは読者にゆだねる手法なんじゃないでしょうか。会話で終わっていることと、都市が主人公であることは別に矛盾しないと思います。むしろ、有象無象《うぞうむぞう》が集まり、時代の先端を行くニューヨークという都市だからこそ、この小説が成立するのでは。

高梨　都市が中心の小説と指摘されましたが、たしかに特定の人物間の展開、成長は描かれておらず、人物が「彼」や「彼女」という単なる記号として動いているように感じました。ニューヨークという都市が欲望を発動するシステムとなり、全ての登場人物はそれに操られているのです。徳永さんはエレンに注目されましたが、私はジミーの視点から物語を読み解くべきだと思うのです。ジミーがこの街を離れることで、何らかの解決を見出そうとしても無駄である。この街での問題は、この街にいることによってしか解決されないと、この作品は伝えようとしているのかもしれない。だからこそジミーのようなアウトサイダー的な視点が重要になるのです。

山口　火や火事を恍惚として眺めている人物が登場しますが、ドス・パソスはどこか非人間的な、機械化された都市への憧れがあったのではないでしょうか。機械は断片の集積であることを視覚化してみせますよね。その点で、キュビスム的なスタイルと重なると思います。

現実を忠実に描こうとする立場に立つ小説。アメリカでは十九世紀後半以降盛んになった。『アメリカ小説とその伝統』（*The American Novel and Its Tradition*, 1957）を書いたリチャード・チェース（Richard Chase）の定義によれば、現実を詳細に映し出し、アクションやプロットよりも、気質や動機がしっかりとわかるキャラクターを重視するなどの特徴を持つ。

森岡　私は語りの手法が映画的であることに興味を持ちました。映画でよく使う手法ですが、カメラが人物の後ろから迫り、誰かと思っていると、やっとその人物の顔が映されるというのがあります。これは名前を特定せず、「彼」とか「彼女」で文が始まると高梨さんが言われたことにつながると思うのです。またエイゼンシュタイン[24]的モンタージュ[25]の手法が、断片をつなぎ合わせる語りの手法と共通するようにも思えます。

坂本　でも都市では妙なつながりを感じることがあります。本来、人のつながりがなくバラバラなんですが。だからこそ、そこに繋がりを、物語を、私たちは読み込んでしまうのかもしれません。だから都市を描く時は、バラバラでいいのではないかと思います。

中川　長畑さんが堕胎に言及されていましたが、エレンが堕胎するかどうか曖昧ですよね。私には、結局、堕胎をせずに結婚するしたたかな女性だと思えました。また子供が生まれた後の態度からは、母性を持たない女性とも読め、子供はその母の犠牲になっているのかと思いました。

徳永　エレンはスタンとの交際中にジョージとも付き合ったりします。しかしスタンに対する気持ちは真剣でしたから、中絶をして、その結果機械仕掛の人形になっていくと思ったのです。だから第二部で中絶し、子供を失い、エレンは変わるのだと読みました。

平野　私には中絶したとは読めなかったのですが。行動の理由がはっきりとは示され

24　エイゼンシュタイン（1898-1948）　セルゲイ・エイゼンシュタインはソビエト連邦の映画監督。モンタージュ理論を確立し、それに基づいて自ら映画を撮った。一九二五年の『戦艦ポチョムキン』はモンタージュの手法を確立した作品として名高い。代表作は『イワン雷帝』（第一部一九四四年、第二部一九四六年）。

25　モンタージュ montage　複数のカットを組み合わせて用いることにより、新しい意味を生み出す映画の技法。フランス語で「編集」を意味する。

んです。

ない小説ですので分かりにくいのですが、わからなくていい、そういう小説だと思う

亀井　さて、お二人の発表ですが、作品の読み方の二つの代表を聞いているようで、いいなと思いました。ただ問題は、最終的にこれを文学作品としてどう評価するのかということです。ドス・パソスはこの作品に満足したのかしら。昔、留学中に初めて読まされた時、衝撃を受けたのを思い出します。都市そのものを表現するモダニスティックな手法[26]で、文章も新鮮、会話も良く、新しい小説とはこういうものだと思ったんです。ところが今回読み直して、その時の感動がない。フォークナーやピンチョンを読んだためかもしれません。問題は人間がどういうふうに表現されているかということですね。

エレンは果たしてどのように描かれているでしょう。僕はエレンは中絶しなかったと思うが、それにしても、もう一つ人物像がはっきりしないんだね。機械文明のなかで人間として生きようとして頑張ったけれど、最後には機械人間になってしまったのか、それとも自分中心の生き方で飛び上がろうとしたが失敗し、最後に墜落してしまったのか、その辺がはっきりしない。断片化していく中で作者の追跡あるいは描写は、断片の面白さはあるが不十分に終わってしまったんじゃないだろうか。ジミーについても同じで、一九二〇年代のハックかと思って読んでおったが、『ハックルベリー・フィンの冒険』[27]と違って、充実した人間に描かれていない。結局、僕は、この作品の手法はすばらしいと思うが、都市を表現しえても、それを構成する人間をしっかり表

26　**モダニスティックな手法**　モダニズムは二十世紀の初頭に起こった芸術運動。複雑化する技術、産業、都市など、それまでとは違う時代に生きる人間の感性を、より真実に近い形で表現しようと試み、従来の表現方法にはない新しい手法を模索した。文学における「意識の流れ」はその一例。

27　**『ハックルベリー・フィンの冒険』** *Adventures of Huckleberry Finn*（1884）マーク・トウェインの代表作。孤児のハックが、逃亡奴隷のジムと、ミシシッピ川を下るいかだの旅を続けた結果、人間的に成長する姿を描く作品。

現しきれなかったと思う。作品を仕上げた段階で、作者はどこか描ききれなかった不満を持ったんじゃないか。それで『U・S・A』[28]を書いた。主要人物がしっかり表現されていて、『U・S・A』は段違いにいい作品ですよ。

表現の持つ時代背景

長畑　森さんが言っていた、出て行くとき三セントしか持ち合わせていない馬鹿馬鹿しさですが、貧乏とか貧困層といったモチーフは、アメリカ文学では連綿と描き続けられてきていますね。現代の読者なら、この作品を読むとポール・オースター[29]を思い出すんじゃないでしょうか。

中村　わずかなお金しか持たず、アメリカに、特にニューヨークに渡ってきて成功するという、アメリカン・サクセス・ストーリーの表象がありますが、ジミーはそれとは逆に、三セントしか持たず出て行くというところに、成功なんか問題ではなく、貧しいけれど魅力的という人物を作ったとも言えませんか。

森　貧しさというのがアメリカ文学のユーモアにつながるのは事実ですね。現代の物語では、金の無いことが都市の厳しい現実を描くメタファーとなることが多いと思いますが、しかし、ジミーのおじさんの描写に見られるように、ドス・パソスは貧しくてものんびり生活している人物を描いていますからね。

中川　都市を描くのにコラージュの手法が使われていると言われましたが、私は五感

28 **『U・S・A』** *U.S.A.* (1938) ドス・パソスの小説。『北緯四十二度』(*The 42nd Parallel*, 1930)、『一九一九』(*1919*, 1932)、『ビッグ・マネー』(*The Big Money*, 1936) からなり、二十世紀初頭のアメリカを舞台に、主要登場人物十二名の男女の生き様を通して、資本主義社会の退廃を描き出す大作。

ポール・オースター

29 **ポール・オースター** Paul Auster (1947-) ニュージャージー州、ニューアーク生まれ。『シティ・オヴ・グラス』(*City of Glass*, 1985)、『幽霊たち』(*Ghosts*, 1986)、『鍵の

を駆使して書かれていると思います。ジェイムズの『アメリカン・シーン[30]』にも出てきますが、においや食べ物が強烈な印象を与えていて、都会を描き出す要となっているように思います。

長畑　たしかに面白い小説には、ピンチョンの『重力の虹[31]』やリチャード・ライトの『アメリカの息子[32]』もそうですが、食べ物の場面がよく出てきますね。この作品では、コンゴの場合が印象的です。

本合　エレンと娼婦を結びつける発言がありましたが、女が人間として生きるには娼婦として生きる以外ないということになり、エレンが男のような人生を歩もうとしても、それは作者によって初めから排除されているとは言えませんか。ジェンダーが壁となっているというか。

森　ジェンダーの限界は、作家の考えというより文化の問題で、類型的な当時の都市生活者の常識を描いているということじゃないですか。牛乳配達の妻を弁護士という立場を利用し籠絡《ろうらく》するジョージに象徴されるように、登場人物の多くは類型として現れますから。ただその中で、子供時代も描かれるエレンとジミーに関しては、多少違った側面があるのかもしれません。

中川　ところで、社会主義運動とかスト破りの話がありますね。ドス・パソスはストライキ側に同情的だったんでしょうか。アイリッシュやユダヤ人に対して差別的な表現もありますが、これは客観的な視点で描かれていると考えてもよいのでしょうか。「ニグロ」などの表現も出てきますが、当時の時代情勢の中で、どのような立場にい

かかった部屋』（*The Locked Room*, 1986）の「ニューヨーク三部作」や、『ムーン・パレス』（*Moon Palace*, 1989）などで知られるアメリカの現代作家。

30　**『アメリカン・シーン』** *The American Scene*（1907）　ジェイムズが一九〇四年に四十年ぶりに訪れた母国アメリカの印象を記した作品。その記録は音、におい、食べ物にも言及され、例えばニューヨークのユダヤ劇場の強烈な臭いや、ドイツ系移民のシンプルなカフェ、キャンディーなどの菓子類の消費の多さについて記録している。

31　**『重力の虹』** *Gravity's Rainbow*（1973）　トマス・ピンチョンの長編小説。第二次世界大戦末期のドイツ軍によるロケット攻撃を物語の一つの核とし、また体内に化学物質を埋め込まれたアメリカ人将校タイロン・スロスロッ

たのでしょうか。

徳永　色々な人種を盛り込んではいますが、当時のニューヨークを考えれば、登場人物としてもっと出てきてもよさそうなアジア系、黒人がほとんど出て来ませんね。人種的な偏見に満ちた発言をする人物もいますが、ジミーなどの描写を見ると、ドス・パソスは人種的な偏見なしに見ているんじゃないかなと思えます。

長畑　堕胎を行う医者がユダヤ人という設定は反ユダヤ主義的[33]な社会を表していると言えるのではないでしょうか。「ニガートーク」や、「ムラート」という言葉も出てきます。マイノリティに対して用いられる言葉は乱暴ですが、時代的な白人優位を示すものに過ぎないと思えます。『U・S・A』の「一九一九」で、中華料理店が「チンクハウス[34]」となっています。ヘミングウェイの『持つと持たぬと[35]』でも「チンク」という表現が出てきますから、当時はそういう時代だったということかもしれません。労働運動はこの作品の段階では強く出ていませんが、「一九一九」では共産党に接近し、労働運動の場面が多く出てきます。

林（司会）『U・S・A』の第三部「ビッグ・マネー」に登場するメアリ・フレンチは労働運動にのめり込んでいきますね。では本日のディスカッションは終わらせて頂きます。有難うございました。

プの冒険を軸に、時間・空間の枠を越えて壮大に繰り広げられるポストモダン小説。冒頭には、英国空軍パイロットのプレンティス・パイレートがアパートで仲間と調理して食べる「バナナの朝食」の場面がある。

リチャード・ライト

32　**『アメリカの息子』** *Native Son*（1940）　アメリカの黒人作家リチャード・ライト（**Richard Wright**）の作品。この作品でライトは黒人文学の第一人者と見なされるようになった。**『アメリカの息子』**は貧しい黒人青年ビッガー・トマスが裕福な白人女性を殺害し、死刑判決を受けるまでを描く。ビッガーがフライパンでネズミを殺した後、家族と粗末な朝食を食べる場面で物語が始まっている。

33　**反ユダヤ主義的**　本書第四章の注21および第十章の注18を参照。

34　**チンクハウス Chink House**　チンクは中国人をさして用いる軽蔑的な語。OEDの初出例は一九〇一年になっている。

35　**『持つと持たぬと』*To Have and Have Not***（1937）アーネスト・ヘミングウェイの長編小説。キーウェストを舞台に、密輸取引に巻き込まれた漁師ハリー・モーガンの冒険と死を描く。ハリーは黒人と中国人を蔑称でそれぞれ「ニガー」、「チンク」と呼んでいる。

座談会　語り合う楽しさ

坂本季詩雄　武田貴子　辻本庸子　徳永由紀子　長畑明利　本合陽　三杉圭子

辻本（司会）　私たちはこれまで「アメリカ文学の古典を読む会」で読書会を十二年間やってきました。第一期の六年間の成果を『亀井俊介と読む古典アメリカ小説12』として二〇〇一年に出版し、第二期の成果を『語り明かすアメリカ古典文学12』としてまとめようとしています。この活動の中で私たちは本について語り合う、語り明かすということをずっとやってきたわけで、今日はそういう語り合うことの総決算としての座談会ができたらいいなと思っています。今、話題になっているカレン・ジョイ・ファウラーの『ジェイン・オースティンの読書会』という本の中で、「読書会のメンバーに男を入れちゃだめよ。男を入れると、微妙な力関係が変化して、言いたいことが言えなくなっちゃうわ」というような台詞がありました。けれども私たちの読書会ではそういう気遣いはなく、それこそ性別がどうであれ、年齢がどうであれ、キャリアがどうであれ、ともかく言いたいことを言える会ではなかったかなと思います。まず始めに、読書会をやってきた反省、感想、そういうごく身近なところから始めましょうか。会の発起人であった坂本さん、どうでしょう。

共有する読書体験

坂本　この本の「あとがき」にもこの会が発足したいきさつが書かれていますので繰り返しませんが、亀井さんが中部地区の人を中心に読書会をしようとおっしゃって、僕がお世話をすることになりました。でも最初から僕が人選をしたわけじゃありません。亀井さんの趣意書を見て皆が同意して入会したわけで、そういう点では皆さん、それぞれが選んでこの会に入って来た訳ですよね。まあ、そういういきさつもあって、発表の一番バッターを僕が引き受けることになりました。最初のとき、発表者は僕一人で、しかも九十分ぐらい話してくださいと言われたので、何をしていいかわからず本当に困りました。でも発表や飲み会などを通していろいろ話をしたり、自分が知らないことに触れる発言を聞いたりするうちに、こういうことに興味を持てばいいのかとか、こういうふうに問題の切り口をもっていけばうまくしゃべれるとか、そういうすごく基本的なやり方をだんだん教わったと思います。編集作業にも加わらせていただいて、文章を書き言葉にするときの考え方も教えてもらいました。すると最初は関心がないと思っていたことも、実はそうじゃなくて、これまでやっていたことに関連しているという発見もしたんです。いろいろなところに興味がつながっていくことが、とても楽しかったです。

徳永　私は坂本さんの発表のとき、コメンテーターに当たったのですが、私も何をしていいのか分からなくて。けれども亀井さんの「とにかく口火を切ればいい」「自分の思ったことを言えばいい」という、それだけを言葉どおりに信じてのぞみました。私は、どっちかっていうと、それまで文学は一人で楽しむものというふうに思い込んでいたので、自分がどう読んだかを論文には書いていましたけれども、あまり外に向いていなかったんです。ところがこの会で皆と初めて読書体験を共有しました。しかもそれだけじゃなくって、ここでは皆の読む時間がずれてないでしょう。同じ時に読んで、同じ空間でしゃべってというのは、やっぱり大きかったと思います。

武田　たしかに読むというのは孤独な作業だものね。だからこの会の楽しさは、亀井さんが提案されたように飲んだり食べたりお風呂に入って「ゆかたがけ」でしゃべるというところにあると思う。だから言いたいことも言わせてもらった。あんまり人を傷つけることなく言えるっていうのは、泊まりこみだったからだってすごく思います。

本合　僕は二年目にアプトン・シンクレアの発表が当たったのですが、シンクレアは、自分から読もうという作家ではなかったんです。昔、大江健三郎の「政治的人間」と「性的人間」という言葉がはやった時代がありましたよね。僕は大学時代に「お前みたいな性的人間はいない」と言われた人間でしたので、対極にある社会主義だとか、マックレイキングとかいわれているような政治的作品に関心を持つはずがなかった。ところが読んでみたら意外と、同性愛的なもの、もしくは男って何だろうという問題が書かれているのに気づいたんです。この発表以降、この会では「マンフッドの本合」と呼ばれるようになったんですが、そういう僕の視点で読めちゃうんだということを発見してとても面白かった。でも発表の直後、皆さんがシーンとしてしまって、失敗だったのかと内心がっかりしたんです。そのときコメンテーターの進藤さんが「私には、全然思いもよらない発表だったので、ついすぐには反応できなかっただけだ」と言ってくださって、自分としては、「やった」と思いました。自分のやろうとしていることや組み立てていることが、まったく関係ないと思っていた作品に援用できるかどうかというような一つの実験ができるという意味において、この「古典の会」が非常に面白い場であったと僕は思っています。

武田　私もこの読書会が読みの実践の場だったと思います。亀井さんはいつでも「まず一番先に作品を味わう」ことを言われてきたから、いろんな批評理論もあるかもしれないけど、まず読んで、本の中から証拠をだして話をしていく。そのときに思いがけない本合さんのマンフッド論なんかも出てきて。私の中では、もう「マンフッド」が「人間らしさ」よりも「男らしさ」の意味しか持たなくなっていて、そういう自分とは違った見方とかをいろいろ教わったり、自分の見方が広がったり、新しい展望みたいなものも受け取ってきたと思います。

坂本　ふつうは本を読む場合、活字になっている本をみんな一人一人が黙って読みますよね。でももともとは口承の物語は語られて、それを聞く人は、語り手の個性、その声とか語り方などを、楽しんでいたと思う。読書会はみんなで声を出して本を読むわけじゃないけど、それぞれの人の読み方っていう「声」を聞いていくでしょう。誰か一人が語っているわけじゃないけれど、似たような体験だと思うんです。そういう意味で、みんなで読書体験を共有し、本について話しあう中で、本を読む原点のようなものを体験したと思う。

辻本（司会）　実際に読書会をやってみて感じる一番の醍醐味というのは、今、坂本さんが言ってくれたように、生の声で意見を聞いて、感じて、こっちも生の声で意見を発するという所にあると思う。そこでは活字の世界が、あるいはイマジネーションの世界が、ちょっとスイッチを切り変えられて身体化されるというか、違う次元のものになる面白さがあるという気がします。さきほど『ジェイン・オースティンの読書会』という本をあげましたけれど、それによるとアメリカでは読書会がものすごく流行っているらしいのね。どうしてアメリカで読書会がそんなに流行るんだろうと不思議な感じがするけれど、それも一種の社交グループにおける生体験が求められているということでしょう。読書会である以上、本はキーワードになっているけれど、それ以上に人と触れ合って、人と語り合って、人との時間を共有してみたい、そういう体験が社会で求められているのだと思う。日本でも本を要にした読書会が流行らないかなと期待を持っているのですが、無理でしょうか。

武田　アメリカで読書会が流行しているということですが、アメリカには読書会の伝統があると思います。十九世紀に読書会がものすごく盛んになったんですよ。少し知的な女の人が読書会に行って、そこで自分の読み方なんかを披露する。それは立派な知的社交クラブでもあるわけですよ。で、そういう会で集まった人が、今度は禁酒運動をしようとかということになる。また最初はキルトの集まりが、そこから慈善団体をおこそうということになる。そういう女性のクラブがいかにアメリカの女性権運動に貢献したかということについて書かれた論文もあるぐらいです。ヨーロッパなら冬になるとオペラが始まってという習慣が定着していたのでしょうが、アメリカではそれに比べて楽しみが少なかった。それも女性クラブが生まれたことと深く関係していると思います。スモールタウンに住んで、互いに離れて住んでいるから、じゃあ、集まって本を読みましょうってことになったんではないでしょうか。そういう伝統があるから、読書会も、新しく起こった現象というより、どちらかといえば、伝統のリヴァイヴァルといった感じだと思うのね。『ジェイン・オースティンの読書会』では読書会に関連させて、読んでいる人たちのライフが描かれていますよね。わたしたちの読書会もそれぞれの読み方に自分のライフが出ていると思う。私の発言なんかみると、歴史的なことか、フェミニスト的発言か、その二つぐらいしかなくて、本合さんの「マンフッド」ではないけれど、少し偏狭だと反省しているぐらいです。

素直に語り合うこと

長畑　みんな一昔前のことを思い出しているので、私もつらつらと思い返すと、そのころ私は前衛の詩人とかポストモダンの小説家とかをやっていて、十九世紀の作品は主たる関心事じゃなかったんです。ですから作家の代表作とは違う古典を読むこの読書会というのは、自分にもすごく勉強になると思って入りました。でも最初はやっぱり違和感あったんですよ、僕は。やり方もそれまでは、基本的に先行研究を押さえ、それまでに言われていることを批判して、そこに新たなものを加えた形で書くというのをずっとやっていました。けれどこの会では、発表する場合にもあんまり引用はしないっていうか、ほかの人の研究に頼らないで自分の意見をという形だったですよね。それがなかなか難しくて。参考文献を見ずに発表する訳だけど、それまでに僕が読んだ批評家とか理論家といったような人たちの見方っていうのが、どうしても自分の意見の中に入るから、亀井さんが期待していたような、借り物ではない自分自身の意見がストレートに出たかどうかって言うのは、ちょっと怪しいと思った。それはずっと感じていたことで「借り物ではない意見って何？」というのはずっと疑問なんです。自分の意見というのをすごくラディカルにおし進めて自分の心の反応を素直に出していくと、結局「このテクストは非常に面白くてよかった」とかいう、すごくシンプルな感想になる可能性があって、僕はそれは非常に危ういと思っている。だから集まって、みんなで意見を言い合って、研究発表のスタイルじゃない読書会はすごくおもしろいと思うけれども、僕はきちんと先行研究も読んで、まだ言われていないことを論じるという学術研究のスタイルも捨てたくない。だから両刀使いで行こうと思います。そういう意味では本合さんのように、とことんマンフッドみたいな視点は、やっぱり貴重だったと思う。いわゆる伝統的な、文学作品を亀井さん流に「魂の躍動を見る」とか「一人のライフがどういうふうに描かれているか」を見るスタイルというのは、それはそれで尊いと思うけれども、そうじゃない視点というものが出てきて、それに対して議論するといったことがもう少しあっても良かったんじゃないかなと思った。

辻本（司会）　この読書会のゆるがせない基本は、やっぱり本当に素直に作品と向かい合って、その作品を自分なりに感じる力を養うことが基本にあったと思います。でも亀井さんがそれを言われる場合と、私たちがそれを言う場合とではちょっと違う。やっぱり読書会を十二年間やってきて、亀井さんが基盤とされている土壌の広さ、深さみたいなものは、あらためて痛感しました。亀井さんが「何も考えないで、何も頼らずに感じたことを言いましょう」とおっしゃるけれど、文字通り、私たちがそれをやると、長畑さんが言ったようにとてもつまらない、単純なものになってしまうと思う。だからやっぱり一方で、亀井さんの言葉をしっかりと受け止めつつ、長畑さんが言ったように、自分らしい研究っていうのはどういうものかという問題意識をもう片一方に持って、車の両輪みたいな感じで進むべきだと思う。一方にあんまり肩入れしすぎたときに、「いやいや、あの亀井さんの言葉を思い出そう」みたいにもう片一方に戻るというたゆり戻しがあって初めて、あまり自己本位にならず、バランスをもった研究ができるんじゃないかしら。そういう意味でこの読書会は、一年に一回の集まりだからそんなに自分たちの生活のなかで時間的にウェイトがあるわけじゃないけれど、それぞれの研究の中で重要な、考える契機みたいなものを与えてくれたんじゃないかなと思います。

武田　私も同感で、亀井さんと同じように素朴にというのでは、あまりにもシンプルな感想になってしまうと思うから、批評理論をある程度は勉強していなきゃいけないと思っています。けれども正直、批評理論に固められた発表を聞くと「作品の言及をもう少し展開してくれたら面白い発表になるのに」と思うことはよくありますよね。もちろん、亀井さんと同じように「理論はいらない」なんてとても言えないのですけれど。亀井さんはホイットマンで博士論文を書かれた後に、アメリカの大衆文化を研究されたでしょう。亀井さんには『ひそかにラディカル?』というご本がありますが、今でこそ文化研究は注目されているけれど、あの時代にそれをやるっていうのは「ひそかに」どころか、すごくラディカルなことだったたと思うのね、それもフランスの哲学者がこう言っているからというんじゃなくて、先生独自の見方、つまりアメリカ文化の本質がハイブラウじゃなくてロウブラウ、大衆文化にあるんじゃないかというふうに始められた。そのラディカルさをお持ちの先生とは違う私たちが、同じように研究の土壌を作っていけるかというと、なかなかそれはできないでしょう。でも私としては、日本人の日本の国で読んでいる私なりの読み方が出てきたらいいなって思っています。

三杉　私はこの読書会が学術研究とは別のものだと理解して参加したので、先行研究とかにあまり頼らないことに違和感はなかったです。でも正直言って、こんなに言いたい放題言っているものを活字にして出すことに最初は驚きました。当初は私が一番年齢的にも若かったから、そういう意味で、緊張もしましたしね。さっき徳永さんが自分の読書体験を他の人と共有することがあんまりなかったって言われましたが、私もたしかに、こういう雰囲気で語り合うことは初めてで、それはすごく楽しかった。というのも普段、論文を書くときにはいろいろな意味で武装しないといけないでしょう。どこかでだれかに批判されるっていうようなことを、防御しながらやるわけです。でもこの会はそうではなくて、なんかもっと普段着のままでやって、テクストと向かい合う原点に戻れるんです。私がアメリカ文学を好きなのは理論が好きなんじゃなくて、やっぱり、テクストを読んで心に何か思うことがあったからで、この会で皆と話し合っていると、研究者になった源の読書体験ってこういうものだったなと思い起こされるんです。ここに来ればその再確認をいつもできるという土壌を与えてもらった気がします。

辻本（司会）　さっき、徳永さんがこの読書会で読むという本来は一人でやる作業の、語り合う楽しさを知ったと言われましたけれど、語り合うことによって何か違うものになっていくということがやっぱりあるでしょうか。三杉さんは戻っていく源と言ってくれたけど。やっぱりそれは一人で読む場合と違うものになりえますか？

徳永　ええ、そう思います。一人で読んで読書会の場に出るでしょう。そこでいろんな人の意見を聞くわけじゃないですか。それは共感を呼ぶ場合もあるし、反発を覚える場合もあるし、びっくりする場合もある。そういう反応を自分がするっていうことが、一人で読んでいる場合にはないでしょう。もちろん、一人で読むという孤独な作業がまず前提にあるんだけれども、自分がどう思ったかということすら、一人だけで読んでると分からないことがあって、この場に出て、いろいろ意見を聞いてみて、それで自分の考えが確認できたときもある。自分の考えが変わる場合も、もともと隠れていたものが触発されて出てくる場合もあるとは思いますが。

三杉　私も徳永さんがおっしゃったように、自分の考えがまとまらないまま読書会に来て、何を言っていいか分からない時もあったのですが、でも発表を聞いて、「ああ、なるほど」と思ったり、「自分にはちょっとしっくりこない」と思ったりしました。でもしっくりこないなら、じゃあ、自分はどういうふうに読んだのかということが逆に照射されてくるんです。そこから「この人と私はこういうところが違う」とか、「こういうところが同じだ」ということがわかり、そこから自分が何を考えているのか、分かってきたように思います。

辻本（司会）　たしかに自分がよりはっきりと見えてくることがありますね。

長畑　語り合うということでいうと、やっぱりこの会で一番大きいのは亀井さんの意見だったと思う。亀井さんが言うことってかなり他の人と違う。少なくとも僕とはだいぶ違った。たとえば、「ホーソーンはあまり好きじゃない」とか「ジェイムズも嫌いだ」みたいなこと言うでしょ。「あれ、本当なの、この人」とか思いながら、それがすごく刺激的でね。亀井さんはぶれないですよ、あの人は。自分のスタンスっていうのか、ほとんどぶれない。だからそういうところでいろいろ議論を戦わせていくと、自分が本当に関心をもっていることは何なのかとか、自分は批評理論なんかを勉強しながら研究をやっているけれど、もしかしたら本当は自分にあっていないものを鵜呑みにしているだけかもしれない、っていうことを結構突きつけられる面があるんです。だから「最終的に自分はこういうものが面白いと思っている」とか、「自分はこういう見方で見ている人間なんだな」とか、そういうところがだんだんわかってきて、それが亀井さんの言う借り物でない、本心からの発言ということになっていくのかなと思った。実際、亀井さんと話しているといろいろなことで自分には結構ぶれがあるって僕は感じた。いろいろ自分なりに戦っているのだけれども亀井さんには一本筋が通ったものがあって、それを議論でぶつけてくるから「うーん」と思ったことがあって、そういうプロセスは面白かった。

辻本（司会）　わたしの場合は『ミス・ラヴネルの分離から愛国への転向』を読んだ時、そこに出てくるヒロインが紋切り型でとてもつまらない薄っぺらな人物像だと思ったんです。それに賛成してくれる女性の方はたくさんいると思うんだけれど。

本合　僕もそう思いました。

辻本（司会）　心底、そう思っていたのに、亀井さんが「あの女性はいいですね。とてもよく描けている」と真顔で言われたから、もう愕然としたんです。でもその時「ああ、そうなんだ。だから自分の感じたことをそのまま言ってもいいんだ」と逆に思った。亀井さんのいうことがぶれがないとしても、それが絶対じゃない。私は私の感じた「そうじゃないでしょ、このヒロインはこんなにつまらない」ということを筋道たてて言わなきゃいけないし、そういう仕事が私にはまだ残されていると思った。それをもう少し広げれば、作品を批評するときにも、権威ある学説に対してでも「いや、それは違う」と主張して自分を前に出してもいいし、それが許されるんだとあの時にすごく感じたんです。ただしちゃんとした手続きを取りさえすればの話ですが。それは私にとって大きな発見で、しかも「語り合う」という中だからこそ、それをものすごく衝撃的に感じました。

古典という枠組み

長畑　そもそも我々の会は「アメリカ文学の古典を読む会」という名称だし、我々の二冊の本のタイトルにはどちらも「古典」という言葉が入っているのだけれど、それをどういう定義で使っているかという点に関して、今一つみんなで、統一した見解があるわけでもないでしょう。で、その議論と関係すると思うのですが、特に今回取り扱った本には一つの共通点を感じました。それは「サヴァイヴァル」というか、市民社会のなかに参入していくという関心が描かれている作品が多いっていうことです。個人がどうやって生きていくか、あるいはアフリカ系の集団がどういうような形で、他の白人市民と同じようなレベルで生活していくことができるようになるか、移民がどう生計を立てていくかとか、あるいは新しい国がどうやって他の国と同じように一流の国家としてやっていけるかとか、などいろいろな形をとるわけですが。どうしてこのような「立身出世」だとか、「サヴァイヴァル」だとか、「立ち上がる」というテーマが見て取れる作品が多くなってきたかっていうと、今回は前回と違って、多文化的な要素が入っている、つまりマイノリティの作品をかなり入れたからだと思うんです。アメリカの古典文学として、我々が読んだ作品は、基本的にアメリカ建国から十九世紀を経て二十世紀の初めくらいまでで、その時代は、たしかに主人公なり社会なりそのエスニック・グループなりが、どういうふうに生きていくかがものすごく大きなテーマだった。ところが我々の対象とする古典を、今言ったような「サヴァイヴァル」だとか、立身出世だとか、人間の生き方っていうものを問う小説だけに限定すると、二十世紀になってからの文学が論じにくくなってしまうんです。それはドス・パソスでも、スタインでもいいけれども、これらの小説は、必ずしもそういう関心だけでは切り取れない部分があるので、じゃ、それらは古典じゃないのかというとそうではないだろうと思う。そのあたりの文学の性質の違いを、どういう風に考えるべきなんでしょう。

辻本（司会）　たしかに今回取り扱った作品の中で、「サヴァイヴァル」、「生き延びる」といったテーマが多く見られると思います。けれどそれは古典の定義というよりは、むしろアメリカ文学が源流に持っているテーマではないかしら。人々はものすごくエネルギッシュに、どうにかして生き続けようとする。たとえいろいろな欲望が満たされ、何もかも手にしたとしても、まだ何か足りないものを求め続けていく。物質的に恵まれたら、精神的に飢えているとか。つまり「サヴァイヴァル」を語り続けることはアメリカのずっと一貫した姿勢だと思う。現代文学の中でも、特にマイノリティの人々、それはアジア系アメリカンにしても、ネイティヴ・アメリカンにしても、やっぱり、どう「サヴァイヴ」するかっていうことを二十一世紀になっても問い続けるわけでしょう。だからむしろ「サヴァイヴァル」への渇望はつねに源流にあるのだけれども、それだけでは飽き足らない部分が生じてきて、もっと現実の生の営みとは乖離した芸術のための芸術といったものを追い求める動きも生じてくる。その一例がドス・パソスであったりスタインであったりするわけです。そういう作家たちが彗星のごとく、いろいろな時代に現れることはあっても、「サヴァイヴァル」自体は大きなテーマとして一貫して存在していると思う。

武田　それは続いていると私も思う。亀井さんが古典って言われるときに、いつでも口に出して言われる定義があるでしょう？　「名前はよく知られているけれど、読まれていない作品」。これはトウェインが言った古典の定義なの。「よく知られているけれど、実際に読んだことのない作品を古典という」とトウェインが言っていて、亀井さんはいつもそれを引き合いに出される。第二期でとりあげたブラッケンリッジの序でも「トウェインがこう言っているが、これはまさしく古典に値する本だ」って書かれていたでしょう。

本合　第一期の本の前提というのは小説でしたよね。だから必然的に時代が限定できたんですが、第二期の本の場合には小説という枠組みを取り払ったから、ある意味で難しい部分も出たと思います。ただ最近の時流で、アメリカ文学史をスペインから始めるべきという議論が正しいのかどうか、僕は非常に疑問に思うんです。あれは今までそういうものを排除してきた歴史の中で「政治的に正しく」読み直して、自分たちを自己正当化するための一種の方便だというふうにしか思えない。むしろそれなら征服の歴史をきちんと自己反省するべきで、「私たちにはこんな歴史もあるんです」という言い方は、僕は汚いと思う。

武田　植民地時代に限って言えば、スペインがアメリカを制覇していたら、スペイン語の国ができただろうけれどそうはならず、イギリスが勝って、イギリスの書物が残って、それを私たちが読むから「メイフラワー号」という名前の船も覚えているわけでしょう。それはそういう力関係で歴史が作られて来たということだと思う。でも私は歴史の読み直しを汚いとは思っていなくて、それを言うんだったら今回スレイヴ・ナラティヴを読んだけれど、昔だったら、スレイヴ・ナラティヴなんか文学ではないと言われたわけでしょう。それは新しい読み方を掘り起こしているということだと思う。

三杉　たしかにこの十二年間の間で、文学史の見直しがすごくあったと思います。私が大学で文学史の授業を受け持ったときに、短縮版のノートン・アンソロジーを使いましたが、途中で版が変わったんですね。ノートンすると先住民の文字にならない絵なんかが一杯入ったり、ダンスの絵や楽譜が入ったりしました。ノートンもそんな風だから、確実に何かが変わってきたんだなと思います。第二期の作品が多様性があるというのは、そういう時流が反映されているのもしれないし、私たちも知らないうちにそこから影響を結局受けているんだと思います。

本合　キャノンの見直しということで言えば、進藤さんが『ルース・ホール』を読んだときの司会をされましたけれども、そのディスカッションの最後で、『ルース・ホール』が読書会で選ばれたことに彼女自身が驚いたと言ったでしょう。この作品は「古典」の名に恥じるんじゃないかと。その年、一緒に読んだのはジェイムズの『ボストンの人々』でしたから、それと比べたらたしかに人物の造形という面でも、プロットの面でも見劣りがしたと言えるでしょう。でももちろん進藤さんはこの作品を評価しているわけで、そういう彼女の物差しは、これまで常識とされてきた文学評価の物差しとは少し違うわけです。そういう評価の物差しの多様性、いろいろな読み直しというのも最近の傾向で、僕もこの点で進藤さんと似た立場をとるんだろうと思います。

辻本（司会）　たしかに多様性が一般化してきていると思います。でもこれまで私たちの読書会は作家の代表作ではない古典を読むという方針で来たけれど、この第二期に扱ったマイノリティの作家、たとえばアフリカ系アメリカ人作家の場合、その作品はかなりメジャーなものではなかったかしら。あの選択は、亀井さん流に言えば、「読んで当たり前」の本で、少し他とは基準が違うような気がします。

三杉　ジャンルとして、小説じゃないものを選びたかったということでしょうか。

武田　それもあるけれど、本来は大物だけれど見落とされているっていうのがデュボイスということじゃないでしょうか、やっぱり。

長畑　それは僕もそう思う。要するに、我々がいかにそれまで白人のものを偏重して読んできたかっていうことでしょう。

徳永　でもデュボイスは歴史の分野で必読書じゃありませんか？

武田　それはもう歴史の人は皆読んでいると思うけれど、おそらくその読み方が歴史と文学では違うと思う。歴史の人から「文学の人はいいよね、歴史的事実がなくても書けるし、例えば、何も書いていないということすらテーマになる」と言われる。でも逆にフーコー的に言うと、歴史こそ解釈でしょう。最近は歴史が、事実の提示ではなくて、自分の解釈による歴史だっていう風になってきていますけれど。

本合　さっき長畑さんが、僕らが選んだ作品ではいかに生きるかっていうテーマのものが多かったって言ったけれど、結局僕らが扱おうとしているのは、人々の生きざまでしょう。もしくはそれをどう表現するかっていうことが問題だと思うから、結果的に事実そのものをつなぐっていうことに、それほど関心はないんですよね。事実の点と点を結んで線を描くんじゃなくて、その事実の背後に何があったかっていうことに惹かれる。それが書かれる場合も書かれない場合もあるから、それを読み込む作業を僕たちはしようとしているんじゃないかしら。

長畑　それでもアメリカの古典文学って、やっぱり圧倒的に歴史の表象として読まれる傾向が強いと思う。こういう作品の背後にはこういう時代がありましたっていう具合に。あるいはアメリカはこういう国なんだっていう具合に。そうではなくて、第一期のときには、それこそ歴史を度外視して読んでも面白いものが結構あったと思うのね。『マーディ』もそうだと思うし、『アルトゥルリア国からの旅人』も。第二期のスタインなんかそうだと思う。このように歴史と結びつけたり、その人がどう生きたかっていうのとは違う面から考えるべき作家をどういう風に見るか、それが難しいところだと思う。そういう歴史と関連の薄い作品をもう少し取り上げると面白かったかもしれない。そして詩も取り上げてほしかった。

辻本（司会）『スプーン・リヴァー・アンソロジー』をやろうって亀井さんが何度もおっしゃったけれど、

結局実現しなかったですね。

長畑　そう、実現しなかったんですよ。だからもしかするとアメリカの古典文学って、やっぱり小説中心なのかなっていう感じがしています。

坂本　詩が読書会で読まれなかったのは、詩が駄目なのではなくて、やっぱり詩は朗読するという要素がいまだに強いからだと思うんですよ。一人で読むっていうことももちろんあるだろうけれど、ポエトリー・リーディングに行った方が楽しいなって僕は思います。その違いもひょっとしたらあるかもしれない。

長畑　ただ僕たちの会が扱った作品の時代は、一番新しいので一九二〇年代ぐらいでしょう。もう少し後までっていうわけにいかなかったのかなとは思った。新しいところを取り上げていないから、アジア系のものを選びにくくなってしまった。やっぱり十九世紀を中心として二十世紀の頭ぐらいまでというように、時代を限定して古典を探していくと、どうしても白人中心になっていかざるを得ないですよね。

武田　それは議論しましたよね。一九二〇年代以降の作品を古典と言うのかどうかと。

三杉　ユダヤ系はカハーンを読みましたけれど、本当はヘンリー・ロスの『コール・イット・スリープ』を読みたかった。でもその時に出版年が一九三四年だから駄目だということになったんです。

武田　年代にかかわらず、それこそ、ユダヤ系の古典、アジア系の古典っていう風に古典の定義を系列ごとに変えれば、もっといろいろな作品を入れられたかもしれない。私たちは「古典」の年代にこだわりすぎたのかもしれないわね。

三杉　私はスタインが入ったのはすごく良かったと思うんです。読んだときはそうでもなかったのだけれど今、考えてみると、やっぱり新しい表現方法を実験している現代アメリカ文学の主流というか。だからその先駆者を入れたのはすごく良かったと思う。

長畑　でもスタインをやってるときにも思ったのだけれど、例えば、実験小説とかアヴァン・ギャルドとか前衛的な「古典」って、そもそもオクシモロン（撞着語法）じゃないかな。本当に前衛実験小説の古典でございって言ったら、読めないようなとんでもないものが選ばれるべきでしょう。

武田　でもオクシモロンといえば、ヨーロッパから見れば、古典アメリカ小説っていうこと自体、オクシモロンで、私なんか「アメリカに古典があるの？」とヨーロッパの人に聞かれたこともありますよ。

読む「私」

辻本（司会）　語り合うことが、他の人を知るということでもあるし、それと同時に自分を知る一つの契機になっていくと最初の方で言われました。ここで読みの主体ということに、話を移してみたいと思います。先ほどからの話の中で、「素直な自分」というように、読む主体としての「私」は、ある種の前提とされてきたように思います。けれどもそれは本当に確固としたものでしょうか。とりわけ日本人でアメリカ文学を読むという、異なる文化と常に接触を持つ「私」たちの場合は。実はこれは最先端の西洋の知を身につけ黒人運動のリーダーとなったデュボイスのディスカッションがきっかけとなって抱いた疑問なんです。遠藤周作の初期の作品で、『黄色い人』という作品があります。遠藤はここで、除籍されたイタリア人の神父に、呪文のように「なんまいだ」と唱えれば何でも許されると思っている日本人の神や罪に対する鈍感さを指摘し、異なる文化間の埋めがたいギャップを描いています。このような絶望的とも思える異文化の壁を越えて、私たちの場合なら文学を通して、どれほど作品世界に近づきうるのか。あるいは異なる文化を受容したとき、どのような変化が主体に起こるのか。そのあたりをどのように考えますか。

長畑　難しいテーマを出して来ましたね。それは知識の質によると思います。たとえば科学技術のような知の体系は、人種とかエスニシティだとか国籍とか言語を超えていますよね。そういうのは共有すればいいと思いますが、デュボイスの時代だと、どうしてもヨーロッパ白人文明が知識の最先端だったから、それを受け入れざるを得なかったでしょう。それは必ずしも白人化するということではないだろうけれど、そういうものを持っていない人種民族集団の目からすると、白人から借りているという意識が芽生えてもおかしくない。例えば、明治時代の日本が何も持ってないからヨーロッパのものをどんどんどん受け入れたのは、やっぱり西洋化ということだろうけれど、結局はレトリックとか、考え方の問題だと思う。今の時代だったら、例えば先端技術とか思想とか考え方とかを世界で共有するという考え方でいいわけです。ただ一方で例えば、日本で日本人がアメリカ文学を勉強したり英語を勉強したりするというのは、自分自身の何パーセントかがアメリカ人化することだと思っている。

辻本（司会）　私もそう思っている。

武田　私もそう思う。

長畑　え、そうなの？　結構変な考え方だと思っていたのだけれど。だから、例えば、中国語を勉強したり中国の文化を勉強したり中国の映画を見ることによって、また韓国のテレビドラマが好きで韓国語を勉強することによって、何パーセントかは中国化、韓国化するんだと僕は考えている。そして逆に外国人が日本のものを受け入れた場合、部分的に彼らが日本人になると思っていて、そういう変容が相互に起こるというようなイメージを持ってるのね。だからデュボイスが白人の知を受け入れるっていうのは、僕は、部分的に白人になるっていうことだと思っている。もちろんそれをおもしろく思わない黒人の人がいるというのも十分理解できるけれど、逆に白人も何パーセントか黒人になるということがおきればいいと思う。

辻本（司会）　でも白人化をあまり単純化して考えない方がいいんじゃないかしら。デュボイスについて議論したとき私が思ったことは、そこから派生して、じゃあ自分はどうなんだろうということでした。日本人でアメリカ文学をやっている自分は、それによって根本的な変容をしたのかどうか。自分がどういう立場で本を読んだり、あるいは語っているのかを考えたとき、アメリカの本を読み、アメリカ的な、アメリカに関する知識をいろいろ研究している自分が、頭の中がいわば白く洗脳されているのかというと、私はそうじゃないと思う。つまり欧米文化を学ぶということによって欧米の良いところも悪いところもよりはっきりと見えてきて、それと同時に自国を見る目も培っていくんじゃないかと思う。同じことは白人の知識を身につけた黒人にも言えて、彼らが西欧の本を読み、西欧の大学で勉強して西欧の知識を身につけることから、批判の目も、あるいは共感の目も育ち、いろんな文化がブレンドするような新しい境地が開けていくと思う。それは全く違った文化が触れ合うことによって生まれてくる中間地点みたいなもので、そこにある種の可能性があると考えたい。

武田　例えば、うちの大学で他の学科の先生に、英語科の先生は半分アメリカ人みたいな人ばっかりだから理解できません、みたいなことを言われるときが時々あります。たしかに私なんかもアメリカナイズされている面はあると思うけれど。でもデュボイスはアメリカに生まれているわけだから、デュボイスの場合と私たちがアメリカ文学をやってアメリカナイズされるということは、やっぱりちょっと違うような気がする。

本合　僕もそう思う。やっぱりデュボイスの場合、アメリカ化というのは彼にとって一種の暴力なんですよね。だって、そうしなければ対等になれないんだから。だからそれは否応なしにそうせざるを得なかったわけでしょう。日本だって例えば明治維新はある意味で一種の暴力が働いて、技術的なものなどを明治時代に必死で西欧から仕入れたわけでしょう。暴力で来るなら、それに対してこっちも暴力でっていう発想にならざるを得なかったわけじゃないですか。それに対して、今僕らがアメリカ文学を読むっていうのは、別に暴力で読まされてるわけじゃなくて、自発的な意志で読んでるわけですよね。そういう人間を同じ土壌で話していいのかなっていうのは、僕は疑問に思う。

坂本　僕は根本的に二つは一緒だと思います。僕らが好きでアメリカのものを読んでいる行為は、単に自発的なものだと言うけれど、じゃあどうしてそうなったのかをずっとたどっていけば、明治維新のときの結果が今日を生み出しているともいえるわけです。それを意識することの方が僕は大切だと思う。

三杉　さっきから明治維新が契機として言われているけれど、それよりも日本がアメリカに第二次世界大戦で負けて占領されたというのが絶対大きいと思いますよ。やっぱりそれがなかったら、私たち今頃、こんなにアメリカ文学を読んでないと思います。

坂本　一九四五年が大きなきっかけになっているっていうことはその通りだと思う。

徳永　アメリカナイズというとき、私は、例えばアメリカ文学を読んで影響を受けアメリカナイズされたっていうよりも、そうなる要素をもともと自分が持っていたと思う。外のものに共感して受け入れるものが内にあったんだと思います。

辻本（司会）　それは分かるような気がする。つまり自分の中にあるものとピタッと来るものがあって、それがたまたまアメリカだったっていうことですよね。それは多くの人が経験しているんじゃないかしら。

坂本　皆一九四五年以降の生まれだからそんなことが言えるんだよ。明治時代とか江戸時代に生まれた人間には無理かも知れない。

辻本（司会）　私にはアメリカナイズっていう言葉自体に、何かしら違和感があるんですが、でも確実にやっぱり、言葉と触れ合い、文化と触れ合ううちに、自分の中でアメリカ化はたぶん起っているんだろうと思います。でもそれは何も、さっき言ったように、アメリカの片棒をかつぐとか、宣伝マンになるということではなくて、むしろもっと批判的に、普通の人より批判的にアメリカを見るっていうことも可能なわけでしょう。知っていれば知っているほど鋭い点を指摘できるわけで。だからそういう意味で、アメリカ化を、必ずしも否定的にとる必要もないし、いろんな意味合いが、あるいは個人によっていろんなレベルがありうると思います。

徳永　何かからくりが分かるっていうようなところがありますよね。

長畑　さっき言った、西洋文明に限定する必要のない、世界的な共有財としての知みたいな知識というのはやっぱりあると思うんだけど、それを考えた場合、とりわけデュボイスの時代には白人の功績が多かったわけです。そういうことをやっぱりデュボイスも思ったんじゃないかな。で、自分たちがもっと貢献できるようになるまではそれは仕方ないっていう風に考える。最近はむしろ黒人の人たちが、もっと黒人の貢献に注目しましょうって言って、それで、『黒いアテナイ』といった本が書かれるわけでしょう。クレオパトラは黒人だっただろうとか、アラブのあの哲学者は黒人だっただろうとか。逆に中国の人だって何千年という歴史の中で自分たちの残した功績を主張しかねない。

本合　話を元に戻していい？　そういう前提で考えたとき、じゃあもう一遍、「素直に読むって何だろう」って考えてみたい。例えば、自己批判的なものが出て来る読み方は、素直な読み方なんだろうか。それとも、例えばアメリカと自分が同化してるということで読んだとすると、すでに自分の中のアメリカになってるものが素直に出ているだけかもしれない。僕らはこの会で、素直に読むという一応亀井さんの前提に従って読んで来たけれど、その素直さというのは、たぶんそれぞれ非常に人によって違うと思う。

三杉　素直さの中に、物事に対してクリティカルなスタンスをとるということが含まれたとしても、それは矛盾しないでしょう。自分のあり方を読みに反映させるっていうとき、批判的に見ることはあるだろうし、それがライフスタイルになっている人は、私を含め多くいると思う。

辻本（司会）　それは、他も批判的に見るし、同時に、発言している自分をもそのときに批判できる、ある種の目を持つことですよね。

長畑　これまで自分たちがいかにアメリカ化されているかっていう話から、それに基づいて、テクストを素直に読む場合にはアメリカ化された自分が出るとかというのは、やっぱり政治的な意識を持ってテクストを読むっていうのと結びついている気がする。でも自分の関心に従って読みをやっていくっていう場合、素直に読むっていう、政治的関心を持たない読みをしたい人も出て来ない？

本合　それがあくまで個人の読みですよって言っている限りにおいては良いけれども、これこそがニュートラルな読みですという風にすりかえられることが多いわけ。素直と言う人の多くにそういう傾向があって、それを汚いと僕は思っている。

坂本　政治的ということで言えば、アメリカン・スタディーズといった地域研究の普及も一種の政治的な戦略とも言えるわけで、今のＩＴ革命でもそうですが、文化というのは兵器などより格段に平和的な世界制覇の手段にもなりうるわけです。アメリカ文学を専門にするというのはそういう流れに加わることだろうし、そういうことの意味する危うさというのも一方で意識している必要はあると思う。

本合　たしかにこの会の前提として、亀井さんが「素直」と言われたけれども、はたして「素直」という言葉でいいのかと僕は疑問に思う。亀井さんは亀井さんの読書体験に基づいて読まれているわけね。それは僕らがたとえば何か批評を読んでそれに基づくのと、もしかしたら同じかもしれない。だから素直な読みというのは、その作品をやるためにいろいろなもので「よろい」を固めて発言しないようにしましょうということじゃないのかな。今まで自分が作ってきたものを否定するのでなく、自分がこれまで作ってきたものからだけその作品を見ればどうなるかということをやりましょうということだと僕は理解しているんですよ。たとえそれが自己批判的なものであれ、アメリカナイズされたものであれ。その意味では僕がここでやった発表なんか、全部素直なんです。亀井さんがおっしゃる「素直」という意味と、自分たちが研究でやっていることの間に齟齬を感じる必要はないんじゃないかと思います。

徳永　でもたとえば、素直に発表をしたと言ったでしょう。この会で、そういう素直な発表ができるようになってきたということはない？　つまり話し合う中で、「自分の素直さは、どこにあるのか」という問いかけをする自分を、だんだん培ってきたっていうところはあるでしょう。

武田　それはあると思う。培ってきたというか、育ててもらったというか。そういうものが自分の中でもたくさん出てきたし、自分一人で考えていたことを誰かに反論されて、もう一度考えなおして、「いや、やっぱり違うよ、こうだよ」と主張する。そういうプロセスの中から、論理的なものの考え方とかもやっぱりこの会で身につけてきたと思う。

辻本（司会）　そろそろ時間がきたようです。十二年間、読書会を続けて来ましたが、それぞれいろいろな成果を手にしたと思います。その一例として、語り合うということにひるまない、自意識過剰になることなく、素直に思ったことを発言する姿勢を身につけたということがあるのではないでしょうか。それは今日のこの座談会でも発揮できたように思います。またこの古典の会の若手メンバーが新しい会を発足させると聞きました。是非頑張ってほしいです。彼らも私たちも、会員一人一人がこの会で手にしたことをさらに育てて行けたらと思います。今日はどうもありがとうございました。

（二〇〇六年三月二十五日　京都にて）

テクストおよび参考文献

第一章　ヒュー・ヘンリー・ブラッケンリッジ『当世風騎士道』

Brackenridge, Hugh Henry. *Modern Chivalry Containing the Adventures of Captain Farrago and Teague O'Reagan, His Servant*. Ed. Lewis Leary. 1965; Rpt. Lanham, MD: Rowman & Littlefield, 2003.（テクスト）

Davidson, Cathy N. *Revolution and the Word: The Rise of the Novels in America*. Expanded ed. New York: Oxford UP, 1986.

Elliott, Emory. *Revolutionary Writers: Literature and Authority in the New Republic 1725–1810*. Oxford: Oxford UP, 1982.

Marder, Daniel. *Hugh Henry Brackenridge*. New York: Twayne, 1967.

Newlin, Claude Milton. *The Life and Writings of Hugh Henry Brackenridge*. Princeton: Princeton UP, 1932.

第二章　フレデリック・ダグラス『フレデリック・ダグラスの生涯の手記』

Douglass, Frederick. *Autobiographies*. New York: Library of America, 1994.（テクスト）

Andrews, William L., ed. *Critical Essays on Frederick Douglass*. Boston: G.K. Hall, 1991.

Davis, Charles T. and Henry Louis Gates, Jr., eds. *The Slave's Narrative*. New York: Oxford UP, 1985.

Moses, Wilson Jeremiah. *Creative Conflict in African American Thought: Frederick Douglass, Alexander Crummell, Booker T. Washington, W. E. B. Du Bois, and Marcus Garvey*. Cambridge: Cambridge UP, 2004.

Starling, Marion Wilson. *The Slave Narrative: Its Place in American History*. 1981; Rpt. Washington, D.C.: Howard UP, 1988.

第三章　ナサニエル・ホーソーン『ブライズデイル・ロマンス』

Hawthorne, Nathaniel. *The Blithedale Romance*. New York: Penguin, 1986.（テクスト）

Bloom, Harold, ed. *Nathaniel Hawthorne*. New York: Chelsea House, 1986.

Crowley, J. Donald, ed. *Hawthorne: The Critical Heritage*. London: Routledge & Kegan Paul, 1970.

Mueller, Monika. *This Infinite Fraternity of Feeling: Gender, Genre, and Homoerotic Crisis in Hawthorne's* The Blithedale Romance *and Melville's* Pierre. Cranbury, N.J.: Associated UP. 1996.

Pennell, Melissa McFarland. *Student Companion to Nathaniel Hawthorne*. Westport, CT.: Greenwood Press, 1999.

第四章　ファニー・ファーン『ルース・ホール』
Fern, Fanny. *Ruth Hall and Other Writings*. Ed. Joyce W.Warren. New Brunswick: Rutgers UP, 1999.（テクスト）
Walker, Nancy A. *Fanny Fern*. New York: Twayne, 1993.
Warren, Joyce. "Sara Payson Willis Parton (Fanny Fern)." *The Dictionary of Literary Biography*. Vol. 239. Detroit: Gale, 2001.
佐藤宏子『アメリカの家庭小説——十九世紀の女性作家たち』東京、研究社、一九六二
進藤鈴子『アメリカ大衆小説の誕生——一八五〇年代の女性作家たち』東京、彩流社、二〇〇一

第五章　ヘンリー・デイヴィッド・ソロー『メインの森』
Thoreau, Henry David. *The Maine Woods*. New York: Penguin, 1988.（テクスト）
Bloom, Harold, ed. *Henry David Thoreau*. New York : Chelsea House, 1987.
Buell, Lawrence. *The Environmental Imagination, Thoreau, Nature Writing, and the Formation of American Culture*. Cambridge, MA: The Belknap Press of Harvard UP, 1995.
Seal, Sheryl and Robert F. Bukaty. *Thoreau's* Maine Woods*: Yesterday and Today*. Emmaus, PA: Yankee Books, 1992.
野田研一『交感と表象——ネイチャーライティングとは何か』東京、松柏社、二〇〇三

第六章　ヘンリー・ジェイムズ『ボストンの人々』
James, Henry. *The Bostonians*. New York: Everyman's Library, 1992.（テクスト）
Fetterley, Judith. *The Resisting Reader: A Feminist Approach to American Fiction*. Bloomington: Indiana UP, 1978.
Showalter, Elaine. *Sexual Anarchy: Gender and Culture at the Fin de Siecle*. New York: Viking, 1990.
Stevens, Hugh. *Henry James and Sexuality*. Cambridge: Cambridge UP, 1998.
藤野早苗『ヘンリー・ジェイムズのアメリカ』東京、彩流社、二〇〇四

第七章　W・E・B・デュボイス『黒人の魂』
Du Bois, W. E. B. *Writings: The Suppression of the African Slave-Trade, The Souls of Black Folk, Dusk of Dawn, Essays*. New York: Library of America, 1987.（テクスト）
Crouch, Stanley and Playthell Benjamin. *Reconsidering* The Souls of Black Folk. Philadelphia: Running Press, 2002.
Lewis, David Levering. *W. E. B. Du Bois: Biography of a Race, 1868-1919*. New York: Henry Holt, 1993.

———. *W. E. B. Du Bois: The Fight for Equality and the American Century 1919–1963*. New York: Henry Holt, 2000.
Sundquist, Eric J. *To Wake the Nations: Race in the Making of American Literature*. Cambridge, MA: Harvard UP, 1993.

第八章　ガートルード・スタイン『Q・E・D』『三人の女』
Stein, Gertrude. *Three Lives*. New York: Penguin, 1990.（テクスト）
Ruddick, Lisa. *Reading Gertrude Stein: Body, Text, Gnosis*. Ithaca: Cornell UP, 1990.
Walker, Jayne. *The Making of a Modernist: Gertrude Stein from* Three Lives *to* Tender Buttons. Amherst: U of Massachusetts P, 1984.
金関寿夫『現代芸術のエポック・エロイク——パリのガートルード・スタイン』東京、青土社、一九九一
河野洋太郎『ガートルード・スタインの構造——ぼたんとまなざし』東京、太陽社、一九七三

第九章　イーディス・ウォートン『夏』
Wharton, Edith. *Summer*. New York: Penguin, 1993.（テクスト）
Bell, Millicent, ed. *The Cambridge Companion to Edith Wharton*. Cambridge: Cambridge UP, 1995.
Killoran, Helen. *The Critical Reception of Edith Wharton*. Rochester, NY: Camden House. 2001.
Singley, Carol J., ed. *A Historical Guide to Edith Wharton*. Oxford: Oxford UP, 2003.
別府恵子編『イーディス・ウォートンの世界』東京、鷹書房弓プレス、一九九七

第十章　エイブラハム・カハーン『デイヴィッド・レヴィンスキーの向上』
Cahan, Abraham. *The Rise of David Levinsky*. New York: Penguin, 1993.（テクスト）
Chametzky, Jules. *From the Ghetto: The Fiction of Abraham Cahan*. Amherst: U of Massachusetts P, 1977.
Higham, John. *Send These to Me: Immigrants in Urban America*. Rev. ed. Baltimore: Johns Hopkins UP, 1984
Marovitz, Sanford E. *Abraham Cahan*. New York: Twayne, 1996.
野村達朗『ユダヤ移民のニューヨーク——移民の生活と労働の世界』東京、山川出版社、一九九五

第十一章　シャーウッド・アンダーソン『貧乏白人』
Anderson, Sherwood. *Poor White*. New York: New Directions, 1993.（テクスト）
Anderson, David D., ed. *Sherwood Anderson: Dimensions of His Literary Art*. East Lansing: Michigan State UP, 1976.

Burbank, Rex. *Sherwood Anderson.* New York: Twayne, 1964.
Sutton, William Alfred. *The Road to Winesburg: A Mosaic of the Imaginative Life of Sherwood Anderson.* Metuchen, NJ.: Scarecrow, 1972.
高田賢一、森岡裕一編『シャーウッド・アンダーソンの文学——現代アメリカ小説の原点』京都、ミネルヴァ書房、一九九九

第十二章　ジョン・ドス・パソス『マンハッタン乗換駅』

Dos Passos, John. *Manhattan Transfer.* New York: Penguin, 1987.（テクスト）
Cowley, Malcom. *A Second Flowering: Works and Days of the Lost Generation.* New York: Viking, 1974.
Feied, Frederick. *No Pie in the Sky: The Hobo as American Cultural Hero in the Works of Jack London, John Dos Passos, and Jack Kerouac.* New York: Citadel, 1964.
Nanney, Lisa and Donald C. Nanney. *John Dos Passos.* New York: Twayne, 1998.
Wagner, Linda W. *Dos Passos: Artist as American.* Austin: U of Texas P, 1979.

あとがき　「アメリカ文学の古典を読む会」について（再説）

亀井　俊介

本書は「アメリカ文学の古典を読む会」の勉強会の成果をまとめた二冊目の本である。一冊目は『亀井俊介と読む古典アメリカ小説12』（南雲堂、二〇〇一年）と題していた。いささか異様な感じをともなう題になった理由の説明を兼ねて、私はその「あとがき」で会の成り立ちをかなりくわしく語った。ここではまず、ごく簡単にその辺のことを述べなおしておきたい。

「アメリカ文学の古典を読む会」は、中部地方の若手のアメリカ文学研究者を中心として（とはいいながら関西、四国、東北にまでメンバーはひろがる）、一九九四年に発足した。アメリカ文学の古典的な作品――それもとくに、名は知られているが実際には読まれることの少ない作品――を、じっくり読み、味わい、みんなで検討してみたい、というのがだいたいの趣旨であった。具体的には毎年一回（ごく自然に夏休み中となった）、ひなびた宿（やはり自然に民宿風の温泉宿となった）に一泊の合宿をし、その一日目の午後と二日目の午前とに、作品を一篇ずつ取り上げ、発表者とコメンテイターの意見を聞いた後、全員でディスカッションをする。それを六回すると、合計十二の作品を読むことになる。

ここで最も重要視したのは、私流の表現をさせていただけば、「ゆかたがけ」の精神でそれを行うことだった。いわゆる学会発表によくある「よろいかぶと」で身を固めた発表や意見を、私は（あるいは私たちは）とらなかった。文学研究の方法はもちろんさまざまにあり、現在流行の観のある批評理論なども私たちは退けはしない。むしろ活用もしたい。しかし「よろいかぶと」を身に着けすぎた結果、その中の人間が気息奄々、時には存在不明になった研究をよく見かける。あるいは文学の要《かなめ》の部分が重い武具で圧しつぶされ、作品から掛け離れたところでの迂遠な議論ばかり目につくということもよくある。それに対して「ゆかたがけ」の精神というのは、文学研究のいわば原点に戻り、作品を直接的に「読み」、生身の自分をもとにして受け止めたことを、「素直に」そのまま人に伝える努力である。

ヘンリー・ソロー流に私は"Simplify! Simplify!"と叫び続けている。私自身それを十分実行しえているとはいえないし、この態度にも問題があることはまた後から述べることになると思う。しかし私の勝手な感想を申せば、この会のメンバーはほぼ全員が「ゆかたがけ」精神に——部分的にしろ——共鳴してくれるところがあったような気がする。六年間で合計十二作品を読むという計画で出発したので、メンバーは最初に参加を申し出られた十五名に限った（三人くらいは途中で脱会されるだろうと想定した）のだが、脱会者は一人もなく、最終会には一つ作品の発表者を複数にするというやりくりをしなければならないほどだった。また海外研修などで止むをえない場合のほかは、欠席する人もほとんどまったくなかった。

ここでまた付け加えておくと、毎回一日目は、夕食に引き続いて深夜あるいは早暁まで飲みかつ語り合う会になった。さらに、前夜祭あるいは後夜祭と称して、同じ宿や近くの名勝地の同じような宿にもう一泊し、研究についての問題を中心に「語り明かす」ことが常になった。この種の会で「ゆかたがけ」精神はさらに自由に発揮され、それが勉強会での意見や発言につながっていくことも少なくなかったように思う。

こうして予定の六年間が終わったとき、十二の古典作品についての発表、コメント、ディスカッションのすべてを編集委員会の手で一年半かけて整理しなおし、読者向けのサービス事項も加えて本にしたのが、『亀井俊介と読むアメリカ古典小説12』だった。A5版三六〇ページ、なかなか充実した一冊になったのではなかろうか。

ところで、先の「あとがき」にも述べたのだが、第六回の勉強会が終わったとき、この会をさらに続けたいという意見が事実上全員から盛り上がり、いわば第二期の「アメリカ文学の古典を読む会」が出発することになった。オリジナル・メンバー十五名に加えて、最初の発足時点では参加に遅れたためオブザーバーとして出席されていた方々や、新たに参加を望まれる若手の研究者たちも正式メンバーになっていただくことにして、総勢二十八名である。私は第一期の発足では旗振り役だったし、取り上げる作品の選択に自分の意見を出すようなこともしていたが、この第二期ではすべてをみなさんにゆだねる姿勢を強めた。みなさんは私を守りたてる姿勢を持ち続けてくれたが、私としては員数外に退いたつもりである。しかし、会の趣旨も運営の仕方も第一期のそれがほぼそのまま踏襲された。

考えてみると、この会は不思議な成り立ちである。まず会則といったものがない。会長もいなければ、役員会といったようなものもない。会計担当もいないし、きまった会費もない。ただ毎年交代でその年の幹事を選出し、この人たちが合宿のための宿を探し、すべての手配をし、合宿費を集め、その残りで通信費などをまかなうのだ。もっとも面倒なこの世話役をみなさんが積極的に引き受けてくれたこともこの会の不思議さのひとつだ。ただし、編集委員会はつくった。もちろん勉強会の成果をまとめて編集するのが主要な役割である。第一期には私が依頼してこの委員になっていただいた向きもあるが、第二期には私は関与せず自選他選によって委員会が組織された。これが、委員長の辻本庸子さんを筆頭にして、多方面の活躍をしてくれることになった。

会員数がほぼ倍に増えたことは、いうまでもなく会の人的内容を豊かにし、多様な意見や主張が出て来て、学問上の刺激がたかまるなど、建設的な効果も大きかったが、さまざまな問題を生みもした。会員間の年齢の幅がひろがって、いわば世代間ギャップのようなものが生じてきたり、極めて微妙にではあるがグループ的な思考や行動が現れたりして、全体のまとまりが維持しにくくなってきた。そうしたことは全員の善意と良識によって、かなりよく克服されもした。だが最大の問題は、具体的に、勉強会でのディスカッションに従来のような集中力を保つことが難しくなったことであろう。

早い話が、一作品について一人が発表者、一人がコメンテイターになるというやり方は、すべての会員が一度は発表するという建前からして不可能になった。また限られた時間内になるべく多くの人の意見を徴しようとすると、意見と意見との衝突、緊張、検討といったディスカッションの最も肝要な部分がつい素通りされてしまいがちになる。こういう問題をどう解決するか。もちろん全員で相談したが、本になったときのことを考える編集委員たちがごく自然に相談の牽引役になった。

この結果、コメンテイターは廃止して、一作品について複数の人が意見発表をすることにし、ディスカッションは司会役に従来よりも積極的なリーダーシップを発揮してもらうということになった。だがここにまた新しい問題が生じてくるのだ。複数の発表者は、たとえばそれぞれ違う局面からアプローチしてみせるといったふうに、ある種の役割分担をすることが期待される。しかしそのことはすでに述べた「ゆかたがけ」精神を阻害しかねない。つまり発表者は「生身」の自分をもとにした「素直な」読みよりも、一種身構えた発表に近づいていく恐れがあるのだ。その傾向に気がついて、互いに注意し合う向きもあった。

私は、第四回の勉強会の後夜祭の席で、この会は予定通り六回行ったら終わりにしましょうと提案した。終わりを明瞭にしておいた方が、本来の精神を貫きやすいと考えたのである。幸いみなさんの賛同を得て、「原点」を守る努力を強め直したように思う。

こうして試行錯誤をくり返しながら、会は進展してきた。そういう第二期の勉強会の成果をまとめたのが、この『語り明かすアメリカ古典文学12』である。第一期では「古典」という言葉に引きずられたせいもあるし、私自身の好みの限界のせいもあろうが、比較的いわゆるキャノンに近い作品が多く取り上げられていた。この第二期では人種的マイノリティや女性の作品、それに小説以外の文学作品も積極的に取り上げる方針をとった。しかしマイノリティの作品のマイノリティ性をむやみと持ち上げ、女性の作品だとすぐにフェミニズムにのっとった解釈に走るといった最近の傾向に、メンバーが必ずしも同調していないことは、本書の内容によって分かっていただけるのではなかろうか。いろいろ迷うところはあっても、私たちは「作品」そのものの「原点」的な読みを重んじてきたように思う。

しかしことはそれほど単純ではない。今回は武田貴子さんが「序」を受け持たれ、加えて巻末に私たちの会の試みを振り返ってみる編集委員たちの「座談会」を掲載した。その原稿を通読して私が感じたのは、「原点」に戻るとか、「作品」から受け止めたことを「素直に」述べるとかいう私の言い草が、じつはメンバーのみなさんになかなかの負担になっていたのかなあ、という思いである。いったい、シンプルな感想が研究になるのか、ということは、真剣な研究者なら誰しも抱く疑問ないし不安であろう。ただそういう疑問ないし不安に堪えながら、メンバーの方々は少なくともこの会の中では「原点」に返る努力をされたように見える。このことの意義も小さくはないように私には思える。

文学研究の「原点」と私がいうのは、決して「目標」ではない。むしろ「出発点」であり、そこにいったん戻って新しい出発を試みたいというだけのことなのだ。文学研究の出発点は、やはり作品を読んで覚えた感動（もちろん反発や批判を含む幅広い意味での感動）にあると私は思う。この感動を人に伝えたい。それをするには自分の感想の素直な表現が基本にならざるをえない。ただその作品をめぐるさまざまな知識や、先行研究の助けを借りることなどが、伝達の内容を豊かにし説得力を高めることは、もちろん大いにある。そういう努力が研究の質を向上させることも間違いない。

原点を忘れ、生身の自分が行方不明になった研究に私（たち）は背を向けるだけなのだ。いったん原点に返ることにより、研究者の自分が生き、そこから研究者は各自の本性や素養に応じて調査研究を進め、批評精神を発揮し、多彩な学問をひろげていくことになるだろう。

さてこの会は発足してから、一期二期合わせて十二年、それに本書の編集についやした年を加えると、合計十三年を経た。出発の頃「若手」と私が呼んだメンバーも、いまでは他の呼び方がふさわしくなってきている。第二期から加わったメンバーの中には、「若手」そのものの方たちも多いが、いずれにしろこの十二年ないし六年は、メンバーの方々の研究者としての生涯にとって意味あるものであったと私は思いたい。

学問上の研鑽はもちろんだが、いわゆる飲み会に移ってまで「語り明かした」ことの意義も大きいのではないか。冗談まじりに記録しておけば、その会場も向上してきた。第一期には民宿風の宿が多かったが、第二期第一回は前回に続いて松本市崖の湯温泉郷の「鳴神」、第二回は木曽福島「駒ノ湯」温泉、第三回は信州別所温泉の「中松屋」、第四回は三河湯谷温泉の「湯の風ＨＡＺＵ」、第五回は趣を変えて琵琶湖の北の「想古亭源内」、第六回はフィナーレを飾りましょうと岐阜市長良川畔の観光旅館「岐阜グランド・ホテル」だった。こういう次第に高級（私たちにとっては）化していく宿を幹事の苦心で事実上の貸し切り風にしてもらって、私たちは語り明かしたわけだ。

武田貴子さんが「序」で紹介されている村上春樹氏の「私はこう読んだといえば、それが正しい読み方です」というのは、文学者としては当然ともいえる主張である。私のいう研究の「原点」に通じるところもある。しかしそこにとどまってしまっていては、文学の「研究」などありえない。みんなで「語り明かす」とは、その「原点」を衝き合わせ、さまざまな「解釈」の可能性を引き出し、文学理解を深めたりひろめたりしていく作業であろう。「正しい読み方」と信じたことを、修正したり、根本的に考え直さなければならないこともしばしばある。しかしそれは楽しい作業でもある。本書は、やっぱり「若手」らしい清新な意欲をもつ二十八名の真摯な研究者の、そういう楽しい努力の結実ともいえるのではないだろうか。

私は最後に、さまざまな問題に立ち向かいそれを乗り越える努力をされてきたすべてのメンバーに、敬意と感謝を捧げたい。と同時に、南雲堂編集部の原信雄さんに心から有難うと申し上げたい。原さんは第一期に引き続いて第二期の勉強会にも全回出席され、終始、貴重な助言をたまわり、本書の出版を快く引き受け、そしてこの完成まで導いて下さった。なお、いままた「若手」たちの間で、この会の精神を受け継ぎ新しいやり方で発展させる会の計画が進んでいるらしい。「アメリカ文学の古典を読む会」は本書の刊行をもって幕を閉じるけれども、最初の旗振り役としてはまことに幸せな思いである。


（二〇〇六年七月）

執筆者紹介（五十音順）

亀井　俊介（かめい・しゅんすけ）岐阜女子大学教授。著書『アメリカン・ヒーローの系譜』（研究社出版、一九九三）、『マーク・トウェインの世界――亀井俊介の仕事4』（南雲堂、一九九五）、『アメリカ文学史講義』（南雲堂、(1)一九九七、(2)一九九八、(3)二〇〇〇）、『わがアメリカ文化史』（岩波書店、二〇〇三）。

執筆者

犬飼　誠（いぬかい・まこと）岐阜女子大学教授。共著『*Tibits of British Short Fiction*（英国短篇小説入門）』（三修社、一九九四）、論文「短編小説の分析と鑑賞：ジョン・スタインベック作「朝飯」解釈私論」（*Aurora* 第五号、二〇〇一）。

大森　夕夏（おおもり・ゆか）早稲田大学非常勤講師。論文「ヘンリー・ジェイムズ「教え子」――俗物性との闘い」（『英文学』第八五号、二〇〇三）、「『ボストンの人々』――封じ込められた欲望」（『英文学』第九一号、二〇〇六）。

金澤　淳子（かなざわ・じゅんこ）早稲田大学非常勤講師。論文「詩人と戦争――定期刊行物に見る戦争詩とエミリ・ディキンソン」（『アメリカ研究』第三四号、二〇〇〇）、「詩人メルヴィル――非=共和国のポリティクス／ポエティクス」（『ユリイカ』四月号、二〇〇二）。

小池　理恵（こいけ・りえ）富士常葉大学助教授。論文"The Hindu Ways of Self-Transformation in Bharati Mukherjee's *Jasmine*,"（*AALA Journal*, 第十号、二〇〇三）、博士論文"Transformable Identity: The Meaning of Naming, Renaming and Initials in the Novels of Bharati Mukherjee"（二〇〇五）。

坂本　季詩雄（さかもと・きしお）京都外国語大学外国語学部助教授。共著『亀井俊介と読む古典アメリカ小説12』（南雲堂、二〇〇一）、『アメリカ文化史入門――植民地時代から現代まで』（昭和堂、二〇〇六）。

進藤　鈴子（しんどう・すずこ）名古屋経済大学短期大学部助教授。著書『アメリカ大衆小説の誕生――一八五〇年代の女性作家たち』（彩流社、二〇〇一）、共著『亀井俊介と読む古典アメリカ小説12』（南雲堂、二〇〇一）。

高梨　良夫（たかなし・よしお）長野県短期大学教授。論文"Emerson, Japan, and Neo-Confucianism"（*ESQ: A Journal of the American Renaissance*, 第四八号、二〇〇二）、訳書『エマソンの精神遍歴――自由と運命』（南雲堂、二〇〇一）。

武田　貴子（たけだ・たかこ）名古屋短期大学英語コミュニケーション学科教授。共著『表象と生のはざまで――葛藤する米英文学』（南雲堂、二〇〇四）、『アメリカ文化史入門――植民地時代から現代まで』（昭和堂、二〇〇六）。

辻本　庸子（つじもと・ようこ）神戸市外国語大学教授。共著『アメリカ――文学史・文化史の展望』（松柏社、二〇〇五）、共訳書ルー・ウォレス『ベン・ハー』（松柏社、二〇〇三）。

徳永　由紀子（とくなが・ゆきこ）大阪国際大学教授。共著『北アメリカ社会を眺めて――女性軸とエスニシティ軸の交差点から』（関西学院大学出版会、二〇〇三）、『北米の小さな博物館――「知」の世界遺産』（彩流社、二〇〇六）。

中垣　恒太郎（なかがき・こうたろう）常磐大学専任講師。論文「サタンとエンジェル――『赤道に沿って』から『不思議な少年』へ」（『マーク・トウェイン――研究と批評』、第四号、二〇〇五）、「マーク・トウェインのコロンブス――起源への探求」（『アメリカ文学』、第六六号、二〇〇五）。

中川　優子（なかがわ・ゆうこ）立命館大学文学部教授。共著『アメリカの嘆き』（松柏社、一九九九）、『亀井俊介と読む古典アメリカ小説12』（南雲堂、二〇〇一）。

長畑　明利（ながはた・あきとし）名古屋大学国際言語文化研究科教授。共著『アメリカ文化史入門――植民地時代から現代まで』（昭和堂、二〇〇六）、『異郷の身体――テレサ・ハッキョン・チャをめぐって』（人文書院、二〇〇六）。

中村　敬子（なかむら・けいこ）早稲田大学非常勤講師。論文『緋文字』のディムズデイル――その自省の限界」（『早稲田大学大学院文学研究科紀要』、第四六輯第二分冊、二〇〇一）、「ホーソンのアンビヴァレンス――ピューリタニズムの精神を巡って」（『英文学』、第八五号、二〇〇三）。

林　康次（はやし・こうじ）愛媛大学法文学部教授。編著『アメリカ帝国と多文化社会のあいだ――国際比較文化フォーラム21世紀』（開文社、二〇〇三）、共編著『英語文化フォーラム――異文化を読む』（音羽書房鶴見書店、二〇〇二）。

平野　順雄（ひらの・よりお）椙山女学園大学人間関係学部教授。共著『未来へのヴィジョン――英米文学の視点から』（英潮社、二〇〇三）、『記憶の宿る場所――エズラ・パウンドと20世紀の詩』（思潮社、二〇〇五）。

深谷　素子（ふかや・もとこ）成蹊大学国際教育センター常勤講師。共著『レイ、ぼくらと話そう』（南雲堂、二〇〇四）、論文「獲得することによる「心の破産」――Fitzgerald の "Emotional Bankruptcy" と大量消費時代」（『アメリカ文学』、第六一号、二〇〇〇）

堀田　三郎（ほった・さぶろう）名古屋経済大学教授。論文「Wallace Stevens の〈虚〉と〈実〉：*The Auroras of Autumn* 試論」（『東海英米文学』第五号、一九九五）、「Wallace Stevens の 'The Snow Man'（「雪のひと」）とプラトニズム」（*AURORA* 第八号、二〇〇四）。

本合　陽（ほんごう・あきら）東京女子大学教授。論文「書かれない〈女〉：「女」とホモエロティシズムの表象」（『英語青年』、第一五一巻第八号、二〇〇五）、訳書ゴア・ヴィダル『都市と柱』（本の友社、一九九八）。

三杉　圭子（みすぎ・けいこ）神戸女学院大学教授。共著『表象と生のはざまで――葛藤する米英文学』（南雲堂、二〇〇四）、『二〇世紀アメリカ文学を学ぶ人のために』（世界思想社、二〇〇六）。

三石　庸子（みついし・ようこ）東洋大学教授。共著『黒人研究の世界』（青磁書房、二〇〇四）、共訳書R・H・プライス『プライス　俳句』（永田書房、二〇〇四）。

森　有礼（もり・ありのり）中京大学国際英語学部助教授。論文「宿命」という幻想――*Absalom, Absalom!* における欲望の不可能性」（『中部アメリカ文学』第五号、二〇〇二）、「失われた未来〈2〉抑圧と回帰――"A Rose for Emily" における家父長制幻想」（『国際英語学部紀要』第五号、二〇〇四）。

森岡　隆（もりおか・たかし）和歌山工業高等専門学校助教授。共著『アメリカ帝国と多文化社会のあいだ――国際比較文化フォーラム21世紀』（開文社、二〇〇三）、『表象と生のはざまで――葛藤する米英文学』（南雲堂、二〇〇四）。

山口　善成（やまぐち・よしなり）高知女子大学講師。共著『イン・コンテクスト』（「Epistemological Framework と英米文学」研究会、二〇〇三）、論文 "Blue Rose: A Story of an Ordinary Family"（*Otsuka Review*, 第三九号、二〇〇三）。

渡邊　真由美（わたなべ・まゆみ）東京都立大学大学院博士課程。論文「『マルタの鷹』試論――物象化された社会における人間像を読む」（『ニューパースペクティヴ』第一七七号、二〇〇三）、「*Jennie Gerhardt* における階級の機能」（『メトロポリタン』第四九号、二〇〇五）。

発言者紹介

鈴木　大輔（すずき・たいすけ）朝日大学経営学部教授。

藤岡　伸子（ふじおか・のぶこ）名古屋工業大学教授。

索　引

〈サ行〉

〈タ行〉

〈ナ行〉

〈ハ行〉

〈マ行〉

〈ヤ行〉

〈ラ行〉

〈ワ行〉

語り明かすアメリカ古典文学12

二〇〇七年三月二十日　第一刷発行

編　者　アメリカ文学の古典を読む会
発行者　南雲一範
装幀者　岡孝治
発行所　株式会社南雲堂
東京都新宿区山吹町三六一　郵便番号一六二−〇八〇一
電話　東京（〇三）三二六八−二三八四（営業）
　　　　　　　　　三二六八−二三八七（編集）
振替口座　東京〇〇一六〇−〇−四六八六三
ファクシミリ（〇三）三二六〇−五四二五
印刷所　日本ハイコム株式会社
製本所　長山製本所

乱丁・落丁本は、小社通販係宛御送付下さい。
送料小社負担にて御取替えいたします。

〈IB-302〉〈検印省略〉

ISBN978-4-523-29302-6 C3098